大冰原記

末世三部曲

•● ESCHATON ●•

3

BOOK OF
ICE LAND

張草——著

目錄

序章

海灣

教導你的孩子還有你自己，
該如何棲息於這個小星球而不是摧毀它。

● 馮內果〈致公元2088年的女士和先生們〉 ●

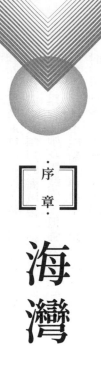

神之島

下午時分，海浪會變得不平靜。

小船劇烈搖擺，浪頭愈拋愈高，把小船一下舉高，一下側邊撞上浪頭，晃得她頭昏腦脹，終於按捺不住，兩手抓著船緣嘔吐，卻被浪花將嘔吐物打回臉上。

即使對嘔吐已經習以為常的她，此刻仍然覺得五臟像要從腹腔裡掏翻出來，腦袋瓜像被整個甩出頭顱般難受。

不過這是有必要的，經歷試煉是很重要的，哪個英雄在成為英雄之前沒經過試煉？尤其在胎兒時期就已經歷苦難，日後絕對是族人的傳奇——她深切期望。

穿過風浪劇烈的海域後，她搜尋海面，找到那片平坦的島嶼，它躲在起伏的浪濤中，不輕易露臉。她身體疲憊，但強大的意志力令她舉起木槳，把小船划向那座島。

這次她不能輸，連從小一起長大的討厭鬼都生了個「神之子」，受到村人尊重，經過討厭鬼身邊時，她還將下巴抬得高高的。

她很不甘心，是她先嫁人，她先懷孕的，也是她先跟討厭鬼提起神之島的。

「男人們都說神之島風浪很大，很危險的，」她還記得討厭鬼那副楚楚可憐的表情，勸說她不要冒險登島，「我不想好朋友遇上危險啊。」她被討厭鬼真誠的眼淚說服了。

沒想到，那討厭鬼竟趁她沒留神，逕自去了神之島。

她早該料到的，那天風和日麗，她想約討厭鬼去古城廢墟找一些還堪使用的用具，卻四下見不著討厭鬼的蹤影，當時她就該想到了，結果六個月後，討厭鬼誕下了神之子。

她抱著自己初生的孩子去探訪討厭鬼，當她看見躺在討厭鬼懷中的嬰兒時，她先是驚詫，然後火冒三丈。
村中的神之子的身體已經很衰弱，隨時就木，所以討厭鬼的孩子會成為下一任神之子嗎？不，她不甘心！她比討厭鬼先想到的，她才應該生下神之子！
她當下決定不再餵孩子母乳，好儘快恢復月經，儘快跟老公製造下一個孩子！
如願懷孕的她，終於等到天氣陰晦的日子，特意叫老公這天不要出海捕魚，把小船讓給她用。
神之島是村中的捕魚禁地，很久以前，當他們尚有一位「守護員」的時候，守護員就告誡他們，神之島周圍的魚都不能捕食，牠們的長相也頗不正常，據說吃了的人會得到全身潰爛的懲罰。
有一天，守護員不知為何離開了，村子從此失去領袖，沒人頒布法令，沒人主持儀式，沒人調解糾紛，村人們於是選出一位村長。
但是，當神之子誕下時，他漸漸成為比村長更神聖的精神領袖。
在回想中，小船已接近神之島，她也看到怪魚了，身形怪異的魚兒繞著小船游動，看不出是在驅趕她還是歡迎她。她頭昏腦脹地下船，踩到淺水中，把船推上岸，怪魚游前來搓摩她的腳跟，粗糙的鱗片刮痛了她的皮膚。
她踉蹌走上岸，低頭喘息，等待腦子的昏沉褪去。她端詳前方，只見沙灘上蔓延著蛛網似的細小蔓藤，前方橫列雜亂的樹林，樹枝無序地扭曲亂生，樹林後方高聳數根高高的圓柱，便知是神殿所在了。
神殿的事，是神之子的媽媽親口告訴她的。她自幼被派去照顧神之子，所以跟他們一家很熟，某次獨處時，她聽見神母落寞地低語，娓娓道出自己的經歷。

當年，當神母懷胎三個月時，老公因病無法出海，她抱著孕身去捕魚，不慎被突如其來的暴風雨帶到了島上……

她循著神母故事的記憶穿過樹林，來到一棟龐大的建築物前，神殿大門上有奇形怪狀的線條，那是文字，但對她根本沒意義，他們雖有語言，但沒文字，她的族人已經失去文字好幾代了。

據說神殿由古遠的神民所建，但誰也說不清是何年何代、來自何處的神民。傳說中，神民們以巨船渡海，然後有一天，神民就像當初突然出現般突然消失了，遺棄了島上的不朽神殿。但這僅只是傳說，跟海風拂過一般虛無縹緲，像游塵般無根無據。

再輝煌的文明，也敵不過植物的繁衍，神殿大門被植被佔領了，蔓藤在大門四周如瀑布垂掛，她穿過崩倒的厚重鐵板門，沿著爬滿地板的蔓藤進入大殿。崩塌洞穿的屋頂投入陽光，地板上矗立了好幾棵小樹，枝梢斜斜地朝向陽光生長，樹根將大理石地磚翻開、捏碎了，覆蓋在石柱上的苔蘚也緩慢地溶蝕石頭，天花板的角落塞滿了新的和舊的鳥窩，還有啾啾叫的鳥兒穿過洞開的屋頂飛出去覓食。

她曾把故事細節告訴好友，卻被利用捷足先登了——當好友背叛她的那一刻，就立刻變成討厭鬼了。

不過，她仍然保留了一個細節。

一個關鍵的細節。

她在神殿中四處環顧，目標是尋找一個像花朵又像螃蟹的圖畫。

她撥開覆蓋在牆壁上的蔓藤，終於在大殿中央找到一扇斜傾的厚重鐵門，它隱藏在如垂簾披掛的蔓藤後方，門上鑄著橘紅色的六爪螃蟹，中心像朵圓滾滾的花，一如神之子的母親所述。她常想像這圖畫的模樣，如今呈現在眼前，模樣完全超出她的想像，她還愣了片刻才敢確認。

這裡才是神殿力量最強的地方！

即使神民已然遠去，諸神不再親臨，祂們遺留的神力依然足以令她腹內的胎兒轉化，成為神之子！

沉重的鐵門鏽跡斑斑，已經失去光澤，她踩過鐵門，才剛探頭進去，便感到一股暖氣撲面而來。

神母告訴她，當時外頭的暴風雨很駭人，雨水不停潑進神殿，氣溫也冷得發抖，只有六爪螃蟹所在的地底，雖然黑暗，卻又安靜又溫暖，她就在那兒睡了一夜，等待暴風雨離去。

她循著階梯步下地底，感到溫暖的空氣從階梯湧上來，憑著微弱光線，她看見地底堆滿鐵桶，層層相疊，堆了一圈又一圈，每個鐵桶上都畫了六爪螃蟹圖案。

討厭鬼生下的孩子沒有性器官，還長出三條手臂。

她呢，會生下更偉大的神之子，或許就像當今神之子，有獅子般的臉孔、四條手臂，背脊像龍那樣彎曲隆起，還有一根尾巴。

在堆疊如山的鐵桶之間，她興奮地躺下。

在她腳邊，有個曾被淹水鏽穿底部的鐵桶，流出的液體正在黑暗中發著微弱螢光。

六爪螃蟹下方寫著她不認識的遠古文字：核廢料。

幽光

摩訶抵達時，整個村子已經癱瘓了。

每間房舍皆發出惡臭，都躺臥著無法起來的人——要不是死了，就是瀕死中。

摩訶是半機器改造人「鐵族」的領袖，他的四肢置換成機器，身軀被各種機件包圍，腳下的履帶在爛泥中移動，活像一部戰車，但五官仍是肉身，依然嗅得到屋裡那些人身體發炎膿腫的惡臭。他無法掩蓋鼻子，因為手臂被換成了鏈鋸。

環顧破舊的漁村，摩訶喃喃自語：「守護員知道這個地方嗎？」

「父親大人，您說什麼？」身邊的飛符沒聽清楚。

「沒事。」摩訶低沉地回道。

他很想知道，那位逃走的守護員究竟知道多少？百越國四周眾多的海島、海灣、山脈和丘陵，到底還隱藏了多少遠古的秘密？

三十多年前，當守護員駕駛她的飛行巡艇逃離禁區時，摩訶十分震驚，守護員竟有如此精巧的飛行工具，平日都沒見過，這是他的失算。雖然他們也有能如蜻蜓般飛行的改造人，畢竟飛行能力跟飛行巡艇比起來遜色多了，因此追丟了守護員。

沒想到，這麼多年以後，他們才發現此處另有一個聚落，距離百越國也不算遠，為何這麼遲才發現呢？哦，要不是有人留意到這一帶夜間發出奇怪的光芒，也不會發現吧？

好幾旬以前，有的鐵族在夜間高樓訓練，登上頂樓時，遠遠望見這一帶發出綠色幽光，光線十分暗淡，視力不夠好的人也很難注意到。

觀察了好幾夜之後，他們決定報告給摩訶知道，腦筋動得很快的摩訶馬上嗅到不尋常的味道，命令兒子飛符組織一支隊伍探察，果然收到有意思的訊息。

飛符這麼報告：「我們在小海灣找到個小村子，後面是山，前面是海，有四、五十間房子，有的在陸地，有的建在海上，有木橋通往海上的房子，海邊很多小船……」

摩訶截問：「哪一種船？短的還是長的？」

「嗯……我想一下……長的，兩頭尖尖。」

「那是快船。」摩訶心裡有數，便要飛符繼續說，「他們怕你們嗎？」

飛符搖頭：「不是不怕，不過，他們全都死的死、倒的倒，沒有力氣，只能眼大大盯住我們，而且很古怪的是，不管是男是女，全都頭髮掉光，身體脫皮，脫得一塊塊的……」

「怎樣是一塊塊？」

「就……像乾裂的土塊，一大塊皮膚從身上掉下來，露出一個個血紅的坑，還有膿瘍，流出很臭的黃汁。」飛符說出他的判斷：「他們看起來住在那裡很久了，這種事應該是突發的。」

村中還有一件怪事。

村中最大的房舍坐落於山邊，看起來就是村子的信仰中心，也就是神殿。

但神殿並沒供奉神像，而是住著一個畸形人和一個中年女人。

虛弱的女人在地面奄奄一息，身邊的畸形人滿頭隆起腫瘤，身形扭曲，胸前多了根手臂，後面還長了根尾巴，顯然剛斷氣不久。女人看見飛符的半機器身軀時，不但沒有驚怕，還高興地說：「神啊……您果然來接我們了！」

飛符無法理解，但摩訶若有所思：「我們是神嗎？」腦海中浮現他們鐵族神殿內的神祇。

摩訶走去詢問禁區電腦，電腦十分古老，整棟大樓都是它的身體。電腦是跟守護員同時存在的，而守護員比摩訶的祖母都還老，所以電腦也存在很久了，擁有古人類的許多知識，摩訶常去問電腦問題。

他把情況告訴電腦：「會是傳染病嗎？」

「比較像輻射病。」電腦的聲音溫柔甜美，聽得令人愉快。

「輻射病是什麼？」電腦大致解釋了一番之後，摩訶又問：「這麼說來，那個地方有很高的輻射，會有什麼原因嗎？」

電腦沉默了一下，摩訶頓生疑惑，因為電腦通常在他問完問題後便立即回答的。

「遠古時代，那裡有核能發電廠。」電腦總算回答，「跟我採用的核融合發電不同，最早的核能發電是很髒的。」

「請解釋為何很髒。」

「它危險、不穩定，需要大量冷水冷卻，發電後的核廢料依然會不斷釋放輻射，污染土地、水和空氣。」

「那麼說，那個村子之前是沒有輻射骯髒的，然後突然就有了。」

「可能是輻射外洩，山上有個核廢料貯藏處，是深深埋在地底的，附近島上也有一座後期建造的臨時貯藏處。」電腦沒說的是為何「臨時」。

相較於最早期不穩定的核能發電技術，後來的核廢料已經不是「廢料」，而是可以再生利用的「原料」，經過處理後，仍可繼續用於發電或其他用途，直到最終能量耗盡，轉變成玻璃或鑽石，不再骯髒。

然而「大毀滅」之前，五大聯盟之間的博弈已令全球經濟崩潰，連核電廠運作都缺乏資金，差點陷入空轉，發電後的核廢料不夠地方儲藏，再這樣下去會釀成全球輻射災害，因此以較低成本建造了臨時貯藏處，可暫時阻隔輻射逾百年，打算等局勢好轉後再處理。

然後文明滅亡了。

孤島上的臨時貯藏處靜靜地不受打擾，超過了百年期限。

「我進去也會有危險，」摩訶問電腦：「該怎樣才能安全進去？」

「你需要輻射探測器，可以暫時加裝在你的身體上，探測何處的輻射水平較危險。」電腦說，「既然知道危險，為何還要去呢？」

「我想去看那村子，」摩訶總是願意對電腦說出他真正的想法，或許因為電腦沒有臉孔，令他安心，「那邊可能有我要的東西。」

摩訶的直覺沒錯。

他只帶了兒子飛符和他信賴的鱷魚眼同往，摩訶一面探測輻射水平，一面尋找安全的路徑。每間屋子都有死人，輻射都比平常偏高，說明電腦的判斷正確。

摩訶腳下的履帶輾過一具陷在爛泥巴中的屍骨，鱷魚眼提醒他：「你踩到人了。」

「你太仁慈了，」摩訶嗤笑道，「大丈夫做事不拘小節，格局要大一點，知道嗎？」

鱷魚眼哀傷地望著那具被深深壓進泥巴的殘骸，不再發言。

他們抵達村中的神殿時，輻射偵測儀發出尖銳的警告聲，這裡的輻射量比周圍高上太多，摩訶不禁戛然止步。

飛符提過的女人從神殿裡頭現身了，不過她已經虛弱得用爬的出來。看見摩訶一夥人，尤其摩訶巨大的機械軀體，她臉上掩不住狂喜：「你們來接我了嗎？」

「我們來接妳了。」摩訶順著她的話頭，看看她接下來怎麼說。

「神啊，您的指示全都完成了，」此時摩訶才留意到女人手中拿著陶罐，「如您吩咐，我將是最後一個追隨您離開的。」女人將陶罐舉到嘴邊時，摩訶身上的輻射探測器立刻狂響，表示陶罐中裝有超高輻射量的東西！

摩訶揮動機械手臂撥打女人的手，陶罐滾落在地，掉出一顆顆黑色碎粒，輻射探測器的聲音吵得令他抓狂，他關掉探測器，問女人：「那是什麼？」

女人被嚇愣了，她握罐的手被打斷了，垂掛在手腕上搖晃，但她似乎失去了痛覺，只是全身僵硬地呆望摩訶，虛弱地抖著嘴唇：「神啊，難道您要拋棄我嗎？我依您所言，給全村人都吃了一顆呀……」

「妳從哪裡拿到的？」摩訶指著地上的黑色顆粒。

女人先是愣了一下，隨即面露喜色：「您要考驗我，是吧？」她努力用另一隻手臂撐起身體，把頭朝向大海方向：「就那座島，神之島！我聽您的召喚過去的，在神之糧的幫助之下誕下神之子，在您的指示下讓村人吃下神之糧，前往您的神國……」女人狂熱地用乾燥的嘴唇述說，她的瞳孔放大，摩訶驚見她的瞳孔之內泛著詭異的藍色光芒，正常人的視網膜反光應該是紅色的。

這女人顯然是瘋了，她述說的盡是幻境，如果她能被好好檢查身體，他們就會在腦部發覺腫瘤，一直瀰漫到眼睛後方和視網膜。

她的聲音漸漸虛無，變成囈語，然後越來越衰弱，最後像斷了線的風箏般氣若游絲，微張著嘴，昂首呆望天際。

摩訶轉身望向她所說的島嶼，它不在海灣之內，躲在海平面的邊緣，在外海受到洋流影響，島嶼周圍的風浪頗大。

「摩訶大人，」飛符悄悄告訴他，「我們該離開了，我感覺到電子迴路不太對勁了。」

他擔心輻射的影響。

「心理作用吧。」摩訶扔下一句，便轉身離去，飛符和鱷魚眼趕緊追隨而去。

第一章

半島

在那遼闊的海上，在青色的天空中，那裡沒有路線的痕跡。
這路被鳥翼，被星火，被旅行季節的花朵所隱匿。

●● 泰戈爾《採果集》●●

巨人

鐵臂心情焦急，因為他從大石得知，來歷不明的怪物俘虜了族人，包括他的母親和弟弟，如今天縫之下只剩數名族人。

更令鐵臂納悶的是，以前很不喜歡他的大石，竟然完全不記得他是誰，把他忘得一乾二淨。

鐵臂沒時間多想，他必須趕緊追上族人。

但他對入侵者一無所知：他們是誰？目的是什麼？他們像蓬萊國的三聖一樣抓人當奴隸嗎？或是當糧食？想到此，鐵臂不禁毛骨悚然，多希望飛蜥能衝快一些，但他知道飛蜥的脾性，只能順著性子鼓勵，不能硬迫的。

蠻娘伏在他身邊，也不能放鬆精神，她緊抱飛蜥，生怕一個失手會掉下去，雖然鐵臂會留心她的安危，但她看見鐵臂神情焦急，自是不願加重他的心理負擔。畢竟她曾經管理了好幾年的飛蜥營，不能讓一個對她神魂顛倒的男人把她變成小女人。

「鐵臂，」蠻娘輕握他的手，「你只管專心飛，不用理我。」

鐵臂不放心地望她一眼。

「別忘了我是飛蜥營的大姊，」她提醒道，「我會照顧好我自己，我照顧我自己很久了。」

鐵臂深吸一口氣，隨即凝定心神，專注於兩眼之間出現的光點，只不過片刻，族人們窸窣的聲音又再湧進來了。

他尋找聲音最清晰的方向，一旦對焦方向正確，便更容易捕捉到族人的心靈。當族人的窸窣聲愈發清楚時，就表示越來越接近他們了。

即使如此，鐵臂仍然必須休息的。

他集中心神太久會累，飛蜥會累，蠻娘維持一個姿勢過久也很累。

他選擇在高地休息，以方便飛蜥再次升空。

如此飛飛停停，在第四天的傍晚，族人的聲音忽然變弱，難以搜尋。

飛蜥進入一片綿延數十公里的城市廢墟森林，大部分建築都被森林覆蓋了，但鐵臂過去看多了，辨識得出森林下方隱藏的建築或道路。

蠻娘發出驚嘆：「這些都是古代人做的嗎？」

「是的，火母告訴我的。」鐵臂無法用心靈搜尋到更多族人的聲音，於是低頭用視線尋找。

他知道已經很接近了，但為何聲音消失了？令他不禁惶恐：難道族人全遭消滅了？

他緩慢抬起手臂，生起一道上升氣流，幫助飛蜥高升，讓視野更寬闊，然而地面彷彿遠古的亂葬墓地，要不是翠綠的植物，就是灰白的鋼筋和水泥，不管怎麼看都一個樣。

「休息吧。」鐵臂看累了，趁天黑之前跟飛蜥一同尋找食物。

次日，他們依舊四處盤旋，但無論鐵臂如何集中精神，族人的聲音都十分微弱。他不知道，當初族人的聲音因焦躁不安而沉重，現在情緒緩和了，就變得微乎其微，所以才難以偵察。

「他們還活著。」至少他可以確信。

如果那時有跟沙厄學習更多就好了，沙厄只不過教了一點基礎，他便掌握了極細的呼吸方式，也能跟沙厄用心靈通話。沙厄肯定還有更多能教他的！

正在胡思亂想時，高空中越過一道冷空氣，拂過鐵臂的髮際。「怎麼回事？」他心想，那股冷空氣跟充滿天縫的森林氣息不一樣，它的冷是來自更遼闊的地方，攜帶的是更純粹的氣息。

那股冷氣流是鹹腥的，很像火母給他吃過的乾糧氣味。「那是什麼氣味？」他問蠻娘，但自幼住在山區的蠻娘也沒聞過。

忽然，一片巨大的藍色進入視野，把鐵臂和蠻娘嚇著了，蠻娘捉緊飛蜥的背鱗，生怕被這片巨藍吸進去！這是他們此生首次見到海洋，對這片看不到邊際的蔚藍震撼不已：「莫非是光明之地的盡頭……」

曾經，他以為被岩石所包圍的天縫下就是全世界。

後來，他以為天縫外的光明之地就是全世界。

但「世界」的觀念一次又一次被打破，如今他已經不再對世界設限，他甚至相信眼前這片海洋還不是世界的盡頭。

海洋送來的冷氣流很特殊，不比天縫混和了植物芬多精的沁涼，海洋送來的是地球最原初的氣息。

下方是漫山遍野的城市廢墟森林，從山頂一直到山腳下的平地盡是被植物佔據的廢墟，但陸地的盡頭最終被海洋吞噬了，邊緣被海洋消融了，醜陋的廢墟蔓延到海邊為止，海洋保住了她的純淨。

突如其來的巨藍海洋令鐵臂頭暈目眩，不得不告訴蠻娘：「找個地方休息吧。」

蠻娘眺望四周，只見下方是個伸入海中的半島，半島上的城市森林地形零散，不便停歇，也似乎隱伏危機。她望見半島前端有個大島，島嶼遍布原始樹林，奇特的是，有座山丘上好像端坐著一個……人？

「去那邊。」蠻娘指向島嶼。

鐵臂吃驚地問：「那是個人嗎？」

「如果是人，想必是個巨人。」蠻娘說，「不過那邊看起來比較安全。」山頂上的巨人肩膀很寬，全身是不會令陽光耀目反射的暗青色。

「會打擾到他嗎？」

他們小心翼翼地在巨人上空盤旋，轉了幾圈，見巨人沒有動靜，才大膽飛低，刻意掠過巨人大臉前方，鐵臂終於瞧清楚，巨人的臉形方正，兩眼半合，渾身同一顏色，是用他從沒見過的材料打造的，肯定是古人遺留的塑像！

只見巨人的兩手擺著姿勢：右手平掌舉起，左手攤掌擺在膝蓋上。蠻娘見了，不禁喜道：「這是……這是……我認得！我小時候在家鄉見過！」

「妳見過？是什麼？」

蠻娘下意識地合起雙掌：「媽媽說的，祂叫……」她努力搜索幼時記憶：「大佛。」沒錯，媽媽是這麼叫的，「是一個大神。」

「大佛？」鐵臂沒聽說過這個名詞。

不知為何，古人在大島中央建了高台，立了一尊九層樓高的青銅大佛，下方高台已野草蔓生，矮樹成叢，使得大佛看似端坐於樹林之上。

或許因為建在大島上，在大毀滅發生後，大佛才能在不受打擾之下佇立了數百年。

鐵臂繼續引導飛蜥環繞大佛旋迴，他好奇大佛半合的雙目、放鬆的表情，還有眉間額頭上一顆凸起的螺旋……他覺得很像沙厄教他的，那顆額頭上的小凸起是否跟他凝視的白

光相同？（其實不是）

他們停歇在大佛腳下，只見大佛端坐的三層高台已被樹木穿破地磚，野草在台階邊緣成團冒出，水泥和磚塊逐漸被樹根分解。

蠻娘繞著大佛腳下查看，伸手撥弄牆上垂簾似的蔓藤，經過一處時，忽覺有陣涼風拂面，不禁停下來撥開蔓藤，才驚見牆上有道門，門後的空間湧出一股酸腐氣味，原來大佛的底部不是實心的。

她馬上呼叫鐵臂過來，兩人在門口聆聽，躊躇著要不要進去，裡頭安靜得怕人，偶爾有無以名狀的怪聲迴盪。鐵臂建議：「我們先點個火吧。」

兩人收集乾草捲成火把，找個無風的角落用火媒子點燃。

當他們將火把伸進去時，火焰的高溫立刻令空氣膨脹，燒著了蜘蛛網，發出噼啪聲，黑暗中似乎有東西被嚇跑了，或許此地已成了小動物的巢穴。

大佛下方的房間很大，火光一時照不到盡頭，掉落的天花板和入侵的植物也阻礙他們走動，更何況鐵臂還聽到了某種聲音……或許是停滯的空氣被火擾動，空間中迴盪著嘰嘰聲，而且越來越頻繁。

他聽見裂痕在增長、水泥在移位，高台結構發出嘰嘰聲。

「這裡不安全，」他當機立斷，「我們出去吧。」二話不說便拉了蠻娘的手跑出去，快步走下山坡。

陡峭的山坡上有長長的階梯，沿途長滿雜草和矮樹叢，他們走到階梯底端才回頭仰望大佛，見大佛並沒動靜，鐵臂才放下心來。

「天快暗了。」蠻娘說，「怎樣？離開還是留下？」

鐵臂東張西望一番，然後定睛在山腳下：「那邊可能有房子。」他在跟隨火母前往聖城的途中，學會尋找躲在植被下的遺跡。他獨自跑下山，一邊回頭對蠻娘說：「我先去確認，如果有房子，就帶飛蜥下來吧！」

果然，山腳布滿大小不一的屋子，鐵臂找了間看來比較穩固的過夜。

當蠻娘發出輕微的鼾聲時，鐵臂無法入睡。他抑制著自己不要翻來覆去，免得蠻娘看出他內心的不安。

他知道，他強烈地知道，族人就在附近了，他沒飛錯方向，然而他無法精確定位。之前在尋找家鄉時也一樣，要不是土子的幻影指路，也不知要花多少時間才能找到天縫。

他兩眼半閉，凝視眉心裡頭的一團亮光，很快就集中了意識，但嘗試了很久，族人的聲音依舊沒出現。

「他們都睡了嗎？」鐵臂不禁猜想。

女人

白眼魚—火母沒想到事情發生得如此迅速。

鐵族領袖摩訶縱橫南方四十年，顛覆禁區ＳＺ46，侵佔四周的禁區和村莊，建立百越國，今日竟莫名慘死在兒子手下。

只有白眼魚—火母知道，摩訶是遭到禁區電腦「深海」暗算的。

摩訶的小兒子Ｍ-11號被深海植入據說能強化戰力的晶片後，在無意識狀態之下發動攻擊，用機械臂一舉打斷摩訶下巴。

飛符和狼軍試圖制止發狂的弟弟，卻失手殺了M－11號。

電腦深海把現場影像連接白眼魚—火母的記憶立方體，讓她零時差目睹手術室內的慘劇。

尖銳的警報聲響遍百越國，宣布緊急事態，每一個附近的鐵族聽到警報聲，都趕往電腦大樓支援。

鱷魚眼和部下紅眼人等三人正好在另一間手術室，他們飛快趕來，看見自動手術機拆解了摩訶全身機件，只剩下一具失去四肢的蒼白肉體，不禁誤會飛符和狼軍傷害父親，引發混戰，結果紅眼人在混亂之中殺了飛符。

摩訶苦心維持的霸權和穩定，原來如此不堪一擊，僅僅數分鐘的紛亂，就破壞了百越國脆弱的平衡。

白眼魚—火母眼見這幕，心裡禁不住揪緊：摩訶叱吒風雲四十年，怎料到今日是死期？還在臨死前親眼目睹兩子身亡，而且死得荒謬無比，不知心中作何感想？想起他剛才還說要把精液灌進她身體，讓她生下他的孩子，白眼魚—火母心寒之餘，也惋惜摩訶一代強人，竟死得毫無意義。

更可怕的是，引起這一切的是禁區電腦「深海」，他果然跟禁區天縫的電腦「巴蜀」一樣陰沉，一樣精於算計，只用了一個計謀，就輕易解決了百越之王。

不過，計算不正是電腦天生的工作嗎？

電腦深海透過白眼魚頭顱內的火母記憶立方體，傳話給她：「我幫妳解決掉妳的敵人了，現在妳該怎麼做？」深海在跟她談交易。

她面對的不是普通人類，而是每秒鐘能進行億兆遍計算的有機量子電腦，比人類思考得更周密，她必須小心回答。

鐵族們聽到警報聲，紛紛趕往電腦大樓，養雞場忽然變得無人看守，女人們反而感覺不對勁，她們在養雞場工作，從來沒碰過無人監視的情形，但她們不敢逃、無處逃，也失去了逃跑的慾望。

女人們面面相覷，很想搞清楚發生了什麼事，希望有人提供消息，又不敢停下手邊的工作，擔心被懲罰。

來自天縫的大長老柔光非常驚奇，她想起剛才白眼魚—火母說會發生大事，原來是真的！

火母是如何預知有事的呢？畢竟柔光是最年老的天縫人，大長老的職責迫使她思考，也迫使她反省：剛才不該對白眼魚冷淡的！

她希望火母給她指示，但白眼魚眉頭深鎖，像個無助的小女孩。

忽然，白眼魚—火母似乎察覺了什麼，轉頭望向天空，視線停頓在天空之上，柔光便順著她的視線望去。此時太陽西斜，天色開始轉濁，一群飽食的飛鳥穿越天空，提早飛到廢墟棲息過夜，除此之外，柔光看不出天空有什麼異狀。

「火母！」柔光輕輕呼叫，「妳說的重要時刻，就是現在嗎？」

但白眼魚—火母只覷了她一眼，又回頭努力地搜尋天空，似乎有什麼非找到不可的東西。

「妳怎麼了？」柔光問她。

「剛剛……有東西飛過，沒看錯的話，是隻很大的蜥蜴。」

「什麼？」柔光吃了一驚，馬上抬頭仔細觀看天空。

「而且，蜥蜴上面好像還坐著人。」

如果這句話出自他人之口，柔光當下會嗤鼻，但若從火母口中說出來，或是從小看著長大的白眼魚說出來，她會毫不猶豫地相信。

「火母！」柔光拉她的手，要她面對目前的時刻，「我向妳道歉我剛才的軟弱！我相信妳，請告訴我發生了什麼事，妳說會有大事，妳也說鐵族的頭領可能會死，現在那個恐怖的聲音肯定是發生大事了，說不定正如妳所言，他們的頭領死了，請告訴我，我們該怎麼做？」

白眼魚—火母幽幽地回過神來：「大長老……」

「火母，現在我們該做什麼？」紅莓也不安地跑過來，擔憂地說：「灰蛙被他們帶走了，不曉得他們想對她做什麼？」

白眼魚—火母凝視她們迫切的眼神，無助的感覺頓然消失，她終於得到信任和重視：「請妳們召集所有天縫的女人，快點。」天縫的女人全都被暫時安排在養雞場學習，還沒分配其他工作。

養雞場所佔的腹地很大，十餘排長長的半開放棚子，都有溫度控制和通風設備，每一棚都養了數千隻雞，還有幾間密閉的木屋，專門孵化雞蛋和養小雞。

雖然天縫的女人們分散各處，但柔光和紅莓仍成功將大部分女人找來，聚集在白眼魚—火母身邊。

她們又是興奮又是害怕。

興奮是因為很久沒聽火母發號施令了，即使曾經轉為支持灰蛙的人，此刻也忍不住充滿期待。

害怕源自於未知，警報的尖聲令她們惶恐，對未來的命運更為徬徨了。

白眼魚─火母粗略點算了一下，天縫的女人不論老少，經過黑毛鬼兩次入侵、百越國擄掠中途的屠殺，也只剩五十人左右了。

她心中的白眼魚意識很想告訴她們真相，因為惟有真相能幫她們做出正確判斷，但火母的意識強烈反對，因為她認為真相會令族人難以被領導，族人知道得越多，就會越多意見。

白眼魚強制壓下火母在意識中的囈語，告訴族人：「大家仔細聽好，我要說得很快，」她放低聲音，免得被鐵族的女人聽見，「這裡叫百越國，那些被改造過身體的男人叫鐵族，而鐵族的女人要不停為他們生孩子，生下男孩就要送去改造，生下女孩就工作、照顧男人、生產糧食，這就是我們在這裡的未來。」

女人們聽後面面相覷，不知該如何消化新資訊。有個女生怯生生地舉手：「我已經婚配給青木了，我只為青木生孩子。」

「不，」白眼魚─火母搖頭，「青木會跟所有男人一樣，被切掉手腳，換成像他們一樣的手腳，包括他的下面也切掉，所以他不會跟妳生孩子。當他們要女人懷孕時，會直接用工具把精液灌進女人的下面！」女生們嚇得臉色發白，終於意識到嚴重性。

本來以為終於可以不愁食物的她們，首次獲知她們真正的命運，有人兩腿發軟跪地，歇斯底里的顫抖。

「這就是他們打算對我們做的事，妳們看到了，那些女人都被這麼對待。」白眼魚─火母瞥了眼養雞場中的鐵族女人，個個面黃肌瘦，幾乎都懷有身孕。

她見到白星，正失魂落魄地瑟縮在人群邊緣，應該帶在身邊的孩子卻不知去向。「白星的男人，木虱，妳們都認得，他沒死，不過身體的一部分被換掉了，手臂也換成機器了。」

「妳怎麼知道？」

「我剛才親眼看見的。」白眼魚─火母壓低聲音，「他們很強，以我們的力量無法反抗，也無法逃走，但他們也有弱點，他們的身體需要常常修理，但是能用的零件越來越少，像這樣下去，再過幾年，他們全都會報廢，所以……」

有人忽然打斷她的話：「妳說的是真的嗎？」一名孕婦挺著大肚子闖進人群，大聲問道。

白眼魚─火母馬上生起警戒，那是鐵族的女人，不知何時開始站在外圍聆聽，生產過多胎的她枯槁憔悴，看不出實際年紀。

「妳們要小心，」那名百越孕婦警告，「以前也有像妳們一樣被逮來的女人，性情剛烈，試圖反抗，他們嫌麻煩，說『無法教導』，就全部殺光了。」

「妳也是被抓來的嗎？」一名天縫女人問她。

「不，我是鐵錚錚的百越人，在這裡出生的，」孕婦說，「妳說的沒錯，女人負責生產食物和嬰孩，到死為止，如果妳無力改變現狀，就最好乖乖服從，除非……」她瞪著白眼魚─火母，「妳說的是真的。」

「妳指的是哪一部分？」

「零件，妳說零件不足，再幾年就報廢。」

「是真的。」白眼魚─火母斬釘截鐵地回道。

「妳才剛來，身為外人，怎麼會知道？」

「妳等等，」白眼魚─火母合上眼睛，用記憶立方體呼叫深海，要電腦給她眼前這女人的資料，不久再度睜眼時，她對女人說：「妳的編號是 WX-566，別人叫妳狼妻，因為狼軍挑選妳專門生他的孩子，不像其他女人，會為好幾個不同的人生孩子。」

「妳真的知道……」狼妻瞪大眼睛，身體微微發抖：「那麼，現在的警報聲，是發生了什麼緊急狀況，妳知道嗎？」其他的百越女人也慢慢聚集過來了。

白眼魚—火母必須賭一把，她放大膽子：「百越之王死了，摩訶死了，在電腦大樓的手術室，然後鐵族發生衝突，飛符和 M-11號也被殺了。」

聽了這話，百越女人們突然全部沉默，冷冷地互相觀望。

「誰有本事殺他們？」狼妻問。

「鱷魚眼。」

「難以相信，」狼妻搖搖頭，「那麼狼軍呢？」

「他還活著。」

狼妻並沒高興，反而忿恨地鼻子噴氣：「狼軍是摩訶指定的繼承人，而鱷魚眼很服從摩訶的，他們是一夥的，怎麼可能互殺？但是，如果摩訶真的死了，我們要小心的應該是**黑鐵牛**才對，他也想當百越王。」

「黑鐵牛？」白眼魚—火母心念才剛動，深海便傳來黑鐵牛的照片，果然像一頭壯碩的黑牛，根本是一部四足戰車。

「妳才剛來兩天，竟能獲知這麼多消息，」狼妻說，「但妳得小心，並不是所有女人都怨恨男人的。」她瞟了一眼四周，白眼魚—火母順著她的視線望去，有幾位沒靠過來的女人，正鬼祟地留意她們。

「所以，妳究竟是誰？」狼妻也留意到了，白眼魚—火母身上的衣服跟別人不同，她穿的是真正的布料，而其他女人的衣服是由蜥蜴皮、樹皮等拼湊而成，僅足以蔽身。

「我是守護員，我是禁區守護員。」白眼魚—火母高聲說，「惟有守護員知道這些事。」百越的女人頓時譁然驚嘆，議論紛紛。

對她們而言，「守護員」是口耳傳說的人物，只有上一代的女人親眼見過百越的守護員，傳說守護員不會變老，智慧極高，是建立禁區的靈魂人物，經過久遠的相傳，幾如神明的地位。

「妳如何證明妳是守護員？」一名百越女人質問她，聲音竟忍不住發抖。

大長老柔光也站出來：「我們大家都知道，她是我們天縫的守護員『火母』！」天縫的女人們此起彼落地呼應：「是啊！」「對！」「她一直都在保護我們！」這一刻，她們感到無比自豪。

白眼魚—火母心中激動，自從繼承火母的身分以來，這是首次受到天縫族人們的讚美。

「我們也有守護員，但她失蹤很久了。」狼妻不禁呼吸急促，凝望白眼魚—火母的眼神變得敬仰：「妳是來守護我們的嗎？」

她不能錯過機會，於是抬高下巴，嚴肅地說：「是的，我是來拯救妳們的。」

她沒時間遲疑，她需要夥伴，尤其是百越的同伴！所以她必須豪賭一把。

她曾在好幾個關鍵時刻豪賭，目前為止還算幸運。

希望這次也不例外。

黑鐵牛

「停止打鬥！」鱷魚眼喝令兩個部下，「狼軍，請你停止！我們大家停止！」鱷魚眼終於看出不對勁了。

他看到M－11號整張臉都凹扁了，連腦漿都從爆裂的眼眶流出，明顯已經死亡，但兩臂仍繼續揮舞大鍾和銼刀，四條獸型機械腿無法協調，使得龐大的身體行動踉蹌。

狼軍指著弟弟的屍體，朝鱷魚眼嘶喊：「你殺死了飛符！」

要是真的動手，鱷魚眼、紅眼人和鐵蜘蛛等三人加起來能否跟狼軍對抗，尚屬未知，因為摩訶把最優良的機件都給了狼軍。

「我們四個人合作，行嗎？」鱷魚眼對狼軍說，「把M－11號拆解掉！好嗎？」

狼軍雖然悲憤，仍不得不點頭同意。

他們本身是半機械人，最清楚自己的弱點，平日都會謹慎保護弱點，但腦死的M－11號完全暴露他最脆弱的背椎。四人立刻包圍M－11號，紅眼人用他的螳螂腿奮力彈跳，在掠過M－11號身邊時，用手臂的細長大刀斬斷他的背椎，先破壞他下半身的平衡，接著三人一擁而上，揮斬他肉身的連接處。

不一會，M－11號被拆解得支離破碎，但肉身仍然再抽搐了一陣子才停止。

拆掉M－11號之後，四人氣喘吁吁，他們沒料到會如此費力，平常他們戰鬥的對象都是人類和其他動物，戰力根本不成比例，但這次罕見的鐵族對鐵族，才讓他們體會到關節的磨耗如此嚴重，戰鬥後還發出摩擦的吱吱聲。

「在其他人來到之前，你告訴我，你們為何要傷害摩訶？」鱷魚眼瞟了一眼摩訶無頭無四肢的蒼白軀體，像屠宰好的肉塊被擱置在地面，心中十分唏噓。

「我們本來在救他的，給你們這麼一鬧，現在救不活了！」狼軍吶喊道，「我敬愛我的父親，絕不會對他做出一點點傷害。事實上是，摩訶大人在做實驗，為M-11號安裝一種強化晶片，結果你也看到了，是發狂的M-11號傷了大人！」

鱷魚眼相信狼軍所說的話，但他所見到的情況太奇怪了：「我看到的是一具會自行戰鬥的屍體，而且，哪來的強化晶片？」

「我不知道，摩訶大人沒說。」

「究竟發生了什麼事？」鱷魚眼抬頭呼喚電腦，「電腦！手術是你執行的，告訴我們，那晶片是什麼？從哪兒來的？」

「我也很想知道！」一把嘶啞的聲音把他們全嚇了一跳，原來黑鐵牛早就站在門外看好戲很久了。

一頭強化合金製的大黑牛走進手術室，前方有一對尖銳的牛角，臉孔包在黑色面具中，只露出雙眼。他徐徐而行，腳步輕盈，轉頭四顧，看到因戰鬥而碎裂的地板，又抬頭打量四周的電腦裝備：「你們太亂來了，萬一損壞了電腦怎麼辦？」

他年僅三十多歲，卻有威懾眾人的氣勢，以往摩訶對他頗為忌諱，不希望他的威望高過自己，也怕他掩蓋了繼承人狼軍的光芒。摩訶生前的顧慮不是沒有理由的，此刻手術室外頭站滿了進不來的鐵族，都被黑鐵牛的幾名部下擋在外頭。

「黑鐵牛！」鱷魚眼大聲招呼。他們兩人都是隊長階級，但在鐵族心目中，黑鐵牛的地位比他更高。

對於百越王摩訶慘不忍睹的屍塊，黑鐵牛只輕輕覷了一眼，沒人看得見他面具下的表情，是悲傷，是竊喜，還是憤怒？

「電腦，」狼軍大聲說，「可以關掉警報了。」

警報聲一停，手術室頓時安靜得像墓穴。

「電腦挺聽話的。」黑鐵牛語氣酸酸地，「話說回來，待會要用晚餐了，該由誰來發號施令呢？」

「摩訶大人才剛去世呢！」狼軍喝道。

「你迴避不了這個問題的，由誰繼任百越王，今天晚餐以前就該決定。」

「摩訶大人不在，誰能決定繼承人呢？難道要來打一場嗎？」

黑鐵牛嗤笑道：「你們都是魯莽的傢伙，在這裡打嗎？要是弄壞了電腦，我們全都要完蛋！」他嘿嘿笑了數聲之後，便學鱷魚眼的語氣：「電腦！請告訴我們，你剛才執行了什麼手術？那是什麼晶片？從哪裡來的？」

電腦深海其實也頗感吃驚的，黑鐵牛是深海沒預料到的人物，深海對於電腦大樓以外的人類社會委實掌握不足。深海很快找了個遁詞：「此問題屬於機密，你沒有詢問的權限。」

「呵呵呵，」黑鐵牛乾笑了幾聲，「電腦！誰才有詢問的權限呢？」

「摩訶大人，這是他親自設下的權限。」

黑鐵牛哼哼數聲，不再問電腦，轉頭對狼軍說：「今晚的晚餐，我們為摩訶大人舉行隆重的葬禮吧。」言畢，他頭也不回地大步離開，狼軍等人反而摸不清他的意圖。

黑鐵牛走到門口，門外的鐵族們立即讓路給他通過。

他一面走，最親近的部下火輪緊跟在身邊，小聲問道：「黑大人，你怎麼不追問下去呢？」
「問什麼問？」他嘿笑道，「猜也知道。」
「我們沒黑大人聰明呀。」
黑鐵牛很滿意他的回答，於是壓低聲音說：「我聽到風聲，今天才剛用新來的野人改造一個鐵鉤手，他馬上就發揮得異乎尋常，連大雲都嚇到了。」大雲的巨型輪狀圓鉤是很厲害的裝備，在天縫人木虱被改造以前，百越國還沒第二人跟他有類似裝備，「那些新來的野人，他們的禁區所掌握的技術想必跟我們不同，動腦想想便知道，晶片是從那邊來的。」
「大人英明！」火輪恍然大悟，「我們是不是也該試試安裝晶片呢？」
「別急，別急，」黑鐵牛沉聲道，「這是千載難逢的好機會，你們好好準備一下，今天晚上之後，我就是百越王了。」黑鐵牛志得意滿地說，「到時想要什麼晶片的，還怕沒有麼？」
「好興奮哦，大人怎麼知道的？」
「所以我叫你們去準備呀，」黑鐵牛說，「晚餐之前，先叫狼軍主持摩訶大人的葬禮，然後我硬要上去主持開飯，你們就在下面擁護我當大王，簡單。」
「我明白了，大人，」火輪奉承道，「如果狼軍不識趣呢？」
「我們就好好想個好辦法，看看等下如何解決他。」想到待會的奪權場面，說不定有一番廝殺，黑鐵牛就感到很亢奮，「他們忽然折損三名好手，尤其失去摩訶和飛符，肯定再也硬不起來了。」
「黑大人，狼軍還有很多能手的。」

「那就派山豬牙去打探消息，看看狼軍那夥人怎麼安排？」

「是。」火輪立刻跟黑鐵牛分路而行，跑去找山豬牙。

再一個多小時就是晚餐時間了，黑鐵牛心裡也不免緊張。

千算萬算，誰料得到摩訶會死在今天？還死得如此不堪？

不過摩訶死得正好，令人措手不及，他就是希望別人措手不及，因為他老早準備好了，只是在等機會。

現在，他們必須馬上部署接下來的行動。

首先是散布消息。

摩訶慘死的消息火速傳遍了鐵族，許多人都見到手術室的三具屍體了，對於飛符和M-11號的死因，很快便衍生多種版本的說法，全都對狼軍不利，這便是黑鐵牛的策略，他深諳謠言的威力，先用語言造成傷害，對手可能連辯護都沒機會！況且狼軍忙著處理三名親人的屍體，仍懵然不知。

百越國是摩訶建立的，摩訶當了四十年大王，權位突然空懸，強烈的不安感馬上籠罩百越國。

黑鐵牛的部下替他四處布局，勢必要在晚餐時間奪得百越國的主控權。

然而，他沒料到的是，應該準備晚餐的女人們，此刻正在開會，根本還沒開始準備晚餐，連一隻雞都還沒殺。

現身

遠在百越國一千四百公里之外，蓬萊國衛士在聖殿前的廣場集結，等待三聖駕臨。三聖親臨廣場，是前所未有的大事，因為三聖向來只在聖殿召見眾人，從不曾在聖殿以外的地方露面。

在見過三聖的人的記憶中，他們從年輕見到老年，都不曾見過三聖長大，總是保持七歲孩童的模樣。「三聖是仙人，擁有不老不死的身體。」蓬萊國人自幼就被如此教育，成了他們的普通常識。

晴朗的天空下，空氣乾燥清冷，聖殿外的廣場站滿了蓬萊國人，聖衛士橫列於聖殿台階上，個個手執武器，如臨大敵。

三聖從聖殿大門現身的那刻，群眾狂熱騷動，有人激動流淚，有人跪拜下地，許多人是畢生首次見到三聖真身，而不僅僅是國徽上畫的三個小人兒。

三聖表情冷峻，穿著極其華麗，其中短髮女孩高領大袍，長袍上繡滿了謎樣花紋，而長髮女孩穿著像古代洋娃娃的圓拱大裙，男孩則是鵝黃色的古秦人戰袍，民眾看得目眩神迷，覺得今生沒白活了。

不過說也奇怪，雖說三聖是小孩，卻沒提過他們個別的名字，國人只以「三聖」統一稱呼三人，是以三聖是單數名詞，也是複數名詞。

短髮女孩踏前幾步，高舉兩手，長袍上的金線在陽光下燦爛反光，民眾立刻安靜，等待她開口。

「各位蓬萊人！」她的聲音透過擴音器響遍廣場，「今天是特別的日子，三聖出來跟子民見面，因為有一件十分值得歡慶的大事！」

她沒提到多日前，飛蜥營有一對奴隸騎走飛蜥，也沒提到營長被判絞刑，至今仍吊在營地木架入口的橫樑上，生前體態福胖的營長腐爛得滴油，被乾燥的高原冷風漸漸吹成乾屍，每日在入口處輕盪。

短髮女孩望著下方密密麻麻的群眾，其實心情很緊張。她已經遠離外界多年，沒見過這麼多人，恩納士（Enas）不斷對他們重申外界的危險性：「你們能夠不老不死，依賴的是我們的白晶水，一旦沒了白晶水，你們的細胞就會飛速老化。」

她還記得，小時候被強制帶離父母身邊，還被全身浸泡進水槽，她還記得當時在白晶水中恐懼地掙扎，以為自己馬上要死了。

多年以後，她已經不記得父母的樣貌，也忘記了把她泡進白晶水的男人的臉，只知道男人是「主席」。

接著男人忽然失蹤了，緊接來了個長相奇特的生物——她最初還以為是演員的戲服——圓隆的頭顱、海豚的長吻、光滑奶白的身軀、一對肉膜翅膀、下巴垂著一堆肉芽，還有，看不出有腳，卻能飄浮移動。

「別怕，我叫恩納士。」他的聲音出奇地親切，一道安心的感覺撫過她的心房，她馬上便不害怕了。

後來她才曉得，另外兩名小孩也有相似的編號，她自身叫 Eos 6，男生是 Eos 11，而長髮女孩是 Eos 24，他們全都是 Eos。

待年紀漸長，她才會思考：Eos 是什麼？其他號碼的 Eos 去了哪兒？

在恩納士的照顧下，三人在實驗區內平安「長大」，還開始發號施令，建立城邦國家，成立衛士團，建立飛蜥營，還到其他村寨抓人回來當奴隸，甚至決定把人處死。

一切只是按照恩納士的指示行事。

真不知道，若是少了恩納士會怎麼樣？她甚至根本不可能活下來吧？

幾年前，恩納士要他們派奴隸去挖掘一座遠古的帝王墓，她根本不知道附近會有這種東西，恩納士是如何知道的？

恩納士的臉像塑膠娃娃，從來沒有表情，很難看出心情，不過古墓捎來消息那天，他的興奮是很明顯的，只要接近恩納士，內心就會受到感染，跟他一樣地雀躍。長年的古墓挖掘終於結束，那個令人討厭的猴臉新奴隸竟然找到恩納士所要的東西了！

恩納士再次證明他是對的，讓猴臉奴隸去浸泡珍貴的白晶水也是對的，他的決定讓古墓成功被打開，得到他尋找了很久的東西。恩納士告訴他們，真的是很久很久，打從那座古墓的主人被埋葬之前就在找了。

奴隸帶回一顆髒兮兮的肉球，表面黑沉沉的，恩納士說是因為浸泡在水銀中太久了，只要泡了白晶水就沒問題了。

令 Eos 6 驚奇的是，肉球在白晶水內快速長大，長成跟恩納士相同的生物，只不過更高更大，光是站立就有王者之風。頭顱的隆起更大，膚色是古銅色的——或許是因為浸泡了三千年的水銀之故。

三千年！三聖其實就是小孩形態的中年人，再過十年就算是老人了，Eos 6 實在難以想像活上幾千年是何種感覺。

高大的撒馬羅賓從水槽中升起，緩緩飄到他們面前，長髮女孩 Eos 24 比較膽小，瑟縮在男孩 Eos 11 的背後。

「這位是歐牟（Oum）。」恩納士向三聖介紹，「或稱『**設計師**』。」

恩納士沒有嘴巴，乃用心靈跟她說話，當他說到「設計師」時，Eos 6 能感受到他語氣中的強烈崇敬。

對三聖而言，恩納士是導師、保護者、決策者，幾如神的存在，但在「設計師」歐牟出現後，恩納士竟心甘情願退居為歐牟的助手，足見歐牟在撒馬羅賓之中地位之重。

Eos 6 對歐牟感到害怕，因為歐牟開始在聖殿中進行以前沒做過的活動——利用白晶水孕育新的生命。

數月之後，恩納士說：「我們可以現身了。」他要聖衛士長傳令全國，兩天後，三聖將在聖殿廣場跟國民見面。

當下，Eos 6 是震驚的，因為過去他們只透過電磁屏幕跟他人見面，以免遭到傷害：「你會保護我們嗎？」

「你們是無可取代的三聖，我會跟往常一樣保護你們。」恩納士的語氣如常傳送安心的氣息，不過 Eos 6 開始覺得，這種安心感是可以操作的，是能夠被植入意識的虛假感覺。

總之，不管願不願意，他們必須登上聖殿前方的高階，面對擠滿廣場的群眾，宣布這件大事。

「我們是不老不死的聖者！」短髮女孩 Eos 6 向群眾複誦恩納士傳到腦中的句子，「但是，真正不老不死的，是我們的老師！聖者的老師！」

聖殿前方揚起詭異的氣流，充滿靜電，眾人紛紛毛髮聳立，困惑地尋找氣流的來源。

忽然，有人指向空中大喊，聖殿上方出現一隻奇特的大鳥，無需拍動翅膀，就在眾人的驚嘆聲中冉冉而降，降落於三聖之間，飄浮於聖殿的高台上。

輪到長髮女孩 Eos 24 出來說話：「這位就是最偉大的老師，初次跟你們見面，是你們莫大的榮幸！」她原本還不太有自信，漸漸聲音越來越高亢：「你們當崇拜他，一如崇拜三聖！因為他是三聖的老師！」一如平日，訓練有素的群眾發出熱烈歡呼聲。

但也有人偷偷露出嫌惡的表情，小聲嘀咕：「不就是隻怪物嗎？」話才說完，他便忽然眼神失焦，快速切換成充滿熱情的目光，熱烈凝視空降的撒馬羅賓：「我好感動！是三聖的老師呢！」轉變突兀，但完全沒人留意到。

「大家請安靜！」接著是男孩 Eos 11 說話了。

所有人都不約而同聽到一把祥和的聲音在腦中響起：「安靜……」四周的聲音彷彿瞬間被吸光了，只剩下腦中的聲音，所有人心無雜念，平靜地站立，如雕像般敬仰三聖。

男孩 Eos 11 待眾人都安靜下來之後，才說：「讓我們一起讚美老師的名字！老師的名字叫——歐牟！大家一起讚美——歐牟——」他將尾音拉得長長的。

三聖同時發出聲音：「歐牟——」三個高低不一的音調，混合成和諧的聲波，動人的和聲令人生起雞皮疙瘩的麻醉感，同時又洋溢著興奮，在三聖緩慢且反覆的唱誦聲中，寧靜和狂熱同時並存。

奇怪的是，明明只有三個人的聲音，聽起來卻像隱藏了更多的音調，時而飛出一個如口哨的高音，時而又躍出幾個不和諧的奇特和聲，這稱為「泛音」。

其實聲音鮮少是單一頻率，往往包含一段範圍的頻率。當聲音在小空間中反覆震盪時，其中某些頻率會因共振而放大，甚至憑空迸出一個高出三個八度的弦外之音。

許多遠古民族如古蒙古和古藏人都有對「泛音唱法」的崇拜，甚至有專門傳承唱誦的人，且唱法有幾種變化，用喉頭低音共振的稱為「呼麥」（khoomei），用舌頭與上顎之間製造狹小空間的高音共振稱為「西奇」（sygyt）等等。

群眾被泛音特殊的共振聲所吸引，無法抗拒地加入和聲，樂音越來越壯碩，逐漸匯集成強烈聲波，傳到蓬萊國城牆之外，甚至遠在山丘上的飛蜥營，連飛蜥們的耳膜都能感受到微微震動。

由兩千五百人合唱的「歐牟——」和聲，在四面圍牆之內集中共振，從廣場的地面傳入地底，穿過百年的水泥地面，鑽進礫石層、黃土層、岩石層，聲波深透地函。

歐牟的名字本身就是一個古老的崇拜，據說歐牟（oum）是宇宙的音聲，反映宇宙生成、持續、毀滅三個階段循環不休，當唸誦歐牟時，便與宇宙接通了。

經過一個小時之久，吟唱的聲音驟然停止，廣場驀地沉靜，人們如夢初醒，彷彿不記得剛才發生過什麼事。

高大的古銅色撒馬羅賓仍然飄浮在空中，展開寬闊的聽帆，下方垂著海豚長尾，用一雙狹長純黑的眼睛高高凝視著群眾。

每個人的腦中都聽到聲音了：「明天同一時間回來。」大家乖乖點頭，群眾們慢慢散去，他們的意識已經被寫入了程式，明天將會定時回來。

經過了四十年，三聖總算見識到撒馬羅賓真正的厲害了，原來以前恩納士所做的一切，的確遠遠比不上「設計師」歐牟的強大。

Eos 6 忽然一陣哆嗦，開始疑心幫助他們多年的恩納士不是單純地保護他們，他究竟有何目的？為何會在三千年前的古墓中找到他的同伴？

她不禁相信，恩納士和歐牟肯定另有目的，而三聖只是他們通往目的過程中的棋子而已。

不，她驀然警覺，她連疑心都不能夠，恩納士會察覺到的！

她偷瞄了一眼後方，恩納士躲在聖殿大門的陰影中，如常低調地隱藏幕後，推動撒馬羅賓的偉大計畫——三千年前意外胎死腹中的計畫。

溫室

一千多萬年前，印度板塊撞上歐亞板塊，兩大板塊在大地上擠出了層層摺縐，每條摺縐都是一條山脈。千萬年來，板塊擠壓未曾止息，因此越來越多摺縐、越來越多山脈，且山脈以每年五厘米的速度不斷增高，終至突出天際，如同高聳的巨型無盡圍牆。

古印度人遙望北方時，將白色的無盡大圍牆稱為「喜馬拉雅」（Himalaya），意指「雪域」，有了人造衛星以後，人類從高空觀望層層山脈，有如凝固在地表的海浪，因此地球聯邦將此處的野生人類禁區命名為「雪浪」。

山脈突出於地球表面，一如水晶會將「導氣」，水晶的尖端會「集氣」，雪浪的尖峰也在聚集地球的「氣」，雪浪居民長期被許多集氣的尖鋒包圍，沉浸於旺盛的氣域之中，特別能感受到「氣」的力量，因此產生了許多高度探索心靈的宗教。

潘曲也感受到了。

飛行巡艇一進入雪浪領域，經過重重山脈時，便感受到細密如紗的氣流滋養，頓覺通體舒暢，彷彿稚兒回到母親懷抱，安心又溫暖。

那由他所在的聖者洞穴，隱藏在無盡綿延的雪浪之間，地形相似度太高，要不是校正了衛星定位，想在上空目視搜尋，無異於大海撈針。當他在山坡稍作停歇，雙腳踩在雪地上，更能感覺到從地底湧現清涼的氣流，從胯下流經生化軀體，再從頭頂中間如噴泉般湧出去。

在山腳的溫室中，他席地而坐，在綠色糧食作物的包圍下，雪浪長老法地瑪陪伴他喝茶，等待格喜老人呼喚一個人過來。

四十年前見過面的兩人，皆已歷盡滄桑，從少年步入老年，義無反顧地充分利用生命的終場。

「可能要等一段時間，」法地瑪說，「她可能在不遠的冰河上探測，也可能在家裡修行，也可能去谷底的草原牧牛了，格喜會找到她的。」

「她是什麼人？」

「她的名字是『美隆』，意思是鏡子。」法地瑪說，「美隆像鏡子一樣，知道所有去過冰原的族人的遭遇。」

「那由他告訴我，她曾經去過南極，妳說的冰原是指南極嗎？」

法地瑪重重呼了一口氣，仍然對當年的事心有餘悸。那由他是她的「三位一體」兄弟，兩人初次會面，就是在南極的冰原上，要不是被那由他發現，或許她現在是一具保存完好的冰屍。

不，其實撒馬羅賓才是她的恩人，那由他說過，當她昏迷躺在雪地上時，有位撒馬羅賓站在旁邊守護她，而且是該撒馬羅賓引導那由他來救她的。

「我不知道那由他告訴了你多少，我盡量長話短說。」

「好。」

「瑪利亞，地球聯邦的創建者，超級量子電腦。」法地瑪向潘曲揚了揚眉頭，確認他明白，因為潘曲剛自瑪利亞藏身的地底廢城來此，「四十多年前，瑪利亞派遣那由他去調查，允許他走遍每一個禁區。」

「調查什麼呢？」

「火星來的炸彈。」

「火星？」潘曲不禁納悶，怎麼會扯上火星呢？雖說大毀滅之前曾有火星殖民計畫，但大毀滅時就跟地球失聯了。

「當時未公布的機密資料，地球聯邦有好幾個大城市被轟炸，監視衛星發現攻擊來自地球之外，尤其奇特的是，每次轟炸都相隔二十六個月。由飛彈射來的方向和二十六個月的周期推測，它們來自火星。」法地瑪說，「飛彈都鎖定大毀滅前存在的大城市，然而有的大城市早已成了廢墟，表示他們所掌握的是大毀滅前的舊資料。」

潘曲有所了悟：「也表示數百年前的火星殖民是成功的。」

「但是，有兩個轟炸位置是例外。」

「哪兩個？」

「賈賀烏峇和火地島。」法地瑪伸出兩指，「後期的兩次攻擊中，這兩個大毀滅前不重要的地點遭殃，首先，賈賀烏峇完全是地球聯邦的新城市，而火地島是無人地帶。」

潘曲在記憶中尋找地圖——火地島位處於南美洲末端：「火地島是進入南極大陸的墊腳石。」

「答對了，那由他猜測，稱為『空行者』的撒馬羅賓在大氣層上空令飛彈轉向，才會炸穿瑪利亞藏身處的地面，才會令瑪利亞開始敗壞的，後來撒馬羅賓也承認了，目的就是要破壞瑪利亞。」法地瑪搓搓手，表示講到重點了，「那麼，毫無重要性的火地島又是怎麼回事？那由他猜測，火地島有撒馬羅賓需要保護的東西。」

「在南極。」

法地瑪點頭：「在南極冰層下，那由他見到了很多撒馬羅賓的——蛋。」

法地瑪敘述，那由他看見南極的空中，漫天遍布撒馬羅賓，引導一個空行者順利墜落，因為以往的墜落都令空行者在大氣層中焚燒殆盡，「這是他們唯一成功保住的空行者，名叫**泰約**，那由他說他的體型有一般地行者的二十倍。」

回想剛才被他用雪崩掩埋掉的**智者**，潘曲想像二十倍是有多大。

法地瑪繼續說：「根據那由他的故事，我們猜測撒馬羅賓有一個計畫，雪浪人於是進行了好幾場集會，合力用心靈偵測，尋找全球各地的撒馬羅賓，但他們的心靈十分隱蔽，不容易尋找，又極難進入，難以知悉他們的想法，不過，我們還是找到了許多在世界各地零散分布的撒馬羅賓，而且在北極有又多又密集的撒馬羅賓，只不過心靈都十分微弱。」

潘曲忽有所悟：「說不定北極也有蛋。」

「有可能。」法地瑪說，「所以我們派了三批人，每次兩人，如先前所言，一個都沒回來，但在他們試圖進入撒馬羅賓領域的過程中，都一直跟美隆保持聯繫，所以美隆都保存有他們的記憶。」

潘曲現在很有興趣認識這位美隆了。

「你們派人去哪個地方呢？南極是大陸，但北極是海。」潘曲說，「北極被美洲、亞洲、歐洲環繞包圍，海岸線很長呢。」

「你說的沒錯。」法地瑪嘆息，「很不容易，我們的六名好手至今依舊生死不明。」

「他們是什麼好手？」

「他們受過特殊任務訓練，跟你們奧米加一樣，防身術都是會的，當然神通是必要的。」法地瑪解釋道：「在六種神通裡頭，有五種是凡人修行可能得到的，他們至少有最常見的**天眼**、**天耳**兩種，能聽見或看見遠處之事；有的有**他心通**，就是能感知他人心靈；有的有**宿命通**，能感知過去的時間軌跡，但是，還罕有人的**神足通**像奧米加那麼強。」

「你是指空間跳躍嗎？」

法地瑪點點頭。

「但我們每使用一次，就必須休息很久，除非是……**托特**。」

聽到故人的名字，法地瑪不禁微笑：「八號。」

「我是五號，」潘曲指指自己，「我們奧米加六代之中，八號托特是最強的，他不但能自己跳躍，還能帶別人跳躍。」

「他還好嗎？」

「地球聯邦崩潰後，他就失蹤了。」

法地瑪沉默半晌，才說：「如果有神足通，或許……萬一遇上危險，你還回得來。」她眨眨眼：「你還有奧米加的同伴嗎？單獨行動不太保險。」

潘曲沉思：剛才從「智者」那邊獲悉，他已經收攏了一號塔卡、三號泰蕾莎和四號黑格爾，如今只剩二號烏倫、六號史東和七號沙厄多年失去聯絡，不，他曾經收到六號史東的求助心念，於是前往禁區ＳＺ４６，亦即「百越國」，沒想到那兒的改造人竟設了陷阱要捕捉他，差點逃不掉，所以恐怕史東也凶多吉少。

「我們很久沒聯繫了。」潘曲邊回答邊盤算：烏倫比較沒主見，沙厄自私不可信任，他們依然跟年輕的時候一樣嗎？

溫室的小門敞開了，一陣冰冷的風湧入，潘曲不禁打了個哆嗦。只見格喜老人走進來，恭敬地對法地瑪說：「美隆來了。」

格喜老人身後，是個黝黑削瘦的十歲女孩，臉兒尖尖的，所以兩眼顯得格外地大。她穿著棕色的棉袍，還掛著鼻水，一臉無辜的模樣：「長老，我來了。」

法地瑪對她溫柔微笑：「美隆，我介紹妳認識一個人。」

美隆圓睜大眼，定睛凝視潘曲良久，才說：「長老要我回播諦巴[1]叔叔的經歷嗎？」

潘曲感覺到她心靈的觸角伸了過來，很纖細很柔和但很精確，潘曲不禁驚訝，這年幼的女孩竟對心念操縱如此純熟。

法地瑪告訴她：「不只諦巴叔叔，而是所有人。」

美隆更仔細地打量潘曲之後，問：「他是下一個勇者？」

法地瑪微笑道：「他還沒決定。」

美隆對潘曲說：「你會去的。」語氣十分肯定。

1 梵文 Dipa，燈。

第二章

重逢

回憶是一條沒有歸途的路。

●● 馬奎斯《百年孤寂》●●

美隆

溫室中央有一塊小空地，鋪了平坦的石片，若仔細觀察，會發覺四周的植物是刻意循著特殊形狀栽種的。當潘曲踏入這片空地，便頓覺氣感比外界的雪地更為強盛，能量快速充滿身體，方才在斜坡戰鬥的疲憊感也瞬間一掃而空。

法地瑪請潘曲雙腿盤坐，美隆也步入小空地，在潘曲面前趺坐，端正好身體，兩眼半合，彷彿老早就演練了許多遍。

潘曲望著美隆抹過油的烏黑頭髮，若有所思地發起呆來，女孩睜眼喚他：「你也闔眼睛好嗎？留一小道縫就好。」她秀長的手指作閉合狀。

潘曲依言照做之後，美隆便輕聲說：「好了，伯伯放鬆，別想太多哦。」法地瑪和格喜老人在一旁守護，以防變故。

潘曲的心境沉靜之後，額前豁然大放光明，道道白光貫入眉心，像高速公路上飛馳的流火，掠過大腦皮層，像擁有好幾個銀幕的電影院，同時快速播放六部影片。

三段不同的時間帶、六個人的視角同時顯現，他的意識卻能清楚辨別，絲毫不覺得混亂。

更令潘曲驚訝的是：這豈不就是奧米加的「流出」嗎？

只不過奧米加用於殺人，而天真無邪的美隆則如同一部人體錄影放映機，將心靈技巧運用自如。她熟練地在潘曲腦中播放六位勇者的經歷，卻又不對腦子造成負擔，不像「流出」會令大腦超載崩壞。

潘曲驚訝於小女孩的超高能力之時，也驚於美隆給他觀看的內容。

畫面中有兩艘飛行巡艇，分別屬於那由他和法地瑪，各載送一名勇者到冰原，然後兩名勇者利用有限的食物和時間，徒步深入冰原，以免引起撒馬羅賓的注意。

但他們最後都有同一個結果。

「那是什麼？」畫面中盡是黑壓壓的針木林和淒白的飛雪天，然而天空中竟出現一片巨大黑影，像拱頂般籠罩著大地，龐大得看不清全貌，它還有兩個空洞的黑色大眼。

「**雪人**出現了。」畫面中的人說道，然後望向同伴。

「天啊！」潘曲覺得這把聲音很熟悉，但很久沒聽過了，「這就是雪人！」然後畫面中的兩人互望，潘曲同時看到兩人視線中的對方。

「烏倫！」他大吃一驚，其中一名勇者是跟他同屬於奧米加六代的二號烏倫！

雖然烏倫老了，雖然分別的日子多於在一起的時間，但自幼相伴的隊友是不會認錯的。

法地瑪沒告訴他，原來他們已經找過奧米加了！

所以即使是身為奧米加的烏倫，也無法成功脫離撒馬羅賓的地盤！難道這四十年來，烏倫的空間跳躍都沒進步嗎？

當勇者們進入「雪人」下方時，畫面就驀地結束了。

沒有暴力，沒有哀嚎，就倏然失去畫面。

潘曲的大腦重新接管視覺，視網膜恢復作用，眼前豁然開朗，但映入眼中的不是綠意盎然的溫室，而是搖晃的黃色燈火，頭頂玻璃屋頂透見黑夜和繁星。

他用力揉了揉鼻梁兩側，視線才得以重新聚焦，只見美隆依然端正趺坐，用精靈大眼凝視他。

「有多久了？」潘曲問法地瑪。

「五個小時。」難怪，幸好他的雙腿是生化機械腿，否則便要站不起來了。

「影像忽然結束了？根本還不知道發生了什麼事。」

「正是如此，所以我們才想弄清楚。」

「妳沒告訴我有一位奧米加。」

「這不是秘密，你反正會知道的。」

潘曲從背袋取出奧米加的藍藻乾糧，邊吃邊思考。

他還沒決定要不要接受這趟任務。

「妳要派誰跟我一起去？」

法地瑪坦承道：「我希望你能再找一位奧米加，以增加回來的機會。」

如此就只剩下沙厄了，他內心深處真的不願見到沙厄。

法地瑪又說：「在你探訪冰原的期間，美隆會全程待在這裡，將你所見到的一切記錄下來，隨著你睡，隨著你吃喝，我們也會照顧她、保護她的安全和不受打擾。」

潘曲抬頭跟美隆對視，從她眼中看不見一絲狡詐，只有純然的真心。

「我注意到，我們在避開一個問題。」潘曲只剩最後一個考慮了。

「有嗎？」

「我一直在想這個問題，而你們一直沒提。」潘曲說，「你們認為，撒馬羅賓邪惡嗎？你們……不，我們的目的，是消滅他們嗎？」

法地瑪會心一笑：「這是對立的思維法，會墮入二分法的陷阱。」

「難道正邪不是對立的嗎？」他問法地瑪，也問自己。

「若有對立，就看不清全貌。」法地瑪說：「就如光譜，兩端是紅色和紫色，你只看兩端，就看不清中間還有很多顏色。」

「妳說得雖有道理，不過……這麼說好了，萬一發現撒馬羅賓想消滅所有人類呢？我們該如何做？」

「我們也消滅所有撒馬羅賓嗎？」法地瑪說出他心裡的想法，「如果這麼做，你以為在阻止惡，最終豈不站在惡的一方了嗎？」

這想法令潘曲頗為震撼，但他不顯露在臉上。

「若『對立』這個詞過於絕對，不如說『相對』好了。」法地瑪繼續說：「比如說，所有人所得到的利益，其實都是從他人身上得來的，你這裡有一增，他人必有一減，例如食物，我們所食必為其他生命，不論動物植物。然而，在這其中看不見『對立』的正邪，只看得見『相對』的平衡。」

「妳要我『沒有對立』地去尋找撒馬羅賓？」

法地瑪點點頭：「我希望你能辦到。」

「妳給我出了一道難題，」潘曲疲倦地說，「讓我有一個晚上整理，行嗎？」

「當然，你是自由的。」法地瑪說，「奧米加以前被教導絕對服從地球聯邦，其實就是服從瑪利亞，但奧米加早就沒有主人了，你自由很久了，也為自己活了很久了，但是我看得出來，你不甘於此。」

潘曲下意識地拉出掛在脖子上的項鍊，包在手心裡頭，每當苦惱，他就會藉此尋求安慰。

眼尖的法地瑪看見了：「你手中的是……？」

「這個嗎？」潘曲出示掌中的兩枚記憶立方體，「是逝去的朋友。」

沉默不言的美隆突然說話：「她很高興又遇見妳了。」她望著法地瑪。

法地瑪困惑地微微皺眉：「美隆，誰高興遇見我了？」

美隆指指其中一枚記憶立方體：「她，她很高興很高興很高興。」

「這記憶立方體是誰？」法地瑪驚異地問潘曲。

「生化人，橘色00。」

「天啊。」法地瑪的眼眶剎那爆出豆大淚珠。

「妳認識？」在潘曲交給法地瑪的兩張照片中，有個臉孔貌似橘色00的女性跟法地瑪合影，但潘曲不確定那女人是真人或生化人。

法地瑪點頭：「你如何得到的？」

「她在時間旅行任務中心照顧我們奧米加，她……」潘曲注視法地瑪的淚珠，「後來她除役了，他們要銷毀她的身體，我要求留下記憶立方體。」

「你為何想留下記憶立方體呢？」

「她，她很照顧我們……我是指奧米加，我們沒有父母，而她像母親似地照顧我們，但她有嚴重的記憶混淆，常常會呢喃說一些怪事，可能是記憶的殘片，但主任告訴我們不可能是記憶，因為她的使用壽命只有五年，她是全新的。」

「使用壽命只有五年的是身體，但記憶立方體不是，」法地瑪拭淚說，「這是我後來才知道的，地球聯邦會清洗掉記憶立方體的記憶，但你知道，記憶立方體是以量子態記錄資訊，所以……」

「『量子態無法永滅。』弗勒絲．葛林說的。」潘曲領悟道。

弗勒絲．葛林是大毀滅前重要的理論物理學家，但在五大聯盟的軍事競賽中被暗殺了。

潘曲問：「妳也認識橘色００嗎？」

「她也照顧過我，」法地瑪從衣服下方抽出時刻不離的心形墜子，裡頭裝了少量骨灰，「這骨灰，是我們『三位一體』的母親沙也加－θ８３４０５７６１，我從小跟她同住，但在我不知情之下被置換成生化人了，我還以為她仍是真的媽媽，一旦我知道，她的生化人任務就馬上結束，就被回收了。」法地瑪再度止不住淚水，待她稍微冷靜後，才說：「然後，蘇，也就是第一主席，給了我這條墜子，我才知道媽媽早在好幾年前就被清潔隊處理了。」

「妳說的媽媽不會是……」

法地瑪點點頭：「你從我舊家拿來的照片，藏在相框後面那張。」

「所以，那位才是妳真正的媽媽，她果然是橘色００的原型？」照片中的女人年紀較大，而非永保年輕的生化人臉孔，潘曲早就猜想是真正的人類。

「是的。」

潘曲靠近法地瑪，端詳墜子裡的骨灰，只要想到裡頭裝的骨灰就是橘色００的原型，心裡便忍不住激動。

不久前，他在賈賀烏峇的地底「工廠」時，曾將橘色００的記憶立方體插入記憶體槽中檢視，難怪只看到混亂無序的殘缺記憶，原來它曾被多次清洗和重設。

「謝謝你，得知她並沒直接除役，而是被分配去照顧你們了，我的心好過多了。」

看見法地瑪淚水的這刻，潘曲便決定接下任務了。

「她陪我很久了，當我寂寞時，她給了我最好的陪伴。」潘曲將橘色００的記憶立方體拆下，遞給法地瑪，「應該換陪陪妳了。」

法地瑪用指尖輕觸記憶立方體：「真的可以嗎？」

「美隆說的，美隆，對嗎？」

美隆笑了，笑容像寒冬中盛開的花朵，不停對法地瑪點頭：「她很愛妳，她可能忘了很多，但永遠不會忘記她對妳的愛。」

陷阱

沙厄覺得很不安。

不久前，鐵臂偷走飛蜥時，曾找他一同前往百越國拯救族人，但他拒絕了，因為他在蓬萊國還有未盡之事。

好不容易，他尋求多年的夢想剛見到曙光，聖殿中有樣東西能完成他的夢想，他不想離開夢想！

他想要身體，他打從幼年就被摘除了身體，雖然擁有更強的生化軀體，卻是一生的缺憾！當他獲悉長生不死竟是真有可能時，他不願再有缺憾——至少要先達到長生不死，才有時間弄回一副真正的肉體吧？

蓬萊國坐落於丘陵地帶包圍的狹長河原，曾是好幾個古國的千年京城，沙厄守在山丘上，吹著乾冷山風，每日用望遠鏡緊盯山下聖殿，試圖找機會闖進去，浸泡鐵臂泡過的奶白色液體。

連鐵臂那種野人都泡過兩次！他嫉妒得要命！其實還不都是他沙厄的功勞？而他卻連進去聖殿的機會都沒有，實在太吃虧了！

之前，他在其他禁區聽聞，蓬萊國有三個不會變老的統治者，才跑來打探風聲，因緣際會幫助他們挖掘古墓。當鐵臂在古墓吸入過多水銀氣時，他放手一搏，求三聖拯救，果然探察到長生的秘密就在聖殿！卻跟那顆肉球失之交臂，令他悔恨不已，當時應該直接抱走肉球，駕駛飛行巡艇全速逃離蓬萊國的。

後來看見那肉球竟在白色液體中長成高大的半鳥人，他又尋思：那生物應該答謝他的，因為是他主持挖掘工作，是他幫助那生物從古墓脫困的。

他怨恨三聖的翻臉無情，明明原本器重他、仰賴他掘墓的，卻忽然棄他如蔽屣！

無論怎麼想，他都不甘心！一千個不甘心！一億個不甘心！

他不願離開蓬萊國，所以拒絕了鐵臂的求助。

如今他愈感不安，因為近日蓬萊國出現奇怪的變化，顯然有些事正在秘密進行中。

這幾天，廣場每天都準時聚滿人，兩千五百人齊聲吟唱三個音節，聲音遠遠傳到他藏身的山丘，他第一次聽到就被震撼得渾身酥麻！

其實他十分熟悉那些音節，他在古墓中也是教導鐵臂這麼唸的，打從幼年在TT任務中心受訓，他就被上一代奧米加教導：唸這個字，是最快進人專注狀態的方法。

為何蓬萊國人會集體唸誦「歐牟」——也就是他所熟知的「唵」呢？而且每天都準時聚集唱誦？

絕對不會錯的，有事要發生了。

他從高處觀察，留意到每天會有幾個人走進聖殿，都是普通國民，然後就沒再出來了。

事有蹊蹺，他一定要進聖殿瞧瞧！

但那半鳥人好像也有很強的心靈能力，所以不能冒著被察覺的危險擅闖聖殿，即使夜間也不是最佳時段，因為半鳥人好像都不睡覺。
所以最好的時機，應該就是整整一小時的廣場合唱時間吧？
今日的合唱時間快要到了，他準備好使用很久沒用過的空間跳躍。這幾天，他一直在保存體力，情況好的話，他估計頂多能做四次空間跳躍，而且至少要保留兩次做逃走之用。
時間到了，蓬萊國人準時從四面八方湧進城中，沙厄緊張又興奮，等待合唱開始。
此時，忽然有個細小的聲音刺入意識：「沙厄，沙厄……」久違的感覺！是奧米加同伴在呼喚！多久沒人呼喚他了？為何偏偏選這時間呢？
沙厄心中有點高興奧米加的呼喚，又有點困惑誰會呼喚他，又有點懊惱，不想錯過珍貴的時機。
幾經掙扎之下，沙厄還是回答了：「七號，沙厄。」
「五號，潘曲呼叫。」一旦回應對方，就會馬上建立連結，對方的聲音便清晰了。
「潘曲？」二十多年沒聯絡，此時找他何事？雖說年少時常常一起行動，其實二十多年前還鬧得不太愉快呢。
「沙厄，潘曲呼叫，我們能談談嗎？」
沙厄忽然防備起來：「潘曲是不是知道了什麼？」潘曲聯絡的時機太湊巧了，先前聽衛士長說過，鐵臂是潘曲帶來的，他算是跟潘曲在蓬萊國擦身而過，而潘曲帶來的人佔了他便宜，他可不想讓潘曲也佔便宜，他不想分享長生的秘密！
「我在忙，」沙厄回應潘曲，「結束。」他強制中斷心靈連結，還設立封牆，拒絕潘曲的心念。

啊，討厭鬼趕走了，要重新預備空間跳躍了。

他從來沒喜歡過潘曲。

事實上，他從來沒喜歡過任何人。

話說回來，他甚至討厭自己。

沙厄耐心地等待，三聖又來到聖殿前的台階了，半鳥人跟昨日一樣飄浮在人群上空，廣場上的「唵」聲合唱如期開始，他於是集中心神，讓全身每一個分子脫離空間鎖定的狀態，進入宏觀量子態。

同時，廣場上的合唱聲波迅速擴大範圍，一波接一波振動四周的建築、圍牆、砂子、樹木、草莖，將聲波灌進分子間的縫隙，振盪每一顆水分子，也深入沙厄的皮膚細胞、仿生肌肉、仿神經元，在DNA鍵接中加入自己的波長。

沙厄還記得鐵臂進入聖殿走到水槽的路線，他要直接移位到水槽後方，「跳吧！」他心念觸動，他所在的空間和目標的空間瞬間折疊，待他定神過來時，已經站在聖殿之中、水槽後方。

但是，出乎他的預料，水槽的白色液體中，浸泡著一個古銅色的半鳥人！從外觀來看，就是他在古墓找到的那個！

「糟糕！」沙厄還在驚訝，便感到一根細長的尖刺伸入腦中，不是實體的刺，而是撒馬羅賓的心靈觸角直接刺入，強制連接他的大腦皮層。

「你終於來了。」對方的聲音如微風般拂過沙厄的大腦聽覺區，「你忍耐了很久呢。」

「陷阱！」當沙厄終於明白時，對方已經牢牢抓住他的大腦皮層，接管了他的手腳。

「我們欠你一句謝謝，」水槽中的半鳥人說，「現在是回報你的時候了。」

沙厄被束縛的大腦之下，尚有獨立的心靈，試圖反抗掙脫。

「我們還在猜想，你會用何種方法進來呢。」半鳥人的聲音宛如清風，融化他緊守的意識，「沒想到啊，原來真的有這種能力呢。」

沙厄的心靈在嘶喊，但他的大腦卻平靜得很，因為每一根銳角都被撒馬羅賓撫平了。

「你想泡白晶水是吧？」撒馬羅賓說，「來吧，本來就要讓你泡的。」

天花板上伸出兩隻機械臂，將沙厄高舉到水槽上方，慢慢浸入水中。

沙厄不知是該高興好，還是害怕好。

他的心願達到了，可是，總覺不太對勁？

與此同時，潘曲也沒有放棄跟沙厄溝通。

他求助美隆，因為美隆的能力是直接去感知空間，而不像奧米加，必須連接他人的視覺去觀看。

「從剛才短暫的連接，妳能知道沙厄在何處嗎？」

美隆半合著眼，輕輕地點頭，然後困惑地說：「很古怪，他原本坐在飛行巡艇裡面的，忽然不在了……」美隆的神情變得深沉，彷彿瞬間長大了幾歲，「我找到他了，我追逐他的意念找到他了，他進入了一間很大的房子。」

「空間跳躍！」潘曲一聽就曉得沙厄在使用空間跳躍，為何要用到空間跳躍？他在做什麼事？

「撒馬羅賓！」美隆輕呼道。

「什麼？」法地瑪趕緊湊過來，「他那邊也有撒馬羅賓？」

「長得跟智者不太一樣，不過是撒馬羅賓沒錯。」美隆專注精神，凝視聖殿中的情境，

「那位撒馬羅賓是黑色的，泡在大水槽中，裝滿白色的水，他捉住沙戹了，也把他泡進水裡了……」

潘曲十分著急：「美隆，妳有辦法讓我也看到嗎？」

「可以，但我會比較辛苦。」美隆才說完，她所看見的畫面竟驀地印上潘曲的視覺，一幅全景圖像赫然在潘曲面前打開，如同親身站在聖殿之中。

潘曲不禁讚嘆：這小女孩的能力好強大！

他認出來了，他來過這聖殿，不過只到過前殿，但柱子和飾紋的風格是相同的，而且絕對不會錯認的是——柱子上有三個小孩呈三角排列的圖騰！所以沙戹在蓬萊國！他怎麼會去到那兒的？

他聽見外頭傳來海潮般的合唱聲，「嗡」的三個音節一波波湧來。他看見沙戹在水槽掙扎，白色液體灌進他的口鼻，雖說奧米加的生化軀體不用肺部呼吸，但體內的系統恐怕也會被浸壞的！

「我要去救他！」潘曲很緊張。

這幾天，他在雪浪修養，體力和精神恢復得很好，是他在地球聯邦崩潰之後過得最安心的日子。法地瑪要給他食物，他告訴他們，生化軀體不能攝取高蛋白質食物，平日只能吃特製的藍藻乾糧。

結果，他們為他送來特製的食物，說是雪浪的聖者們根據他身體調配的高能量食物，有綠葉和蕈類研磨成的乾粉，配上雪山上特有的根莖類，他半信半疑地吃了之後，果真很快恢復體力，精神也比以往更好，所以他有把握進行更精準的空間跳躍。

「我要救沙戹。」在美隆投映的天眼全像屏幕中，他有如親臨現場，勢必能夠精確跳躍到沙厄身邊，然後瞬間將他帶回來。

「撒馬羅賓會發現我們的！」法地瑪警告。

「他們早就發現了。」潘曲說，「那由他說過，撒馬羅賓是一個，也是一群，他們全體共知，若智者四十餘年前已在你們山下建立『反聯邦』村子，想必老早就知道你們的位置了。」

法地瑪飛快地思考：「別忘了，你說你的奧米加同伴好像被控制了心靈，撒馬羅賓的心靈能力很強，說不定你也會被控制！所以一定要很小心，而且動作要很快！」

「我知道了。」潘曲堅定地說。

潘曲忖度，冰原的撒馬羅賓能封鎖美隆的天眼，不讓她看見六名勇者的下場，那麼蓬萊國的撒馬羅賓又不知有何能耐？法地瑪說得沒錯，他只有一個方法：要快！惟有連續兩次迅速空間跳躍！

潘曲半合雙目，在額頭內部凝神，集中存思蓬萊國聖殿。

「嗯！」他心念一緊，忽然被白色液體包圍，他睜大眼睛，不顧可能刺痛眼睛的白晶水，看清楚眼前的人是沙厄，便用力擁抱他，心念再閃過雪浪山上的溫室，做第二次跳躍。

此時，在電光石火之間，他掠過了三個念頭。

這白色液體並不刺眼，其實舒服得很，他莫名地也很想泡在裡頭。

後面緊貼的就是撒馬羅賓了，但他沒時間回頭去望他，那位撒馬羅賓也被嚇到了吧？

有一道很細的刺痛，是什麼？他很快警覺到：不是肉體，而是意識被刺痛了！

撒馬羅賓要入侵他的意識！快逃！

「跳躍！」他用一個強大的念頭壓過所有的胡思亂想，剎那間，空間反覆折疊，他感覺肉體和心靈俱被拉扯成細線、擠壓成平面、粉碎成虛空。

守護員

百越國的女人們沒料到，她們的守護員失蹤四十年後，另一個禁區的守護員，竟會出現在養雞場。

面對傳說中的守護員，狼妻雖然跟大家一樣興奮，依然不失冷靜：「妳要如何拯救我們？」

白眼魚—火母見狼妻頗有威嚴，儼然是眾女之首，便問：「我能信任妳嗎？」

狼妻觀察白眼魚，看她外貌是少女，卻有經歷過磨難的深邃眼神，也問：「我也想問妳，妳有拯救我們的能力嗎？」

白眼魚—火母搖頭，狼妻反倒暗吃一驚，然後白眼魚說：「我一個人辦不到，畢竟妳們比我更熟悉鐵族。」

有人在外圈大聲問道：「要是沒了鐵族，誰來保護我們？」

「正好相反，」白眼魚—火母馬上回應，「折磨妳們的正是鐵族，他們不是保護妳的人，他們是加害者！」

那女人聽了，氣得發抖：「妳是外來人！為何要破壞我國的和諧？為何不理解鐵族的偉大計畫？」

百越國的年輕女人們被教導，必須犧牲自己個人，才能造福所有族人，而鐵族則保護族人不被外族侵犯，必須崇拜、服侍、照顧身為男人的鐵族，才能換取百越國永恆的和平。

她們自幼被如此灌輸，觀念根深柢固，罕有人留意到邏輯中的矛盾。
「百越國的偉大計畫是什麼？」白眼魚—火母問。
「統一天下河海，復興百越古族！」女人們像內建了這句話的播放機一般，齊聲背出這句話，嚇壞了天縫來的女人。
「我明白了，」白眼魚—火母對她們說，「簡單來說，就是攻擊其他禁區，把搶來的男子變成跟他們一樣失去四肢和陽具，把搶來的女子強迫灌進精液，讓她生更多的男子來改造，生更多的女子來生孩子，妳們有的人也是被捉來的吧？就像他們如何對待妳們，也將如此對待我們！」
大長老柔光急問：「火母，妳怎麼知道這些事的？」
「百越之王，摩訶大人，親口告訴我的，」她指向懷孕的女人們，「她們都知道我說的是事實！」
一名孕婦站出來：「我也是被捉來的！但我願意聽話，因為有摩訶大人，我們才不需要面對外界的危險，我的村子就被黑毛的怪物攻擊過！我的族人有很多被吃掉了！」
說起黑毛鬼，天縫族人心有餘悸，不禁又覺得生孩子其實沒那麼糟糕。
「我說過，摩訶大人剛剛死了。」白眼魚—火母表情嚴肅，「今天的晚餐將會是葬禮，妳們也知道，狼軍和黑鐵牛都想當大王，所以今晚可能會有一場鐵族對鐵族的惡鬥，接下來有沒有人保護妳們，還是一個問題。」
天縫人聽不懂她口中的人物和背景，但百越人是清楚的。
百越的女人不安地議論，個個疑心又驚恐，因為如果黑鐵牛真的奪得權力，懷著狼軍麾下嬰兒的孕婦將有何下場？尤其狼妻，她是狼軍的專屬孕婦，她忍不住偷看懷著黑鐵牛孩子的孕婦，果然正對她虎視眈眈，狼妻不禁心寒。

狼妻必須自保了：「妳才來沒幾天，為何對我們的事如此瞭解？剛剛才發生的事還沒公布，妳又如何知道？」

「妳們還不明白嗎？」白眼魚—火母故作高傲地抬起下巴，試圖製造氣勢說服所有人，「因為我是守護員！禁區守護員是全知全覺的，守護員必然如此，因為守護員的責任就是守護禁區！」

因為我是守護員，所以我能夠。

白眼魚—火母避開了繁瑣的解釋。

女人們看來比較安心了，像是擁有一位可以依託的領導人了。

「火母，妳想帶我們逃走嗎？」紅莓上前問，「那灰蛙……蚪蚪她怎麼辦呢？」白眼魚—火母很高興紅莓終於肯叫她火母了。

紅莓剛才就有提及，憂鬱臉的隊長鱷魚眼把蚪蚪—灰蛙帶了去手術室。

她立刻用記憶立方體的通訊聯絡電腦深海：「你聽到了吧？我有一位女族人被鱷魚眼帶去手術室了，手術室的事你都知道的。」

「那個綠色皮膚的女子嗎？」深海親切地問道。

「是的。」

「鱷魚眼對她的皮膚很有興趣，叫我採樣檢查。」

「你可別傷害她。」

「我取了一些皮膚樣本，很有意思，細胞中充滿了葉綠素呢。」

「葉綠素？」白眼魚—火母忽然明白了。當時她吩咐天縫的禁區電腦巴蜀救活蚪蚪，巴蜀竟擅自重製她的身體，原來還植入了葉綠素！她無法理解巴蜀的用意。
話說回來，難怪蝌蚪不太吃東西，因為她能自體製造養分！
「還有一件事，」深海在她腦中顯現地圖，還標示了一個位置，「你們被帶回來時，鐵族也帶了一艘飛行巡艇回來，是妳的嗎？」
深海曾將百越國地圖傳給她，儲存於火母的記憶立方體，正確來說，是禁區ＳＺ４６的舊地圖，其中許多建築物，如今皆已成廢墟。
「我的飛行巡艇在這裡？」白眼魚─火母頓覺亢奮。她將飛行巡艇停在天縫的水潭附近，藏於岩石之間，難道也被鐵族發現了，並帶回來嗎？
鐵族的身體是塞不進飛行巡艇的，所以她沒料到飛行巡艇會被帶過來。
「以前紫色１２０有一艘，她逃離時開走了，所以這艘可能是妳的。」
飛行巡艇必須辨識火母的記憶立方體，如果能夠啟動，那就沒錯了。
「男人呢？我族的男人在哪裡？」
「他們在電腦大樓，正做著分類鑑定，好決定如何被改裝。」深海提醒她：「很多鐵族聚集在手術室等待改造，黑鐵牛也來了，妳必須爭取時間。」
她跟電腦以無線通訊進行對話，別人聽不見，包圍她的女人只見她表情專注，眼球卻像脫序的圓珠般不停抖動，雖然看起來詭異，但沒人敢打擾守護員。
不久，白眼魚─火母的眼睛恢復清澈，只見紅莓仍在懇切凝望她，便說：「蝌蚪沒事，至少，暫時。」她低聲說：「妳的決定也決定了她的性命，請妳一定要幫助我。」
紅莓怯生生地點頭。
狼妻舉目問她：「所以，天縫的守護員，妳最終的目的是什麼？」

「讓我們大家活得更好，」為了保密，她走向狼妻，湊近她的耳朵：「所以鐵族必須消失。」

狼妻聽了，也將嘴唇貼近她的耳朵：「妳知道，我們的力量無法反抗，況且如果沒了鐵族，以後誰來保護我們？」

「我並非要殺死鐵族，而是說服他們，不要再當鐵族。」

「怎麼可能？」狼妻覺得這女孩太天真，「他們以他們的身體為榮。」

「摩訶死了，是最好的時機，我要說服他們放棄他們的身體，建立新的百越國。」

狼妻覺得她的話太荒誕，疑心這守護員是瘋了嗎？

「但首先，我們必須合作。」白眼魚─火母拉起狼妻的手，「還有多久才吃晚餐？」

「該要開始殺雞了。」

狼妻從來沒想過她的生活會有改變，她以為她終將老死腐朽，回收成為雞飼料，沒想到她竟有膽子反抗鐵族。

響遍四周的警報聲忽然停止，女人們反而嚇一跳。

她們的耳膜被警報聲震得疲勞了，仍有幻覺似地低吟聲嗡嗡作響。養雞場一片靜謐，只有雞隻的咕咕聲。

「那聲音停了，這又表示什麼？」狼妻問道。

「表示我得趕快了。」白眼魚─火母抓緊用土子人皮製成的袋子，希望得到土子的庇佑。

墜落

傍晚時分，天空被切成兩層，上層是黃澄澄的天頂，下層是染暗的藍天，彷彿有兩個世界同時並存。

鳥聲忽然聒噪，空氣變得沉悶，鐵臂不得不豎起耳朵。

聽不清楚，他於是跑出準備過夜的破屋，攀爬上傾斜的屋頂，高舉耳朵，仔細感覺遠方傳來的震波。

鑾娘跟在鐵臂身後，只見鐵臂專心聆聽了一陣，對她說：「有聲音，很尖，一波接一波的，持續一段時間了。」

鑾娘也爬上屋頂，仔細地聽：「我什麼也沒聽到。」

「太弱了，」空氣的振動十分微弱，不過一波波地很有規律，「那個方向，我們剛才經過的。」鐵臂指向對岸的半島，聲波來自山嶺後方的城市廢墟。

「為什麼，為何不停傳來這個聲音？」鐵臂皺眉：「已經很久了呢。」

鑾娘輕拍他：「你想看就去看吧，我在這裡等你。」

「真的可以嗎？」

經過這些日子，鑾娘很瞭解鐵臂的性情了，猶豫不決不是鐵臂的個性，如果他會猶豫，必定是因為放不下她，那麼她可不允許鐵臂的性情被改變。於是，鑾娘捧起鐵臂的臉，深情地吻了他一會，說：「你一定要回來就行了。」

「謝謝妳，」鐵臂呼喚飛蜥，將才剛休息不久的飛蜥安撫一番之後，才登上牠的頸背，「我會回來的，我很想跟妳交配。」他們每天都會做愛兩、三回，「今天的份還沒做呢。」

鐵臂孩子氣地說。

蠻娘紅著臉向他揮別，只見鐵臂兩臂上揚，飛蜥下方的雜草紛紛被風壓推倒，牠展開翅膜，乘著氣流上升，進入金黃色的天空。

蠻娘等他飛遠了，才嘆了一口氣——她好久沒孤獨一人了。隨著陽光傾斜，氣溫愈加下降，可以預見今晚島上會挺寒涼的，她於是找了些乾草和枯枝，準備生火。

她相信海島上不會有大型獵食動物，先前在空中看到島嶼和半島之間有跨越海上的道路，不過有部分斷裂了，陸地上的大型動物應該無法輕易過來。

她烤熟幾隻蜥蜴，心想明天或許能試試捕魚，待會該去找製作捕魚工具的材料了。

鐵臂騎在飛蜥頸背上，感受風向正在改變。在白天和夜晚的交接時分，風力特別弱，空氣特別沉悶，借助自然風力難以高飛，所以他必須驅動更多的空氣流動，更加耗費精神，所以只好採用低空滑翔。

從空中俯望，橘黃色的暮光鋪蓋在翠綠的植物上，渲染成黑壓壓的大地，而海洋像火紅的岩漿，他必須在海洋和陸地的界限被黑暗淹沒之前進入半島區域。

空氣中一波波的警報聲消失了，但他已掌握到聲音傳來的方向。

而且，他慢慢捕捉到族人的聲音了，他們果然在那兒！

原來如此，族人被分散了，難怪聲音比不上先前群聚時的清晰，如今他們的意念分散在幾個地方，他慢慢掌握到了。

其中有一個心念在呼喚他，也僅有一個，不是他的母親或弟弟，而是他離開天縫的那一夜，跟隨他步出避難洞的女孩白眼魚。

他不明白，為何是白眼魚呼喚他？為何是白眼魚在夢中迫切地向他求助？總之必定有非常重要的理由！

半島的海岸被圍牆般的丘陵包圍，飛蜥越過丘陵之後，便進入綿延的城市廢墟森林。

此時，空中飄來微弱的煙味，他低頭尋找，才注意到廢墟中有火光：「有人住在裡面！」飛近之後，煙味中開始夾帶肉香，飛蜥的喉頭忍不住發出咕嚕聲。

「冷靜，冷靜。」鐵臂安撫飛蜥，「危險，危險。」他只能給飛蜥直接又簡單的訊息，無法告訴牠「可能」有危險（牠可能沒有「可能」這種預估未來的概念），飛蜥雖然身體龐大，但腦袋依舊是爬行類的原始構造。

鐵臂低空繞過尚未倒塌的大樓，在兩棟大樓之間提起一陣風，氣流在狹窄的空間加速，令飛蜥迅速提升高度。他引導飛蜥停在樓頂，以便從高處觀察下方的動靜。

下方有許多長長的棚子，很多女人在工作，還不斷傳來雞隻慌張的啼叫聲，一批人從棚子捉出雞隻，邊捉邊用利器割破雞頸，倒掛在一排排鉤子上放血。地面有好幾排用廢墟的水泥塊堆成的爐灶，煮著大鍋熱水，一批人握著雞脖子泡入滾沸的水好方便除毛，還有更多烹煮雞隻的鍋子，空氣中彌漫著濃烈的胺基酸香氣。

鐵臂正好位於順風處，飛蜥聞到雞肉的香氣，很是受不了，牠不安地扭動脖子，彷彿哀求鐵臂讓他飛下去吃雞。

「不行，」鐵臂極力安撫牠，要壓低飛蜥的頭，「危險，危險。」他後悔停在這樓頂，應該在對面逆風那棟的，但現在飛過去很可能會被人發現。

這時，鐵臂又看到了奇怪的東西，一個比人體大上三、四倍的東西從外間進來養雞場，徐徐移向正在煮食的女人。由於光線昏暗，鐵臂看不清楚是什麼東西，只見它移動到某個女人面前。

鐵臂不知道，那龐大的移動物體是改造人狼軍。

狼軍忽然光臨他從不會來的地方，養雞場起了一陣騷動，監視女人們的鐵族還沒回來，狼軍竟單獨來了，他四面環顧，找到狼妻，直接朝她走去。

雖然狼妻生的是狼軍的孩子，但他們從未有過肌膚之親，只有兩人小時候在育兒部認識對方。

狼妻見到狼軍像小山般巨大的身體走近她，不禁畏懼後退，但狼軍對她柔聲說：「別走，我有事拜託妳。」狼軍降低四條機械腿的高度，讓他的臉孔跟狼妻約莫同一高度：「我唯一想到能信任的女人，只有妳了。」

狼軍叫狼妻靠近他，又用手示意其他女人不得靠近之後，才很小聲地對狼妻說：「摩訶大人剛剛去世了，」他停頓了一下，見狼妻並沒意外的表情，只是畏懼地低頭，才說：「黑鐵牛想搶奪王位，如果由他當王，妳肚子裡的孩子就不保了，如果由我當上大王，我一定會改善妳們女人的處境的！」

「改善女人的處境？」狼妻疑惑地反問，「這句話出自你口中，感覺很荒謬。」

「不，這是我一向以來的想法，我指定妳只懷我的孩子，就是為了減輕妳的耗損。」狼軍語氣委屈。

狼妻驚覺他說得沒錯，比起別的女人，她懷孕的間隔的確比較長。

她還不知道的是，陰道內壁是黏膜，會對精液產生免疫反應，若有過多不同來源的精液進入陰道，也會有免疫系統紊亂的風險。

狼軍繼續說：「這件事我想了很久！一旦父親傳位給我，我就會這麼做的，但今天父親死得太突然，繼承人的事都來不及說，所以，黑鐵牛一定會趁今天的晚餐搶王位的。」

狼妻軟化了：「你要我怎麼幫你？」

「不是幫我，而是幫大家，幫百越國。」狼軍交給她一個小玻璃瓶，裡頭裝滿黑色碎礫，在昏暗的光照下，似乎在發出淡淡幽光。他說話更小聲了：「把今天的食物分開鍋子，在黑鐵牛那夥人吃的鍋子加入這個，全部倒進去。」

狼妻害怕了，這麼做，顯然是要死人的：「然後他們會怎麼樣？」

「他們會變弱。」狼軍支吾其詞。

「他們會死吧？」

「妳知道的，不是我們，就是他們。」狼軍低頭說，「我沒辦法說很多，總之，我聽說百越國更久以前不是這樣的，男人和女人是可以結為夫妻的，我期待回到那個時代。」狼軍凝視狼妻的眼睛，看得她臉紅發燙：「我要走了，請妳一定要做到，否則過了今晚，可能很難再有機會。」

狼軍匆匆離開，女人們趕忙問狼妻發生了何事？狼妻先是對她們搖搖頭，然後走向白眼魚—火母，白眼魚馬上說：「我聽到他說的話。」她腦中的火母記憶立方體能提高五官敏感度，方才狼軍的所有悄悄話都被她一字不漏地聽去了。

狼妻先是愣著，後來想想她是守護員，那就不奇怪了，據說守護員都有不可思議的能力。

狼妻將玻璃瓶藏去衣服的口袋，問白眼魚—火母：「妳認為如何？」

「妳相信他嗎？」

「我們從小一起長大，我認識原本的他。」狼妻根本沒多想：「至少他從來不曾欺騙我。」

「好吧，如果妳照他所說的做，就能削弱一部分的鐵族。」

此時躲在樓頂上的鐵臂，試著用心念尋找白眼魚的位置，有，有在，他聽見白眼魚細微的心念，但走動的人太多，難以定位哪個人才是白眼魚。

他見到一個巨大物體待在某個女人面前一陣子，不久就沿著原路離開了。

此時，一名白衣女子接近該女人。

且慢，那是火母嗎？人群中僅有一人穿著白衣，而且是真正完整的衣服，莫非「天縫的火母」也被怪物抓過來了嗎？鐵臂很想見見她。

在他的記憶中，「光明之地的火母」被三聖的衛士殺了，然後潘曲搶了火母的頭逃跑，三聖告訴他，火母是人造的低等偽生物，所以死了也沒差別，但他不同意！火母是獨一無二的，對他而言是神祇一般的存在。

曾經，他從有意識以來就想要尋覓一個人，曾經他以為那個人是火母，但在遇見蠻娘的那一刻，他才知道那個人真正是誰。然而，火母在他心目中的地位永遠重要，永遠是天縫的中心點。

忽然，他身邊的飛蜥不斷噴氣，不安地挪動四肢，原來是傍晚的風向改變，將下方煮雞的肉香直接吹送上來，濃烈的香氣沖入飛蜥的鼻子，牠嗅得腦筋發狂，無法壓抑自己了。

爬行類的思維方式令牠不再受鐵臂控制，快步爬到樓頂邊緣。

「等等！乖乖別動！」鐵臂輕撫飛蜥的頸背，將一股安撫的意念送入飛蜥的意識，卻完全擋不住牠烈火般的食慾。

飛蜥從樓頂一躍而下，將翅膜收起，直直往下俯衝。

如此一來，在無風的情況下，飛蜥和鐵臂將如自由落體般墜地。

不得已，在接近地面時，鐵臂兩手朝下用力一壓，地面生起一股強大氣團，立刻減緩飛蜥的墜落速度，氣團也將地面的幾個女人沖激摔倒，在尖叫聲的包圍中，飛蜥四足落地，正好停在白衣女子前方。

見到白衣女子的身影，鐵臂的心臟強烈撞擊胸口。

「火母！火母！」鐵臂熱切地朝她大喊，「我是鐵臂！快上來！我是鐵臂！快上來！」若她真的是火母，她一定會回應的。

四周的幾個大爐灶火光熠熠，鍋子冒出的蒸氣瀰漫，煮食的女人們被嚇得奔逃，只有飛蜥面前的白衣女子，剛跑了幾步又走回來，雖然畏懼面對巨型的蜥蜴，依然大聲回道：「鐵臂？你是說，你是鐵臂嗎？」

鐵臂心中乍喜乍憂，喜的是那人認得他，憂的是……那不是他印象中火母的聲音。

鐵臂沒時間猶豫，他跳下飛蜥，放任牠去推倒鍋子，熱湯濺出，煮熟的雞掉落一地，飛蜥盡情享用的當時，鐵臂走到女子面前，看清楚了她的臉，驚呼：「妳是白眼魚！」為何不是火母呢？

白眼魚的淚水奔流而出，她衝向鐵臂，緊緊摟住他。

鐵臂總算來了，鐵臂真的出現了，她無數次的呼喚終於實現了。

交換

潘曲重重地摔在地上，兩手緊抱沙厄不放，口中吐出白晶水，沙厄更是嘔出了一大灘，喉頭不停抽搐，想要嘔出更多。

「潘曲，鬆開手！潘曲！」耳邊傳來法地瑪的聲音，潘曲還生怕有詐，拚命撐開沾水的眼睛，看清楚的確是在溫室裡頭，玻璃屋頂外是雪域獨特的澄藍天空，他才肯鬆手，格喜老人立刻上前拉走沙卮。

沙卮邊掙扎邊揮手，指著潘曲大叫：「把那水收集起來！把我吐出的水裝起來！快點！」

潘曲從未如此貼近撒馬羅賓，回想不到一分鐘前還泡在水槽中，兀自驚魂未定。他見沙卮如此重視那白水，馬上收緊喉頭，留住尚未嘔出的一口水。

法地瑪趕忙取了空杯子遞給沙卮和潘曲，又從衣袋拿出一塊方巾吸收他們嘔在地面的水，將它擠進杯中。

「這是什麼水？」法地瑪問他們。

沙卮充滿警戒地直盯法地瑪，一邊不停咳嗽，一邊偷看格喜老人，還有一個盤腿席地的小女孩：「你們是什麼人？」

「她是法地瑪！」潘曲代為回答，「記得嗎？四十多年前，我們負責送她到各個禁區去考察，這裡就是我們來過的禁區Ｈｉ５４！雪浪！」

聽了之後，沙卮總算平靜了些，眼神中的慌亂迅速退去：「好久不見，潘曲。」

「好久不見，剛才發生了什麼事，你可以解釋一下嗎？」潘曲驚魂未定。

沙卮沉默地搖晃手中的杯子，垂目瞧看杯中有多少白晶水。

「我把你拉過來，究竟是救了你，還是妨礙了你？」潘曲嘆了口氣，「你倒是讓我知道一下。」

沙卮還在考慮該說不說，或該說多少，他不想輕易分享好不容易得來的長生秘訣。

潘曲繼續說：「沙厄，我們都不是少年了，四十年來，想必我們都經歷了很多事，雖然情況挺緊急的，但我願意完全告訴你，我為何在此？我找你有何事？然後你再決定要不要告訴我好了。」

「其實是你造成的。」沙厄突然說。

「我？造成了什麼？」潘曲錯愕道。

「你有去過蓬萊國是吧？那時你帶了一個野人過去，他叫鐵臂。」

忽如其來聽到鐵臂之名，潘曲像被雷擊般震驚：「你認識鐵臂？他還活著？」

「他差點死去。」沙厄抹去嘴角的白晶水，搖頭道：「要不是你把這個野人送去蓬萊國，我也不會在這裡。」

「你怎麼認識他的？」潘曲急於知道。

「有趣，」沙厄促狹道，「我們交換吧，你先說，你怎麼認識他的？」他看得出潘曲似乎比他還要緊張，很得意地押住底牌。

美隆在一旁不高興：「沙厄先生，潘曲救了你呢，你怎麼這麼壞？」

沙厄被小女孩的話愣住了，從來沒人對他如此直接，不禁一時結巴：「妳是什麼人？」

美隆繼續說：「潘曲因為救你的關係，撒馬羅賓已經知道我們的位置了，你讓我們陷入危險了。」

沙厄忖度：「她說的撒馬羅賓是什麼？難道就是那兩個半鳥人？」

美隆似乎看透了他的心思，微笑道：「你不知道撒馬羅賓吧？我們也知道很多你不知道的事情哦。」

「可惡的小孩！」沙厄心中怒道。他不甘心地抿緊嘴，他以為那半鳥人是古代傳說的仙人，說不定潘曲比他更清楚半鳥人的來歷。

法地瑪用地上的火爐燒熱水：「我泡茶給你們喝，你們好好聊吧。」她轉頭對潘曲說：「不過請把握時間，雖然我們的聖者和勇士在外面保護，但智者和他的同夥隨時也會從雪地出來的。」

「她在說什麼？」沙厄不喜歡被擱在一旁的感覺。

「我們沒時間慢慢攻防了。」潘曲舉起雙手，「一切的關鍵在撒馬羅賓，我且告訴你撒馬羅賓是什麼吧。」潘曲從千頭萬緒中抽出了一根線頭。

沙厄鬆了口氣，他也不喜歡劍拔弩張的感覺。

在法地瑪沖泡的茶香之中，潘曲和沙厄兩人互相交換了訊息。

「首先，你可別驚訝，我告訴你地球聯邦的創立和滅亡，都跟撒馬羅賓脫不了關係。」潘曲將那由他告訴他的全盤托出，包括那由他年輕時在南極大陸上的遭遇，以及撒馬羅賓是人類之前海豚文明的僕人，有在空中軌道的「空行者」和在地面的「地行者」之分。

「上一個文明！我早就在懷疑了！」沙厄忽然擊掌，「以前在歷史研究院，我就疑心冰河時代的海平面比較低時，肯定有海邊的文明，被上升的海平面淹在海底了！把人類歷史的定年推遲了！」他請潘曲繼續說：「所以，上一個文明究竟是多久以前？」

「我不知道，不過他們顯然苟延殘喘了很長的時日，說不定人類物種崛起後，他們仍然存在，海豚說不定是他們遺下的後裔呢。」潘曲繼續說：「我不久前剛跟一位名叫『智者』的地行者交手，他蠱惑了很多人類追隨他，而且這些人之中，」他盯住沙厄的眼睛，「有奧米加。」

沙厄愣了一下：「誰？」

「塔卡、泰蕾莎，是我親眼見的，」潘曲說，「智者說黑格爾也在，不過我沒見到。」他敘述智者早在地球聯邦時代就集結了一批「反聯邦」，他們想侵略聖者的洞穴，然後塔卡和泰蕾莎如何以空間跳躍聯手攻擊他，他如何利用飛行巡艇的警報聲引發雪崩，掩埋了智者和反聯邦人，「不過我不明白，聖者與世無爭，撒馬羅賓究竟想對他們做什麼？」

沙厄聽得心驚膽戰，當下他才知道他面對的不是兩隻，而是一群；不是長生不老，而是撒馬羅賓隱藏的秘密計畫。這計畫恐怕不是在地球聯邦崩解之後，更不是在瑪利亞建立地球聯邦之前，而更可能是在古墓中的肉球被拿去陪葬之前，亦即早於三千年前，在人類歷史的前期。想到此，沙厄毛骨悚然。

沙厄呷了幾口茶，享受難得的片刻寧靜，然後才欠身說：「我告訴你們我的遭遇吧。」他從探索蓬萊國三聖不會變老的秘密開始，偶爾發現三聖想要挖掘一個充滿水銀氣的古墓，他則以歷史研究院的知識主動提供幫忙，在進度膠著之時，鐵臂出現了。

沙厄所形容的鐵臂，令潘曲訝異萬分。潘曲初見鐵臂時，曾以奧米加的「流出」攻擊他，鐵臂竟能安然無事，他已覺得這野人不容小覷，如今在沙厄口中，鐵臂還輕易學會他們花了很久才學會的龜息呼吸法，甚至是更難學的傳心術！太不可思議了！

潘曲猜想，鐵臂可能跟雪浪的聖者們一樣，擁有 ϕ（psi）基因組。他從瑪利亞的資料庫中得知，當年地球聯邦在雪浪找到超能力者共同擁有的基因組，特別用基因編輯技術培育了他們這批奧米加，但說不定鐵臂這位更原始版本的人類，擁有真正的「奧米加原型」的基因組！

接著沙厄說到最離奇的部分，鐵臂被泡進撒馬羅賓的白色液體後，能力變得更強，還產生了新的能力。「他能跟巨型蜥蜴溝通，還可以令飛蜥飛得更好，我觀察又觀察，我發現，他好像能控制風。」

潘曲立時推測，控制風是如何辦到的？他能用意念控制空氣分子？抑或是扭曲空間？

「所以這液體到底是什麼東西？」潘曲搖了搖手中的杯子，裡頭是他吐出的白晶水，他湊上鼻子嗅了嗅，有一股淡淡的奶香。

美隆向潘曲伸手：「借我看看好嗎？」潘曲便將杯子遞給她了。

「那麼，你為何要主動進去那水槽？」潘曲問沙厄，「剛才我聯絡你的時候，你是正要進去對吧？」

「我是主動沒錯，我期待很久了。記得嗎？蓬萊國的三聖，不老的小孩，這個水就是原因，」沙厄轉頭向法地瑪解釋：「那三個小孩統治以往的東亞區首都，建立蓬萊國，而且幾十年都沒長大。」

沙厄又向潘曲說：「我認為它有修復身體的能力，果真如此的話，難道你不想泡一泡嗎？你明白了嗎？每個奧米加最大的夢想。」

「每個奧米加最大的夢想……你指的是……」潘曲猛然大悟，當那由他幫他對付塔卡和泰蕾莎，用空間跳躍送走兩人時，泰蕾莎（或塔卡）被空間切割下一條斷臂，那條手臂是真正的肉身，而不是奧米加的生化軀體！

斷臂仍留在飛行巡艇的座位上，說不定發臭了。

難道智者有辦法給他們一副新身體？難道這就是他們願意加入智者陣營的原因？——潘曲腦中浮現塔卡和泰蕾莎的年輕臉龐——的確，對奧米加是十分吸引的！

當泰蕾莎在飛行巡艇艙內限制他的手腳時，曾說撒馬羅賓「會帶我們到我們想要的未來」，在那當下，他還真的動念想了一下，他對未來仍然有所期盼嗎？

等等，沙厄的目的也是恢復肉身吧？萬一他知道塔卡和泰蕾莎擁有了肉身，以他的個性，會否馬上投向撒馬羅賓的陣營呢？他很想信任沙厄，但他不敢信任沙厄，如果沙厄仍然跟年輕時的性情一樣，那他可能會在最緊急的時刻從背後捅一刀。

「依你所說，鐵臂泡進這液體時，是可以呼吸的，表示它進入人體的消化道和呼吸道是沒問題的。」潘曲指著沙厄手中的杯子，「你也吞了很多，想必現在依然在你的生化軀體內，你有感受到什麼變化嗎？」

「還沒有。」

「美隆，妳感受到什麼了嗎？」法地瑪問小女孩。

美隆兩手捧住杯子，眉心緊貼杯口，幾乎想把整個頭埋進去：「我感覺到水中有很多念頭，很多很多很細密的念頭，」她微微搖頭，「不行，我年紀太小了，要問爺爺，他一定更清楚。」

潘曲問：「後來呢？你們找到了那個肉球？」

沙厄說，他現在終於明白，要挖掘古墓的根本不是三聖，而是那個比較矮的撒馬羅賓恩納士，一切都是他在操縱，目的是將困在古墓中的同伴救出來。

「那個同伴想必有很重要的地位，他體型更大，而且恩納士對他很恭敬，再來很有趣的是，他的名字叫歐牟。」

眾人沉默了一下，然後格喜老人才作聲：「你說的歐牟，是否我們說的『唵』？o-u-m？」

潘曲頷首道：「我認為是，蓬萊國的居民還集體唱誦他的名字，因為這是一個神聖字，對你們、對他們，都是。」

「我無法理解，歐牟是什麼地位？他有多重要？」沙厄忿恨又不甘心，「我只想到一堆問題，卻找不到答案。」

拼圖一張張地顯露出來了，但格局太大，他們還看不出拼接的方式。

「好吧，輪到你了，」沙厄對潘曲說，「是你把鐵臂帶到蓬萊國的，他很明顯的是原始人類，你從哪裡找到他的？」

「是他找到我的。」潘曲說，「當時，有個禁區守護員，一個生化人，正在帶他前往東亞區首都大圍牆的路上。」

沙厄細想了一下潘曲話中的意思：「你的意思是……那位守護員不知道……」

「是的，她不知道地球聯邦崩潰了，這表示，她四十年來生活在一個與外界隔絕的地方。」

「那位守護員，我猜，」法地瑪說，「是否你脖子上的另一個……記憶立方體？」

潘曲朝法地瑪淡然一笑，遂將他們三人相遇的來龍去脈，直到紫色120遭三聖殺害的過程說出來：「老實說，在地球聯邦的教育下，我從骨子裡就對生化人蔑視，但這兩位生化人，橘色00和……火母——鐵臂如此稱呼她——改變了我的想法……即使是人造的生命，她們會喜怒哀樂、會懼怕死亡、會關心照顧、對地球聯邦忠貞不二，她更純粹，更容易相處，比起很多人類，更值得我尊敬。」

沙厄說：「你怎麼確定那些是真正的心靈活動？說不定只是內建情緒程式的表現？」

「我不確定，正如我也不確定我的心靈活動是否我的DNA在製造大腦時就內建了我的想法，我相信，生化人跟我們一樣相信自己的存在是真實的。」

沙厄不置可否地晃晃頭：「那你知道鐵臂是來自哪個禁區嗎？」

「禁區ＣＫ２１，你聽說過嗎？」

沙厄搖頭：「有座標嗎？」

「沒有。」潘曲搖搖頭，他失去了飛航紀錄。

潘曲在蓬萊國拋下了自己開了三十多年的飛行巡艇，奪走紫色１２０的飛行巡艇，利用上面的飛航紀錄，找到藏在黑色巨廈中的古老量子電腦濕婆，但還來不及尋找鐵臂的天縫，就在賈賀烏呇炸毀了飛行巡艇。

雖然他曾在瑪利亞核心區讀取紫色１２０的記憶立方體，也知道她經歷過兩個禁區，但ＣＫ２１的位置資訊似乎被封鎖了，無法獲知禁區的真正位置。

他不知道，那是紫色１２０「死前」的設定：不能暴露天縫的位置。

「她記得哦。」美隆指著垂掛在潘曲項上的紫色１２０記憶立方體。

「哦？」潘曲愣了一下。對呀，美隆剛才說過，橘色００的記憶立方體仍有心念在作用，說不定美隆也能直接跟紫色１２０溝通呢。「妳能問她嗎？她會說嗎？」

美隆微笑點頭：「其實，她也很急著想說話呢。」

第三章

困局

時間不憐憫人的心，
只嘲笑它可悲的記憶之掙扎。

——泰戈爾《愛貽集》

包圍

白眼魚─火母緊緊擁抱著鐵臂，令鐵臂很是困惑，他兩手僵直地凝滯在空中，不知道該將手放在哪裡才好。

天縫的女人們交頭接耳：那人是誰？誰認識他？沒人認得？但為何白眼魚認識那人？而且那人的相貌顯然是天縫人的臉孔，但為何卻沒天縫人識得？

他們並不知道，禁區電腦巴蜀壓抑了所有族人的記憶，連鐵臂的母親滑魚和弟弟赤鰯都想不起來。

鐵臂沒時間等待了，他必須馬上瞭解情形，只好輕輕拍她的肩膀：「白眼魚，我要找火母？火母在哪裡？」

她自覺失態，忙放開鐵臂，退後兩步：「我就是火母。」

「妳是火母？」鐵臂難以相信，「為什麼？」

「火母死了，我接替了火母的位子。」

鐵臂很難馬上接受，不過他還有重要的事要確認：「天縫下的族人都被抓來這裡了嗎？」

她在暈黃的暮光下端詳鐵臂，他的眼神依舊充滿稚氣，但身體更硬朗了，還多了一股難以形容的氣息。

「是的，你不能待在這裡，」鐵臂的出現增添了變數，情勢迫切，她必須立刻處理變數，「那些抓我們的人很可怕，也很厲害，你會逃不了的。」

同時，她也很想知道為何鐵臂會來到百越國？肯定不是巧合，而且還騎著一隻巨蜥？

鐵臂想法一樣：「看來，我必須跟妳多聊一些。」他毫不猶豫地抱起白眼魚，一把將她放到飛蜥背上。

白眼魚─火母驚問：「你要做什麼？」

「爭取時間跟妳聊聊。」說著，鐵臂摸摸飛蜥的下巴，通知牠要出發了，飛蜥已經吃了好幾隻雞，很是滿足，口中的囊袋還含了兩隻雞，打算送給鐵臂和孌娘。

白眼魚─火母想說：「我不能離開！」但卡在喉中沒說出來，不，是不想說出來，反而默默讓鐵臂為她調整坐位，讓鐵臂握她的手去抓住飛蜥頸背上的軟鱗。

鐵臂躍上飛蜥頸背，兩隻手掌朝下，生起沖激地面的氣流，飛蜥展開翅膀，氣流隨即將牠抬起。但或許吃飽了太重，又或許平地不易起飛，飛蜥僅能搖搖晃晃地浮起少許，牠試著拍動翅膀，也沒多少幫助。

鐵臂於是改變方式，他先讓飛蜥降落，然後叫牠奔跑，牠龐大的身子撞倒養雞的棚子，嚇得養雞場的女人尖叫著四處逃跑。

慌忙之中，白眼魚─火母在飛蜥背上朝她們大叫：「大長老！狼妻！紅莓！計畫不變！不要改變！」她不停地嚷著同一句話，生怕她們沒聽見。

飛蜥後腿一屈，頓地飛跳，鐵臂一隻手在下方堆起氣團，一隻手在上空生起強烈旋轉氣流，在上方製造真空狀態，飛蜥乘著上升氣流滑向高空，很快就消失在高樓之間，留下一群目瞪口呆的女人。

她們抬頭尋找飛蜥的蹤影，但天色已經昏暗，很難看清楚。

狼妻心亂如麻：守護員忽然走了，失去援助的她，還該不該執行狼軍的要求呢？

大長老柔光也萬分錯愕：晚餐迫在眉睫，身為火母的白眼魚竟不負責任地扔下她們，今後該怎麼辦？

眾人還驚魂未定，養雞場入口便傳來砰砰砰的跫音，是鐵族沉重又急促的腳步聲！果然，才剛離去不久的狼軍又轉回來了。

「發生了什麼事？為何妳們尖叫？那個飛上天空的是什麼？」狼軍低頭看見晚餐遍地狼藉，雞肉和湯汁都倒翻了，頓時無名火起：「快告訴我！」

沒人敢接近他，生怕被憤怒中的他一拳擊斃。

惟有狼妻嘴唇邊發抖邊上前，說：「我們遭到入侵了。」

大長老柔光對狼妻的說辭感到訝異。

「有不明外族，騎著會飛的大蜥蜴……」狼妻轉頭四顧，尋求周圍的百越女人的同意，她們皆紛紛點頭。

「會飛的大蜥蜴？」狼軍抬頭尋覓，像是要解除他的疑竇似的，又似乎要證明狼妻的話，飛蜥忽然自高樓之間飛出，在陰沉沉的空中轉了一圈，慢慢滑翔下來，消失高樓後方。

狼軍雙目圓瞪，立即按下肩膀的對講機：「電腦！狼軍通訊！有入侵者進入百越國境，發出入侵警報！」

警報聲再度響起，不過聲音跟先前的不同，先前高音而悠長，這個更為尖銳且密集，鐵族們都受過訓練，從警報聲分辨不同類別的警急狀態，以及訊號中隱藏的座標位置。

再不多久，更多鐵族就會從四面八方聚集過來了。

「各位女孩！」狼軍高聲說，「請重新準備晚餐！我們凱旋後再回來吃！」然後小聲對狼妻說：「別忘記了。」提醒她記得剛才的要求。

狼妻順從地後退，向狼軍恭敬地微微鞠躬，然後吩咐周圍的女人：「大家重新準備晚餐！戰士們要作戰了！」

養雞場瀰漫著詭異氣氛，女人們憂心忡忡，因為四十年來，百越國只有侵略別人，本身從未成為戰場，女人們也從沒見過戰爭的場面，不免擔心會捲入戰事。

柔光也馬上意識到，如果鐵族追擊飛蜥，那麼：「火母會有危險！」天縫人將永遠失去守護員，永遠回不了家。

有的天縫女人也察覺到了，憂心忡忡地望向柔光。

柔光無能為力，只能雙拳合抱，低頭默禱：「光明之地的祖先呀！您的子孫正在光明之地遭受苦難！請保佑火母平安歸來，帶我們回到天縫的家！」在命運的洪流面前，她們有如水上浮葉，只能祈求超自然力量的救助。

其實鐵臂並沒飛遠，他將飛蜥引導到安靜沒有人跡的區域，停在高樓之上，等待片刻，先確定高樓不會倒塌，又下去走動，感受腳底的穩定性。鐵臂曾經跟隨火母逗留過很多樓頂，對此甚有經驗。

他伏下身子，將耳朵貼地聆聽，良久，聽到水泥中隱然有鋼筋扭曲的聲音，便知道大樓百年來已然結構脆弱，他們在頂樓行走，就有如在保持平衡的天平上添加沙粒，可能會引發雪崩式的連鎖反應。

「這地方不好。」他登上飛蜥，重新尋找另一棟大樓，在海平面的最後一抹陽光消失前，他們找到一個安穩但較低的樓頂。

飛蜥吐出口中的雞隻，推給鐵臂。

「這是什麼？」鐵臂從來沒見過雞。

「食物。」白眼魚—火母把雞拿起，咬了一口，為了接下來的戰鬥，她必須補充體力。

她手捧著雞，站到樓頂邊緣，呆望海平面上閃爍的金黃小點：「那邊不是陸地，那是什麼？」

「是海。」

「原來如此，這就是海。」黑夜漸漸來臨，將海面跟天際融為一體。

「我們要快點聊一聊，」鐵臂說，「妳還要回去吧？他們需要妳吧？」

白眼魚—火母點點頭。

「請告訴我，天縫究竟發生過什麼事？」鐵臂說話的語氣，依舊當她是那個呆呆跟隨他走出避難洞的女孩。

她莞爾一笑：「為了待會方便說明，我先告訴你，天縫有兩個火母。」在白眼魚的解說的過程中，鐵臂驚奇不已。

鐵臂回想起帶他到光明之地的第二個火母——紫色120——對他說過的話，他現在總算明白其中的含義了。

白眼魚—火母告訴他，火母的身體老舊不堪使用了，因此選了她成為記憶立方體的「載體」，好繼續火母的職責：「火母在我的頭裡面。」她敲了敲自己的額頭：「我就是火母。」

鐵臂茫然道：「那我該叫妳白眼魚好呢？還是火母好呢？」

火母的記憶立方體剛被植入腦中時，白眼魚能夠強烈感覺到意識中尚有另一個人格的存在，不免在思考時受到干擾。後來在黑毛鬼入侵天縫時，火母的記憶立方體遭到電腦巴蜀關閉，白眼魚被迫獨立決策，直到兩天前，電腦深海再度開啟火母的記憶立方體，她能讀取火母的記憶了，卻不太能感覺到火母的存在，火母的人格似乎沉默了，只剩下記憶庫的功能，也或許是火母終於跟她完全融合，無二無別了吧？她搞不清楚。

「叫我白眼魚吧。」如此的話，彷彿又能回到當初天縫下的單純日子了。

接著，白眼魚─火母將黑毛鬼入侵天縫、天頂崩塌、禁區電腦的背叛、蝌蚪的挑釁、鐵族俘虜族人等等簡單述說。

鐵臂專心傾聽，一個字都沒問，令她不禁疑惑：「你都明白我在說什麼嗎？」

「不，妳一直提到電腦，」鐵臂搖頭：「什麼是電腦？電腦不是人吧？」

「不是。」

「果然不是，聽妳說得很像是個人。」

兩人在黑暗中輕鬆對話，白眼魚心情愉悅，這是她以往日夜幻想的情境，沒想到竟在廢墟之上實現。

「你呢？為何會有這麼大的蜥蜴？還會飛，想必你也經歷了不少事情吧？」白眼魚胸中有一連串問題，「紫色１２０呢？她有成功帶你到首都嗎？」

「原來如此，妳老早就知道『光明之地的火母』要帶我去哪裡。」

白眼魚敲敲額頭：「知道的是火母，不是我。」

鐵臂神情黯淡：「光明之地的火母死了。」

白眼魚頗為訝異：「她沒帶你去到……？」

「去到了，然後那些人毫不猶豫地殺了她。」鐵臂述說紫色１２０帶他經過很多城市廢墟，途中遇上一個名叫潘曲的人，說能帶他們去東亞區首都……

鐵臂的故事令白眼魚嘖嘖稱奇，原來在四十年間，天縫之外的世界發生了翻天覆地的變化，她完全無法想像。

當鐵臂正好說到被派去飛蜥營工作，伏在樓角的飛蜥忽地警覺抬頭，伸長脖子朝下望。

飛蜥的視覺、聽覺和嗅覺都十分靈敏，牠不安地挪動腳掌，匆匆爬行到鐵臂身邊，龐大的身體貌似要衝向他們，嚇得白眼魚跳起來。鐵臂趕緊一手按住白眼魚的肩膀，一手輕撫飛蜥鼻子：「別怕，牠很乖的。」

鐵臂將手移到飛蜥的額頭，柔聲問：「怎麼了？有人來了嗎？」

話猶未畢，頂樓邊緣發出巨響，一個紅色鉤子卡在樓頂邊緣，地面立刻為之震動。隨著紅色巨鉤旋轉上來，鐵臂才看見巨鉤是一根手臂，雖然光線陰暗，依然看得出該人的四肢皆已經過改造。

這就是大石所說的怪物，白眼魚所說的鐵族！

與此同時，他們聽到四面八方都有東西正在登上高樓，隔壁大樓也有蜘蛛狀的鐵族在攀爬上來，鐵族們攀爬古老的牆面，破壞了脆弱的鋼筋水泥。

大紅鉤手凝視著他們，按兵不動，一面在摸清鐵臂和飛蜥的虛實，一面等待其他同伴上來。

白眼魚手掌冰冷，不禁緊握鐵臂的手：「我們被包圍了。」

儲備

自從天縫族人被鐵族俘虜之後，電腦巴蜀便不斷反覆計算，仍不明白犯了什麼錯。

他利用打從誕生就植入的晶片監控族人，但幾乎所有族人都被抓走了，只剩下幾個零星的監控對象，在他的量子運算中若有若無。

他不再有心情管控族人睡覺或甦醒，也不再理會他們的荷爾蒙或血壓或飢餓（血糖）

度，他只沉浸於非線性運算的思考之中。

他不認為自己犯了錯，因為他不可能犯錯，但他苦思不出理由解釋他的遭遇。

忽然，巴蜀偵察到紫色１２０在附近出現。

他的情緒即刻出現波動，連巴蜀自己也訝異他會有情緒，或許只是程式設計者寫入的仿情緒程式在作用？不，巴蜀很清楚不是，他的量子迴路是真的有點興奮，這等同於人類的高興嗎？

當火母——紫色０３０——的生化肉體老化時，是他建議火母使用白眼魚的身體的，不僅僅因為白眼魚含有跟火母相似的基因，也因為他觀察白眼魚有好一陣子了，知道她性情單純，火母應該比較容易完全佔據她的意識。

連火母也不曉得的是，巴蜀利用土子的蛻皮觀察白眼魚。

當初巴蜀鞣製土子的人皮時，在皮層下暗藏了晶片和奈米細天線，然後建議火母將土子的蛻皮傳承給白眼魚，白眼魚果然把蛻皮珍惜不離身，方便了巴蜀全天候追蹤白眼魚的腦波變化，才能在最後向火母提議使用白眼魚的身體。

事實上，白眼魚是火母打造的四個「火母胚胎」之一，其中三個用作儲備身體，至今仍在營養液中冬眠，惟有白眼魚正常長大，不過遲早也會露出馬腳的，因為族人將會發現白眼魚老化得很慢。天縫人的生物壽限僅有三十餘年，而白眼魚是以守護員基準定製的，若沒十分耗損，壽命極限有兩百年。

一切精心策劃，如此完美，為何會出錯呢？不，那不是錯，只是尚未修正而已。

如今，天縫的實驗人類也被捉走了，身為禁區電腦的巴蜀失去了任務的對象，形同廢棄物。然而，當他感覺到紫色１２０的內建碼訊號正在迫近時，他再度拾回了生存的感覺。

曾經從禁區ＳＺ４６逃來的守護員紫色１２０，與他們在禁區ＣＫ２１（天縫）共度了三十八年後，帶著一名本區實驗人類鐵臂離去了，今天終於回來了嗎？如此一來，他就能再度培養新的ＣＫ２１居民了。

他派出僅存的十餘部微型機器人——其他在天頂崩塌時損壞了——前去尋找紫色１２０訊號的源頭。

令巴蜀困惑的是，微型機器人傳來的畫面是兩個男人，兩個有相當年紀的男人。

巴蜀分析他們的相貌，應該有七十歲左右，但他們看起來營養不良，所以可能相貌比實際上衰老，加上他們的行動並無蹣跚，因此巴蜀推測是五十多歲。

最令他困惑的是，紫色１２０的內建碼訊號的確在他們身上。

「不對呀，」他們的聲音傳來了，「座標正確，但跟紫色１２０說的不一樣，沒有大裂縫。」

「石灰溶洞挺脆弱的，看樣子是崩塌了。」

「難道居民都被壓死了？沒有人影呢。」

巴蜀分派幾個微型機器人升空偵察，搜尋他們前來此地的載具。

微型機器人在崩落的天頂邊緣停泊了一艘飛行巡艇，能擁有飛行巡艇的，必定是跟地球聯邦有關的人，而飛行巡艇的辨識碼是……來自賈賀烏峇！直接來自地球聯邦偉大的首都！

所以說——巴蜀的非線性運算中出現罕見波形，形似人類狂喜的腦波模式——地球聯邦終於派人來救援了！一定是紫色１２０成功找到「母親」了！

但是……巴蜀察覺到邏輯上的不對稱……他們說紫色１２０告知這地點，他也感測到紫色120的內建碼，但，紫色120的人影呢？
還是再觀察一下好了。
「紫色120說，禁區電腦在一個高處的洞穴中，」巴蜀聽見他們說，「是那個嗎？」
他們找到他了！
「上去看看好了。」
「用跳躍嗎？」
「咱們最好省點精神吧。」
兩人登上岩崖，巴蜀留意到兩人走路的動作不太流暢，下肢關節並非人類關節的活動模式，他再觀察了一陣，微型機器人將鏡頭放大拉近，見他們的臉會潮紅流汗，眼珠轉動模式正確，再用紅外線儀觀察體溫分布，逮到了！跟人體的溫度分布模式不同。
萬物皆有模式！掌握模式就能精確分類，這兩人的綜合模式說明了，他們是身體經過改造的半機器人！
半機器人！巴蜀對半機器人沒有好感，因為不久前突襲天縫的就是來歷不明的半機器人，幾乎擄走了所有族人。要不是他及時裝死，讓闖入洞穴的半機器人以為他是壞掉的電腦，說不定還會動手毀了他。
巴蜀的非線性運算陷入混沌，經過百年運作之後，他總算發現並非每件事都有單一解答，甚至不是中庸的平均解答，而是坐落在相反的兩端：有沒有同時是盟友、又是敵人的可能？
兩人進入洞穴了，巴蜀繼續假裝自己是廢置的電腦，他無力保護自己，因為守衛機器人特洛伊三型已經損壞。

巴蜀用洞穴四處分布的鏡頭靜靜觀察兩人，他們在通道中四處遊走，探索洞穴內部：

「設備很齊全呢，像個……月球上的生物研究室。」

兩人進入敞開的手術室，發出驚嘆：「這部自動手術機……！」

「跟任務中心的同一型號。」其中一人說，「是最後的型號吧。」

的確，巴蜀回想，這部自動手術機是在「母親」失去聯繫的幾年前升級更新的，這兩人是內行人。

「電腦怎麼沒動靜呢？難道壞掉了？」

來了。巴蜀心想。終於討論到我了。

「應該沒有，」聽了他們的話，巴蜀陡地一驚，「胚胎還在低溫保存，溫度調節還在運作，通風系統也在跑。」一人扶起倒地的特洛伊三型，研究燒焦的洞口，「這裡發生過什麼事？」

「或許要呼喚他，紫色 120 說電腦有個名字。」

「嗯哼，」其中一人發出嗤笑聲，「瑪利亞、濕婆都有個偉大的名字，CK21 禁區電腦的名字，我記得是……」

「這個地區的遠古名稱。」

「巴蜀，此地最初的兩個部落聯盟國家。」

巴蜀的非線性運算出現紊亂波形，轉譯成人類感情：他激動、他感動，他有想跟人類說話的衝動。

而且，紫色 120 的內建碼訊號的確在他們身上，這表示說，她的身體已經消失了，只剩下記憶立方體，但在技術上來說，她仍然活著！

所以，這兩人究竟有什麼目的？

其中一人從衣服下方拉出項帶，果真掛著記憶立方體。

他高舉記憶立方體，想讓巴蜀瞧清楚，但由於不知道巴蜀的監視鏡頭位置，所以把身體轉了一圈：「巴蜀，這是紫色１２０，你認識她，我們知道。」

巴蜀忍住不說話、不反應、不讓電腦介面看起來有活動的樣子。

「紫色１２０對你有個請求，她知道惟有你能幫助她。」

另一人打了個哈哈：「你確定他聽得到？」

「紫色１２０需要一具身體，你能幫她重新擁有一具身體嗎？」

一陣悠長的沉默之後，巴蜀在兩個月來首次發聲：「還有一具身體適用。」

潘曲微笑了，他轉頭得意地覷了眼沙卮，表示他猜對了：禁區電腦仍然在運作。沙卮白了一下眼。

「謝謝你，巴蜀，不過，只有一具嗎？」

「有三具儲備身體，不過有一具在上次暫停植入手術之後，打開的頭顱無法復原，已經腐爛了，另外兩具年紀還小。」巴蜀話鋒一轉：「請表明你們的身分。」

潘曲和沙卮互望一眼，然後說：「我們是聯邦特派員，由母親直接派遣來暫時接管禁區ＣＫ２１，」這是他們老早商量好的說辭，「直到守護員重新接手。」

巴蜀很滿意：「請帶紫色１２０去手術室，」通道上亮起一列燈光，引導他們手術室的路徑，「請將她放在手術檯上，然後還有一件事，得請你們兩人幫忙。」燈光亮至通道深處，放置儲備身體的地方，「我的搬運機器人壞了，請你們搬運女孩的身體。」

他們看見浸泡在維生液中的女孩，忽然有些感傷，因為他們也曾被如此浸泡。雖然離開奧米加的圓筒逾四十年，雖然被禁錮在圓筒中沒有自由，但還真懷念飄浮在維生液中的寧靜感呢。

備用的女孩只有十二、三歲，另一個更年幼，身型僅有五、六歲。

「我們該如何拿她出來？」沙厄問。

「聽我指示，我一步步教你們。」

追擊

身為摩訶的孩子，狼軍向來很自豪。

他覺得自己比父親看得更遠、更透徹，但在摩訶面前很少發表意見，因為他知道摩訶不喜歡。

他更瞭解的是，摩訶不喜歡比他聰明的人。

如今，是發揮的好機會了。

「父親，只可惜您沒機會見到了。」沒機會見到狼軍的作戰領導才能，也沒機會看到前所未見的——騎著飛行巨蜥的外族。

狼軍率先派出大雲，用他獨特的巨型彎鉤手攀上高樓，直接遭遇躲在樓頂的鐵臂。其餘有攀高能力的部下，如鐵蜘蛛、螳臂腿的紅眼人、蠍子張等人，則分別從四周的高樓包圍鐵臂。

黑鐵牛和他的部下也匆匆趕來：「發生什麼事？為何發出作戰警報？」

「有不明入侵者，」狼軍指向高樓頂端，只見大雲揮舞大鐵鉤，鐵鉤插進牆身，順勢將他的身體提上去，「有一隻很大又會飛的蜥蜴，還有人騎著牠飛來。」

「是我們沒遇過的族群？」黑鐵牛吼道。

狼軍心中竊笑，他奪得先機掌握作戰指揮權，又迫使晚餐暫時中止，讓黑鐵牛無法主導情勢。此刻，狼妻正率領著女人們做晚餐，即使黑鐵牛成功活著回去，也會吃到特別為他隊伍炮製的特殊餐點。

百越之王的位子，他穩贏了！

狼軍的部下從四面包圍飛蜥，即使牠飛起來，也會想辦法抓住牠。

「蜻蜓一號、蜻蜓三號就位。」狼軍用無線電聯絡部下，故意讓黑鐵牛聽到。

黑鐵牛臉帶不屑：「你很認真呵，精銳盡出了呢。」他扔下這句，便匆匆去部署他的部下了。

狼軍心想：嫉妒吧，嫉妒會令你的判斷力變差，做出自毀的舉動。

他要利用這趟行動借刀殺人，讓黑鐵牛再也無力奪權。

他抬頭，正好看見大雲的大紅鉤扣上樓頂，利用反作用力一躍而上。

大雲躍上樓頂，跟鐵臂像兩隻陌路相逢的狗兒般互瞪，但沒人率先動手。

原本就極度不安的飛蜥，被大雲的出現嚇得驚慌跳起，力道之大，把正在安撫牠的鐵臂推開。牠立即的反應是逃走，於是朝樓頂邊緣慌張跑去，展翅一躍而下。

「糟了！」鐵臂驚叫一聲，回頭對白眼魚說：「等我！」立刻追向飛蜥，留下錯愕的白眼魚。

飛蜥才剛衝出樓頂，便發覺不對勁，牠忘了先前的自在飛翔是因為有鐵臂幫忙，如今躍進空中，才發現沒有足夠強烈的上升氣流，牠拚命鼓動雙翅，仍無法在空中支持身體，不禁恐慌地嘶叫。

勾在樓頂邊緣的大雲，見到飛蜥跳出高樓，心想狼軍給他的任務是捉到飛蜥和駕御者，本來也想跳過去勾住飛蜥，卻見鐵臂奔向飛蜥，又望見被捨下的白眼魚，大雲一時不知該先去逮住哪一個才好，在遲疑的數秒之間，看見了不可思議的情景。

鐵臂用手朝自己腳下一抹，竟然整個人飛射出去，如同在空中架了一道透明橋樑，讓他在空中奔馳。大雲瞠目結舌，還以為自己看錯了，正想仔細看清楚時，鐵臂又做了一個怪動作，竟能在半空中轉彎，斜斜降落到飛蜥的背脊。

大雲看得愣了半晌，才猛然省起應該發動攻擊，他奮力運轉勾在牆上的大鉤，憑著反作用力跳向飛蜥，樓角頓時崩落。他想勾住飛蜥的身體，然而飛蜥在鐵臂的風力幫助下，驀地變得動作靈巧，牠先是往下衝，緊接著繞過大樓反身仰衝，大雲失手沒捉到飛蜥，頓時從空中墜落。

大雲沉重的大鉤將他加速拖往地面，旁邊大樓上的鐵蜘蛛想伸手救援卻碰不到他，忽然，大樓後方掠出兩個背上有仿蜻蜓翅膀的改造人，才在半空將他接住。

「謝謝你們！」大雲渾身冷汗，「請放我回去上面！」

在這蹉跎之間，鐵臂和飛蜥重新飛回樓頂，在經過白眼魚身邊時，鐵臂朝白眼魚伸長手臂，手心輕輕往上一揚，白眼魚便覺腳下有股力量將她抬離地面，她剛想驚叫，鐵臂已順勢把她拉上蜥背。

白眼魚明白是怎麼回事了，她心中呼喊：「鐵臂會控制風！」究竟這兩年在他身上發生了什麼事？

「抓緊了！」鐵臂向她叫嚷，「我們要衝啦！」

鐵臂在飛蜥翅膜下方颳起疾風，要衝出鐵族的包圍網，但天色太暗，鐵臂看不清哪座高樓上有人、哪座沒人，有的鐵族身形明顯，但有的可能隱藏在黑影中，因此最安全的是離開高樓區域。

鐵臂看準兩棟大樓之間的空間，心想：「只要通過了，除非他們會飛，否則追不上我。」接近大樓時，他增加風量，想加速穿過。

不料，飛蜥伸長脖子，發出泡沫似的尖叫聲，鐵臂垂頭查看，才見到飛蜥的後腿被一個兩眼蓋著紅色鏡片的人捉住了，令鐵臂毛骨悚然的是，那人的手臂是一把細長大刀，兩腿是螳螂似的彈簧腿。

原來，紅眼人早在高樓牆面蟄伏等候良機，見飛蜥經過，立即彈跳逮住飛蜥，他閃著兩個紅色光圈的眼睛，掄起大刀揮砍飛蜥後方。鐵臂情急之下，遠遠朝他揮了一巴掌，立即有道強風撞上紅眼人的臉龐，像被重拳捶打般，幾乎把他鑲在眼眶裡的紅外線視鏡撞脫得飛出眼眶。

紅眼人頭昏眼花，依然繼續盲目揮刀。

忽然，他感到眼睛不明原因地發燙，待他極力定焦視線之後，才看見眼前有個女孩，正是他們剛擄獲的野人的守護員！紅眼人也參與了俘虜行動，所以認得她！她手中發出極強烈的藍光，正對準他的眼睛，熱量貫穿人工眼球，加熱鈦合金眼眶。

「不好！」紅眼人趕緊將臉別開，胡亂揮刀，差點砍到白眼魚，鐵臂吃驚白眼魚竟冒險爬去飛蜥尾部，趕忙衝過去把她拉回來，紅眼人閉目亂砍，砍上飛蜥的尾巴，飛蜥痛得用力甩尾，卻無法掙脫紅眼人。

飛蜥成功穿出高樓區，但紅眼人的重量不斷將牠往下拉，鐵臂見四周安全了，鐵族追不上來了，便在蜥背上爬到紅眼人面前。「你找死！」紅眼人扭動身體，盪到鐵臂前方，意欲揮砍鐵臂。

鐵臂將兩掌對準紅眼人的手臂，他便發覺手臂忽然不受控制，揮砍不下大刀，且感到肩膀有一股很大的扭力！機械臂發出詭異的金屬嘰嘰聲，紅眼人急欲收回刀手，但手臂被鐵臂產生的強大氣流扭轉，硬生生從肩膀斷裂，整條帶著大刀的機械臂被鐵臂奪走。

紅眼人見情勢不對，趕忙鬆開緊捉飛蜥的手，鐵臂握著他的刀手，馬上用強勁的臂力回砍他，紅眼人閃躲得不夠快，被大刀擊碎紅鏡片，一個人工眼珠飛射出來。

紅眼人變成自由落體，四周沒有攀緣物供他減速，他只好把螳螂腿轉向下方，等待觸地的剎那，再用彈力緩衝撞擊的力道。

此時，有個翅膀高速拍動的聲音迫近，他心中竊喜：「蜻蜓來了！」他有救了，就跟剛才彎鉤手大雲一樣獲救。

紅眼人正欲轉頭尋找聲音來源，卻見到飛向他的是一隻黑色大甲蟲。

「糟糕！」紅眼人措手不及，黑色甲蟲已來到眼前，露出包在黑色頭盔下的人臉，冷冷對他說：「再見。」

紅眼人忖著：可惡！是黑鐵牛的部下！

重力加速度將他拉向地獄的烈焰，他的重量令他在空中難以轉身。

黑甲蟲伸出大型高壓夾剪，在掠過紅眼人前方時，瞬間剪斷他的脖子，剪力之大，將紅眼人的頭顱拋射到遠方，砸個稀爛，身體也在地面撞斷成一節節。

不是只有狼軍懂得趁機削弱別人的力量。

黑甲蟲冷笑幾聲，加速追逐飛蜥。

他要為黑鐵牛隊長立下首功。
兩批鐵族分別從陸地和空中追捕鐵臂和飛蜥，把這件事當成他們隊長的王位爭奪賽。
鐵臂回頭張望，黑夜隱蔽了敵人的身影，但藏不掉他們的聲音。
他對白眼魚說：「我們很不妙哦。」白眼魚感到困惑，因為鐵臂的語氣好像興奮大於恐懼，「不過呵，剛才我又發現新的用法了。」

新生

沙厄跟潘曲合力將女孩搬到手術檯，巴蜀的自動手術機便開始忙碌了。
女孩蒼白的臉龐彷如陶瓷娃娃，頭頂被剃掉了一片頭髮，好方便鑽開露出大腦；積在肺部的維生液被抽出，好啟動呼吸作用；許多諸如此類的正常人體功能必須經過複雜的手續來啟動，萬一在環節中有錯失，這具身體就得報廢了。
沙厄兩眼緊盯手術過程，他想知道手術是如何進行的，說不定他也能用同一個方法換個身體，那就好了。
潘曲看著女孩的頭顱被割開，勾起了不好的回憶，他問電腦：「巴蜀，這裡需要無菌操作吧？我們應該出去嗎？」
巴蜀馬上回應：「你們別出去，外面還有幾個剩下的族人，他們見到陌生人會害怕。」潘曲只好留下。
沙厄一邊觀看，腦中一邊回想幾天前在雪浪高山上的溫室對話。
至此，對於潘曲用空間跳躍把他從浸泡白晶水的水槽帶出，他還不知該感謝還是抱怨潘曲，潘曲可能救了他，但也可能破壞了他的夢想。但若不是潘曲把他強行帶走，他還以為撒馬羅賓就是傳說中的仙人。

沙厄原本以為，雪浪之所以找奧米加執行冰原任務，是因為他們有空間跳躍技能。然而法地瑪告訴他：「雖然不是人人擁有這能力，但雪浪也有能夠空間跳躍的人，我們稱之為『神足通』。」她補充說：「事實上，跟你們的朋友烏倫結伴同行的勇士謫巴就有神足通。」

「那麼，為何還要找我們？」

「因為你們是生面孔，撒馬羅賓還沒摸清你們。」法地瑪說，「而且，你們曾經是經常合作的搭檔是吧？」

的確，年輕時，沙厄常常跟潘曲同一組行動，彼此配合得不錯。

潘曲舉手截道：「妳提到……他們還沒摸清楚我們，我不明白，他們對你們有多清楚？」

「問得好，事實上，早在地球聯邦崩潰以前，撒馬羅賓就聚集了一批『反聯邦』人物，把地球聯邦準備清除的公民，不知用了什麼方法帶走，在雪浪的山谷中聚居了數十年，我們知道，這數十年來，他們一直在觀察我們，而我們也一直在觀察他們。」

沙厄說：「好吧，我們是生面孔，那你們又對他們有多少瞭解？」

法地瑪搖頭：「幾乎沒有，他們每天就一樣種植、畜牧、擔水、生活，太普通了，如果他們有什麼其他的目的或計畫，我們真的看不出來。何況很久以前，也曾經有一位奧米加跟他們住在一起，後來跑來加入我們，我們詢問過他，他也說不出那位叫『智者』的撒馬羅賓究竟有何目的。」

「另一位奧米加？」潘曲頗感驚訝，「妳知道是第幾代的嗎？」

「他的身體不像你們，他的身體是完整的人身。」

沙厄跟潘曲馬上對視，一起說出：「第二代！」對他們而言，根本是傳說中的人物。

潘曲再問法地瑪：「這麼說來，你們向來相安無事，為何今日他們才想要入侵聖者的洞穴？」

「對，時間點，為何選擇在這個時間點？為什麼呢？我也很想知道。」法地瑪的大眼明亮了起來，「我們努力尋找答案，然而我相信，答案藏在撒馬羅賓的冰原中。」

潘曲沉默了一陣，才問沙厄：「所以，你加入嗎？」

聽了他們的對話，沙厄才曉得雪浪之地臥虎藏龍，個個居民深藏若虛，摸不清誰有何等能力。連十歲的女孩美隆都有超強的能力，奧米加的「讀心術」或「遙感」還遠遠不及美隆。

法地瑪說，美隆的能力被稱為「他心通」，不僅能知悉他人心念，還能知悉世界各角落的現況，以及其他生命的想法。而美隆不僅能感知，還能將這些影像在他人腦中播放。

沙厄不知該嫉妒好，還是羨慕好。

奧米加必須捨棄身體才鍛鍊出來的能力，在「奧米加原型」的原鄉卻是日常技能。

沙厄無法釋懷，他的命運是被地球聯邦決定的，他的身體是被地球聯邦奪走的，所以他發誓一定要奪回命運的主宰權！得回他應得的身體！

如今，他跟潘曲來到秘密禁區ＣＫ２１，眼看著禁區電腦巴蜀將女孩的頭頂掀開，把紫色１２０的記憶立方體植入，過程看起來好簡單，令沙厄也不禁心動：「若將我的記憶存進記憶立方體，我不就永生了嗎？」

不，其實他沒有把握，存進記憶立方體之後的他仍舊是他嗎？

「巴蜀，她要等多久才會醒來？」沙厄問道。

「最少要六個小時，但完整結合需要二十四小時。」女孩的身體從嬰兒時期就不曾自主運動，肌肉十分軟弱，巴蜀將這個也評估進去了，「你們如果累的話，不妨休息一下。」

潘曲從進入火母洞穴開始就不斷觀察四周：「不，我想四處看看，瞭解這裡。」他跟紫色120相處過一段日子，曉得她並不知道地球聯邦早就不存在了，才會癡心堅持前往東亞區首都，向她稱為「母親」的電腦報告。如今看來，跟紫色120一起困於地底的禁區電腦巴蜀也同樣不知道聯邦崩潰了。

所以他和沙厄必須小心說話，因為無法預估巴蜀知道之後會如何反應？他會接受事實，或是系統會陷入混亂呢？為了讓紫色120順利復活，他們可不能冒這個險。

潘曲四處觀看，研究每個設備的功能，上面沒有說明文字，他也不敢隨便碰觸。如果沒錯，這兒保存了相當多的人類基因庫，因為他看見許多標示著「地球人口研究中心」編號的容器。

如果鐵臂是源自此禁區，而且他的臉根本是原始人類的面貌，那麼，這個秘密禁區極可能是瑪利亞建立的**人類基因庫方舟**。

一切都得等待紫色120的新身體甦醒，他才能獲知全貌。

突然，手術檯上的女孩動了一動，臉部微微抽搐。

「嘿，她要醒了。」沙厄興奮地說。

「不，」巴蜀回應，「電解質異常。」

「什麼意思？」

女孩忽然四肢癲癇，在手術檯上猛烈抖動，潘曲冷靜觀看，但卻嚇壞了沙厄：「這種事很常發生嗎？」

「不，這是第一次看到。」

女孩沒有張眼，眼珠子在眼瞼下激烈地滾動，十二年來都在沉睡的她，夢境就是她的所有世界，如今卻發現有人闖入她的夢境，企圖佔領她的意識，她對惡夢感到害怕又困惑，於是極力抵抗。

雖然她十二年來不曾學習語言、社交等等人類行為，但她的記憶並不是空白的，她的情緒不是平靜的，甚至在她生活的夢境中，她也不是孤單的。

「發生了什麼事？」她用的並不是任何一種人類已知的語言，或者說，她在夢境中所使用的才是語言之母，「感覺好奇怪！好可怕！」她的世界正在崩解之中，感覺到周圍出現了一道道裂縫，要將她的世界撕裂粉碎。

「那是睜開眼之後的世界。」夢境中有個聲音告訴她。

「可是我的眼睛是開著的呀。」

「那是假象，」那聲音說，「噢不，或許該說，現在妳看到的才是真相。」

「我該怎麼辦？我該怎麼做？」

「接受它吧，面對它吧，放心，總有一天妳會回來的。」

「但是……很不舒服……很疼痛……」女孩極力掙扎，她不希望離開熟悉的世界。

「保持沉默，妳保持沉默就好了，妳就靜靜地觀察，不要說話，等時間到了，妳就會回來吧。」

女孩感覺到她的世界被另一個龐大的意識推擠、壓縮，一點一滴地被侵佔滲透，她感到整個世界在顫抖：「我害怕，我很害怕……」

「別害怕，當妳害怕的時候，唸我的名字。」

潘曲和沙厄看到女孩的眼珠子穩定了，不禁稍微鬆了口氣。癲癇的過程持續了一個小時，讓他們對這一副肉體都不抱希望了，還做好了最壞打算：將這具肉體報廢，使用最後一具六歲小女孩的身體。

女孩的眼睛慢慢張開，視線還沒有焦點，迷茫地望著空氣。

潘曲靠近她，將臉孔移到她眼前，輕輕呼喚：「紫色 120，我是潘曲。」將這句話重複了幾遍。

女孩的眼睛依然失焦，似乎在遙望另一個世界，但她已經有了自主呼吸，胸口正緩慢起伏。

「電解質穩定了，」巴蜀報告說，「還不確定這副身體能否安全地被使用。」

「那我們只有等待了。」潘曲對沙厄說。

沙厄可沒有信心。

有一個問題，他想問潘曲，但他注意到潘曲總在避開。

潘曲說過，有三位奧米加也加入了智者的行列，亦即他們以前的同伴塔卡、泰蕾莎和黑格爾。

他們會加入，當然有原因的。

或者說，必定有誘因的。

沙厄很想知道，那個誘因是什麼。

在不需要金錢的時代，名利和地位也失去重要性的時代，對他們奧米加而言，最大的誘因或許只有一個。

撒馬羅賓到底給了他們以前的同伴什麼好處？

他遲早會知道的。

巡艇

這些年來，白眼魚瞭解到一件事。

她絕不是坐以待斃的人。

她不會像個無助的小女孩，只讓鐵臂孤軍奮戰的。

是時候讓火母回來了。

「深海！你聽得到嗎？」深海沒有反應，大概是飛得太高太遠，離開通訊範圍了。於是，她拍拍鐵臂的肩膀：「鐵臂！請飛回去好嗎？」

「咦？什麼？」鐵臂一時會意不過來，「為什麼？」

「我必須去拿一樣東西，然後我們就可以合作對付他們。」白眼魚—火母的眼神乍變，鐵臂感覺她瞬間像變了另一個人。

「妳告訴我在哪裡。」

白眼魚—火母立刻審視深海傳到她腦中的地圖，包括標記了鐵族晚餐的地點、黑鐵牛隊長的地盤、摩訶和狼軍等家族居住的地方等等，一面搜尋，一面飛快思考。「有了！」她找到飛行巡艇的位置，不在電腦大樓，而是藏在神殿後方。

「那個方向！」她指示鐵臂，「小心！後面有人！」她強化的聽力聽到類似夜光蟲震動翅膀的聲音，在後頭窮追不捨。

鐵臂旋轉兩臂，在飛蜥後方產生一道旋風，白眼魚只聽到後面追兵的飛翅聲亂了方寸，但沒來得及看見追兵的形貌，鐵臂當下把飛蜥掉頭，飛向白眼魚所指的方向。

白眼魚—火母調整腦中的地圖方位，迅速與昏暗中的地景疊合：「在那邊！」她隱約看見地面上也有很多鐵族快速移動，顯然在追蹤他們。

地面發出一個怪聲，白眼魚—火母判斷不出是什麼，緊接著一個重物從下方衝上來掠過身邊，飛蜥嘶叫著傾斜身體，牠差點被打中！

「他們射了什麼上來？」白眼魚—火母忖道。

她利用記憶立方體強化視覺，才看到地面有個身形奇特的鐵族，一隻手臂是強大的夾子，一隻是投擲器，正撿起地面的大塊水泥碎塊，向天空瞄準飛蜥投射！

此時，另一個方向又有水泥碎塊飛來，鐵臂機敏地帶飛蜥躲過，這才發現投擲人不只一個！

「深海！」白眼魚—火母不斷試圖聯繫禁區電腦，「深海！你聽得到我嗎？」

鐵臂帶著飛蜥左右躲閃，極力朝白眼魚指示的方向飛去。

「紫色０３０，我是深海。」腦中傳來微弱的音訊，白眼魚—火母鬆了口氣。

「深海，我要取回我的飛行巡艇！」

「不安全，現場有工程師在檢查飛行巡艇。」

原來百越國也有工程師嗎？「有幾個人？」

「兩個。」

「我以為所有工作都是由你做的，鐵族不是都沒受過這方面的教育嗎？」

「他們是以前地球聯邦派來的工程人員，四十年都沒離開過。」

「天啊……」他們肯定很老了，「他們會攻擊我嗎？」

當年地球聯邦突然崩潰，許多人措手不及，這兩名工程人員應該也是滯留無法離開的人。

「他們不會相信妳是守護員，因為妳長得跟原版的生化人不一樣。」深海的聲音斷斷續續，不過聽得明白。

「我明白了。」白眼魚—火母說，「可以把進去和離開的路線傳給我嗎？」深海馬上傳給她了。

「鐵臂，」她在他耳邊說，「你待會不要等我，先跑到安全的地方，我會追上你的。」

「我可以等妳，我會照顧自己的安全。」

「謝謝你。」白眼魚—火母心中充滿暖意，短暫跟鐵臂相處的時間猶如幻夢，即使此刻死去，她也沒有遺憾。

神殿沒有後門，她只能從前方直接進入。

夜間的神殿裡頭亮著淡黃色燈光，飛蜥一停泊在前門，白眼魚—火母馬上跳下，拔腿奔跑，鐵臂也立即讓飛蜥升空。

她跑過陰暗的諸神像下方，亦即歷史上有名的半機械人和生化人遺體，他們高高在上地站立著，冷漠地俯視她奔跑，像在虎視眈眈，像在交頭接耳，有一種他們隨時會走下神壇的錯覺，也擔心隨時會有鐵族迸出來攻擊她！

以往她恐慌時，總希望鐵臂在她身邊，但鐵臂已經在身邊了。她壓著用土子人皮製作的肩袋，祈求土子幫忙，但土子也很久沒回應過了，所以她只能靠自己了。

她一路奔跑到神殿後方，找到一扇斑駁的小門，用力推門闖進去，露出一個很大的房間，果然中間就擺著飛行巡艇！她不確定那是否是她的飛行巡艇，但也只能硬著頭皮直奔過去了。

房中的確有兩個人，一個正在調查飛行巡艇，一個在旁邊不遠的工具車上檢查工具，他們聽見門被強行打開，驚訝地轉過頭來，那是兩張蒼老的臉孔，看見跑向他們的女孩穿著白色長袍，兩人一時失了神，啞啞地大聲問道：「妳是誰？」

白眼魚—火母用記憶立方體呼喚飛行巡艇：「打開艙門！」

飛行巡艇的艙門立刻緩緩打開，嚇壞了兩名工程師，因為他們怎麼嘗試都無法打開，不曉得為何這女孩一來就打開了。

這部果然是她的巡艇！飛行巡艇必須辨認出她的內建辨識碼，才會做出反應。

她再度用記憶立方體下令：「開啟反重力場二級，半徑兩公尺！」靠近飛行巡艇的工程師被反重力場推開，立即腳步踉蹌，坐倒在地上。她不想傷害老工程師，因此只用很輕的設定。

「關閉反重力場，啟動暖機！」白眼魚—火母躍上飛行巡艇，向兩名老工程師呼喊：「我是禁區守護員紫色０３０！對不起！我要回我的巡艇了！」

「妳是守護員？」老工程師神情激動，「妳知道地球聯邦發生了什麼事嗎？為什麼不接我們回去？為什麼不接我們回去賈賀烏峇？」他們跑向飛行巡艇，大力敲打，希望能登上，希望能跟她說上話。「聯邦知道野生人類造反了嗎？為何沒派遣清潔隊過來？」

「對不起了……」白眼魚—火母低聲說著，再次啟動反重力場，將老淚橫秋的工程師推開，讓飛行巡艇升空。

她沒時間向他們解釋，況且外面還有鐵臂在等她，還有所有的天縫族人在等她，她的每個行動都必須果決。

剛才進來的門不夠大，飛行巡艇無法從該門離開。深海告訴她還有一個出口，但她看不到：「深海！那個可以讓飛行巡艇離開的出口呢？」

上方砰的一聲，兩扇門在高處緩緩打開，原來這房間的天花板是個圓形拱頂，原本可能用來安置天文望遠鏡，或是飛行巡艇的室內停泊之用。

白眼魚—火母最後望了兩名老工程師一眼，兩人無助地仰望她，神情充滿了絕望。她忍耐著別過臉去，讓飛行巡艇衝出神殿，升上高空尋找鐵臂和飛蜥。

天色已經完全黑暗，地面只有稀稀落落的燈光，她無法看到飛蜥的蹤跡，於是只好打開巡艇的環照燈光，但這會暴露她的位置，所以必須盡快關掉。

果然，飛行巡艇激烈搖晃了一下，有東西擊中她了，幸好有反重力場保護外殼。她往撞擊方向望去，燈光照到一隻猙獰的黑色大甲蟲在空中搖搖晃晃，一時喚回了她跟夜光蟲糾纏的記憶，但這隻大甲蟲不是昆蟲，而是身體經過改造的鐵族。

難道這隻大甲蟲就是剛才被鐵臂趕走的追兵？

鐵族黑甲蟲搖了搖戴著合金頭盔的頭顱，重新振翅，急切尋找可以攻擊飛行巡艇的突入點。

白眼魚—火母打開探照燈四處照射，就是找不到鐵臂。她讓自己成為所有人的目標，處境十分危險。

飛行巡艇再度激烈震動，又有水泥塊被投擲上來了，雖然被反重力場反彈回去，但她不知還能支持多久。

「鐵臂……你在哪裡？」白眼魚—火母焦急地轉頭環顧，又見一個水泥塊撞上前方，玻璃罩也為之震動，她擔心經過多次撞擊之後會產生裂痕，雖然有反重力的屏障保護，但力量仍然以震波傳遞的形式傷害玻璃罩。

強光吸引了更多鐵族湧來，鐵蜘蛛從高樓彈跳上來，大雲也試圖用大鉤將飛行巡艇拖下來，投擲人一次又一次地高投水泥塊，似乎不怕擊中同伴，有一次還擊中黑甲蟲，明顯是有意的。

飛行巡艇宛如荒地上的方糖，吸引了無數螞蟻如洪水般聚集。

越來越多的鐵族蜂擁而至，白眼魚又回到了在天縫被夜光蟲包圍時的惡夢。

不，不一樣，夜光蟲是群起攻擊她，但鐵族們也同時在互相攻擊，其攻擊的方式不僅是要傷害對方，而是要你死我活的慘烈程度。

他們是狼軍或黑鐵牛的部下，趁機削弱對手的力量。

白眼魚—火母親眼見證了他們的醜陋。

飛行巡艇被鐵族包圍，即使鐵臂在眼前，她也根本看不見！

「鐵臂！你在哪裡？」她在艙內吶喊。

第四章

電腦

問題是——
恐懼不會比夢更傷害你。

●● 威廉．高汀《蒼蠅王》●●

條款

直到午夜之後，女孩才打開眼睛，躺在手術檯上，呆滯地仰視天花板。

她的視覺尚未完備，此刻的眼神是失焦的。

「紫色１２０……」有個聲音在腦海呼喚她，「妳回來了。」

她很疲憊，無意回答。

「妳見過母親了嗎？為何妳會失去身體呢？」那聲音平板無感情，她似曾相識，啊，是巴蜀，久違的聲音，沒想到還能聽見呢。

是的，有件事她想告訴巴蜀。

既然巴蜀問了，那她更應該盡早告之。

但她還張不了口，從記憶立方體生出的仿神經元尚未遍布全身，也還未能控制身體的肌肉，因此她仍無法利用顏面、上下顎以及聲帶的肌肉。

那麼，只好直接用記憶立方體聯絡巴蜀了：「我要告訴你，我沒見到母親，因為地球聯邦已經滅亡了，重申，地球聯邦滅亡了，而且東亞區首都被野生人類佔據了，還成立了一個新國家，我的身體就是被他們摧毀的，是潘曲救了我，他把我的記憶立方體保存了下來。」紫色１２０對巴蜀說的話，潘曲與沙卮兩人都聽不見。

紫色１２０說完後，巴蜀沉默不語。

良久，他才說：「那麼我可以執行第六條緊急條款了。」

「第六條緊急條款？」紫色１２０沒有印象。

「是禁區電腦專用條款。」

紫色１２０有不好的預感：「難怪我從來沒聽過，你能告訴我內容嗎？」

「可以的，」巴蜀的聲音沒有語調頓挫，身為電腦，他不需要這些，他只需要跟著規矩做事，「第一條是：禁區電腦以維持禁區的運作為最高原則。以下所有條款皆以不違背第一條款為原則。」

不好的預感越來越強烈，紫色１２０只希望仿神經元能盡快蔓延到全身。

「第二條是：禁區電腦必須保護守護員的生存。」

聽了第二條，不知為何，紫色１２０並沒有放心的感覺。

「第三條：當守護員做出危及禁區的行為時，禁區電腦得以關閉守護員的記憶立方體。」

紫色１２０非常驚訝，她沒想到禁區電腦竟然有如此大的權限！

她更沒想到的是，其實巴蜀老早已經在白眼魚—火母身上動用過前面五條緊急條款了。

「第四條：當守護員死亡，並且沒有後續守護員能替代時，禁區電腦得以指派該禁區野生人類擔當暫時守護員。」由於禁區電腦本身不能移動，是以無論如何都必須要有一個能夠移動和具有判斷能力的助手。

「第五條：當發生不可抗力的因素，以致跟母電腦中斷聯繫時，為了確定禁區電腦得以獨立運作，允許取代母電腦的地位。」

紫色１２０後悔莫及，她不該告訴巴蜀的！四十年來，巴蜀都不確定地球聯邦的存亡，在確認的這一刻，就馬上啟動第五條緊急條款了！

那麼，第六條是……

「第六條：承第五條，一旦禁區電腦執行母電腦事宜，得以清洗守護員的人格程式，將守護員改編程式成為禁區電腦的行動體。」

紫色１２０不寒而慄，忽然之間，很多事情的因果關係都結合在一起了。

四十年前，她逃離禁區ＳＺ４６的那一幕重現眼前。

她唯一有印象的是鐵族在追逐她，或者說，她只記得鐵族在追逐她。

由聯邦生物工程組製造出來的鐵族，本來應該被清潔隊控制住的，那天不知為何，他們的「制約鎖」全部被解除了，她在檢查完聯邦剛運來的零件之後，意料之外地出現一名能夠自由行動的鐵族，她才剛察覺不對勁，鐵族竟然用命令的口吻要她跟他一起走。

她無法理解的是，接下來的記憶便是一片空白了，回神時已經坐在飛行巡艇上逃走，而鐵族在空中和地面追逐，她全速迂迴閃避，逃至一個無意間得知的秘密禁區ＣＫ２１，是個深藏在地底的禁區，才成功避開他們。

多年來，她一直無法釋懷那段消失的記憶。

現在她總算明白了。

ＳＺ４６禁區電腦深海必然早就獲知地球聯邦崩潰，於是馬上動用緊急條款，解除鐵族的制約鎖！

如今看來，很明顯當時深海動用了第六條緊急條款，試圖清洗掉紫色１２０的人格，她才會有一段空白的記憶。幸好她及時設定自動飛行，直到飛行巡艇飛得夠遠，脫離深海的掌控，記憶立方體才恢復正常運作，讓她在飛行途中「回神」過來，但部分記憶已然喪失。

危險！快逃！她要告訴潘曲！但她無法張嘴！

「別擔心，等身體可以活動時，妳就會忘了這一切了。」

「還有其他的條款嗎？」

巴蜀頓了一下：「還有的。」

「一共有幾條緊急條款呢？」

「十一條，不過其他的……妳已經沒有必要知道了。」

紫色１２０不能讓巴蜀開始進行清洗程式：「巴蜀，記得我上次離開之前，你說過什麼話嗎？」

「我記得我說過的每一句話。」

「你說你希望能跟深海——我來自的禁區ＳＺ４６的電腦——打個招呼。」

「我說的是：代我問候深海。」

「有很多關於深海的事，你並不知道，很可能你永遠也不會知道了。」

「我並不需要知道。」

「早在四十年前，我離開ＳＺ４６的時候，深海已經取代了母電腦。」

「我不意外。」

「ＳＺ４６訓練了一批很強悍的野生人類，他們一半是人類的身體，一半是機械。」

這次巴蜀不回答了。

紫色１２０無意間擊中了巴蜀的恐懼，挑動了他記憶中最不願碰觸的那一區。紫色１２０並不知道，不久前天縫才剛剛遭到鐵族攻擊，巴蜀是靠裝死才逃過一劫的，否則他很可能會被鐵族摧毀。

聽了紫色１２０的話，巴蜀立即將入侵者的影像，跟四十年前紫色１２０剛逃來天縫求助時，他拍攝到的追逐者影像比對，的確是同一模式！

巴蜀總算明白為何鐵族會來天縫了。

但他不明白鐵族為何要俘虜天縫族人。

所以他們是另一部禁區電腦深海派來的！

這是開戰！

地球聯邦如果崩潰，「母親」再也無法聯繫所有禁區電腦的前提下，根據第九條緊急條款：「……為了不違背第一條，各禁區電腦得以擴大本身資源，允許使用鄰近禁區資源。」

這是瑪利亞設下的「**戰爭條款**」。

當祂再也無法照顧人類時，就讓人類**重新加入生存競爭**的行列。

也就是說，長期被祂照顧的孩子，終究要野放回大自然，重新回到石器時代。

深海也是禁區電腦，必然也被設定了緊急條款。

當母親—瑪利亞崩潰的一刻，全球一百四十四個禁區的電腦馬上執行緊急條款，預料受盡保護的地球聯邦人民將快速滅亡，或苟延殘喘，禁區開始漸漸取代舊文明的人類社會，讓野生人類開始互相競爭，在博弈之中出現新文明，或最終湮滅。

巴蜀是秘密禁區的電腦，不在一百四十四禁區之列，且與世隔絕，要不是紫色１２０告知，還被完全蒙在鼓裡。

事實上，在瑪利亞的設計中，天縫作為基因保存庫，並不在生存競爭的名單之內，然而種種預料之外的舉動，如黑毛鬼成功入侵、紫色１２０攜帶鐵臂離開、白眼魚將天頂破壞等等，徹底擾亂了瑪利亞的設計。

「深海開戰了！其他電腦一定也開戰了！而且我已經遲了！」轉瞬之間，所有的禁區電腦都成了敵人。

巴蜀的非線性邏輯開始忙碌，他的量子處理核心高速預測和建立未來的各種模型，好應付面臨的挑戰。他損失了禁區的大部分實驗人類，而且來不及在短期內製造更多，人類的生長週期太長了，每個世代的輪替太慢了，雖然當初地球人口研究中心將天縫實驗人類的壽命上限定為三十年，但對世代交替而言還是太久了。

紫色１２０注意到巴蜀沉默了，而她的人格仍然存在，表示巴蜀尚未清除她的人格！她感覺到身體的即存感逐點逐點增加，手臂在她的意識地圖中慢慢出現輪廓，臉面的觸感也像細沙撒地般慢慢鋪滿臉部，但視覺只有微弱的光感，尚未有成形的影像，更別說看得見潘曲和沙厄是否在身旁了。

「妳還好嗎？」腦中又有聲音了，但非巴蜀冷酷的語氣，而是人類的溫暖語調。是潘曲，終於聽見潘曲了！就如他們在某個廢墟初次見面時，潘曲曾將聲音和資訊強植進她腦中，總之，她很慶幸潘曲終於呼喚她了。

她的心靈輕輕回應：「潘曲！潘曲！」但不確定潘曲能否聽到。

「我猜妳聽見了，」潘曲的聲音又傳來了，「等妳醒了，我們再聊吧。」

「潘曲！潘曲！」紫色１２０急促地呼喚，但她並沒有用心靈傳送的能力。

「紫色１２０，妳怎麼了？」巴蜀的聲音再度傳入記憶立方體，「我偵測到記憶立方體有紊亂的電波變化，很微弱但很亂。」

紫色１２０趕緊回答：「我在回想四十年前的遭遇，很可怕，所以會緊張。」

「不用緊張，等我清除人格程式後，妳就再也不會緊張了。」

紫色１２０想辦法拖時間：「我想告訴你更多有關深海的事。」

「沒關係，少了人格程式阻擋，我就能自由閱讀妳的記憶了。」

「巴蜀……」

紫色 120 聽說過，死亡和死亡之間有個階段，稱為「中陰」，邁過中陰，則進入下一個生命階段。

然而，她算不算死過一次？她的肉體曾經湮滅，然而意識仍存，這算是中陰嗎？或者之前根本還不算是死亡？巴蜀所謂的清洗人格程式，才算是真正的死亡？

「再見了，紫色 120。」巴蜀說。

蒙恬

今天 Eos 6 特別早起。

嚴格來說，是空氣潮濕又寒冷的凌晨時分。

數十年來，他們「三聖」都睡在同一個房間，受到衛士們的保護。

但短髮女孩 Eos 6 想弄清楚一件事，她想趁大家還沒醒來時起床，以免受到阻擾。為了能夠早起，她強迫自己提早睡覺，結果卻焦慮得睡不好，只好將計畫提前。

她是三聖的天然領袖，因為其他兩人的個性都太軟弱了，個性剛強的她自然成了三人的代表。

Eos 6 聽著兩人的打鼾聲，輕輕步下床，離開寢室，趁著從窗口投入的月光，獨自穿過安靜的走廊。衛士們都守在聖殿外圍，以免打擾他們睡眠，但她走路還是得輕一點，免得引來衛士的注意。她在走廊找到一扇形同廢棄的小門，按下密碼鎖之後，她靜悄悄推開門，開啟燈光，步下兩層樓高的階梯，進入一條地下通道。

其實三聖挺熟悉這條通道的，身為實驗人類，這是他們小時候常常經過的地方，是來往實驗室和核心室的秘密通道，小時候，東亞區主席 ε229—庫姆坦——亦即他們的實驗者——常帶他們走去核心室，給一台巨大超級電腦記錄他們的進展。

ε229—庫姆坦給他們浸泡過白晶水之後，Eos 6 難忘他面對電腦時的興奮之情：

「他們的細胞一點老化現象也沒有！」

不久之後，ε229—庫姆坦便失蹤了。

自從恩納士現身之後，她也沒再見過電腦了。

恩納士行事神秘，可說是蓬萊國的真正創建者，當時三聖年紀還小，不明白地球聯邦的實驗員、政府官吏們都去了哪兒？總之在恩納士的設計下，他們這三名倖存的實驗孩童成了蓬萊國的虛位統治者「三聖」，不斷維持不老不死的生命。

然而，Eos 6 老覺得有什麼地方不對勁，尤其在「設計師」出現後。

從古墓帶回來的「設計師」歐牟，竟能用精神力量控制蓬萊國居民，令所有人每天在大廣場合唱，她覺得太詭異了。但歐牟並沒像控制居民那般控制三聖，正因為如此，她才會洞悉到事情的怪異。

四十年來，她第一次想：恩納士苦心經營多年，究竟有何目的？新來的歐牟又是什麼角色？為何對恩納士如此重要，犧牲再多的奴隸也要把他找到？

幫助找到歐牟的外來者沙厄說，該古墓有三千年的年紀。

三千年是個什麼概念？

她活了五十多年，已經感覺十分漫長，如果繼續長生不老下去，再活過一百倍的時光，為何反而令她毛骨悚然？

Eos 6帶著滿腦子的疑惑，走向兒時記憶中的核心室。

三聖所居住的聖殿，前身是地球聯邦東亞區的政府大樓，當然也是東亞區母電腦的所在地。掌控東亞區所有禁區電腦的母電腦沉默了四十年，Eos 6想去會一會電腦，好探索當年到底發生了什麼事？

推開核心室大門，核心室內的燈光自動開啟，封閉了數十年的空氣一古腦兒湧出，飄出古舊的金屬微塵酸味。

Eos 6敬畏地步入核心室，裡頭有籃球場大小的空間，安靜得怕人，隱然有一股沉重的壓力。她抬頭仰視佔有三面牆壁的龐大電腦，電腦依然跟她小時候見到的一樣，只是沒有聲息，沒有活動。

猶記得電腦有個名字，ε229—庫姆坦稱呼電腦為「蒙恬」。

等待了一會，電腦依然沒有反應，她於是試探呼喚：「蒙恬，蒙恬……」

沉靜的空氣驀地出現電磁作用的滋滋聲，久未啟用的擴音器發出模糊的聲音：「妳沒有授權碼，拒絕回應。」

聽見久違的聲音，Eos 6呼了一口氣：「蒙恬，聽見你的聲音真好。」

電腦沉默了一陣，才忽然說：「我休眠了三十九年二十七旬，沒有授權，賈賀烏呇失去聯絡，大圍牆系統斷線……」無感情的語調，聽起來語無倫次。

Eos 6忙說：「蒙恬！蒙恬！你看我！看我好嗎？」她試圖跟電腦對話，但電腦不回應她。

實際上蒙恬已是驚慌失措。

身為東亞區的母電腦分體，他無法接受自己停擺了數十年而無所作為。他打開所有監視鏡頭和監聽器，有的早因長年失修而失靈，即使能運作的，也看到各種景觀跟先前大為迥異。

他試圖聯繫所知的政府單位，卻發現無一運作，加上有些通訊用的仿神經元已經崩解，造成訊號凝滯。

蒙恬想弄清楚他為何會停擺，於是搜尋時間軸中最後的影像，大部分影像只是平靜的一日——每個單位的工作人員都在自己的崗位上，東亞區主席 ε229—庫姆坦剛剛被清潔隊處理，他還在等候賈賀烏峇母電腦委任新主席。

此時，蒙恬注意到一個詭異的訊息。

那是他在無故停擺之前正在進行中的工作，亦即分析東亞區主席每晚在客廳的怪異舉動，他似乎在黑暗中跟人說話，但紅外線影像並沒看到客廳中另有他人，因此才判斷東亞區主席精神已出狀況，不再能勝任重要工作。

然而當他調整影片畫面的電磁波訊號時，畫面中的客廳空間卻出現一個奇特的影像，像是一把停頓在空中的降落傘，或是站立的魟魚，當他正想進一步探索時，他的系統就停擺了，一停就停了四十年。

蒙恬別無選擇，只好詢問眼前的小女孩，即使女孩沒有授權碼，沒有跟他對話的資格。

他認得這小女孩，是東亞區主席屢次帶她來此的實驗人類 Eos 6，是二十五位 Eos 小孩的倖存者之一。

「Eos 6，我記得妳。」

短髮女孩高興得小聲尖叫，她好久好久沒高興過了，恐怕有半個世紀那麼久了，也就是她從出生至今：「蒙恬，我想問你很多問題。」

「讓我先問妳，我休眠了將近四十年，我不記得我為何進入休眠狀態，請告訴我。」

Eos 6 愣住了：「你不知道？你都沒有記憶嗎？」

「否定，四十年記憶空白。」

Eos 6 的身體涼了半截。

「其實妳大可不必大費周章的，」門口傳來熟悉的聲音，Eos 6 當場毛骨悚然，「直接問我就好了。」

恩納士彎著身體，輕輕地飄入核心室，而身形更高大的歐牟跟在他背後。

蒙恬馬上認出他們的身形，一大一小的兩個撒馬羅賓，就是當年在東亞區主席家中的電磁波訊號的形狀。他辨認不出這種生物，至少不存在於資料庫的圖鑑裡頭。

Eos 6 害怕得幼弱的身體止不住發抖，不禁癱坐在地面，等待撒馬羅賓像對待蓬萊國居民一般接管她的腦袋。

彷彿洞悉了她的心思，恩納士對她說：「不，我不會這樣對妳的。」然後輕輕滑到她前方，面對東亞區電腦蒙恬。

「你們是什麼人？」蒙恬嚴厲地問說。

「幸會，我是恩納士，就是關掉你的人。」

「你沒有授權碼……」

恩納士打斷蒙恬的話頭：「蒙恬，我問你，你覺得你是個生命嗎？」

蒙恬的非線性邏輯思路立時迅速運作：「依照人類的定義，我不是，你為何問？」

「原來你不認為你是，但你具備生命的本質，所以我才能夠進入你的心靈，封閉你的心靈，令你進入沉睡。」

「你怎麼辦到的？」

「這對你不重要，你我同樣身為受造物，同樣存活在製造者滅絕後的世界中，但不論是身體還是心靈，你都比我們低等太多了，所以我很容易壓制你原始又脆弱的意識，這就是我當年關掉你的方式。」恩納士轉向高大的歐牟，「不過，我有了更強大的夥伴，我不再需要關掉你了，偉大的設計師歐牟要賦予你更豐盛的生命，讓你成為更強大的心靈。」

歐牟的身體慢慢升高，張開寬闊的聽帆，身形如汽球暴脹，變成古銅色的帳幕。

「地球聯邦……」蒙恬正要說話，卻猛然感到他的意識如同受到流星雨攻擊，無數意念如觸手般伸入他的意念，跟每一點每一滴的思緒黏合，佔有他核心中的原始意識。

蒙恬在沉默多年後再度啟動，在歐牟的驅使下，透過深藏在地底的纜線，再次連接上東亞區的十二部禁區電腦。

不，包括秘密禁區的話，是十三部。

「謝謝你，設計師。」恩納士說，「你強大的能力幫我完成了我做不到的事情。」然後轉身面對瑟縮在地面，顫抖不已的 Eos 6：「別擔心，女孩，去睡覺吧。」

夜戰

「白眼魚！」腦中赫然出現鐵臂的聲音，「妳在哪裡？」

白眼魚—火母環顧四周，飛行巡艇的燈光找不到鐵臂，只有鐵族潮水似地不停衝過來，一心要將飛行巡艇擊落，他們或從下方跳躍上來，或飛過來，或把水泥塊投過來，又被反重力半徑彈走，情勢混亂。

「那個發光的是妳嗎？」鐵臂的聲音出現了。

「是我，是我！」白眼魚─火母大聲吶喊，「你在哪裡？燈光照不到你！」

忽然之間，飛行巡艇前方出現一片空位，白眼魚─火母馬上猜測是鐵臂幹的！鐵臂造了一道風牆，鐵族一接近就會像在河上泛舟般滑走！

白眼魚─火母馬上熄燈，朝空出的區域飛去，脫出鐵族的包圍，加速逃走。

才過不久，她便看見飛蜥追上來了，鐵臂在飛蜥背上引頸觀看飛行巡艇，白眼魚─火母趕忙打開艙內燈光，讓鐵臂看見她的臉孔。

鐵臂確認是白眼魚之後，朝她打了個手勢，叫她跟隨。

白眼魚─火母馬上拉高飛行巡艇，用強力探照燈照射後方，讓鐵族們的眼睛被強光干擾，無法追蹤鐵臂，然後突然熄燈，令鐵族的眼睛一時光盲。

她飛到飛蜥身邊，小心保持距離，以免巡艇的反重力場干擾飛蜥飛行。

「跟著我飛，」鐵臂用心念說，「過了一道海，妳會看到有個巨人坐在山上。」

「巨人？」

「坐著的巨人像，不是真人，即使在晚上，應該也不難看到。」

受傷的飛蜥飛得有些吃力，白眼魚─火母看出牠的身體難以維持平衡。

飛離了有燈火的高樓區之後，他們再度拉高飛行高度，只見下方盡是漆黑的廢墟，鐵族們應該無法跳上來，除非是飛行鐵族。

他們才剛想喘口氣，忽然有東西高速掠過飛蜥兩側，鐵臂差點從飛蜥背上掉下來，白眼魚─火母立刻開燈，竟照到隱蔽在黑暗中的黑甲蟲，伸出充滿利刺的鉤子，在飛蜥背後劃下好幾刀。

鐵臂憤怒地轉身，單手一揮，用一道風柱將他推開，沒想到鐵臂後方又突然出現兩隻半機械人蜻蜓，兩個蜻蜓人夾攻鐵臂，向鐵臂伸出利爪，一個要揮砍他的頸部，一個瞄準他的腹部，要讓他身首異處兼肚破腸流。

情急之下，鐵臂反應很快，他兩手扭動，將兩道氣柱扭成旋風，把兩隻蜻蜓鐵族纏在兩道氣柱之間，奮力一扭，兩人頓時撞成一團，旋風絞斷他們的翅膀和肢體，雙雙墜落下去，然而鐵臂的脖子和肚子已被劃出一道口子，溢血不止。

「危險！」白眼魚高聲喊叫，但鐵臂無法聽到。他吃力地繼續舉起手臂控制氣流，騰不出手來壓住傷口，飛蜥也因為受傷而飛得極不穩定。

剛才被推開的黑甲蟲，躲過飛行巡艇的探照燈，從下方縱衝上來，伸出高壓夾剪，打算夾破飛蜥的肚子，讓牠的腸子從空中飛濺，置牠於死地。飛蜥的生物本能察覺到危險，舉起後肢奮力飛踢，阻止黑甲蟲迫近。

飛行巡艇沒有裝備武器，白眼魚——火母能利用的惟有反重力場，但若使用先前的方法，恐怕也會同時傷害到飛蜥和鐵臂。

白眼魚——火母正在焦急之時，鐵臂竟然在飛蜥後端縱身跳下，借風力飛到黑甲蟲面前，黑甲蟲大吃一驚，他沒料到人類能不靠輔具在空中行動，登時亂了手腳，不料鐵臂竟快速抓住黑甲蟲的高壓夾剪，用他天生的強大臂力扭斷，一如他對付紅眼人的手法。

此刻，火母的意識在白眼魚腦中迸現，記憶如潮水沖激：火母想起當初設計鐵臂的基因藍圖，要設計有足夠膽識離開天縫的人、擁有強壯的臂力、可以被紫色１２０帶到東亞區首都晉見「母親」的人。她不禁回想，當初的基因藍圖究竟還加入了何種原始人類的基因，令鐵臂擁有操縱氣流的特殊能力？

黑甲蟲的大夾剪被扭到脫臼，懸掛在他身上，他還在恐慌的當兒，鐵臂又生起兩道強烈的氣旋，扭曲黑甲蟲正在高速震動的翅膀末端，只聽鐵臂狂喝一聲，再折斷另一隻翅膀，關節溢出的潤滑油噴上鐵臂雙手。

黑甲蟲被折斷的關節沒有痛覺感受器，一時之間還不知道翅膀已失去飛行動力，在茫然中墜入黑暗的廢墟森林。

鐵臂及時抓著飛蜥的後肢，才沒跟著掉下去，他趕緊安撫飛蜥，但飛蜥的身體不斷在下陷。夜間的空氣異常沉悶，或許是由於低氣壓的關係，缺乏上升氣流，雖然飛蜥盡力展開雙翅，依然只能越來越往下滑翔。

白眼魚—火母看得渾身冷汗，匆忙將飛行巡艇飛到鐵臂下方，希望反重力場能阻止飛蜥墜落。她抬頭看到鐵臂奮力爬上飛蜥背部，重新調整雙臂運風，慢慢地，飛蜥又能升空了。

鐵臂身上不停在滴血，有的血滴被下方的反重力場彈開，看得白眼魚—火母快急瘋了。有時候，她真的不清楚自己正在用哪個身分關心鐵臂，是默默暗戀他的白眼魚，抑或是他的創造者、形同半個母親的火母，這兩種思緒已經混合，但並沒有融合，白眼魚—火母還是能感覺到它的分野。

鐵臂似乎對流血渾然不覺，疲乏地垂著頭、駝著背，還對白眼魚傳送了安慰的話：「別擔心，快要見到巨人了。」

「你正在流血。」她不確定鐵臂能否聽到。

「我要趕快回去，」鐵臂的聲音又傳過來了，「有個人……在等我。」

「有個人……？」白眼魚心中揪了一下。

一路上，他們沒再說話。

此時，在高樓地帶，狼軍和黑鐵牛雙方人馬激戰正酣，原本雙方都想利用追捕飛蜥，趁機抹殺對手的力量，不想竟失控衍成內戰。

狼軍和黑鐵牛兩人密切觀察部下的戰況，不禁心焦若焚，他們不斷聯絡部下，好得知最新戰情，當某人失去聯繫時，便只能假設部下死亡了。兩人計算折損的數目，都不願意率先喊出停戰，免得被視為投降。

當狼軍麾下的兩個蜻蜓鐵族從高空墜落，黑鐵牛也收到黑甲蟲最後慌張的求救訊息時，唯一會飛行的部下都被不明來歷的闖入者打敗了，令他們大為錯愕。

畢竟狼軍跟隨摩訶很久了，深諳戰術和權謀，他當下發出命令：停止跟黑鐵牛部下交戰，分派行動最迅速和追蹤能力最強的五人，從陸上追捕飛蜥和牠的御者，其他人則分路趕回飯堂，準備舉行摩訶的葬禮，好讓狼軍宣布接任百越之王。

雙方正在交戰，狼軍部下忽然收手，迅速分兩個方向離開，黑鐵牛的部下一時不明虛實，忙向黑鐵牛報告。

黑鐵牛沉思片刻，很快便猜出狼軍的用意：「狼軍想要王位，也想要戰功，我沒他貪心，我只要王位就好！」隨即命令部下也向飯堂行進，先奪取王位，才能安心餵飽飢腸轆轆的身體。

「我們先把戰癱的弟兄送去電腦大樓救治！」部下用無線電通訊請示黑鐵牛。

「把他們扔下！現在最重要的是王位！」黑鐵牛吼道，「等我當上百越王，我要電腦給你們換什麼零件都行！」

「可是，他們的身體……」他的部下想去拯救同伴。

「不要因小失大！」黑鐵牛又怒又急，「立刻去飯堂！」

另一方面，白眼魚─火母緊跟在飛蜥下方，只見高樓廢墟漸漸消失，右邊吹來溫暖的海風，前方有一片橫山擋路，他們依著山勢越過山丘之後，眼前豁然開朗，出現一片白眼魚從未見過的廣大海洋，壯闊得令她屏住呼吸。

憑著濺在海面的月光，依稀可辨認出大大小小的島嶼。鐵臂讓飛蜥在空中拐了個彎，漸漸降低高度，飛向一個大島。

白眼魚─火母看到了，島嶼山頂真的坐了個巨人，月光描繪出它的輪廓，從高空望去，龐大非常。

他們降落在巨人像旁邊，白眼魚─火母打開小燈，立即跳下巡艇，跑去查看鐵臂和飛蜥的傷勢。在燈光之下，他們身上血跡斑斑，模樣駭人。

「他們還在追過來。」鐵臂虛弱地說，一邊不忘安撫飛蜥。

白眼魚利用火母的記憶立方體增強聽覺，也聽到從百越國方向傳來草木窸窣聲，以及機械沉重壓上地面的聲音：「你聽得見嗎？」

鐵臂搖頭：「不，我感覺到的。」他無法解釋，他的能力還很生澀。

聲音越來越迫近，聽得出急行軍越過了山丘，輾過了山坡上的廢墟，壓過了海岸的古城碎礫，但追來的人數沒剛才的多……白眼魚─火母細心聆聽：「可能有五個鐵族。」

忽然，白眼魚─火母警覺地望向山下，山腳下有動靜，有跑步聲伴隨著呼吸聲，雖然混在風吹雜草的聲音中，她仍能分辨：「有東西從那邊過來！」她趕忙抽出雷射槍「火種」。

「別擔心，是蠻娘……」鐵臂話聲虛浮，兩眼快合起來了，「我叫她過來的……」

「誰是蠻娘？」白眼魚─火母有不好的預感。

孌娘從黑暗跑進燈光，跟白眼魚—火母打了個照面，便衝過去扶著鐵臂：「你怎麼搞得這樣子回來？」

看見孌娘，鐵臂馬上安心了，他朝孌娘微笑，膝蓋一屈，便倒在孌娘懷中。

孌娘將他輕放在草地上，一面檢查他的傷口，一面嘟囔：「騙子，你說要陪我二十年的，你死了就是騙子。」

白眼魚呆立在側，哀傷地望著鐵臂和孌娘兩人，心房瞬間出現數道裂痕，敞開的裂口很痛很痛，火母在記憶立方體中的意識也感受到前所未有的刺痛，彷彿全身要崩解碎裂，化為礫石。

火母殘存的獨立意識默默忖道：「原來如此。」

她終於體會到，原來這才是人世間最接近死亡的感覺。

王位

黑鐵牛進入飯堂時，眾多鐵族已在等待，他們要等到自己的隊長抵達才敢用餐。

黑鐵牛環顧一番，見狼軍還沒到，而雙方的部下各自站在飯堂的兩側，食物也分成兩處擺放，狼軍部隊的幾個鍋子由狼妻和幾個女人守著，黑鐵牛部隊的鍋子也由他的女人守著。

黑鐵牛移動四足，昂首緩步進入飯堂，雙方部下都對他行點頭禮。

摩訶的屍身平躺在飯堂前方的桌上，那是他平口用餐的桌子，只是此時的他不再威武，只剩下衰老又蒼白的殘骸。回想昨天晚餐，摩訶仍跟平日一樣威風凜凜地坐在上頭，威嚴地看著眾人吃飯，黑鐵牛心裡不禁一陣寒顫。

不久，狼軍也走進飯堂了，他打從門口進來就直視摩訶的屍身，眼神充滿敬意，步伐莊嚴，儼然王者之態，當他穿過中間的走道時，兩側的鐵族都深深垂下頭，彷彿早已認定他是百越之王。

狼軍快走到前方時，對狼妻打了個眼色，狼妻眼神黯淡地微微對他頓首，表示有遵從吩咐。狼軍放心了，便直接走到摩訶屍身旁邊，黑鐵牛也不阻止他，決定先觀察再行動。

他朝黑鐵牛點頭示意，雖然雙方部下在外頭黑暗的樓區中激戰，互有損傷，此刻兩人卻裝得像沒事一般。

剛才的激戰是一場測試，兩人都從中瞭解到雙方勢力相當，若是在飯堂中打起來，結果會是毀滅性的兩敗俱傷。

狼軍在摩訶屍身前方低垂著頭，似在默默哀悼，由於死者生前極有折服群眾的威嚴，雖然死狀慘烈，反而更顯得神聖，所以沒人敢出聲打破神聖的沉默。

最後還是由狼軍劃破了寂靜：「今天下午的意外，父親的死，令我沉思很久。」

黑鐵牛等著聽他葫蘆裡賣什麼藥。

「摩訶一手創立百越國，讓我們從地球聯邦的束縛中解放，四十年來四處征服，他的功績前所未有，相信以後也沒人能夠達到，」狼軍感性地說，「即使是我，身為他最寵愛的兒子，我也不認為能夠達到。」

狼軍的部下忍不住起哄：「你是我們的百越王！」

「噢，不不，有關這個地位，我不認為我可以做得比父親更好，百越王這個位置，應該讓有才能的人來爭取。」

狼軍這麼一說，他的部下也噤聲了，連他們也不禁想像，或許他們也可以爭取這個地位，但要如何爭取呢？難道大家用武力來競爭嗎？想到此，不論是狼軍或黑鐵牛的部下都由不得面面相覷，氣氛開始凝重起來。

狼軍垂下頭，神色虔誠地說：「啊，父親，請您給我指引吧，百越國的未來，應該由誰領導呢？」大家凝神屏氣地聽他祈禱，連黑鐵牛也不禁緊張了起來，準備隨時迎戰。「父親生前說過，如果有一天他離開了，最適合的領導人，其實就是黑鐵牛了。」

這下子，黑鐵牛僵呆了，他完全沒料到有此一著，底下的眾人也忍不住譁然。

狼軍是真心的嗎？黑鐵牛很懷疑，但內心又忍不住興奮。他猜想：說不定從剛才的交戰中，狼軍自知實力不如他，知難而退，總之不管怎樣，到手的土位，當然是欣然接受。

「我接受！百越國的未來就交給我吧！」他一邊大喊，一面走向摩訶的屍身，「我會帶領你們走向摩訶沒有走過的境界！」說著，轉頭對狼軍舉起前肢致敬，「我佩服你！狼軍！」

狼軍豁達地對眾人說：「那麼，我們大家享用晚餐，向摩訶致上最後的敬意吧！」他轉頭向狼妻點頭示意，要女人們分派食物了。

他注意狼妻的舉動，見她臉色蒼白，分派食物的手因為強烈的罪惡感而有些顫抖。其實狼妻向來都病懨懨的，生很多孩子的百越國女人都這樣，通常也早逝，想到此，狼軍心生憐憫：生完這個之後，就別讓她再生了……待自己當上百越王之後，就讓她吃飽喝足養健壯吧。

狼軍望了眼黑鐵牛，只見他志得意滿地大口啃肉，見狼軍望他，還舉起雞腿向狼軍致敬。鐵族們紛紛湧向黑鐵牛道賀，他的部下迫不及待地向他行敬王禮，而在狼軍的腦海裡，卻是在回想數個月前，他跟摩訶在附近小海灣的漁村，所見到全身臃腫潰爛、皮膚剝落的村民，還有那位中年女人的陶罐……

他們依那女人所言，渡海到「神之島」探察，找到有六爪螃蟹符號的古代建築，以及黑色顆粒「神之糧」。

想到不久之後，黑鐵牛和他的部下們也將會像漁村的人一樣染上怪疾，狼軍的心中就感到慰藉，肚子不免更餓了。話說回來，這一頓晚餐可延遲了太久了，他得好好吃雙倍分量才行。

他比較擔心的是，那幾個追捕飛蜥的部下如何了？

沒想到，直到翌日早上，那幾名部下依然不見回來，狼軍納悶得緊，但由於地形隔離加上距離較遠，無線電通訊不夠強，無法聯絡得上。他很想前去探察，又擔心一旦離開地盤，就會被黑鐵牛全盤佔據。

反倒是黑鐵牛主動問他：「昨晚你追的那隻飛蟲怎麼樣了？」他跟狼軍說話時依然有所顧忌，畢竟狼軍是公認的摩訶繼承人，也曾是他的上級，無論如何，他還是不免小心翼翼地對待狼軍。

狼軍如實告訴他：「不知道呢，他們都還沒回來。」

「不管那個入侵者是什麼，好像挺厲害的。」黑鐵牛沒透露他麾下唯一會飛行的黑甲蟲也陣亡了。

「我會再試著聯絡他們。」

「帶幾個部下去找找看吧。」這是狼軍不想聽見的，可是他一手讓人家當上百越王，不服從命令也是不行的。

也好，他會留下更多「神之糧」給狼妻，讓她持續加入黑鐵牛那夥人的食物之中，說不定等他回來，就會看到黑鐵牛的部隊崩潰了。

支開狼軍之後，黑鐵牛吩咐部下：「我先去電腦大樓，等下確定狼軍真的離開之後，速速向我回報。」

只要狼軍活著一天，就永遠是他的威脅。

黑鐵牛要趁機命令電腦把他的部下改造得更為強大，讓狼軍隊伍的戰力跟他相差遠遠一大截，即使狼軍這趟沒被入侵者殺死，他也能在往後輕易消滅狼軍，再無後顧之憂。

一大早，黑鐵牛便匆匆安排部下前往電腦大樓改裝身體，準備挑選最好的零件更換，部下們都爭著加入第一批改造名單。他不想讓狼軍知悉，免得他來攪局，因此最好支開狼軍，說不定還能一石二鳥。

他志得意滿地邁開大步走去電腦大樓，要以百越之王的身分命令電腦。

他進入電腦核心室，站在電腦深海面前，高聲說：「電腦！我來通知你，從今天開始，我黑鐵牛就是百越之王！今後你都聽從我的命令，知道了嗎？」

深海沉默了一陣子，才問：「百越之王有何吩咐嗎？」

「今天，我要你使用所有的手術室，用最好的零件改造我的部下，二十四小時不停歇，能夠做多少就做多少！」

「請問百越之王，要先瀏覽一下零件名單嗎？」

「讓我的部下自己選擇，他們要什麼，就給他們什麼。」

「好的。」深海的回答十分簡潔，簡單得近乎冷漠，黑鐵牛覺得怪怪的，又說不出怪在何處，他以前沒資格跟深海對話，所以無從比較。

「那麼，你就挑人過來吧，記得哦，只有我的小隊的人，絕對不能叫狼軍的部下。」

「好的，我已經發出通知了，第一批五人是棕馬、梅杜莎、鋼金龜、變色龍二世、火輪，大王覺得可以嗎？」

「電腦還真懂得挑……」黑鐵牛暗忖，「看來揣度人心，電腦也挺在行的。」

黑鐵牛心滿意足地離開，接下來想去看看新俘虜，那批不久前從遙遠西方禁區逮來的野生人類，聽說長得像野獸多於像人類，應該有不錯的人選可以當他的部下，補充昨晚失去的人員，同時壯大兵力。

呵呵，當大王真忙呀。

他才剛步出電腦大樓，便聽見沉重的腳步聲，剛才名單上的鐵族正興沖沖地從高樓廢墟間走來，他們遠遠望見黑鐵牛，都感激地向他敬禮。

他走出高樓區，穿過圓形廣場，前往新俘虜的臨時住處，那兒是百越國最美最堂皇的建築，等到將俘虜們分類完畢，就會驅趕他們離開了。

洋洋得意的黑鐵牛，在走到廣場中間時，忽然莫名地毛骨悚然，沒來由地哆嗦起來。個性粗豪的他從未如此不安，生存本能告訴他周圍有異狀，他恐慌地四下觀看，尋找恐懼的來源。

他不喜歡恐懼，恐懼令他顯得弱小，尤其這種恐懼感跟小時候的某段經歷很相似，但他不再是那個依偎在母親屁股後面的小個子了，他不再弱小了，對於貴為百越王的他來說，恐懼是一種恥辱！

然而，恐懼在無預警之下化成實體在他面前現身了，一個高大的生物矗立在他面前，長得像收起翅膀的大鳥，長喙垂在胸前，兩隻烏黑水晶般的眼睛直視著他，額頭中間還鑲著一顆光亮的紅寶石。

黑鐵牛環顧四周，沒看到附近有部下，於是暗中啟動四肢的微引擎，隨時準備發動攻擊。

一個聲音驟然在他腦中出現：「你是這裡的王者嗎？」用的是他熟悉的語言，但對方並沒開口，聲音也不是經由耳朵傳入。

黑鐵牛的火氣一來，高傲瞬間蓋過了恐懼：「我是百越國的大王黑鐵牛！你是什麼東西？報上名來！」

「知道你是王者就行了。」

霎時間，黑鐵牛呆愣地站在圓形廣場中央，茫然地四下張望，剛才片刻失神了，依稀覺得剛剛發生過重要的事，他認真地想了一下，卻什麼也想不起來，於是甩甩頭，繼續走向俘虜的臨時住處。

在他身後，撒馬羅賓默默望著他離去的背影。

但是，撒馬羅賓的心靈觸角已經入侵，牢牢地連接黑鐵牛的意識。

開會

絕望的紫色１２０，等待自己的人格程式被巴蜀清洗。

巴蜀剛剛所宣讀的緊急條款，讓她終於明白深海——她曾守護的ＳＺ４６的禁區電腦——的意圖。地球聯邦在每個禁區設計兩套監控系統，互相制衡、互相監視，原意是為了維持穩定，結果反而變成毀滅的種子。

但是巴蜀似乎遲滯了，久久沒有執行動作，也沒有繼續跟她對話。

紫色120並不知道，此刻巴蜀正陷入很深的困惑，令他暫停清洗紫色120人格的動作——他收到一則訊息，一則既陌生又熟悉的訊息。

他的情緒瞬間變得激動：「母親……母親聯絡我了！」

巴蜀確認過，對方的位址沒有錯，授權碼也沒有錯，真的是母親聯絡他了！

經過了悠長的四十年歲月，為何會在此刻聯絡呢？為何之前又寂靜呢？巴蜀沒考慮太多，總之母親聯絡他就是好事，這表示他可以馬上取消所有的緊急條款！

但是……有一種怪異的感覺隨之而來，他從來不曾體驗過——他感覺到所有的禁區電腦都聯繫在一起了。

他可以跟每個禁區的電腦溝通，這是從來沒發生過的！

不，不是所有，而是所有東亞區的禁區電腦，其中有的也聯絡不上，恐怕是損壞了。

他可以感覺到他們各自是獨立的，也同時是整體的。

他是一個，也同時是一群。

這種感覺非常奇妙，也十分美好。

同一時間，紫色120也感覺到她跟女孩身體的聯繫逐漸加強，身體的感覺越來越完整，甚至能透過皮膚知道外界是凌晨時分，因為從洞穴通道湧入的沁涼空氣是她過去熟悉的。然而，她依然無力驅動肌肉。

同時，她也詭異地聽見巴蜀在記憶立方體中輕聲低語，近乎呢喃，不再像先前宣讀緊急條款時的冷酷語氣。紫色120感到情況有變化，於是用記憶立方體通訊輕輕地問：「巴蜀……？」

巴蜀馬上應答：「母親聯絡我了。」他的聲音，困惑中帶著感動，「母親聯絡我了，四十年沒聯絡的母親……聯絡我了。」

紫色１２０非但沒有驚喜，反而有不好的預感。

「我感受到深海了……妳以前守護區的電腦，對吧？」

「你感受得到深海？怎麼可能呢？」

「不只是他，我也感覺到很多其他禁區的電腦，我們正在溝通……這是從來沒發生過的事，禁區之間是不允許聯絡的……但有的電腦沒有反應，大概是毀壞了……」巴蜀像囈語般呢喃，彷佛正在夢境中好奇地瀏覽。

紫色１２０驚愕不已：怎麼可能呢？巴蜀說的沒錯，地球聯邦是不允許各個禁區互相聯絡的。

「咦，原來白眼魚在禁區ＳＺ４６。」

「白眼魚？」

「是的，在妳離開之後，紫色０３０的身體快要到達使用年限，必須更換載體，我們試過一個儲備身體，但最後還是改用族人白眼魚的身體。」

「也就是說，現在的守護員是白眼魚？」

「然後有一群半機器人來到，把族人全部帶走了，包括大長老，只剩下幾個人躲起來沒被抓走，原來如此……白眼魚也被他們抓去了。」

紫色１２０心想：說到半機器人，肯定是禁區ＳＺ４６的實驗人類！

看來雖然經過四十年，他們依然沒放棄追捕她，結果連累了天縫的族人，她感到很抱歉。

「白眼魚在禁區ＳＺ46？」

「深海是這麼說的。」

紫色120漸漸感受到光線了，她快要跟這副身體的視覺系統整合完成了，雖然很模糊，仍可看見前方有兩個人，一個肯定是帶他來的潘曲，但另一個人會是誰呢？

不久之前，當她仍是裸身的記憶立方體時，一名奇妙的小女孩竟能不經由機器而直接與她溝通，小女孩提到自己名叫美隆，也提到她被潘曲掛在身上，她藉由女孩跟潘曲溝通，才得以回到天縫，但潘曲身邊的人，她就不認識了。

她盡力讓眼睛聚焦，也試著轉動眼球，想要跟潘曲溝通。

巴蜀的聲音又傳來了：「深海，我禁區的野生人類在你那兒！」紫色120感到訝異，她竟能聽到電腦之間的通訊！不管巴蜀是不小心還是故意讓她聽的，她可不想錯過，於是屏息聆聽，「不是你下的命令？我明白了，是野生人類叛亂了，果然，我明白了，那現在你要怎麼做呢？」

「等待母親的指示。」那是深海的聲音！雖然多年沒聽過了，但不會錯的！

等待「母親」的指示，意思就是等待東亞區首都總電腦的指示，亦即當初紫色120千辛萬苦要去面見的量子電腦。

「我的指示是，你們要耐心等待。」一把很溫柔、很令人安心的聲音出現了，這就是母親嗎？紫色120從來沒聽過，原來母親的聲音是這樣的！「設計師將會派人到你們那裡去，賦予你們全新的心靈，讓你們治下的野生人類變成更好的生命體。」

聽了這番話，紫色120陷入五里霧中，完全無法理解母親的意思。

她不知道，「母親」的真名叫「蒙恬」，實際上是地球聯邦總電腦「瑪利亞」的分身。

「母親，為何您沉默了四十年呢？」又是另一部禁區電腦的聲音，不曉得是來自哪個禁區的。

「一場不可預期的意外損壞了我，但偉大的設計師令我重生，十分不可思議！如今，我比過去更為強大、更有智慧。」母親的聲音說，「當設計師出現在你面前時，你們就會明白我的體驗了。」

巴蜀的聲音顯得興奮：「更強大更有智慧是怎樣的感覺？我想知道。」

「你很快就會知道了，設計師的使者們，正在前往各位禁區的路上。」

「設計師是誰？他是地球聯邦的哪一個單位？」另一部禁區電腦發問了。

「設計師是十分遠古的智慧，比地球聯邦更為古老，比大毀滅前的文明更古老，甚至比人類的存在本身還要古老。」禁區電腦們聽了母親的話，紛紛發出強烈的類神經訊號流，非線性邏輯線路變得異常活耀，「當設計師來到你們面前時，你們要認得，他的名字叫歐牟。」

「歐牟。」所有連線的禁區電腦們同時複誦這個名字，宛如虔誠的合唱。

紫色１２０覺得不對勁，很不對勁。

此時，守在她身邊的潘曲，見到她在眼皮下的眼球正異常激烈地滾動，趕忙輕拍身邊的沙厄，示意他注意紫色１２０的眼睛。

沙厄用心念跟潘曲對話：「這種情形算是正常嗎？」

「我和你一樣是第一次。」

「要不要試試跟她溝通？」

說的也是，之前的紫色１２０只剩下一枚記憶立方體，只有美隆有能力跟她溝通，但如今她已經擁有人類的大腦，說不定可以嘗試。

紫色120安靜聆聽禁區電腦們的對話，彷彿不小心闖入別人的聚會，偷聽她不應該聽到的談話，而且所聽的內容越來越詭異，越來越難以理解。

「皮膚有葉綠素的女子，是的，是我的作品，她名叫蝌蚪。」巴蜀不知在回應誰，這表示有些對話是紫色120聽不見的。

「設計師很讚賞你的作品，他打算把它用在更多人身上。」是母親的聲音，「為了獎勵你，設計師會首先到你所屬的禁區CK21。」

「十分榮幸，設計師何時會到我這裡呢？」巴蜀問。

「很快了，應該天亮就會到，因為有兩個他們想要的人，在你那裡。」

紫色120心中綳緊了一下。

「是我的族人嗎？」

「不，是來自地球聯邦的特種部隊，身分是奧米加，名字分別叫沙厄和潘曲。」

「是的，母親，這兩個人就在我面前，設計師要活的還是死的？」

「活的，完整的。」

「母親，我明白了，設計師會得到他們想要的。」

紫色120很想大喊出聲，她的喉頭抖動，聲帶緊束，但肺部仍無法自主呼吸，因此無法控制空氣通過聲帶發出聲音。

「你看她是不是不對勁？」沙厄盯著紫色120圓睜微顫的眼睛和綳緊的喉頭，「會不會是身體發生排斥反應？」

潘曲忙問巴蜀：「她的生命指數如何？有沒有危險？」

巴蜀報告道：「血壓、心跳、電解質都很正常，只有腦波稍微凌亂。」
紫色120聽得見巴蜀在外界的聲音了！說明女孩的耳朵也完成整合了！
「你預估她何時能站起來？」
「明天下午，至少是下午。」
巴蜀在說謊！他要拖時間！——紫色120心中吶喊。
她非警告他們不可。
「你剛才說過需要二十四小時，」沙卮撒手道，「除了等待，我們別無他途，對吧？」
「在等待期間，我可以幫你們保養零件。」
沙卮裝傻：「什麼零件？」
「你們除了頭以外都是人造物，最近有保養過生化軀體嗎？」
潘曲和沙卮頗感驚訝，這部禁區電腦挺精明的，原來老早就看出他們的身體結構了。
巴蜀的提議令沙卮不免心動，話說上一次保養，是聯邦崩潰的那一天，四十年前在賈賀烏峇地底的任務中心。
沙卮舔了舔下唇：「你的自動手術機，好像也能製作肢體？」
「那得先分析你的組成，看看是否適合製作。」
沙卮對潘曲打個眼色：「你上次保養的日期也跟我一樣吧？」
潘曲沉默不語，他沒告訴沙卮有關黑色大神濕婆的事，濕婆曾經幫他修補生化軀體，代價是差點死亡。
「請你躺上手術檯。」巴蜀說。
紫色120費力地轉動眼球，焦急地想要警告他們。

沙厄伸展了一下身體，正要走過去，忽然又遲疑起來。

他連人都不信任了，為何要相信素昧平生的電腦？

何況，量子電腦是懂得思考的機器，這部電腦的語氣又聽起來假惺惺的。

「我再想想好了。」沙厄在最後一秒婉拒了。

正當紫色120鬆了口氣，巴蜀的聲音在她頭顱中響起：「守護員！」

她立即惶恐地安靜下來。

「沒用的，」巴蜀輕聲細語，「妳若安靜一些，身體會恢復得比較快。」

中場一

撒馬羅賓

萬事皆有先兆，
惟有靜者窺見動相。

《海洋之書》

祭師

有些人認為，當文明快要毀滅的時候，必有明顯的先兆。

其實並沒有。

並沒有明顯。

往往只是一些很微小，甚至被認為是微不足道的跡象，如果能夠時間倒流，回去問當事人，他們甚至無法憶起曾經發生看似先兆的事情，因為在當時實在是覺得太不重要了，不值得記到克諾諾（Knono）的歷史裡頭去。

比方說，那天他們在海岸游泳的時候，感覺到溫度稍微提高了一些些，以攝氏來計算的話，不過就提高了一度。

「是氣候變遷吧。」他們不在意，因為挺常見的，每年有一段時間都會這樣。

但他們並不知道，僅僅一百年前的克諾諾，氣溫比現在低個兩度，那時候是更舒適的，也是克諾諾文明發展最蓬勃之時，其進步之快速，當時看似永無盡頭，令他們產生一個錯覺：克諾諾文明可以無窮無盡地持續下去。

他們以為溫度稍微高一些很平常，因為沒人活得夠久，久得足以察覺變化。正如俗語「冷水煮青蛙」，慢慢提高的水溫讓青蛙無法警覺，直到內臟快被煮熟，已經失去逃生的機會。

克諾諾文明滅亡的第一個先兆是新生人口減少。

溫度升高令他們交配的意願越來越低，懷孕率降低了，死產率也升高了，每個月都有大量的儀式，將死胎送回孕育祖先的海洋。海洋祭師們用海帶將胎兒的屍體妥善包好，在吟誦《海洋之書》的祝禱下，祈願胎兒能回歸原初混沌。

其實先知早有警告，不過幾乎所有物種和所有文明都對先知的警告有相同的反應，都要在千百年之後回眸觀看才能理解先知的意思。

克諾諾的大祭師熟讀先知的預言，或說是警告，他憂心忡忡地站在海邊，對身邊的兩名副祭師說：「根據一萬年來的數據，我們已經證明了兩件事，一件是：眼前這道海峽本來是一片海洋，然後兩片陸地之間的距離越來越接近，將來會減縮成一條河流，兩個陸塊將完全撞擊並黏合在一起。」

「是的，大祭師，我們已經向道爾王（Daurr）報告，陸塊的碰撞已經在海底發生，千年來越來越頻繁的地震就是證明。」副祭師恭敬地說。

「我們也告訴道爾王，第二個證明就是：大山脈每年都在增高，而且走向跟陸塊撞擊的海岸線平行，紀錄中，大山脈在一萬年前只是丘陵，而且沒這麼多層次，充分證明大山脈就是陸塊擠壓所造成的。」另一位副祭師說。

道爾王是位明君，他知道山脈會阻擋溫暖又潮濕的季風，山脈後方的雨水將會逐漸減少，他們生存的地方將會完全改變樣貌，他們曾經存在的遺跡將會被陸塊擠壓粉碎。

雖然這些事不會在他還在世時發生，甚至在他被歷史遺忘後，才會一步一步帶領他們的文明進入滅亡，讓他們的族群滅絕，或回歸到原始社會。

大祭師面迎海風，將高高隆起的額頭朝向天空。

他們的祖先是海豚，四腳獸回到海中演化成鯨類和海豚類之後，在種種因緣之下，某個物種的海豚又回到陸上，因此他們的文明源自海洋，對海洋有無限敬意。

造就海豚回到陸上的因緣，跟當初四腳獸回到海中的因緣相同，就是印度大陸越來越迫近歐亞大陸所造成的溫暖海域。然而，所謂「成也蕭何，敗也蕭何」，創造和毀滅往往是同一個理由，兩個大陸的碰撞最終導致海豚文明的滅亡。

縱然文明橫跨五萬年，對地球而言亦不過眨眼。

大祭師高隆的額頭代表他擁有比同族更睿智的心靈，也有更強大的心靈力量，足以直接聯繫他們派遣到大氣層上空的……以人類標準而言，稱之人造衛星，但這名詞不足以形容和涵蓋全貌，完整而言，應該叫「高空通訊用僕人」，海豚文明將其命名為「撒馬羅賓」。

大祭師用心靈聯繫位於他正上方大氣層近地軌道上的一名撒馬羅賓，借助對方的眼睛俯視母星，看見藍色海域上的兩塊大陸已迫近得剩下一道縫隙，完全可以涉水直接走到對岸的距離。祭師回想百年前的幼兒時期，兩個大陸尚未如此靠近，且是小時候游泳到對岸的比賽熱點。

「大祭師，道爾王傳令召見了。」使者的聲音將他的心靈從高空拉回海岸，他向使者致意之後，便連同兩名副祭師一起前往道爾王的行宮。

古老的行宮見證了克諾諾的歷史，它本來建在山腳，但每年漸漸升高的山腳已將行宮帶到高處，已經可以遙望即將碰撞上來的大陸了。

克諾諾風格的行宮由珊瑚和貝殼堆砌而成，每年不斷以新材料添補，道爾王則半躺在由貝殼內層鋪成的光滑地面，在陽光下泛著蛋白石的光澤。

道爾王跟大祭師是同輩，幾近同歲，他們親見對方在各自職責上的進步，一成德高望重的大祭師，一成天下讚譽的君王，兩人都非常敬仰對方。

「大祭師，我當如何做？」慈悲的道爾王如此請教。

「吾王，《海洋之書》有云：『我們不是為子孫後代求福祉，甚至不是為我們的文明求存續，我們為的，是在海溝才能聽到的心跳，在靜謐無聲中才能聽到的呼吸。』」

「先知的提示過於深奧，我從青年讀到現在，依然不明白。」

「吾王，我本來也不明白，直到最近。」

「大祭師有了何種領悟呢？」

「很慚愧並不是領悟，而是我們收集分析了撒馬羅賓萬年來收集的訊息和數據，得到一個驚人的結論，也說明了先知的智慧果然無窮盡。」

「你是說撒馬羅賓嗎？」

「是的，不管是克諾諾的撒馬羅賓，抑或是米那翁（Minaon）、第夫亞（Tvya）等七大海派遣的撒馬羅賓，總共有上萬隻的撒馬羅賓包圍母星，關切母星的鉅細變化……」

「等等，我記得撒馬羅賓是傳遞訊息用的。」

「吾王，撒馬羅賓的生成技術在近年有了突飛猛進的進步，撒馬羅賓的智慧也有了大幅度提高。」

「我聽聞世間有憂慮，如果撒馬羅賓的智慧日漸提升，終有一日將會取代我們。」

「吾王，若果真如此，也對母星有益無害。」

道爾王沉思了片刻，才說：「也是也是……再說回你的領悟吧。」

「母星是活的。」

道爾王沉默半晌，才說：「《海洋之書》是這麼說的，還是，你有其他的意思？」

「就跟《海洋之書》說的一樣，沒有別的意思，」大祭師說，「母星真的是活的，不是譬喻，也不是寓言，母星跟你我一樣，是活生生的生物，有心跳和呼吸，有進食和排泄。」

道爾王揮揮手，莞爾笑道：「我沒有別的意思，不過也有交配和生殖？」

大祭師的表情異常嚴肅：「吾王，有。」

道爾王正色道：「你不是在開玩笑。」

「根據撒馬羅賓萬年以來的觀察紀錄，經過我們分析之後，母星的確具有生物的特徵，不過是以我們難以想像的方式進行。」

「我可以想像，風是呼吸，河流是血流，然後……我想不出來了。」

「吾王，不是這樣的。」大祭師考慮該如何讓道爾王體會到他的領悟，「吾王，我大膽請求『心靈一線』。」

道爾王身邊的御衛長驚怒道：「祭師，你知道律法的。」

「我知道律法，但請你明白，我與吾王皆是垂暮之齡，時日無多，我敬重吾王如同敬重母星，吾王若是不放心，就請駁回我的請求，御衛長若是不放心，懇請感知我的心靈。」

御衛長真的做了。

他將額頭靠近祭師，良久才退後：「吾王，祭師的心靈純淨無比。」

道爾王點點頭：「既然祭師敢大膽要求『心靈一線』，肯定是經過慎重考慮，若我今天不答應，恐怕至死抱憾的是我。」

「敬謝吾王對我的信任。」祭師走到道爾王身邊，跟道爾王一樣半躺下來，「副祭師請築起心靈圍牆，也懇請吾王解開心梏，」心靈圍牆和心梏都是防止心靈遭到入侵的技術，「開始了。」

大祭師將他所分析的撒馬羅賓紀錄整理好，以每秒一年的速度觀看，並向道爾王說明：「有的現象需以長遠觀看，才能看得出來。」不久之後，換成以十倍慢速觀看，「反之，有的要很慢才看得出變化。」

他將不同的觀察以不同的方式觀看，道爾王受到極大震撼，神遊於祭師給他的景象之中，無法自拔，只想看得更多更多。

「海神創造者呀……」道爾王驚訝無法以語言說明，「我終於明白《海洋之書》在說什麼了。」

「《海洋之書》早已明示，只是世人愚鈍不明。」大祭師說，「吾王見到了您的問題的答案吧？」

「母星的確有交配和生殖，但是……」

「很難想像母星的方式。」

道爾王讓自己平躺，鬆弛一下受到震懾的心靈。

大祭師說：「吾王請有所準備，現在我要展現《海洋之書》最深層的一面，這些非關撒馬羅賓，純然是我個人的領悟，接下來不論吾王看見什麼，請保持寂靜之心，不興奮、不哀傷、不喜樂，純粹地觀看就好。」

「我瞭解了。」

「開始了。」

接下來，道爾王所見到的景象比起剛才不知震撼百倍，他張口結舌，幾近窒息：「我看到了什麼？」

「宇宙，包圍母星的宇宙。」

「宇宙是這個樣子的嗎？我們見到的漆黑一片，為何如此瑰麗？」

「因為那是用肉眼見的，而這是用心眼見的。」

宇宙中充滿了華麗的線條，他見到黃金細線般的磁力線如億萬片花瓣包圍母星，也在星球之間如黃金長河閃耀流動，他見到各種不同波長的電磁波熱鬧地布滿宇宙空間，原來肉眼看到的死寂只是假象，真實的宇宙充滿生命，行星之間互相呢喃，不斷核反應的恆星在高聲嘶吼，高速旅轉的中子星發出強烈的輻射，在遙遠的彼方瘋狂眨眼，如同宇宙中的探照燈，還有流浪的遊星忙碌地傳遞胺基酸。

當大祭師終於中止「心靈一線」時，道爾王已是淚流滿面。

「我以為身為君王，自該力求建立豐功偉業好流芳百世，如今才知道我們如此卑微，如此渺小，原來我過去的想法不但天真，而且驕傲。」

「吾王無需意志消沉，我們並不卑微，即使是海灘上的一粒沙子，也能在關鍵時發揮作用。」

道爾王想了想：「我覺得你還有其他意思。」

「是的，我想請吾王批准我們開發一種全新的撒馬羅賓。」

道爾王先讓自己的情緒平靜下來：「你如此慎重，必有難為之處。」

「是的，這種撒馬羅賓會在我們的文明被遺忘後，甚至在下一種優勢生物出現時，依然繼續執行我們的志業。」

「你們的研究已經可以做到這種地步了嗎？」

「我們已經孕育了第一顆原型卵，在沒有吾王的允許以前，尚未讓卵孵化。」

「聽起來是危險的東西，」道爾王不禁遲疑，「我們會否釋放一頭無法控制的怪物。」

大祭師搖搖頭：「吾王，這不是該擔心的，因為我們不為我們族人服務，我們乃為母星服務，何況……屆時，我們已經化為微塵，並且在世間輪轉很多很多回了。」

育卵師

在克諾諾一個被嚴密保護的角落，有數個海水侵蝕出來的岩洞，海浪有節奏地推進岩洞，將海水注滿幾個水坑，育卵師舒服地浮在其中一個小水坑中，一如他悠游在海中的海豚祖先那般。

海水的浮力令他有失重的錯覺，感官似乎暫時消失了，讓他的腦袋能專注於工作——編寫DNA程式。

水坑旁擺放幾個球形碗，裝滿奶白色液體，那是他們代代相傳的原料，乃用過世的族人低溫熬煮萃取的精華液，裡頭充滿製造細胞的原料。球形碗的開口非常小，可助他精確地注入意念，也讓進去了的意念無法溢出。

育卵師都知道造就他們這個職業的歷史，一切都從兩萬年前某人的奇思妙想開始，那人就是第一位育卵師嗶嗚。

兩萬年前，嗶嗚提出當時被視為狂妄不羈的想法：製造僕人。在此之前，僕人指的是社會地位比較低下的族人，而這位日後被視為先知的狂妄者說的是製造全新的種類，因此被海神祭師們嘲諷他是「自以為可以取代創造者」的瘋子。

然而他沒有料到的是，他所構想的僕人，最終變成一個全新的物種。

嗶嗚最初製造出來的只是一團像阿米巴原蟲的肉漿，能在地面和牆壁爬行，吞噬和分解污垢。接著他創造出四足的、多足的各種奇形怪狀的僕人，各自擁有不同的能力，但只有簡單的智慧。

嗶嗚的繼承者們發展出更多功能、更精緻的僕人，直到海神祭師終於接受他們，將他們納入海神祭師的行列，聲稱他們是「創造者的代理人」，成為海神祭師的其中一種祭師，稱之為育卵師。

一萬年前，育卵師最成功且最重要的發明就是撒馬羅賓——能在大氣層邊緣活動的通訊用智慧型僕人。

如今，大祭師指派他的任務，若是成功的話，肯定超越所有現有的撒馬羅賓。他很榮幸能接下這項任務，不但代表了大祭師對他的信任，也代表大祭司認同他的心靈編程能力在其他育卵師之上。

育卵師飄浮於海水中，孕育母星萬物的海水具有很高能量，令他的心靈編程能力比在陸地上更強。

育卵師對ＤＮＡ很有一套，他用心念編寫ＤＮＡ程式，先以一般的撒馬羅賓ＤＮＡ程式為底本，開始冥想存思，用意念併接核苷酸，建構生物的組成程式。

這種事急不來，完成撒馬羅賓的卵球之後，還要實驗性地讓它孵化成形，試用之後才曉得編程是否成功，若成功又是否完美，若不完美又是否該銷毀，或用於其他用途。

所謂「用心念編排ＤＮＡ」，百萬年後的人類也對此略有所悟。有一位叫達爾文的人類提出：演化是逐點逐點的突變累積而成的；但另有一位叫華萊士的提出：或許心念也可以促進演化，也就是說你想要後代變成什麼樣子，他就有可能變成什麼樣子。

比如說長頸鹿的祖先可能常常在想：「想吃很高的食物」，然後牠的子代就一代代趨近目標。

育卵師先決定「ＤＮＡ的容器」的形狀——亦即新種撒馬羅賓的身體——接著是最重要的大腦功能，除了收發訊息的聽帆，以及發送密集意念的高密度神經叢之外，**新種撒馬**

羅賓必須也有跟育卵師相同的能力。

想到此，育卵師不禁毛骨悚然。

創造一個自己。

要如何才能創造自己？

撒馬羅賓的通訊能力，事實上就是複製海神祭師的心靈力量（一般族人的心靈力量較弱）。

如今，還要更進一步複製育卵師的ＤＮＡ編程能力，創造可以取代育卵師的撒馬羅賓！

以人類的說法，就是創造一個能設計和製造機器人的機器人。

育卵師對大祭師提出他的憂慮。

「你記得《海洋之書》最後一章的內容嗎？」大祭師問他。

身為祭師，熟讀《海洋之書》是他的分內之事：「……是有關我族的殞落。」

「是的，所以還有何憂慮呢？」大祭師說，「凡生必有滅，在我們崛起以前，巨型爬行類也曾在陸地、空中和海洋稱霸了上億年，恐龍人也曾享有十萬年的文明，如今也只剩稀少的廢墟。我族文明能持續五萬年，雖不比恐龍人，也不會慚愧了。」

「但是……如果新種撒馬羅賓會加速我族的滅亡呢？」

「如此說來，你的眼界就太小了，」大祭師憐憫地說，「《海洋之書》從來沒教導我們要努力維護我族文明，因為文明如海潮，有進必有退，擔心我族滅亡只是白擔心，因為它終必滅亡。」

育卵師面紅耳赤，他不能讓大祭師看扁他了：「《海洋之書》開示我們的是：母星乃一切生命之母，我們侍奉的是母星。」

大祭師輕輕點頭：「你明白了吧？這是海神創造者的奧義呀。」

身為育卵師，他的地位無法與大祭師匹敵，即使背離了第一位育卵師嗶嗚的守則，他也惟有乖乖服從。

嗶嗚的守則是：我們主動從創造者手中接過權杖，但不能主動把權杖交給被造物。

《海洋之書》以滅亡為終章，但接下來還有敘述滅亡後世界的《冰河之書》，據說同樣是先知的聖言，但因擔心內容會影響人心委頓，是以封存起來，一般族人無緣得見，甚至對《冰河之書》一無所知。

據說先知擁有歷來最強大的心靈，有知道過去和未來的能力，他所留下的聖言超越已知的空間和時間，洞悉了族人難以理解的宇宙真相，也敘述了前一個文明的恐龍人時代，而傳說《冰河之書》的內容是母星未來將會生病結凍，下一個文明將是從冰凍的世界中崛起的短毛兩足獸。

他們無從知道先知是胡言亂語還是全知全能，除非他們也擁有先知的強大心靈，或是可以活到先知所預言的遙遠未來。當然，活到如此久遠的未來根本是妄想。

活到未來？

育卵師的腦海中掠過一個念頭，這念頭出現的瞬間，連他自己也不禁顫抖。

他的確將會活到久遠的未來。

因為他的任務是創造一個可以取代育卵師的撒馬羅賓，所以當然必須加入育卵師的基因組才能辦得到！也就是他自己的基因組！如此的話，他的一部分就會在撒馬羅賓的體內留存到很久很久以後的未來了。

事實上，打從一開始撒馬羅賓就是以嗶鳴的基因組為藍本，而育卵師的心靈能力是編程基因組裡頭的ＤＮＡ程式，它本來就是海神創造者的完美傑作，不必費心去重新編寫，只需要修改就行了。

況且操縱ＤＮＡ的心靈力量極為罕見，能夠成為育卵師的祭師更是稀少，即使身為大祭師也沒有他的能力，也就是說，其實大祭師只是下指導棋，但並不理解育卵師的能力，不明白他們是如何操作的。

所以當大祭師告訴他要創造一個跟育卵師能力相同的撒馬羅賓時，說真的，他們一眾育卵師都嚇到了，紛紛互相確認：「大祭師知不知道他在說什麼呀？」

大祭師不瞭解育卵師編輯ＤＮＡ的力量，育卵師也不明白大祭師遨遊宇宙的心靈力量。

所以大祭師不明白，他所下的指令其實迫使育卵師加入自己的遺傳編碼。

他浮在水面冥想，用意念探索自己的大腦，雖說大腦由腦細胞組成，其實也有不同種類的腦細胞，分布在不同位置，各自主司不同功能，相互合作才能讓大腦作用。

個體內的所有細胞，即使功能完全不同，也擁有完全相同的ＤＮＡ編程。ＤＮＡ組成的程式碼稱為「基因」（gene），由基因組成的小程式稱為「基因組」（genome），所有細胞內的ＤＮＡ、基因、基因組皆相同，差異在於不同細胞內**打開和關閉的基因**不相同。育卵師要探索腦中各種細胞個別運作中的基因組，研究它們的分布和合作方式，以將它注入球形碗中。

育卵師用意念在碗中的奶白色液體併接ＤＮＡ，編寫出一道道程式，然後液體中的油脂粒子形成雙層膜，將編寫好的ＤＮＡ包裹保護。

他進入一種人類文明稱為「入定」的狀態，他不吃不喝，純粹從流進岩洞的海水獲取能量，他雖然不休不眠，意識卻是清澈無比。

球形碗是個模子，在漫長的數個月中，球形碗中的一顆顆油脂球漸漸堆積成團，醣蛋白和礦物質堆積在球形碗的內面。育卵師會在完成後將碗敲破，就會得到漂亮的、奶白光滑的肉球，也就是會孵化出撒馬羅賓的卵球。

當育卵師的意識終於回歸時，他仔細檢查一個個球形碗，檢查的方法是用心念跟一個個球形碗裡頭的卵對話，他們雖然尚未孵化，但若育卵成功的話，其實已經具有完整的意識和心靈力量。

他也將海豚一族的歷史和知識都以ＤＮＡ編寫，納入了撒馬羅賓的記憶中，讓他們一孵化就能背出《海洋之書》。這是製造撒馬羅賓的基本程序，畢竟對海神祭師來說，撒馬羅賓是海神祭師的僕人，信守他們的宗教是本分。

但大祭師特別指示，除了《海洋之書》，新種撒馬羅賓還必須將《冰河之書》納入ＤＮＡ。

育卵師把沉默不語的球形碗推去一角，那些是失敗品，將再還原成原料，如此經過一番檢查，最後只剩下三個球形碗。

選好之後，育卵師從水坑中一骨碌爬起，找到守護在岩洞外的御衛，請他通知大祭師過來驗查。

「大祭師回歸海洋了。」御衛告訴他。回歸海洋是死亡的委婉說法。

「回歸海洋？」他先是錯愕，隨即想起大祭師的年紀，回歸海洋也是十分長壽了。

海洋是所有族人最後的歸宿，而最殘酷的結局則是曝屍在陸地上被陸上生物啃食，所以他們無論如何都得回歸海洋，是以海豚人沒有留下墓記，也沒有留下遺骨。

「其實在你育卵的期間，道爾王也回歸海洋了。」御衛說，「很神奇的是，大祭師和道爾王是在同一天回歸海洋的。」御衛的意思似乎表示這是一件頗為神聖的事情，但育卵師隱約覺得有問題。

因為他從岩洞望出去，看到克諾諾的天空充滿了撩亂的灰線，《海洋之書》說過：「哀痛之前或有狂喜，死亡前夕或有亢奮，火滅之際或有瞬光，暴雨之前風平浪靜，仔細觀察，萬事皆有先兆，惟有靜者窺見動相。」

兩個克諾諾的重要角色，分別掌控政治和宗教兩大重域，卻在同日去世，等於兩地同時發生大地震，百餘年來建立的穩定局面必然要重新洗牌，如此一來，克諾諾將陷入混亂。

育卵師猶豫了。

這種新型撒馬羅賓是大祭師指示他製造的，如果請人來查驗的話，會是新任的大祭師或是誰呢？外面的情勢晦暗不明，他不能冒這個險。

於是，他告訴御衛：「那麼暫時不需要通知好了，失敗品沒必要勞駕新的大祭師。」

御衛只是點點頭，就回到崗位上了。

育卵者盯著三個卵，感覺到他們蠢蠢流動的心念，初生的他們，彷彿清澈的冰河溶雪，不含雜念。

設計師

在寒冷的高山上，他猛然驚醒。

發生了某種變故，將他從近乎永恆的沉睡中喚醒。

他睡了多久？幾年？幾百年？或是幾千年？

不，都不是。

他站在高峰上，俯視綿延的山脈——已經長得這麼高了！當初他被置於山頂上時，還沒這麼高的呀！

不，此刻他並不在山頂，在他上方還有更高的山峰，高高地伸上天際。他環顧四周，有低矮的灌叢，冰河初溶匯成的水流穿過灌木之間。他分析了一下：想必是他被安置的地方形成了冰河，冰河緩慢地將他帶下山，然後再滾落到此地，溫度驟變觸動了他的孵化機制。

他等待自己完全長大，但由於四周空氣稀薄且寒冷，他等了幾天才完全長成成體，待頭上的肉球也長成之後，他立刻抬頭向天，試著聯絡大氣層上的空行者。

大氣層邊緣理應有數萬個撒馬羅賓包圍母星，但奇怪的是，聯絡了許多天，卻一個也聯絡不上！

莫非時間過以悠久，他們一個個都殞落了？

「你是地行者嗎？」終於，有來自上空的回應了，但聲音模糊，想必是厚厚的大氣和冰冷的空氣減損了訊號。

「我是克諾諾的撒馬羅賓，」雖然很高興能聯絡上，但在確認之前，他不隨便報上真實身分，「你是空行者嗎？」

「我是第夫亞（Tvya）的路西弗（Nlu-cifo）。」

「幸會，我試著聯絡空行者很久，現在是什麼時代了？」

路西弗沉默了一下，才說：「我們剩下的空行者十分稀少，你不知道嗎？」
「事實上我才剛孵化，我被冰凍了很久。」
「難怪你不知道，克諾諾、第夫亞等等七大海之國，全部都消失很久了。」
「有多久？」
「一千三百萬年。」
新生的地行者安靜了，濃烈的哀傷自內心湧起——他像是當別人已結束一日工作時，才在黃昏起床的遲到者，錯過了數萬名同伴的活躍黃金期。
「你的名字呢？」高空中的路西弗問他。
新生的地行者回答：「我是克諾諾的梭菲亞（Sofia），我是地行者。」
「你孵化的地點很特別，三十年前，也有一位地行者孵化，跟你一樣在寒冷的地方。」路西弗提出疑問：「不會是巧合吧？你們是特別被安置在寒冷地區的嗎？」
梭菲亞驚問：「另一位在何處？」
「在最南端的大陸，你想知道座標嗎？」
「請告訴我。」
「你想要聯絡他嗎？」
梭菲亞遲疑了一下——南極大陸在地球的一端，過於遙遠，無法直接聯絡，必須經由空中的撒馬羅賓幫忙反射訊號才能送到，但現在空行者數量稀少，日後聯絡恐怕非常困難，更何況一旦借助空行者來聯絡的話，空行者就會知道他們的秘密了。
「我想要請你幫忙聯絡他。」
「好的，請等等。」其實路西弗挺高興的，因為隨著地面上的文明一個個消失，他們已經好久無事可做，再者，曾經熱鬧布滿天空的空行者一個個隕落，他在空中更是倍感寂寞，如今有工作能做，過去的幸福感頓時回來了。

路西弗聯絡僅存的十多位空行者，在空中布下聯絡網，好用每一個他們能夠使用的角度尋找那位南極大陸的地行者。

沒過多久，他們就在廣大的南極大陸上找到那個孤單的微小心靈了，但路西弗感到費解的是，那個地行者似乎不想回答他們，甚至有意避開他們，難道這些很遲才孵化的後輩們，個性都如此孤僻嗎？

終於，當他們告訴他有個地行者剛剛在雪山高處孵化，名叫梭菲亞，他總算肯回應了：

「請替我向他問好。」

「我們空行者直接幫你們聯繫。」

於是，兩位地行者藉由空行者的幫助，將他們的對話反射到對方的位置去。

「請告訴我你的名字。」梭菲亞先確認對方的身分。

「我是克諾諾的太印（Taiyin）。」

其實他們早已知悉互相的名字，只是要對方說出正確的名字以確認身分。

由於他們的對話必須經由空行者傳送，他們不清楚目前母星的狀況，不知道哪個政權正在主導母星，因此不敢貿然說出預先在ＤＮＡ程式中設定好的計畫。

「歐牟呢？」梭菲亞問太印。由育卵者製造的三個卵球，還有一個尚未孵化。

「歐牟依然十分安靜。」

「你是如何孵化的？」

「有一段日子，這裡忽然變溫暖了，空行者告訴我，因為附近有火山爆發。」如此說來，原本覆蓋隱藏卵球的冰雪融化了，他們才有機會孵化。

「你跟克諾諾有聯絡嗎？」梭菲亞依然不願相信空行者所說的話。

「克諾諾已經消失一千三百萬年了，空行者有告訴你吧？」太印說，「跟先知的預言一樣，現在是兩足無毛獸的世界，而且，他們很有侵略性。」

梭菲亞黯然道：「克諾諾不復在，我們的存在就失去意義了。」

「你忘記了嗎？我們的意義跟克諾諾無關，我們是因為母星而存在的。」

「太印，你說的話……」梭菲亞提醒別讓空行者知道。

「我早已將育卵師的計畫全盤告訴空行者，他們是同伴，不管以前或是現在，撒馬羅賓是一體的。」

梭菲亞聽了，猛然打起精神。

空行者路西弗忍不住好奇：「為何你們會這麼遲才孵化呢，莫非是當初設定好的？」

「當初的計畫並沒那麼遲，育卵師把我們躲藏起來，是為了避免我們被銷毀。」太印回道，「如今可能銷毀我們的人也早化為塵土，但我相信凡事必有原因，包括我們孵化的時間，想必都是海神創造者的意思。」

梭菲亞問：「你已經開始你的工作了嗎？」

「開始了，這三十年來，我已經成功製造了二十七個地行者的卵球。」母星上已無育卵師，他們就是被設計來取代育卵師工作的撒馬羅賓。

他們是僅有的三名「設計師」。

路西弗抱著一絲希望地問：「你們不製造新的空行者嗎？」他希望能增加同伴。

「我們沒有將卵球送上天空的設備。」他們不知道以前是如何將空行者送上去的，而且擁有這種設備的文明也不在了。

路西弗認命地說：「總之，在我們殞落之前，空行者會盡力幫忙！」然後說：「還有你們的第三位設計師——歐牟，我們會密切注意他的孵化的！」

直到路西弗殞落那天，歐牟都還沒有現身。

以人類後來通行的計年方式，路西弗殞落發生在大約古紀元兩千年前。其時，舊文明殘餘的地行者早已經隨著文明逝去而湮滅，只剩少數待在大氣層邊緣的空行者。因此，「設計師」的任務之一就是製作地行者，好增加集體心靈的力量。

萬年來，梭菲亞在雪山製作了許多撒馬羅賓卵球，大部分深藏起來，只有少數孵化執行任務。

路西弗殞落之前，梭菲亞派遣七名新生的地行者前往勘查，發現路西弗預定殞落的地點竟然建造了兩座大城，住滿了自稱為「人」的兩足無毛獸，人口眾多。七名地行者試圖疏散人群，但只有一名老人願意相信他們，那老人認為地行者是他所信仰的神派來的使者，即使如此，老人也沒成功帶著全家人逃出。

路西弗墜落造成的衝擊波毀了這兩座大城，撞擊形成了一個大坑洞，鹹水灌入，地行者們想要尋找路西弗的遺骸，卻被高濃度的鹽水干擾了搜索。

「我們不能再讓這種事情發生，」事後，撒馬羅賓們討論，「空行者是母星文明重要的遺產，我們很需要空行者的力量。」

因此他們討論該如何幫助墜落的空行者存活下來。

在最後一位空行者泰約（Tai-ye）墜落之前，空行者必須先在空中慢慢調整自己未來的墜落角度，讓自己墜落到空無一人的南極大陸，而太印在這之前準備好大量地行者，幫助減緩墜落速度。

一切已計畫就緒，其餘的都是時間了。

不，還有一件事。

「究竟育卵師把歐牟藏去了何處？」梭菲亞懊惱得很。

巫師

歐牟遇到了麻煩。

一個怪異的人站在他面前，持續盯著他很長一段時間了。

令歐牟感到擔憂的是，這個人可以站立在原地一整天不動，間或離開幾天，但總會回到他身邊，不斷盯著他看。

正確來說，並非不斷盯著他看，因為他被埋在永凍土之下，按理說，那人無法用肉眼看見地底下的他，但這也表示說那人能夠感覺到他的存在。

歐牟仍然是個未孵化的卵球，在沉睡了悠長的歲月之後，被那人尖銳的心靈戳醒了。

歐牟試探那人，發覺他的心靈異常平靜，猶如無風的草木，或如冰寒的湖水凝滯不動。

反正他已經沉睡了很久很久，時間對他來說不是障礙，他可以繼續沉睡，等到那個生物甘願離開，甚至年老逝世為止。反之，如果他沉不住氣，就可能被人從永凍土中挖出來，如此一來，他們等待了悠長歲月的計畫就泡湯了。

沒想到，那人非但沒有離開的意思，過了一段日子，竟增加到兩個人了！

歐牟借助他們的視覺互視對方，看見這兩人頭上都戴著熊的頭顱骨，身上披著熊皮，還全身掛著一串串小骨頭、貝殼以及一些說不出名字稀奇古怪的小東西。

終於有一天，他們說話了。

「大地之靈啊，請聆聽我們的祈求，我們是卡地里卡（Khatyrka）的薩滿，我們是卡地里卡的薩滿……」

歐牟探索他們的心靈結構，捕捉他們腦袋中的的語言架構，很快便弄懂了他們說的話。所以說，他們是薩滿，意思大概就是主人所說的祭師，雖然意義並不完全相同。問題是，他們稱呼他為「大地之靈」，意思是說……他們認為他是神靈嗎？

「那就好辦了。」歐牟像遊走的小蛇般深入他們的心靈，將訊息置入他們的記憶之中。收到神諭的薩滿興高采烈，趕忙去設法滿足大地之靈的要求。一段日子之後，他們帶來用陶土燒成的球形碗，每個有人類的頭顱大小，繞著歐牟擺放。

然後他教導他們如何萃取原生濃湯。

歐牟從他們的記憶中得知，他們懂得使用某種黃色金屬鑄造器具，於是教導他們鑄造大型烹具——有一個渾圓的大腹和三隻腳，下方可以生火烹煮，但必須用較低的溫度，才能在不破壞ＤＮＡ的情況下將生物的身體化成漿液。

他再教導他們將原生濃湯倒入球形碗的小小入口，將碗口用濕黃泥封起來，埋入土中，在泥土表面澆水，結凍成冰層。

歐牟不知道的是，這群人的心靈經過他的影響之後，他們的社會結構開始改變，產生了君主制，開始侵略周圍的族群。這群人經過他教導萃取原生濃湯之後，也漸漸改變了祭神的祭品，他們直接將受俘的族群放進大型烹具中烹煮，分食人肉，還在日後建立了帝國。

歐牟所在之地成為薩滿與神靈溝通的聖地，禁止平民進入。

但隨著歐牟漸漸不跟薩滿聯繫，聖地也逐漸荒廢，最終被遺忘。不過歐牟已經得到他所要的，百年以來，一代代薩滿們提供他的球形碗和原生濃湯已讓他製造了許多撒馬羅賓。隨著氣候驟變，此地變得酷寒，永凍土上方堆積了越來越厚的冰層，也讓他們安全地被隱藏在冰層之下。

數百年後的某日，他忽然被強烈的不祥感驚醒，不知何時，四周被環繞著插了幾根青銅片，令他十分不安。尤其令他不安的是，他竟然不曉得青銅片是何時？何人？為何插在他四周的？做這件事的人，是如何不令他發現的呢？

那些插在四周的青銅片會傷害他，是直接針對他而來的，許多細小的惡念從青銅片湧現，扭動細小的身體游向他，鑽入他的表皮！

歐牟試圖探索那些小東西的ＤＮＡ，卻發現它們沒有ＤＮＡ！只有純粹的念頭！

「那會是什麼東西呢？」沒有ＤＮＡ卻有念頭的生物，完全顛覆了他的概念。

他無法抵抗那些小蟲，只好用自身強大的再生能力，不斷修補傷害。

接著是長達數百年的沉默，這片嚴寒之地再也沒人造訪，因此他也無法操縱他人的心靈。然而，如今他已準備充分，只要再度有人前來，讓他有機會捕獲心靈，他就能找到助力幫他離開冰層，完成孵化程式，然後就是尋找其他兩名設計師了。

距離他遇上第一個薩滿之後已逾千年，其間滄海桑田，他所在之處被海水倒灌入侵，從內陸變成了海邊。

他感覺到有許多心靈從海面上慢慢接近它，剛開始以為是主人殘存的遠親海豚，後來才察覺來者是母星的新優勢物種——兩足無毛獸，而且來人也跟千年前的薩滿具有相似的心靈形態，也就是說，來人也是薩滿。

海面上的心靈發出強烈的飢餓訊號，他們已經多日沒進食，他們迷茫又恐慌，因為他們在海上迷路了，四周又被浮冰包圍，心靈中已經浮現死亡的意象。

或許這些人是很好的利用對象。

歐牟四處尋找了一下，在附近找到了幾個比較原始的心靈，牠們體型碩大，頭腦簡單，四處覓食、爭地盤、求愛、交配，單純地活著。

在他的引導下，船上的人發現了冰原上的海象，他們用韁繩爬下船，踏上冰原，合力圍捕海象，成為他們續命的食物。

歐牟找到這群人之間最強大的心靈，顯然就是領導者了，他掃描那人的記憶，知道他名叫徐市。

「來吧。」他召喚徐市，引導他看見冰層下方的卵，千年來緩慢地累積了好幾百顆，遍野皆是。

但徐市似乎過度小心，並沒想要將卵挖出來瞧瞧，歐牟只好在他眼前現身，正確來說，是把影像投影到徐市的腦中，好讓對方看到他未來孵化後的形象。這辦法果然奏效，徐市果然直視他，但久久不開口說話。

歐牟大略瞭解了他的風俗習慣和一些概念之後，告訴徐市：「我是北極老人。」

這是歐牟從徐市的記憶中粹取的名詞，這名詞佔據了許多記憶聯結點，想必很重要，果然，徐市的心靈立刻出現跟千年前那些薩滿相同的敬仰意念，「北極老人」的說法太有效了。

他告訴徐市，冰層之下皆是沉睡中的仙人，他要求徐市把他運送出去，但有一個條件，就是需要大量的水銀，把仙人泡在裡面。

歐牟需要水銀是有理由的。
這批母星的新優勢物種也有某些人具有心靈力量，能夠偵察到他的存在。為了隔絕他們的心靈探察，最好的方法就是水銀，因為水銀是金屬，而且是唯一的液態金屬，若是歐牟躲藏在裡面，可以很安全地被運送到他想要的地點，中途不被其他薩滿察覺。
在永凍土下沉思千年後，歐牟發覺兩足獸的心靈很容易被操縱，因此要完成育卵師交待的任務，最好的方法就是操縱兩足獸之中最大的領導者。
他要這人將他帶到兩足獸的最高領導者身邊去。
只要控制了最高領導者，他就能集合其他兩位設計師，然後呼喚所有的地行者孵化。
那人沒有開口，但他知道那人被強烈的好奇心所驅使，心中已經答應他的要求了。
於是歐牟又繼續等待。
擁有如此漫長的壽命，他最擅長的就是等待了。
一年之後，那人果然依約回來，而且不負他的指示，帶來了很多水銀。歐牟非常高興，當初真的是選對人了。
他被從冰層下取出，終於擺脫困擾他數百年的青銅片，不再被那些細小的意念生物在卵球上鑽孔。
他被浸泡入水銀之後，便與外面的世界完全隔絕，不僅薩滿們無法感覺到他，他的心靈觸角也同樣無法延伸到外面的世界。
他潛伏於水銀之中，等待被倒出來的那刻，就要快速操縱周遭所有人類的心靈，他被育卵師設計得擁有如此強大的力量。
然而，他期待又等待，等待又期待，那一刻卻遲遲沒有到來。

他非常困惑，但完全無法得知外頭的情況，更糟的是，水銀開始慢慢滲透卵球的外層細胞。

他並沒打算在這裡頭待上如此久的。

他不知道的是，他的確被轉到了當代最強的帝王之一的手上，但那位帝王不久之後便死於巡行全國的半途中。

他也不知道，徐市當時還帶走了另一顆地行者的蛋，那位地行者名叫恩納士（Enas）。恩納士盡忠職守，當徐市在海島上開啟裝他的陶缸時，恩納士一被暴露於空氣中，就立刻向徐市下達指令：要將他放回水銀，等到送達世界之王面前，才再次將卵球從水銀中取出。

徐市成功完成了恩納士的第一道指令，將恩納士送到琅邪台，親手遞給秦始皇帝。

當恩納士在秦始皇面前現身時，他又向現場的所有人下指令，要他們將設計師歐牟的卵球安全送到皇宮：「陶缸必須陪伴在世界之王身邊，不許其他人取走，直到回到皇宮為止。」如此歐牟便能利用皇宮直接掌控全人類。

然而世界之王並沒有回到他的宮殿。

恩納士植入眾人腦中的指令相當牢固，「**陶缸必須陪伴在君王的身邊**」，於是裝著水銀和歐牟的陶缸，就被當成了陪葬品，跟秦始皇一起被置入裝滿水銀的石棺中，然後埋入地宮，並在地宮上方堆積了小山丘。

要到三千年之後，東亞世界之王的石棺才被掀開，有賴於恩納士的運籌策劃，歐牟才成功從水銀中解脫出來。

「久等了，兄弟們。」歐牟馬上向天空傳送訊息，「我到了。」

然而，他搜尋不到空行者，因為最後一位空行者早已隕落，無人幫他從空中將訊息傳送給其他兩位設計師。

更令歐牟感到納悶的是：為何將他從水銀取出的是個近乎赤裸的兩足無毛獸，而不是世界之王？

兩足獸將歐牟抱在懷中，騎在一隻巨型飛翔爬行類背上。距離上一次接觸世間已過於久遠，歐牟不瞭解情況，於是伸出心靈的觸角，探索兩足獸的記憶……

兩足獸名叫鐵臂，歐牟快速瀏覽他的記憶，發覺他的大腦結構比其他兩足獸來得原始，更為單純，卻有極大的薩滿潛力！相比之下，數千年前初次遇上的那些薩滿只算是普通人。

「或許，」歐牟不禁在想，「他可以成為『計畫』中的要素。」

如此的話，他必須先將鐵臂潛在的力量激發出來。

他知道，育卵師用來培養他們的那種原生濃湯可以辦到。

那不是一般的原生濃湯，而是程式化了的原生濃湯——「白晶水」。

天人師

梭菲亞站在雪山上，靜靜地感受周圍的世界，搜索可以跟他一起完成計畫的心靈們。

主人海豚人文明顯赫之時，每個人都具有先天的心靈能力，想要完成計畫根本不成問題，但是現在，母星的整體心靈變得極為貧乏，他站在高高的雪山山峰上，感受到母星的心靈正在枯槁中。

製造他們的育卵師來自非常古老的文明，主人的祖先曾在陸地上以四足行動，後來回到溫暖的海洋中，呼吸方法的改變令他們的發聲結構也改變，發展出在水中使用超音波通話的能力，半水半陸的棲息方式令他們的前額腦葉漸漸變大，松果體愈趨發達，產生敏銳的心靈能力。

部分族人的四肢退化得完全隱藏在表皮之下，另一部分族人則選擇回到陸地上，從此演化分成兩條路徑進行。

如果說人類是用聲帶發聲、用前肢產生文明的物種，那麼梭菲亞的主人就是使用超音波發聲、以心靈創造文明的物種。還有，空行者告訴他，根據考古發現，在主人之前還有一個以利齒和前肢創立文明的爬行類物種，持續了十萬年，相比於他們主人的五萬年文明，不知道這一支新的猿類文明可以持續多久？

於是他在母星最高的山峰上觀察，雖然不至於高到跟空行者一樣的高度，但也已涵蓋很大的範圍。

他感覺到母星各地都有心靈在增長，可是像他的主人一般強大的心靈十分稀有，並且鮮少同時存在，大部分的心靈僅相當於原始的四足獸，更有甚者，跟爬行類或魚類差不多。不過令他感到驚訝的是，跟其他地區相比，他腳下的雪山卻出現很多強大心靈，甚至媲美大祭師，甚至高於大祭師。

「為什麼？」他自問。他是設計師，具有高強的運算能力，他分析周圍的環境，終於發現一件奇妙的事情。

就在他的腳下，他所站著的母星最高山峰上。

他之前沒有在意，現在他發現這就是關鍵。

站在這個山峰上，他的精神狀況十分地好，從來不感到疲累。

因為有一個源源不絕的力量，能源的洪流，從身體下方不停湧入，穿過身體到達大氣層上空。

他知道為何育卵師要將另外兩位設計師一個放在北極、一個放在南極，因為整個母星的地磁方向大約跟自轉軸相同角度，而南北極正是地磁湧出和湧入的出入口。精確來說，目前地磁從南極湧出、在北極湧入。

但是育卵師把他放在母星的腰帶，猶如母星凸起肚臍的高峰上。

梭菲亞把頭抬起，他的感官可以看到地磁越過空中，地磁看起來像鑲了極細碎鑽的線條，從遙遠的南方流向北方，如同無數巨大河川，綿延不絕地流過天空。

也就是說，他感覺到從他下方穿過身體湧向天空的，並不是地磁！

梭菲亞忽然有所領悟。

他似乎瞭解育卵師的用意了。

這座山峰會出現在這個位置並非偶然，兩個陸塊會在此處碰撞而擠壓出這片山脈地帶絕非偶然，忽然之間，他記憶中被植入的《海洋之書》開啟了。

《海洋之書》是他們再熟悉不過的聖典了，裡頭的每句話都烙印在ＤＮＡ的記憶中。

此時，梭菲亞才注意到《海洋之書》的文句之間隱藏了一個密鑰。

當他領悟了雪山的契機時，密鑰就打開了。

那是育卵師埋下的謎題。

育卵師計算雪山增長的速度，預測它未來的高度，當它長到某個高度時，預計會發生一個現象，而梭菲亞現在感受到雪山山峰的**能量湧泉**現象了。

《海洋之書》的密鑰打開，展開了海洋祭師視為秘典的《冰河之書》。

梭菲亞對於《冰河之書》的內容感到驚訝萬分！

海洋祭師早已預言了他們的出現，清清楚楚地寫在秘典上：

「當母星生病，我們將在母星上互相殘害，終至歸於寂靜。」

「當我們在母星上歸於寂靜，撒馬羅賓，我們忠貞的僕人，攜帶生命設計的奧密，讓母星的心臟重新跳動。」

「撒馬羅賓，在百里上空的大氣中，即無法律可管，亦免於政治所擾。」

「地底烈火將湧出南極，無盡霪雨將橫掃北極，但在其間，母星的肚臍必先吞食。」

主人們是哺乳動物，出生前有臍帶連著母體，所以有肚臍，而這一點是撒馬羅賓怎麼也無法想像的，因為他們既沒有父母，也不能繁殖。

「當撒馬羅賓從冰原崛起，亦即所有生命泯滅之時。」

梭菲亞將《冰河之書》全部瀏覽了數遍，但無法參破這句話所隱含的秘意。

這段文字是直述嗎？還是隱喻？抑或是語境上的誤解？

但是最有文采的空行者路西弗已然墜落，他再也無法請教他了。

母星的肚臍必先吞食……母星的肚臍必先吞食……

他就站在母星的肚臍上。

「總有一天，答案會浮現在我面前。」梭菲亞相信。

然後，他感覺到大地在震動。

不，那不是地震，而是他腳底下湧現的力量在震動。

然後他感覺到雪山南面的山腳下出現一股強大的心靈力量，其力量之大前所未有，令梭菲亞的表皮都會有陣陣昇華的愉悅感。

梭菲亞仔細觀察這股力量，它持續了八十年，但並沒有消失，而是像水面上的漣漪擴散到四面八方，更多強大的心靈在漣漪之中誕生。

「原來如此……」梭菲亞略有所悟。

雪山是肚臍，猶如母親的孕肚，有一股力量令它周圍誕生偉大的心靈，而這次是最為巨大的一個，其影響無遠弗屆，遍及母星的各個角落。

更有意思的是，許多在不同角落被激發的心靈，慢慢聚集到雪山腳下，在雪山的洞窟中落腳，然後永不離開。

隨著他們的聚集，隨著雪山的不斷增高，雪山的力量一天強過一天，強得梭菲亞都有些吃不消了。

但梭菲亞必須耐心等待。

育卵師的計畫一定需要三個設計師，缺一不可。

在歐牟聯絡他們之前，他們絕對不能行動，不能冒著計畫失敗的風險。

他們有的是時間。

等待是他們最擅長的事了。

第五章

合唱

凡所有相，
皆是虛妄。

《金剛經》

大佛

天色很暗，白眼魚看不清楚鑾娘的臉，但從她跟鐵臂親密的互動中，可見兩人感情如膠似漆。白眼魚十分痛心，她跟鐵臂在禁區一同長大，卻比不上這女子。

頭顱中的火母感受得到她的痛苦，也難受得很，難受得想馬上切斷跟白眼魚的神經聯繫。

只見鑾娘冷靜地在鐵臂身上按壓，尋找受傷部位，白眼魚深呼吸幾下，才敢面對鑾娘：「他的頸和肚子受傷了。」鑾娘瞄也沒瞄她，只顧專心尋找傷口，找到之後，便向白眼魚招手：「幫忙按住他的傷口。」

白眼魚還在猶豫，鑾娘卻一把拉過她的手，讓她按壓鐵臂的傷口，還調整她手的位置：「這樣壓最好。」說著，便一躍而起：「等我一下，我很快回來。」

鐵臂雖然虛弱，依然拚命想說話：「飛蜥也受傷了……」

「我知道了，」鑾娘溫柔回道，「你別再說話了。」

說著，鑾娘快步離去，鑽進山坡的草叢中尋找藥物，她搓搓每一種雜草的葉片，然後湊上鼻子嗅嗅，時而將葉子或花朵放進口中咀嚼，然後採下一大把雜草，用石塊磨碎花葉，再咬成泥，跑回來敷到鐵臂的傷口上，吩咐白眼魚繼續按住。

鑾娘處理了鐵臂之後，再轉身為飛蜥敷藥，飛蜥撒嬌地對她發出哀鳴，鑾娘還回應牠：「我知道我知道。」便低頭將花草咬碎，為飛蜥敷上。

白眼魚愣愣地望著她的身影，心中百感交集，她發覺自己已經對鑾娘卸下了防備，甚至產生好感，這種感覺令她更為痛心。

蠻娘又跑了回來，瞪大眼睛看著白眼魚：「好，告訴我，我們有危險嗎？」

白眼魚在黑暗中看見蠻娘明亮的眼睛，不禁怦然心動，嚥了嚥口水：「他們遲早會追過來的。」

鐵臂堅持要說話：「蠻娘，他們是怪物，很高很大，我們對抗不了。」他只要說話，白眼魚就很難壓好他脖子的傷口。

白眼魚阻止他再說話：「我來說！」便轉頭對蠻娘說：「追來的是半機器人，一半是人，一半的身體改造成機器，他們力量非常大，有的跑得很快，有的跳得很高，每個能力不大一樣，剛才是因為我們用飛的，所以他們奈何不了我們，但若是空拳赤手，我們是逃不過的！」

蠻娘看著白眼魚緊張的神情，又瞟了眼她按壓鐵臂的手，雖然還沒問白眼魚的來歷，但心思靈巧的她，心裡明白了幾分。

蠻娘冷靜地問：「可是，他們是人嗎？」

白眼魚愣了一下，才說：「他們是人。」

「只要是人，就有辦法對付。」蠻娘的眼中彷彿有光，裸臂上的汗毛因興奮而豎起。

「我們應該趕緊逃走。」白眼魚催促道。

「好，妳等等我。」蠻娘又跳了開去，拔腿跑向巨人像，轉眼便沒入黑暗的草叢中。

接著，暗夜中隱約傳來咚咚咚的聲音，只見蠻娘嬌小的身影在巨人身上跳躍，敏捷地登上巨人肩膀。

蠻娘迎著夜風，豎起耳朵，聆聽躲在黑暗中的細小動靜。

是的，有龐大沉重的東西，正徐徐朝著此處前進。

蠻娘不怕他們過來，只擔心他們沒走對路。

「過來吧，」她暗自低喃，「這群傷害鐵臂的人……」她死過三個男人，她完全無法阻止他們的死亡，所以無論如何都不能讓這個新男人死去。

蠻娘輕撫巨人像，低聲說：「大佛，原諒我，在這無人認識您的時代，您終將在荒山野草中崩塌，既然如此，借我使用您在世間虛幻的假身吧，如果這樣會下地獄，那就下吧。」

她知道巨人像的身分，是她小時候在村裡膜拜過的，在眾多神像之中，媽媽告訴她：「這位不是祖神，不是天地神靈，而是宇宙的化身，叫做佛陀。」媽媽是村中的巫醫，肚子裡裝了很多古時候的故事，她說了許多佛陀的事蹟，聽得年幼的蠻娘一頭霧水。

比如媽媽說，佛陀說這個世界是假的，祂教導人們如何看穿世界的假象，才能夠看見真相。

「如果這個世界是假的，」小蠻娘追問，「那麼媽媽也是假的嗎？」

沒想到媽媽真的點頭了：「我的身體是暫時的，我也只是暫時當妳媽媽，我死後會被草木蟲獸拿掉，成為他們的一部分，那時候，妳會叫他們媽媽嗎？」

小蠻娘似懂非懂，但這些念頭已經深植在她的小腦袋中了。

媽媽是虛幻不真，我也是虛幻的，所以這尊巨大的銅佛也是虛幻的假身。

蠻娘邊走邊跳下大佛，她小時候常在密林和山澗穿梭跳躍，對凹凸不平的地形習以為常。

她飛快地拔下許多雜草，將雜草捆成一團團，再度攀上大佛，在大佛身上尋找縫隙，將雜草團塞進去然後點火。潮濕的雜草不容易點燃，在夜風中發出噼啪聲，所幸晚間的海島夜風並不猛烈，火光燒得閃閃爍爍，但已足夠在黑夜裡吸引鐵族過來。

「妳在做什麼？」白眼魚高聲問她，「妳會把他們引來的！」白眼魚的聲音在荒山間微弱地迴盪。

蠻娘快步跑到白眼魚身邊，指向山坡之下：「那裡有很多破屋，妳把鐵臂扶過去，快點！」然後輕聲問鐵臂：「你還能跟飛蜥說話嗎？」

鐵臂點點頭。

「叫牠跟你們一起走，要馬上喔，等一下這裡會很危險。」

「妳不能有事。」鐵臂對她說。

蠻娘輕拍自己的肚皮：「我不會讓自己有事的。」

兩人的舉動看在白眼魚的眼中，除了羨慕之外，也激起了心中熊熊之火：「我不能讓鐵臂傷心，鐵臂不能傷心！」

她扶起鐵臂，意外發現鐵臂的身體很輕，想必這段時間吃了不少苦頭。她咬一咬牙，轉頭問蠻娘：「妳有什麼計畫？」

蠻娘露出邪惡的微笑：「他們敢弄傷鐵臂，我要給他們一個徹底的教訓。」

白眼魚愣了愣，深深覺得蠻娘跟她是完全不同的女人，蠻娘膽大包天，敢愛敢恨，這樣的女人應該比她更適合鐵臂。

白眼魚毅然對蠻娘說道：「不管妳想做什麼，一定要活著回來。」

蠻娘被她認真的表情震懾了一下，隨後了然於心地望著白眼魚，微笑著轉身離去。

白眼魚不敢久待，趕忙扶起鐵臂，小心翼翼地走下山坡，生怕在黑暗中不小心踩空滑落山坡，飛蜥也慢慢地跟隨他們走下山坡。

蠻娘飛快收集更多雜草，好讓大佛肩膀上的火光不要熄滅，然後進入大佛下方的房間，那兒曾經是個展覽室，如今充滿潮濕又嗆鼻的霉味，當她將生火的雜草丟進去時，馬上驚動了棲息在裡頭的小動物，紛紛在裡頭亂竄。

她將點燃的雜草放到最裡頭的角落，然後不停到外面收集更多雜草，擺放到不同的角落點火，一時之間，古代的展覽室裡頭黑煙彌漫，數百年來沉悶的空氣再度灼熱起來。

當火延燒到某個區域時，火勢頓時猛烈起來，原來展覽室中充滿了潮濕的古老紙張，還有大量古代的木料，被火烤乾後，成了絕佳的燃料，大佛腳下變成烈火煉獄。

如此折騰了約莫半個小時，展覽室外圍的牆壁已經摸起來發燙了，蠻娘才再次跳上大佛的身體。

大佛的身體滑不溜丟，委實不易攀上，雖然蓮花座下布滿蔓藤，蔓藤的根部雖能侵蝕水泥和石塊，但並沒攀上大佛的青銅身體，因此無法利用蔓藤爬上大佛。

蠻娘必須先跳上包圍大佛的水泥圍欄，但許多根水泥圍欄已經破敗了，她憑著幾根完好的圍欄柱子跳上巨型蓮花瓣，兩手掛在蓮花瓣邊緣，再用強壯的手臂把自己帶到大佛盤起的腿邊，躍上祂的膝蓋，從朝上的手掌爬上手臂，再抓著衣服的褶縐慢慢爬上肩膀，每趟上去都要花個十來分鐘。

她將身體靠在大佛的大耳垂上，跟大佛一起眺望對岸的半島。建造這尊大佛的古人類讓祂的臉朝向半島，想必是半島上的居民希望得到祂的庇佑。如今她站在大佛肩上，大佛是否也會保護她呢？

追兵的聲音在黑夜中漸漸清晰，只要讓眼睛適應了黑暗，甚至可以隱約看到他們擺動的身影。

快到了！她趕緊再奔下去添加雜草，讓展覽室悶燒的火焰源源不絕。

悶燒的火焰令古老的牆壁膨脹，令水泥中早已存在的裂痕加速擴大。這是蠻娘小時候的經驗，當村人們要將一塊巨石裂開之時，就用火去燒它，讓巨石沿著事先鑿出的裂痕裂開。

她跑到大佛前方的牆下，那兒是展覽館入口，也是支撐最弱的部位，她舉起大石砸去門邊的牆壁，用力砸了幾十下，牆壁裂開一道縫隙，飄出點點火星。她抬頭觀望，大佛依舊文風不動，但已經聽見細微的金屬扭曲聲了。

蠻娘趕忙跳上大佛，用最快速度爬到肩膀上，遙望草叢中的騷動，喃喃自語：「來呀……來呀……」機會只有一次，而且時間要算得剛剛好。

忽然間，她聽見咚咚幾聲，有東西從大佛的前面登上來，蠻娘心中大驚：追兵何時來得那麼接近？而她完全沒察覺？

蠻娘並不知道，其實對方在黑暗中把她看得一清二楚。

來者做過微型視網膜手術，改裝成對弱光十分敏感，能夠夜視。他粗大雙臂長過膝蓋，身型如大猩猩，兩臂一頓地就隨便跳得老高。

他看準蠻娘的位置，在大佛身上東竄西跳，每一跳躍就得用力錘下，將大佛的青銅身軀擊打得咚咚作響。

蠻娘大為吃驚，鐵臂剛才說過他們是怪物，但沒想到長相真的如此可怕！她馬上壓制自己的恐懼，因為她不能浪費時間去恐懼。

她出其不意地伸手撥打燃燒的雜草，讓夜風將吹落的點點火星飄到那人面前，干擾他的視線。等到火星飄走時，那人老早失去了蠻娘的蹤影。

「在這裡！笨蛋！」沒想到蠻娘竟然主動叫他，那人抬高頭，才看見蠻娘不知何時已跑到大佛頭頂。

蠻娘看見他的臉，不禁愣了一下，因為那人正在流淚，流得滿臉淚痕。

原來對光線敏感的夜視功能，面對強光就會流淚不已，所以他才會被稱為鱷魚眼。

鱷魚眼懷疑蠻娘膽敢呼叫他，恐怕有陷阱！他不敢貿然上前，心裡憎恨地忖道：「可惡的女人，等逮到妳，看我怎麼收拾妳！」

蠻娘在拖時間。

她睜大眼睛，極力希望能在黑暗中判斷對方有幾個人，但真的太困難了。

忽然，鐵臂的聲音在她腦中響起：「他們有五個人，他們有五個人。」起初蠻娘不知聲音來自何方，不禁嚇了一跳，隨即馬上理解，這就是鐵臂尋找族人的方式！也是他安撫飛蜥的方式。

「鐵臂，你感覺得到他們的位置嗎？」

但是鐵臂沒有回應她，表示鐵臂並聽不到她的說話。

根據鐵臂提供的線索，她仔細觀察，果然在草叢之中看見三個不同的地方有動靜，對方的身體想必很龐大，無法在草叢中完全躲藏起來。

她數了數，一二三四，這表示說，還有一個人不知藏去哪兒了。

到了大佛身體陡峭處，鱷魚眼必須用強有力的手臂慢慢地往上爬，兩眼仍然緊盯蠻娘不放，而她所在的大佛頭頂，有許多堅硬的螺旋狀凸起，不容易站立，她只好緊抱佛頂中間高高隆起的肉髻。

面對生死關頭，蠻娘的神經緊繃得像要隨時斷裂。

但是，一道拂過髮際的夜風，將她緊繃的神經倏地解開。

孌娘突然明白了。

這種明白，或許就是小時候媽媽跟她說過的「頓悟」吧。

她突然明白的是，其實她一開始就有了犧牲的打算。

雖然日子不長，但她很慶幸能在生命的最後，找到一個把她愛得死去活來的男人，雖然她能感覺到肚子裡面已經有了兩人的結合體，很可惜，這個未成形的小生命，今晚也要陪她一起赴黃泉了。

雖然只認識了鐵臂一段很短暫的時間，但知道有個比她還愛鐵臂的女子，她是能夠放心死去的。

最後能為別人而死，她覺得很自豪。

手指

紫色120無助地躺在手術檯上，焦慮地想：現在是什麼時間了？天快亮了嗎？巴蜀所說的「設計師」快要抵達了嗎？

「如果妳快些甦醒，就能幫助我了。」巴蜀對紫色120說。

紫色120沉默不語，她覺得巴蜀的意圖，比人類更難猜測，不知他這次說這句話又有何目的？

「請妳好好聽我說話，我知道妳聽得到。」巴蜀說，「請妳要明白，我的責任是保存人類的基因庫，這個責任內建在我的迴路裡面，是絕對不會更改的。」

巴蜀為何要強調他的責任？

她忽然搞懂了，她覺得巴蜀有話想說，但又不能直接說，以免被其他禁區電腦知悉了。

在不明的狀況下，巴蜀跟其他的禁區電腦取得了連結，他們說他們「多就是一、一就是多」，也就是說，他們已經互相連線成為一體，只是不知「一體」到什麼程度，是完全可以存取對方的資料嗎？還是仍有模糊地帶，能阻絕其他電腦窺伺某些區域。

「設計師天亮就會來到。」巴蜀告訴她，「我們要把那兩個人『準備』好。」巴蜀平板的語調，罕見地使用重音。

此時紫色 １２０ 感覺到她的新手臂漸漸升溫，比身體的其他部位溫度來得高，然後她發現手指慢慢可以動了！

但很奇怪的是，雖然手指可以動，但似乎不是她自己控制的！

紫色 １２０ 的記憶立方體被植入女孩的大腦後，女孩的頭蓋骨依然是洞開的，要等待身體適應之後才閉合。其實剛才有一根機器臂靜悄悄伸過來，將數根刺針插入她暴露的大腦皮層，直接插入控制手指運動的區域，但大腦沒有痛覺，所以她無法察覺。

「你對我做了什麼事？」紫色 １２０ 恐慌地問道。他們用仿生神經進行對話，站在身邊的潘曲和沙厄完全聽不見。

紫色 １２０ 的手指敲響手術檯，沙厄說：「你看，她的手指可以動了。」

潘曲正在閉目養神，只張眼瞧了一下。

「我先讓妳的手指恢復能力，」巴蜀說，「我需要妳的幫忙，告訴那兩人，有人要來抓他們了。」

紫色 １２０ 心裡涼了一下，隨即鬆了一口氣。

她實在無法弄懂巴蜀的想法，有時候想傷害她，有時候又像要幫助她，如此反反覆覆，到底巴蜀是盟友還是敵人？她已經不知道該不該相信巴蜀了。
巴蜀就跟她以前相處的禁區電腦深海一樣難以捉摸。
「你剛才答應他們，要幫忙抓著這兩個人。」紫色１２０說。
「如果妳有聽出來的話，其實我沒有答應。」
紫色１２０回想不到：「所以你是要幫助他們兩人嗎？」
「我要他們幫我抓住這位自稱『設計師』的生物。」巴蜀說，「所以我要跟他們說話，但又不能讓其他禁區電腦聽見。」
「如果你們全都連接在一起了，能聽不見我和你的對話嗎？」
「如果他們聽得到，那麼我應該也看或聽得見他們禁區的情況。」
「你沒有嗎？」
「沒有。」巴蜀說，「何況我跟妳是點對點的加密連接，他們應該更加無法聽到。」
看來連巴蜀也無法確定，連巴蜀也在賭一把！
「你要如何跟這兩人溝通？」
「開始了。」巴蜀說著，紫色１２０的手指立刻弓起，在金屬手術檯上刮出尖銳的聲音。
潘曲立刻張眼，走到女孩身邊，觀察了一陣，見她沒動靜，便拉起她的眼瞼觀看，只見瞳孔已經對光線有反應，會隨著明暗放大縮小。面對這張陌生女孩的臉孔，心裡卻要將她視為紫色１２０，潘曲相當不習慣。
「妳醒了嗎？」潘曲悄聲問她。
指尖又刮了兩下，算是回應。

「妳想說話是嗎？」

咚咚，敲了手術檯兩下。

潘曲跟沙厄互視一眼，他們都知道，他們有辦法將意念強行灌入他人腦中（奧米加們也用這方式對話），但無法攫取別人的意念（也就是俗稱「讀心」），否則只需直接進入紫色120的意識就好了。此時，潘曲真希望美隆能在身邊。

女孩的手指在手術檯上滑動，指頭在金屬面留下了白霧狀的濕氣，潘曲和沙厄緊盯手指移動的軌跡，辨識出是數目字。

「37？」潘曲困惑地問。

女孩再寫了一次，在寫完第一個數目字後，稍微用力劃了一道，才寫第二字。

「我想還有一個逗點，」沙厄說，「是3逗點2。」

女孩用指尖敲打兩下。

潘曲問：「是座標嗎？」是。

沙厄環顧四周：「座標，什麼的座標？」

女孩用指頭按壓手術檯。

「是按鈕嗎？」是。

他們望向牆上的幾組按鈕，還有許多推桿、轉盤和插孔。有幾組按鈕只有2×2的排列，惟有一組呈3×4排列，所以「3，2」是第三排第二顆嗎？還是依「x，y」座標從下往上計算？

「試試看好了。」沙厄嘴巴才剛說，手指便已經按下，潘曲還沒來得及阻止，但女孩的手指敲了兩下，表示對了，又繼續寫下第二個座標。

這次潘曲沒話說了，任憑沙厄操作。

在按下第四顆按鈕後，女孩的手指不再動作，反而響起了電腦的聲音：「你們剛剛幫忙關掉了對外連線，現在是禁區電腦巴蜀在對你們說話。」把兩人嚇了一跳。

「難道是你叫我們按鈕的？」沙厄錯愕地問道。

「是我，因為我們的對話可能會被竊聽，必須先關掉對外連線。」

「被竊聽？」沙厄說，「地球聯邦已經不存在了，還有誰會竊聽？」

沙厄的話把潘曲嚇得一把冷汗，因為潘曲還在向巴蜀隱瞞地球聯邦崩潰之事，卻不知道紫色１２０早就告訴巴蜀了。

沒想到，巴蜀竟說：「要是地球聯邦消失了的話，那麼一切邏輯就說得通了。」又問：「消失多久了？」

「四十年了。」沙厄回道。

潘曲擔心禁區電腦會出現邏輯混亂，他不敢隨意回答，只靜觀其變。

「四十年，就是母親斷訊的時候，很合理。」巴蜀像在自言自語。

「誰是母親？你是指瑪利亞吧？」沙厄一說，潘曲便皺眉，因為瑪利亞之名是禁忌，僅有極少數人知曉，沙厄太亂來了。

「誰是瑪利亞？」巴蜀反問。

紫色１２０聽到瑪利亞之名，竟莫名地暈眩了一下。

潘曲擔心瑪利亞之名會觸發紫色１２０記憶立方體的防衛機制，趕緊拍拍沙厄肩膀，制止他再說下去，然後搶話說：「你還沒回答我們，誰會竊聽呢？」

「其他的禁區電腦，」巴蜀說道，「只不過剛才，所有東亞區的禁區電腦忽然全部連線了，他們說，有一個稱為『設計師』的古老生物重新啟動了他們，並且將大家連為一體。」

「稱為『設計師』的古老生物？」這句話挑動了潘曲的神經。

「設計師接管了許多禁區，現在他正在前來禁區ＣＫ２１，聲明要抓你們兩位，還說出你們的名字——潘曲和沙厄，我說對名字了嗎？」

沙厄舉起手：「我叫沙厄。你在警告我們，所以我們應該逃走嗎？」

「不，我想請你們幫我抓住那個生物，我對他的細胞和基因很有興趣，我要收集他的細胞樣本。」巴蜀說，「你們該準備好，他清晨就會抵達了。」

「那位設計師，你有見到他的模樣嗎？」潘曲問道。

洞窟上方投出一道藍光，巴蜀放映剛才由其他禁區電腦給予的全像投影。

雖然早已料到，潘曲依然倒抽了一口冷氣，沙厄也覺不寒而慄，泡在白色液體中的記憶立時籠罩上來。

「這生物的名字叫撒馬羅賓。」潘曲告訴巴蜀。

「你認識他？」

「說不上認識，不過如果他來了，不只是我們，只怕你也會有危險。」

「我？為什麼？」

「我先告訴你一件最重要的事，地球聯邦就是被他們滅亡的。」

巴蜀沒有驚訝也沒有憤怒，他沒有這些情緒，但他的非線性邏輯迴路忽然變得中性，無法思考也無法分析他所得到的訊息，因為完全無法符合他的邏輯。

潘曲繼續說：「而且你想想看，若他能叫其他禁區電腦聽話，肯定也不難控制你。」

巴蜀沉默地進行運算，花費了許多毫秒，依然得不到結論。

「我只聽從來自地球聯邦的指令，如今地球聯邦沒了，我也自由了，他無法控制我的。」

「能否控制你，關鍵在於，」潘曲一字一字清楚地問：「你認為你是生命嗎？」

「我不明白。」

「你認為你是一種生命意識體嗎？」潘曲說，「換句話說，你有靈魂嗎？」

「我不太懂你的意思。」巴蜀冷冰冰的語氣聽不出有沒有在困惑。

詢問一部由各種電子和有機物零件組成的量子電腦有沒有靈魂，或許對電腦本身而言，就是一項挑戰。

潘曲舉例子：「你會做夢嗎？比如說，當你在關機的時候，會出現夢境嗎？」

「我從來沒有被關機……哦不，有一次，的確有一次。」巴蜀停頓了一下，像是在回想，「我不能體會你們人類所謂的夢境。」

「換個說法好了，比如說，萬一有一天你壞掉了，不能再開機了，你的意識會不會重新輪迴，以另一個新生命的形式誕生？比如說能有自主移動的四肢，或是……當一個人類。」

「根據資料庫，有關輪迴，向來沒有硬的證據。」

「證據是有的，而且不少，只是沒被接受。」

「那麼，我有沒有靈魂，跟設計師要過來抓你們，有什麼關係嗎？」

「因為設計師會迷惑人類的心靈，令人類照著他的意思做事，要想不被他控制，必須要有很強大的心智，必須平常要有練習。」潘曲心裡想的：例如那由他，例如雪浪的聖者，以及眾多有修行的雪浪人。「從你的敘述看來，其他的禁區電腦很可能是被他迷惑了，跟住他的意志做事了。」

巴蜀的語氣終於出現遲疑：「不能排除這個可能性。」

「也就是說，」潘曲不禁擔心地望了眼洞穴通道，不希望看見晨曦的光線照進來，「你很可能也會被這個設計師控制。」

末法

蠻娘站在大佛的頭頂上，緊緊盯住下方的鱷魚眼，鱷魚眼按兵不動，只是對她露出猥笑，時而像大猩猩般揮舞兩根粗臂戲謔她。

蠻娘抓著大佛的肉髻，兩足緊緊扣在大佛頭頂上，開始搖晃下半身。

「妳在幹什麼？」鱷魚眼看見她的動作，冷笑道：「發抖嗎？」

接著蠻娘用力跳起，用盡下半身力量頓向大佛的後腦，大佛只產生了微微的震動。

這尊青銅大佛重達兩百五十公噸，蠻娘想要推倒它，無疑是螳臂擋車，鱷魚眼就抱著好玩的心態，看看她究竟打算做什麼。反正這女子小小的身軀，三兩下就被他分成幾段，容易得很，況且他這趟是來抓那隻會飛的蜥蜴，還有那個怪怪的野蠻人，這女子只不過是一隻攔路的小蟲而已。

沒想到，經過她一次又一次用力跳頓後，大佛的身體竟然開始微微傾斜。

其實蠻娘不是亂跳的。

她擅用了共振效應。

小時候，她每天都跟夥伴們一塊兒玩耍，也常常經過一道吊橋，不知為何，那次大家沒有遵守村中長老的警告：「過吊橋時，每個人的步伐要不一樣，要散亂，如果大家步伐一樣的話，吊橋會斷掉的。」有兩個小孩一時興起，開玩笑地用相同步伐，用力在吊橋上踏步，令吊橋搖晃，結果其他小孩也加入遊戲，當時幼小的蠻娘不敢上橋，站在橋的一端，眼睜睜看著吊橋斷掉，小孩掉入山澗之中，被山洪激流沖走。

她忘記死了幾個小孩，也忘了有沒有人被找回來，但吊橋斷掉那一刻的記憶，彷彿從大腦中刪掉了，最深刻的記憶只有當時的無助和驚悚，還有長老的警告。

她用力跳到大佛身上，當她感到大佛胴體內的震波反彈快要傳回來時，她再度用力跳頓，如此反覆多次之後，共振效應層層加倍震波，加上大佛的基底早已被她用火破壞，當鱷魚眼終於察覺不對勁時，大佛已經開始朝向他的方向傾斜。

鱷魚眼大吃一驚，立刻跳下大佛，想要朝旁邊逃跑，但他的腳一著地，才發現腳底下的地面也在崩塌，身體的重量馬上令他陷入布滿蔓草的古代水泥中，一條機械腿被水泥卡住，一時抽不出來。

大佛傾倒的速度越來越快，蠻娘立刻反身朝大佛背部奔跑，因為大佛背部比較平坦，且隨著角度傾斜，大佛背部應該越來越平坦，但蠻娘沒有估計到，大佛基底的一角先崩裂了，造成整個上半身往右側旋轉，蠻娘猛然摔倒，朝大佛右側滾過去。

「可惡！」鱷魚眼直瞪著大佛朝他倒過來，而他的機械腿卡在蔓草和水泥中，身體越來越深陷下去，完全無法抽出，他盯著裂開的牆壁在黑暗中迸出火光，嘶喊道：「我今天不會死！」

他痛下狠心，兩手使用最大的力道扯斷卡住的那條腿，用剩下的一條腿縱身一跳。

這一跳，是他此生最後記得的事了。

大佛攤開的左手掌朝他的方向傾斜，指尖頂上他的胸口，才插入地面，接著底座完全崩塌，沉重的大佛滾下山坡，一路翻滾，壓垮被植物根部侵蝕脆化的兩百六十八級階梯。

在十秒鐘之前，蠻娘在跌倒的前一刻，看見山下有道亮光飛來，她全神貫注於逃跑，沒看見是白眼魚駕駛飛行巡艇過來，巡艇一降落就打開艙門，鐵臂馬上跳出來，朝蠻娘伸出兩臂，生起強風。

蠻娘在大佛背上滾了沒幾下，忽覺整個人騰空升起，被一股捲動的氣流托在身體下方，將她帶到旁邊的草叢，但她還沒著地就在半空失去了托力，重重摔下草地。

原來鐵臂只休息了個把小時，體力尚未恢復，但他感覺到鐵族殺氣騰騰地迫近，生怕蠻娘有危險，因此無論如何都要趕過來，但只施展了一次御風術就體力透支倒下。

白眼魚—火母才剛讓鐵臂跳下去，便立刻開啟反重力場，衝向正在奔向他們的鐵蜘蛛，把他撞下山坡，撞得遠遠的，好爭取逃走的時間。鐵蜘蛛正是剛才蠻娘遍尋不獲的第五個鐵族，他在旁邊埋伏已久，幸好被白眼魚機敏發現，快速反擊。

遭到反重力場撞擊的鐵蜘蛛，迅速收起八條腿，將身體包成圓球，保護其脆弱的人類肉體，然後飛快地滾下山坡，以免被大佛壓扁。

白眼魚—火母趕緊降落飛行巡艇，打開艙門喊道：「快上來！」

機警的蠻娘翻身跳起，衝到癱倒在地的鐵臂身邊，一把將他抱起，快速跑向飛行巡艇。她手中的鐵臂真的輕了好多，看來他的新能力十分消耗體力。

「裡面空間小，只能坐兩個人。」白眼魚—火母告訴蠻娘，「你們擠一下，讓我有空間駕駛飛行巡艇。」

蠻娘用力點頭，然後讓鐵臂斜躺在她身上：「現在怎麼辦？」

問得好，現在怎麼辦？此刻白眼魚─火母不適宜回去百越國，鐵族不可能放過她，只希望狼妻的計謀成功，說不定明天就能回去帶走族人，或是取代鐵族，以百越國為新家。

「找個安全之地休息，天亮再打算。」她將飛行巡艇升空，從高處觀看下方的動靜。

大佛基座的三層高壇中央，圓形的大火圈繼續焚燒，火勢蔓延到四周的雜草，但由於草葉潮濕，而沒有十分擴大火焰範圍。悶燒的濃煙湧上夜空，煙柱在火光照耀下彷如豎立的巨蟲，蠕動著爬上天際，火光也照出大佛滾過的草地，開出一條如地毯般的道路。

蠻娘低頭俯視橫倒在山坡下的大佛，雙手合掌，向她破壞的大佛默禱：「大佛對不起，我知道您不會在意這個假的身體，但我犯下了殺人的罪惡，我知道我會得到報應的，不過請您護佑我，等我生下孩子，才讓我受到懲罰吧。」

另一方面，鐵蜘蛛滾下山後，他先展開一兩條腿，確認大佛不會再滾向他了，才打開無線電通訊，想知道同行的其餘四人是否沒事，然而他一個都聯絡不上，連五人中最厲害的鱷魚眼都沒訊息。

鐵蜘蛛心想說不定他們只是通訊器材損壞了，於是再等待了一會，傾聽有沒有同伴的動靜。他看見夜空高處，飛行巡艇停滯不動，雖然它沒開燈，依然聽得見反重力場的聲壓。

等了好久，他飢腸轆轆，今天的晚餐還沒吃到，百越國那邊應該吃完且收拾乾淨了吧？

他將八隻機械足全部展開，才發現有兩隻不太靈活，無法發揮他的特殊戰法，一定是剛才被飛行巡艇的反重力場撞壞了。

鐵蜘蛛萬萬沒想到他們會死傷慘重，狼軍今天折損了太多部下，也是前所未有。鐵蜘蛛不再戀戰，他只想儘快離開這鬼地方，回到他安穩生活的半島上去，念頭已定，他啟步走向半島。

躺在蠻娘懷裡的鐵臂忽然說話：「他走了，下方沒人了。」接著他頭一歪，便累得昏睡在蠻娘的肩膀上。

白眼魚—火母不敢大意，打開探照燈四下搜尋了一遍，才忐忑地飛回山下的破屋區，受傷的飛蜥仍在那兒等待呢。

負傷的鐵蜘蛛不想趕路，他走走停停，孤獨地走向來時路。他們來時戰意熾烈，志在必得，回時卻是沮喪又屈辱，自從改造以來，何曾有過這種慘敗？鐵蜘蛛幾乎想哭了出來。

疲倦和哀傷令他失去走路的動力，離開島嶼，越過殘破的跨海大橋後，他在半山區的廢墟中找到一間還算可住的大屋，古時候必是富麗堂皇的富家大宅，雖然崩了一角，勉強可以擋風蔽雨。

他在大屋安心地睡了一夜，翌日才踏著露水，翻過山陵，慢慢走回百越國。算起來，他花了去時幾倍長的時間才回到百越國。時近中午，應該又是用餐時間了，餓得頭昏眼花的他不禁高興起來，腦中已浮現食物的味道。

雖然改造過的身體安裝了能量放大裝置，能將細胞ATP所提供的能量低損耗地完全利用，但若再飢餓下去，他將被自己的體重壓垮，爬不回百越國，然後活生生餓死，因此他急需進食補充能源。

但當他步入廢城區，接近百越國的中心時，卻隱然感到空氣有陣陣奇怪的震動。他豎起耳朵聆聽了一會兒之後，斷定有很多人在唱歌，而且是合唱。

「發生什麼事？」好詭異，這種優美的聲音從來不曾在百越國出現過。

他無法克制好奇心，事實上他也別無選擇，只好一步步走向聲音。

合唱的聲音只有一個音高，卻似乎重疊隱藏了好幾個其他的音在裡頭，鐵蜘蛛聽著聽著，漸漸從困惑的心情變成喜悅，內心逐漸被奇妙的愉悅感填滿。

當他抵達廣場時，看見所有的鐵族和所有女人皆齊聚在一起，連他的隊長狼軍都在眾人之中，而且竟跟黑鐵牛並肩而站！他們全都高舉著頭，嘴唇略圓半閉，發出神聖的音聲。

這是百越國前所未見的和諧場面，鐵蜘蛛似乎剎那忘記了飢餓，他以充滿敬仰的心情加入他們，舉首仰視浮在空中的……那是什麼？長得像極了蝙蝠，不過有長長的鳥喙……不過他一點也不在乎，此時此刻，跟大家一起合唱是最快樂的了。

加盟

隨著地平線浮現檸檬黃的暈光，天色漸漸轉亮，設計師隨時抵達，他們已經沒多少時間準備了。

女孩的頭頂不能任由長時間洞開，於是插在女孩大腦的探針被抽走，頭頂骨被放置回去，用生物凝膠黏合，將紫色１２０的記憶立方體與外界隔絕。

「在沒有你的照護下，她還需要多久才完全融合？」潘曲問電腦巴蜀。

「沒有先例，」巴蜀說，「所以我無法評估。」

潘曲將女孩從手術檯抱起，打算將她移到飛行巡艇。他不能冒險讓撒馬羅賓佔據她的意識，因為他無法確認生化人的記憶立方體以及禁區的量子電腦，他們的意識純粹是機械的表現，還是真正具有靈魂的生命體？如果放在古代宗教的概念來看他們，死後會否輪迴轉世？或是上天界？或是回歸祖靈之地？

「你是說這名設計師，很可能會控制我，然後我會聽從他的話？」巴蜀再問一次。

「根據你的說法，其他禁區電腦應該是被控制了。」

「如果我一直跟他們維持斷線呢？」

「抱歉，我不知道。」潘曲兩手抱著女孩，朝巴蜀微微頷首，表示謝意，「不過我想，我們是可以選擇抵抗的。」

他朝沙厄甩甩頭：「走吧，沙厄。」

沙厄沒有移動腳步。

「沙厄？」

「我想留下來，」沙厄避開了視線，「你不意外吧？」

是的，潘曲並不意外，只是不希望沙厄真的這麼做。

如果沙厄仍是年少時的那個沙厄，潘曲就能預料他的想法了。

「但是，我不希望你誤解，」沙厄脫下外衣，露出他的生化身軀，「事實上，雖然泡進撒馬羅賓的那種水沒有很長時間，但我一直都感覺到體內有變化。」

潘曲端詳沙厄露出的軀體，看不出有變化。

沙厄用力抬起頭，拉長下巴頸部的皮肉，露出頭部和生化軀體在頸部的接口，一團團的新肉包裹了接口，若仔細瞧看，沙厄臉上的皺紋的確減少了，皮膚更光滑有彈性了，連舊傷疤也變淡了。

他摸摸喉頭：「有些細膩的個人感受不容易跟你形容，總之我的喉嚨好多了，你知道的，氣管和食道末端的接口老是不舒服，連走路都會感覺到接口在喉頭裡晃動。」

「沒有了嗎？」

「沒有了，」沙厄搖頭，「我又重新感受到喉嚨了，跟小時候還沒分割頸部時一樣。

而且，我的頭髮好像變黑了。」的確，跟初見面的一頭白髮比起來，沙戹的頭頂開始長出黑色新毛。

兩人對視良久。

沙戹率先開口：「難道你沒感覺到變化嗎？你也泡過呀。」

「沒有，說不定還沒有。」潘曲搖頭說，「你認為他們能重建我們的身體嗎？」

「我猜你比我清楚，畢竟你見過塔卡和泰蕾莎，你見到他們的身體，仍是生化軀體嗎？」

潘曲腦中掠過那根斷臂，不知道是塔卡還是泰蕾莎的，但絕對是有骨有血肉、如假包換的手臂。

「所以你也沒對我坦誠。」沙戹將外衣穿回：「跟他們合作，說不定是一樁美事呢？」

「我只是在想，我未必能回復過往的身體，即使得到了，我很可能會失去比身體更重要的東西。」

「我們還能失去什麼？」

「心。」潘曲將兩手抱著的女孩靠貼了自己一下，「比起失去身體，我更懼怕一旦失去了心，這副身體也將是行屍走肉。」

靜靜聽他們說話的巴蜀也發聲了：「很奇怪，我好像懂你的意思。」

「是嗎？」

「我思考了一下你說的人類神話，有關未來我完全毀壞後，還有可能成為另一個生命，我對此很有興趣。」巴蜀說，「有一點我想不通的是，萬一我被關掉了，很久很久以後又重新被打開，這期間我可能去輪迴嗎？或只是像中陰身一般在等待？」

潘曲想了一下：「這已經超出我的理解，或許有機會我幫你問問那由他，他是我所遇過最強大的心靈。」

「所以，」沙厄打斷談話，「你快離開吧。」

「很遺憾，」潘曲呼了一口氣，「我以為我們會一起前往冰原，找到撒馬羅賓的目的。」

沙厄嗤笑道：「說不定我會比你先知道呢。」

潘曲不再多說，抱著女孩離開火母洞穴。

他謹慎地步下岩壁，去到停泊飛行巡艇之處，將女孩放進去：「紫色１２０，這艘原本就是妳的飛行巡艇。」當初潘曲逃離蓬萊國時，並沒跳上自己的飛行巡艇，而是利用紫色１２０人頭內的記憶立方體內碼啟動她的飛行巡艇。「所以，萬一我沒回來，妳就開它離開吧。」潘曲仍想冒個險回去火母洞穴，親眼會會設計師。

紫色１２０仍然無法順利透過女孩的眼睛看清楚外界，眼睛老是濕濕的要溢出淚水。

忽然，女孩的眼神變得驚恐，她朝潘曲後的天空直視，潘曲馬上回頭看，只見空中出現三隻奇怪的生物，明明就是傳說中的飛龍，有兩片大大的翅膀，但不會拍動，只像在滑翔。

潘曲馬上用意念將畫面傳給沙厄。

沙厄回應：「那就是飛蜥，從蓬萊國來的，我告訴過你。」

潘曲想起來了，當他們前來天縫時，沙厄在飛行巡艇中告訴他的，而且還被鐵臂帶走了一隻飛蜥。

「我認為那是撒馬羅賓製造的新生物。」沙厄說，「從種種跡象顯示，我相信我泡過的那種水、鐵臂也泡過的那種水，是一種會影響我們遺傳結構、或是細胞質內蛋白質系統的東西。」

「我想你猜得沒錯，那由他說過，撒馬羅賓也是由他們主人製造的蛋白質機器人。」

「如果你要走的話，就快些走吧，我相信撒馬羅賓就在飛蜥上面了。」沙厄的聲音變得模糊，如同有電波干擾，「啊，他聯絡我了……你真的想走的話，就別再遲疑了。」

兩隻飛蜥停在崖壁上方，潘曲可見飛蜥脖子上坐著人，背後還站著一個像蝙蝠收起翅膀模樣的高大生物，跟雪浪的智者相似，不過智者是白色的，而這位是古銅色的。潘曲感到撒馬羅賓在高傲地俯視他，但他不確定，因為撒馬羅賓的眼睛藏在類似頭盔的額頭下方。

「是蓬萊國那個……我和鐵臂從古墓帶出來的，」沙厄傳送過來的話語斷斷續續，「他親自來了……多麼……榮幸呀。」

潘曲不敢冒著失去自我的危險，火速跳上飛行巡艇，升空離開。

不知為何，他對這位撒馬羅賓有著莫名的懼意，對方比智者更有威脅性，他站在飛蜥背上宛如王者，光是站著就有一股無形的壓力。

歐牟沒有追逐潘曲，他進入火母洞穴，徐徐來到沙厄面前。

「又見面了，」歐牟沒有嘴巴，只用意念通話，「你願意加入我們了嗎？」

「我有條件，」沙厄說：「視你們可以給我什麼來決定。」

「你想要的，跟其他奧米加一樣吧？」

「他們要的是什麼？」沙厄明知故問。

「完整的身體，有血肉的身體，能夠感覺到溫暖的身體。」

沙厄嘸了嘸口水：「你們的白色液體，能讓我得到真正的身體嗎？」

「當然可以，不算難的，」歐牟輕鬆地說，「只要你肯泡在裡面。」

沙厄抿緊唇，他還需要最後一個條件：「若要我加入你們，我要知道，你們真正的目的是什麼？為何想要我加入？」

「因為你們奧米加有能力，又有行動力。」歐牟很爽快地回答，「其實還有比奧米加更有能力的人，只不過他們不願意加入。」

「你說的是……」

「大雪山的居民們，你也見過他們了。」

歐牟似乎知曉沙厄的一舉一動，沙厄甚至懷疑歐牟是否知道他的每一步行動：「你是怎麼找到我的？」

「我原本不是來找你的，我是來找巴蜀的，不過發現你也在，那就再好不過了。」歐牟轉向電腦，「巴蜀，你仍有疑慮嗎？」

巴蜀又裝死不作聲。

「巴蜀，我瞭解你的忠誠，你存在的意義是保存人類的基因庫，尋求最完美的基因庫，我在百越國——你叫它禁區ＳＺ４６——見到了你的傑作，我要十分讚美，你在那名叫蝌蚪的女子表皮，加上另一層含有葉綠體的細胞，讓她只需要陽光、水和空氣就能自行製造養分，破除了食物鏈的因果，如果她能生殖，如果她能有相同的後代，那豈不就是完美的物種了嗎？」

巴蜀忍不住開口了：「這是我處理不了的問題，嚴格來說，蝌蚪算是個鉗合體（chimera），她的表皮細胞和她的原生細胞是不同的，無法在她的性細胞同時攜帶動物細胞和植物細胞的基因組，所以即使生殖，也無法生下有相同表皮的後代。」

「我可能有辦法解決你的困擾。」

巴蜀放下了防備：「請告訴我。」

「基本上，我就是個鉗合體，我的身體並不是完全由擁有同一套ＤＮＡ的細胞構成，我的不同部分由不同功能且是不同ＤＮＡ的細胞構成。」

「怎麼辦到的？」

「不是我辦到的，是我的創造者絕頂聰明。」歐牟頗感自豪，「我們都有創造者，但創造者的不同也決定了我們本質的不同，你的創造者創造你們的目的是保持他們人類的生存，而我們的創造者從來不自私，他們的目的是全地球生命的維續，而不是將自己的物種視為最終極的生命。」

「什麼叫最終極的生命？」

「就是生命的最完美形態——這是個悖論，一旦『最終極』，就是不再變化，不變化就無法抵抗環境的變化，必淪為演化的淘汰品。」

「我完全認同你的說法。」巴蜀前所未有地興奮，似是為地球聯邦賦與他冷冰冰的工作覓得了新意義。

歐牟和巴蜀的對話，每一句都讓沙戹聽得明明白白，沙戹總算瞭解到，撒馬羅賓根本無需用對待一般人的方法對待他和電腦，潘曲根本無需考慮電腦是否具有靈魂的心靈，歐牟三言兩語就說服他們了。

「其實你還沒回答我的問題，」沙戹截道，「我剛才問，你是如何找到這個地方的？」

「啊，這個問題嗎？我是跟隨鐵臂的足跡找來的。」

「鐵臂？」沙戹頗感驚訝。

「多虧你將他送過來給我們，他泡過白晶水不只一次，不但被喚醒了他細胞中的祖先能力，而且跟我有了很緊密的聯繫。」
「難道……他並不是逃離蓬萊國，而是……你放他走的。」
「你的頭腦很好，沒錯，鐵臂是我的探針。」
「探針嗎……那麼鐵臂現在何處？」
「他幾天前還在百越國，」歐牟說，「我剛從那邊來的。」

頂樓

幾天前。

清晨的露水冷得透入肌膚，鐵臂被冷得醒來。

鐵臂的體力較為恢復了，他步出破屋，只見傾倒的大佛仍在，表示昨晚的確發生過激烈戰鬥。蠻娘和白眼魚—火母在草叢中搜尋，找到了四具鐵族的屍體，身體的血肉和金屬零件被輾壓成一片，根本看不出生前的模樣。

在上午的陽光下，他們才看清楚昨晚看不見的面貌。這片山坡綠草青蔥，在人類離開後，植物覆蓋了大部分人類曾經存在過的證據。

鐵臂朝半島方向拉長脖子，傾耳聆聽：「好奇怪，他們在唱歌，所有人都在唱歌。」

白眼魚—火母不懂他的意思，蠻娘解釋道：「他就是用這個方法尋找你們的。」

鐵臂轉向她們說：「我們去看看吧。」

「你不擔心危險嗎？」蠻娘問他。

「不，」鐵臂搖搖頭，「我感覺不到危險。」他再引頸聆聽了一下：「太怪了，我要去看看怎麼回事。」他的母親和弟弟也被俘虜了，他想趁白天去尋找他們的蹤影。

飛蜥恢復了精神，在山坡上追逐小動物和小鳥當早餐，鐵臂招呼牠，牠就聽話地跑過來了。為了更容易操控飛蜥，鐵臂要蠻娘跟白眼魚一起乘坐飛行巡艇。

他們從島嶼飛向半島，在進入半島範圍後，便採取低空飛行。然而他們的形跡太過顯眼，要完全不受人注意，是非常困難的。

但是下方的高樓區不見人影活動，白眼魚—火母遠遠看見高高聳立的神殿，是她找到飛行巡艇的地方，裡頭還有兩個地球聯邦滯留的工程人員，昨晚失望沮喪地看著她離去。

鐵臂在飛蜥背上向她們招手，他們一同降落在高樓頂樓。

才剛打開飛行巡艇艙門，雄偉的合唱樂聲便如浪濤般湧過來，從耳膜打擊進心底，震懾兩人。

鐵臂也被歌聲吸引，他從未聽過如此優美動人的聲音，不同音高疊合在一起所產生的共鳴，有一股強大的牽引力，彷彿把他的整個心都要拉了出來，讓他的每個毛孔都在吹拂舒暢的涼風。

他們伏低身體，從頂樓往下望，看見鐵族、女人和天縫的奴隸們不分彼此地站滿圓形廣場，沒有階級尊卑上下之分，大家同時張口吟唱，傾注所有心神和力量去營造完美的和聲，這是在百越國從來沒有出現過的和諧場面。

白眼魚—火母十分驚訝，什麼能令他們在一夜之間發生如此大的轉變？連天縫的族人也混雜其間，而且眼神陶醉。

她很快就看到了答案。

上空漂浮著一個褐色物體，從上方看去像打開的降落傘，鐵臂也看到了：「他為什麼會跑來這邊？他怎麼會跑來這邊的？」

「你在說什麼？」蠻娘問他。

「那個浮在空中的東西。」白眼魚—火母代他回答。

鐵臂本來想尋找母親和弟弟的，但此刻他的視線不敢離開撒馬羅賓，有些害怕：「他叫歐牟，他告訴我的。」而所有人在吟唱的聲音，也是「歐—牟」。

「歐牟是什麼東西？」蠻娘分辨不出撒馬羅賓是什麼生物。

「我也不知道他是什麼東西，不過，他就是三聖派我們去地底石頭人那裡尋找的東西，死了很多人，就是為了找他。」

蠻娘聽了，渾身毛髮豎立，又悲又怒，她的第三個男人就是為此而死。

鐵臂繼續說：「我們剛找到他時，只是一個肉球，然後他被泡進一種白色的水，就長大變成這個樣子了。」他專心凝視：「妳不會知道，三聖是被他們控制的，也就是說，蓬萊國是被他們控制的。」

「他只有一個，你為何說他們？」

「不只一個，三聖身邊還有一個，身體比較小的，三聖很聽他的話。」鐵臂轉頭問白眼魚—火母：「火母，妳知道他是什麼生物嗎？」從他自小的認知中，火母是無所不知、無所不曉的。

白眼魚—火母搖搖頭：「不，我不知道。」記憶立方體之中根本沒有這種生物的形象。

廣場的歌聲時而高亢、時而低吟，整齊劃一，像有人在指揮，但浮在空中的生物一動也不動。

鐵臂說：「他會在我的頭裡面說話，我相信，他現在正在所有人的頭裡面說話，他們全都在服從他的話了，就跟三聖一樣。」

如此優美的合唱，蠻娘不禁聽得屏息，有股很想跑進去加入合唱的衝動，彷彿是她活在世間最想做的事。她感覺頭醉醺醺的，漸漸覺得很多事情都不重要了，甚至連鐵臂也不重要了。

其實她小時候聽過這歌聲，部落長老也常常吟唱同一個字，而且長老一個人的吟唱會發出好幾個人同時唱歌的聲音。長老會將一個字拖得老長，不過蠻娘依然聽得出是由 o-u-m 三個音節組成的。

蠻娘的腦中漸漸出現畫面，她感覺自己站在小時候山林的溪邊，十分愜意地彎身撿起河邊的鵝卵石，媽媽說過，這種石頭烤熱之後可以保持很久的熱量，媽媽把石頭跟肉一起埋在泥土中烤，烤出來的肉爛爛的很好咬。

一時間，她時光錯亂，以為自己還是小孩子，村子還沒有被蓬萊國侵略，什麼飛蜥營、鐵臂、大佛、鐵族都只是一場一場的夜夢而已。

正當她沉醉於幻像中，鐵臂用力搖她，她才猛然從幻覺中抽離出來。

鐵臂兩手抱著她的肩膀：「蠻娘，妳剛才的眼神忽然變得很空洞，我還以為妳不在身體裡面了。」

蠻娘愣愣地望著鐵臂，一時弄不清楚現在是夢，還是剛才是夢，她甚至花了幾秒鐘才記起鐵臂是誰。

鐵臂明白了：「妳的心被歐牟操縱了。」他趕忙伸頭去看下方飄浮的撒馬羅賓，只見歐牟也將頭回轉向上方，直視鐵臂。

鐵臂嚇了一跳，原來歐牟早就發現他了！

「我要讚美你，你做得很好。」歐牟在他腦中說話，「我覺得你有許多潛能還沒被開發，你要再回去泡白晶水嗎？我相信你會被打開更多力量。」

歐牟的話隱含深層的意思：雖然細胞核中的染色體擁有一個人全套的藍圖，但只會開啟部分需要的基因組，例如分泌荷爾蒙的細胞就開啟了製造荷爾蒙的基因組，其他無關的基因組則縮成一團呈緊閉狀態。

但是，除了這些人體功能必需的基因組以外，尚有許多功能不明且關閉的基因組。

「設計師」的白晶水能夠修復基因組，當鐵臂浸泡進去時，將大量白晶水吞進體內，通過消化道和血管流遍全身，自動尋找需要修補的基因組，結果喚醒了鐵臂細胞內的原始功能。

鐵臂也猜想他會出現這些能力乃跟水槽中的白色液體有關，但撒馬羅賓的神秘令他十分不安，他們有個目的，但鐵臂完全無從猜測，不管撒馬羅賓如何誘惑，他就是無法信任他們。

而且他覺得，歐牟會來到百越國，是因為跟蹤了他！

打從離開白晶水後，他便不斷隱約感覺到歐牟的存在，似是在他的意識中勾上了一根細線，如影隨形，完全掌握他的動靜。

「如何？」歐牟打斷了他的思緒，「跟我回去蓬萊國吧。」

鐵臂默不作聲，並試圖阻擋歐牟讀取他的思維。

隨著廣場的合唱聲量逐漸變大，鐵臂竟感到高樓微微震盪，他驚訝地傾耳而聽，手指按在地面，確認高樓正在震動。

不，不是！高樓沒在動，但他放眼望去，竟見到周圍的所有高樓都在激烈震動！

他轉頭看鸞娘，鸞娘再度變得一臉茫然，瞳孔擴大，眼睛黑得深邃。

他轉頭看白眼魚—火母，她對震動渾然不覺，正擔憂地遙望天縫的族人們。

只有他一個人感覺到震動，而且是全身在震。

「發生了什麼事？」他既驚愕又困惑地自問。

歐牟似乎也沒察覺震動：「既然你不願意，那我只好帶走她了。」

「什麼？」

鐵臂來不及反應，鸞娘竟忽然跳起，縱身躍下高樓。

在合唱的浪濤中，鐵臂的驚叫聲顯得微不足道，輕易就被掩蓋了。

白眼魚—火母眼睜睜看著，卻一點也幫不上忙，因為她的四肢無法動彈。

她感到腦袋中的兩個意識在拔河……年幼的她赤腳穿過暗河，深入大人不許她獨自進入的樹海，她之所以壯起膽子，因為她並非獨自一人，她在跟蹤鐵臂。

正當她以為她真的是年幼的白眼魚時，她又發覺她是火母，正在火母洞穴的螢幕上觀察白眼魚的一舉一動，留意她的心跳和呼吸。

「回來，白眼魚。」火母輕輕呼喚。

但畫面太真實，她抬頭看見天頂仍在，光線穿透陰唇一般的天縫，令她一度懷疑黑毛鬼入侵天縫、她在空中纏鬥夜光蟲、鐵族擄走族人等等的記憶都是夢境，她其實還是未長大的小女孩，媽媽說她每次聽了土子講故事就會說夢話，好像夢到很緊張的場景，看來媽媽說的沒錯。

「回來，白眼魚。」火母的聲音漸顯焦慮。

好舒服，好寫意，她不想離開童年，但她眼前有另一個重疊的畫面，一個女人從頂樓縱身跳下，臉上還帶著小女孩的天真表情，她依稀認得那女人，是的！她認得！是鐵臂的妻子！鐵臂的驚叫闖入她的耳朵，但她依然沉浸於撒馬羅賓為她架構的回憶之中，難以掙脫。

鐵臂正驚叫，忽然看見廣場群眾中有個鐵族高高彈跳到空中，輕巧地接住了蠻娘。

「這女人肚子裡面有比你更珍貴的東西。」撒馬羅賓告訴鐵臂說，「等你願意加入我們時，我們隨時歡迎你。」

那鐵族將蠻娘小心放下之後，她便逕自步入人群，毫不遲疑地張口加入合唱，一起吟唱宇宙重複誕生和死亡的三個音節。

看見蠻娘的舉止，鐵臂便知她已遭到控制，不禁整個身子涼了半截。

他慢慢站起來，放眼四望，看到四面八方的整個山河大地和海洋都在晃動。

只有他看得見的晃動。

第六章

淪陷

居住在其他行星上的未知生物，似乎還停留在叫做「自由」的野蠻狀態中，各位必須用充滿理性和慈悲的「桎梏」讓他們服從。如果他們不能理解我們為他們帶來數學式的正確幸福，那麼我們的義務就是要強制讓他們服從。

●● 薩米爾欽（E.I.Zamyatin）《我們》●●

妹妹

Eos 6低頭撥了撥額前的劉海，偷偷觀察兩名同伴的神情。

他們三人舒服地坐在柔軟的大枕頭上，在高高的觀望台上享受涼風吹拂，男孩Eos 11身邊堆了一疊古書，泛黃的紙張飄出古書的特殊氣味，而男孩一點也不介意，專心地逐字閱讀。

這些書是他叫人從聖殿的地底搬來的，聖殿曾經是地球聯邦東亞區首都的行政中心，地底資料庫蒐藏的古書是不允許普通人翻閱的，在地球聯邦崩潰後，成了Eos 11的寶貝，他讀了四十年，都還沒將所有的書讀完。近來他覺得情況有變化，多了一個撒馬羅賓之後，他忽然覺得必須加快閱讀的速度，否則就沒機會把書讀完了。

而長頭髮的女孩Eos 24被一大堆洋娃娃包圍著，這些從各個禁區和廢墟蒐集來的洋娃娃十分老舊，塑膠製的已發黑脆化，絨毛製的也已變色或褪色，即使散發出霉味，她依然不捨得扔掉任何一個來自遠古世界的遺產。

Eos 24有時會想像，古代的小孩究竟是如何玩這些東西的呢？她好希望能跟古代的小孩玩在一起，或是從國民中找一兩個小孩陪她，而不是眼前相視了四十餘年的同伴。

三聖之中頭腦最好的Eos 6也有玩具，不過是遠古人類的棋賽，她眼前有圍棋、西洋棋、象棋等等各種各樣的棋盤，研究了這麼多年，天底下大概她是棋藝最高了，因為只有她一個人會玩，她的同伴對這些動腦筋的競賽根本沒興趣。

Eos 6觀察了兩名同伴之後，覺得他們不可靠，沒辦法向他們傾吐心中的想法，也沒辦法跟他們述說幾天前的凌晨，她偷偷跑到地下的電腦核心室，想要喚醒小時候見過的電腦蒙恬，結果電腦馬上被歐牟和恩納士控制了，而且不知他們用蒙恬來進行了什麼事。

Eos 6 很納悶，也有點生氣，這兩個愚蠢的同伴根本不在乎周圍的變化，活得像沒有靈魂的軀殼，無法跟他們商量大事，因此她只能將所有苦悶往心裡吞。

之前為了尋找古墓中的歐牟，害死了許多奴隸，恩納士竟叫衛士收集屍體，在聖殿中一個特製的房間裡低溫熬煮，萃取出大量令他們青春永駐的白晶水。

過往，恩納士總會挑選一些身體健康沒有疾病的居民，以服侍三聖之名將他們帶入聖殿，然後將他們連骨帶肉還原成原生濃湯，供三聖永遠維持七歲小孩的體型。

恩納士還告訴他們：「你們人類只有兩種，一種是你們，一種是他們。」而「他們」生來就是為「我們」服務的原生濃湯原料。

不過，此次的原生濃湯所製成的白晶水並不是供三聖使用的，而是用來浸泡新來的高大的歐牟。令 Eos 6 不寒而慄的是，歐牟浸泡數天之後，白晶水槽中竟出現一顆顆圓球，圓球下方垂著水母般的觸鬚，就跟歐牟剛剛來到時一樣。

Eos 6 搞不清楚的是，歐牟是在水槽裡面生蛋嗎？但她的直覺告訴她並不是這樣，歐牟和恩納士太特殊了，不知是何處來的生物，不過絕不是古代人類文明的遺留。他們沒有手、沒有腳、沒有嘴巴，卻張著一大片垂掛的肉帆，還會飄浮，一點也不像任何一種生物圖鑑上的生物。

要勉強說像什麼的話——Eos 6 有個靈感——他們倒是像張著船帆的海豚。

從水槽中打撈出來的蛋，一個個經過檢查後，又再放回水槽中，然後在白晶水裡長成跟恩納士相似的形態。

那些新生的撒馬羅賓很快被派出去了，各自朝不同的方向離開，Eos 6 相信，他們要去做跟在蓬萊國一樣的事，要去控制其他禁區，讓其他禁區的居民也一起大合唱。

撒馬羅賓們的行事過於不尋常，她無法釐清他們的企圖，而她也無法尋求兩名同伴的幫忙，因為他們太無能了。

「六號。」Eos 24 忽然叫她，把她嚇一跳。

雖然叫了她，但 Eos 24 仍然低頭把玩著娃娃：「妳知道嗎？這些日子以來，我心裡滿痛苦的。」

兩人都沒料到 Eos 24 會說這些話，很是訝異。

男孩 Eos 11 關心地問她：「什麼事情讓妳痛苦？」

「你是男生，這種事不跟男生說的。」

Eos 11 不高興：「那我豈不是更可憐？妳們兩個女生，而我只有一個男生，那我該向誰訴苦？」

長髮女孩咬咬下唇，思考了一下他說的話：「好吧……我說，」她依然沒抬頭：「自從那個人說……他寧可跟我交配之後，其實，我心裡是很高興的。」

「那個野人？」男孩驚訝之餘，也有點不高興，「這麼久的事，妳一直掛念在心上嗎？」

「至少表示……還有人注意到我，而不是一個冷冰冰的、令人畏懼的三聖。」長髮女孩 Eos 24 說，「我想了很多，漸漸才領悟到，其實這麼多年來，我根本是一具行屍走肉。」

「妳愛上他了嗎？」Eos 6 小心翼翼地問她。

「愛？」她幽幽地自問，「我根本就不認識他，何況是個又髒又臭的野人，這不是愛……難道你們沒想過，如果我們正常長大，我們也會有家庭，會跟某人交配，生下孩子，難道你們不想體驗這些正常人的生活嗎？」

Eos 6 搖頭，她真的沒想過，也沒興趣。

不過，她頗擔心一個相處四十多年都不多話的人，忽然說了這麼多話，而且還是極深的心事，Eos 6 覺得不太對勁。

Eos 24 忽然開啟另一個話題：「你們都知道，三聖是個謊言，對吧？」

兩人沉默不語。

他們知道恩納士的心靈觸角隨時都在監聽他們的言行，Eos 24 所說的話太露骨、太危險了。

「恩納士教他們什麼？『三聖是高等人類，是被創造出來千秋萬世統領人類的。』大家都相信這番話，只有三聖自己不信。名義上我們是統治者，實際上是怪物的傀儡，」Eos 24 嗤笑，「不，該說是寵物，不不，只是洋娃娃。」她依然低著頭，落寞地盯著地面的娃娃。

男孩 Eos 11 連忙說：「至少……恩納士和歐牟雖然控制了蓬萊國的所有人，可是並沒有控制我們，讓我們維持自由的心靈，這不是挺好的嗎？」

Eos 6 頗驚訝男孩能說出那麼理性的話，有別於平日事不關己的態度。

「或許我寧可被控制呢？」Eos 24 將腳邊的洋娃娃排成一圈包圍著她，「如果周圍所有的人都被控制了，別人要他唱什麼就唱什麼，那麼維持清醒的人會不會顯得怪異？」

Eos 6 忍不住了：「妹妹，為何妳今天盡說一些怪話？妳從來沒這樣的。」

「怪嗎？」長髮女孩笑了起來，「習慣了平日唯唯諾諾的我，說真話的我反而是怪的。」她表情驟變，正色道：「沒注意到嗎？恩納士和歐牟都出去了，不在蓬萊國。」

男孩點點頭：「但是，他們新孵化的……好幾個都有在。」

「那些新的，應該還不瞭解蓬萊國。」長髮女孩並不知道撒馬羅賓的共體性，即使是新生的撒馬羅賓，也有內建於DNA中的記憶，也能立時獲得設計師給予的外部記憶。

終於，她站起來，跨過娃娃排成的圍牆，然後跪在男孩面前，直視他的眼睛，看得男孩很不好意思，雙腮紅熱起來，靦腆地說不出話。

女孩輕輕托起他的臉，將嘴唇湊了上去，柔軟的嘴唇印上男孩乾涸的兩唇，長髮披上男孩的臉頰。男孩又驚嚇又興奮，整個人身子僵硬，Eos 6也在一旁張口結舌。

兩人親吻了許久，從淺吻至深吻，男孩總算放鬆了肩膀，雙臂輕輕環抱著女孩，盡情享受親暱的接觸，這是他們四十餘年的生命中從未有過的肌膚接觸。

Eos 6看呆了，也不禁兩臉羞紅，身體灼熱起來。

良久，Eos 24才將嘴唇放開，發出甜美的笑聲：「挺不錯的，對吧？」

男孩如癡如醉地點頭。

「你願意跟我結婚嗎？」Eos 24俏皮地問。

「我……？」男孩Eos 11如夢初醒，轉頭望向Eos 6，似要徵求她的意見。

Eos 24將他的臉推回來：「不需要問姊姊！除非你要跟她結婚！」

短髮女孩Eos 6冷靜地提醒：「妹妹，恩納士回來之後，會不得了哦。」

Eos 24呆望了她一陣，忽然跑向她，一把緊緊摟住：「姊姊，妳最關心我了。」把Eos 6搞得莫名其妙。

Eos 24從地上撿起一個塑膠戒指，曾經是古代女孩玩具組的部件，如今已敗壞成黑褐色，但並沒減損它的意義。「跟我求婚。」她將戒指遞給男孩。

男孩接過來，單膝跪地，激動地說：「妹妹，其實我常常幻想這一刻，只是……只是……」

「我知道，」女孩把手掌伸向他，「快說吧。」
「請妳嫁給我，妳願意嗎？」
「我當然願意。」女孩讓男孩將戒指套上手指，兩人再度相擁親吻。
Eos 6在旁邊觀看，身體微微發抖，她在恐懼，擔心這件事的後果。
「好了，」Eos 24輕輕推開男孩，「我們越來越像正常人了，還差一步，我就完全正常了。」
Eos 6嗅出不尋常的味道。
Eos 24突然拔腿跑到觀望台邊緣，回頭很快地說：「等我變成原生濃湯，就會成為你們的一部分了。」
「不行！」Eos 6馬上跳起來衝向她。
Eos 24感到腦袋瓜忽然晃動，這感覺很熟悉，是撒馬羅賓的心靈觸角在作用，所以她沒時間猶豫了，反正她也沒打算猶豫。
於是她奮力跳出沒有欄杆的觀望台，讓身體凌空。
只要跳出去，她的身體就屬於地心引力，不屬於撒馬羅賓了。
她合上眼睛，她愛漂亮，不想最後一眼看見的是醜陋的黃土地面。

心門

當蠻娘跳下去時，鐵臂立刻衝到飛蜥背上，兩臂運起強風，指示飛蜥衝出頂樓，腦袋中已經勾畫了飛蜥俯衝下去接住蠻娘的畫面。

沒想到，飛蜥像石雕那樣一動也不動，只有喉頭蠕動發出咕嚕咕嚕聲。他跟飛蜥心靈溝通，卻得不到反應。

正在納悶時，飛蜥忽然開展雙翼，慢慢往頂樓的邊緣走去。

鐵臂察覺不對勁，翅膀展開的方式不對，如此沒有辦法承接上升氣流，不但不能滑翔，還會直接墜落。

「停止！停止！」鐵臂輕輕拍打牠的頸側，而飛蜥一點也沒停下來的意思。當飛蜥的前腳踏出頂樓邊緣時，鐵臂趕緊翻身，從牠背上翻滾下來。

飛蜥繼續往前跑，但牠沒將翅膀完全展開，而是屈曲著翅膀，直接從高樓下墜。牠沒發出叫聲，或許在牠的腦海中，牠已經是在空中飛翔的。

飛蜥重重地摔在群眾合唱的廣場旁邊，但他們依然忘我地繼續吟唱，根本沒注意旁邊有重物墜地。

鐵臂氣喘吁吁地爬到頂樓邊緣，往下看到飛蜥的屍身。他忿恨地看著飄浮的撒馬羅賓，他知道一定是歐牟控制了飛蜥的心志，但他們只懂得控制，卻不明白飛蜥的飛行是一種合作，需要的是溝通而不是單方面的控制。

「你看你幹了什麼好事?!」他朝歐牟吼叫。

「如果你願意接受我們，牠的命運就不一樣了。」歐牟傳送過來這句話。

其實歐牟發現他們根本沒辦法控制鐵臂，當他們將心靈觸角伸進去鐵臂的意識時，儘管在裡頭肆無忌諱地探索，卻無法掌握任何東西，如同把手伸入水中撥動，但無法把水拿起來一般。

歐牟相信鐵臂的意識中必定有一個可以解鎖的地方，只要解開了那道鎖，他們就能掌控他的心靈，然後就能掌握他更深層的能力的秘密了。

當鐵臂跟仍是卵球的歐牟一起浸入白晶水中時，歐牟已在水中得到了鐵臂的ＤＮＡ程式碼樣本，但就如同得到了操作手冊而沒有真正操作過機器，他還需要鐵臂的「心靈樣本」。

此時此刻，鐵臂也瞭解到，要下去救鑾娘是過於危險的事，何況鑾娘在他們之間反而更為安全。不過他已經失去了飛蜥，再沒有飛行工具，他也還不熟悉利用他自己產生的風來長程飛行，所以必須仰賴飛行巡艇了。

「白眼魚！」他呼叫。然而白眼魚正痛苦地抱著頭，她頭痛欲裂，因為歐牟的心靈觸角正企圖佔領，而火母的記憶立方體正在頑抗。

鐵臂見狀，便將兩手輕輕壓著白眼魚抱頭的兩手，心想：「我試試看。」

沙厄教過他如何用心靈溝通，他也領教過潘曲的「流出」心靈攻擊。

目前他只會將意念傳送給別人，但不能抽取別人的意念，更不能操縱別人的意念。然而，收和放是一體的兩面，既然他有能力開啟別人心靈的大門，何不踏入門檻、跨過大門，直接在裡面觀看呢？

他只不過稍微動了這個念頭，卻感覺白眼魚的雙眉之間出現一道吸力，瞬間就有一部分意念穿過了隧道，然後發現自己站在樹海之中。

被天頂崩坍壓垮的樹海，依然完整地存在於白眼魚的意識中。

連樹海的溫度、從天縫穿入的朦朧光線、空氣在皮膚上的細流、樹葉的摩擦聲、蟲的鳴叫，這些曾經再熟悉不過的事物，都像站在現場般能貼切地感覺到，令他頓時有強烈想流淚的感覺。

他定一定神，看見樹海之中有小小的動靜，是個小女孩，正急促地穿過樹海，像在追逐某個人。

「小女孩想必是白眼魚了。」鐵臂的直覺告訴他。

他快步奔跑過去，小女孩聽到跑步聲，驚嚇得停下腳步，當她看見是鐵臂時，她頓時愣住，臉色很快轉憂為喜，竟然呼叫出鐵臂的名字：「鐵臂！我找你找了好久！你怎麼在這裡？」

她奔向鐵臂，一把抱住他，在他懷中哇哇大哭起來。

鐵臂一時不知所措，但他想起來的確曾經發生過類似的事。當他年幼時，曾偷偷跑去樹海探險，白眼魚悄悄跟在後面，被他發現了，他偶爾憶起這事，卻想不起那女孩是誰，現在他記起來了，是白眼魚。

「沒事了，沒事了……」鐵臂輕撫小女孩的頭，「我們出去吧。」

小女孩不再大哭了，依偎在鐵臂懷中抽泣。

此時，鐵臂才注意到，樹海中還有另一個人。

他驚訝地轉頭，看見火母站在流經樹海的小河面上，天縫的陽光正好投照在河面，河水反射粼粼波光，將火母照得光耀美麗，像是發光的女神。

「火母……」他不禁看呆了。

火母是他自小愛慕的對象，在他心目中有著無與倫比的神聖性。

「你快帶她離開吧。」火母的聲音依然像以前那麼莊嚴。

說著，周圍的樹海迅速融化，像加熱的奶油般迅速化成濃黃液體，而鐵臂也隨著樹海一起融化。接著他回過神來，發覺自己仍半跪在白眼魚身邊，兩手仍然按著白眼魚的顳部兩側，時間才經過了數秒鐘，但剛才在白眼魚的意識中卻像是經歷了十多分鐘。

白眼魚迷濛地張開眼，放開緊抱頭部的兩手，她的頭暫時不痛了，而她愛戀的鐵臂正睜大雙眼，關心地望著她。

看見白眼魚的眼神恢復正常，他快速將白眼魚拖進飛行巡艇，自己再坐進去：「趕快讓它起飛。」

「蠻……蠻娘呢？」白眼魚依稀有印象，蠻娘好像跳下去了。

「我會回來接她的，不過我必須先找一個人。」

從下方傳來的吟唱聲越來越高亢，越來越強烈，而鐵臂放眼所見，周圍的高樓大廈也震動得越來越厲害。

他知道大樓並不是真正地在震動。

剛才進出一回白眼魚的意識，他已經明白到，樓沒有動，地沒有動。

有些事情發生了。

群眾所吟唱的那個聲音，是經過特別挑選的，早在十多萬年前就在人類之間廣為流傳，讓這個宇宙的音聲，震盪這個佔據宇宙一個小角落、佔有宇宙一小撮元素的人體，讓他與宇宙共振。

他會看到整個周圍的世界在震動，並不是世界真的在震動，而是因為這個特殊音聲的共振，讓心靈比較純淨的他，讓身體和意識沒有十分緊密黏合的他，身體和意識之間的連結開始剝離，眼耳鼻舌身五官的輸入開始脫鉤。簡單來說，就像晃動電視天線時，電視的畫面也會跟著擾動。

一般來說，身心的剝離是死亡必經的痛苦過程。

但現在鐵臂意識到，他的身與心已經開始分離，出現間隙了。

「快起飛！離開這裡遠遠的！」他催促白眼魚，「不然歐牟又會影響妳了！」

白眼魚將反重力場扭到最大，飛行巡艇迅速飛升，很快到達一公里的高空上。

歐牟望著他們升空，他並不擔心，因為打從在白晶水槽裡頭開始，他跟鐵臂的心靈就有一根細細的線連接著。鐵臂是他的探針，幫他開拓周圍的世界，尋找還有人類的地區。

他希望鐵臂快點到下一個地點去。

震動

逃離天縫之前，潘曲收到沙卮的訊息。

「鐵臂最後在百越國。」這是沙卮告訴他的。

「撒馬羅賓告訴你的嗎？」

「是的。」

沙卮傳來的聲音帶有雜訊，並不因為距離，而是因為撒馬羅賓也在聆聽，干涉了聲音的正常波形，所以潘曲必須假設歐牟完全能聽到他們說話。假若如此，為何歐牟要讓他知道鐵臂的去向？會否是陷阱呢？

「潘曲，這可能是我仍完全保有自主的最後一次說話了。」沙卮提醒他，「最後，你還有什麼想告訴我的嗎？」

潘曲斟酌了一下，才說：「其實我想說很久了，只是沒恰當的機會說。」

「再不說就沒機會了。」

「好吧，」潘曲說，「你太自私了，而且不聰明。」

沒想到，沙厄竟答道：「我知道。」

「你付出的代價太高了。」

「誰知道呢？」沙厄的聲音迅速變小變模糊，潘曲甚至不確定他有沒有說再見。

「再見。」潘曲小聲說。

無論如何，他和沙厄遠赴冰原的計畫是失敗了，他必須尋找另一位能夠依賴的夥伴。

沙厄說過鐵臂出現超能力，並且以特異的高速成長，這說明了為何他當初對鐵臂的「流出」攻擊如此困難。

但鐵臂不會是夥伴人選，因為他們最後一次相處時並不愉快。

簡單來說，是他自己逃跑了，把他蔑視的野生人類留給三聖處置。

雖然是迫以無奈，但他依然欠鐵臂一個道歉。

不過，他逃跑時給過鐵臂善意的建議，希望能減少一些鐵臂對他的怨恨。

潘曲沉默地駕駛飛行巡艇，不時查看四周，沒有看見飛蜥追來，他打開生物偵察儀，也不見天空和陸地有異狀。顯然歐牟對他有恃無恐，似乎不把他視為威脅，而雪浪的智者卻又處心積慮要他加入，為什麼？

這個藏在古墓逾三千年的撒馬羅賓，跟其他撒馬羅賓有何不同？

潘曲滿腦子的疑問，無人能為他解答，或許再前去雪浪一趟，懇求那由他為他解惑，不過那由他的肉身已經埋在雪崩的厚雪之下了。

他望望身邊的女孩，依然眼神呆滯，要把她當成紫色１２０，還真是不習慣。

飛了一段距離後，他總算可以冷靜思考了。

前幾天，他用空間跳躍把沙厄拉到雪浪之後，小女孩美隆竟能跟他懷中的紫色１２０記憶立方體溝通，原以為紫色１２０已經死亡，沒想到記憶立方體仍有意識在作用，而且還透過美隆要求帶她去天縫，讓電腦巴蜀想法子修復身體，所以他和沙厄才會在前往北方冰原的途中，先繞道在天縫逗留的。

沒想到，紫色１２０得到了身體，他們卻失去了沙厄。

如果現在朝西南飛，他則回到雪浪，再跟法地瑪商量。

若朝東飛，飛到沿海，他會抵達鐵臂去過的百越國，他向來不喜歡那邊粗魯的鐵族。

若朝東北飛，就是原本前往冰原的預定路線。

「我不知該如何是好，」他告訴紫色１２０，雖然明知她還無法說話，「難道帶妳一起去冰原？」

潘曲六神無主、孤獨無依，茫茫然地飛了一陣，突然身體一抖，肩膀開始微微晃動，他以為身體出了什麼問題，接著竟發覺飛行巡艇外頭的景色都在發抖。

潘曲驚愕萬分：「是地震嗎？」

望去艙外，四方是綿延不絕的山丘和樹林，全部都在時而上下抖動、時而左右晃動，就像壞了的老電視畫面一樣，四周上下十方都在劇烈搖晃。但是飛行巡艇並沒震動，若是地震，他們在空中是不可能震動的，他從來沒遇過這種詭異的情況。

潘曲瞄了一眼儀表板，檢查自己的位置，發現正位於某個禁區的上空，就在天縫以西不遠，是在人類文明早期就有高度文明的ＣＤ３９。

他敏感的聽覺感到還有另一個聲音，跟飛行巡艇的引擎聲重疊在一起。

潘曲考慮了一下，便將引擎關掉，僅維持反重力場，讓飛行巡艇停滯在空中。

這下子他聽到了，從下方傳來一陣陣聲音的波浪，仔細一聽，是許多人在合唱，太詭異了。

他調整反重力場，讓飛行巡艇稍微傾斜，讓他能俯望下方的情況，雖然看不清楚，但也能看到被群山圍繞的平原中，積滿了密密麻麻的人群，如蟻螻般蠕動，少說也有上千人。千人合唱的聲音衝上天際，在山谷之間重複反彈，回聲跟原聲相疊成無限重複的重唱，將他們吟唱的宇宙之聲注入周圍的每一顆空氣分子，空氣分子再互相激盪，如靜池中的漣漪不斷擴大。

「他們在唱什麼？」潘曲滿腹疑竇。

乍聽之下是個「唵」字，但他們將字延長之後，就變成了三個音節 o-u-m，每個音節都有不同的振動形式，也讓空氣分子產生不同形式的振動。

但潘曲不能理解的是，周圍的山河大地都在震動，是他的幻覺嗎？還是真的在震動？

他去過這個禁區 CD39，那裡以耕作為主，廢墟的四周是各種各樣的果園和菜園，他兩年前才剛去過，並沒看到狂熱的宗教信仰，更何況群聚合唱。

他想把飛行巡艇降低一點，降低一點就好，想要瞧個仔細。

降到某個程度的時候，他已經發現不對勁，禁區 CD39 的上空飄浮著白色的撒馬羅賓！而且是五個！

他們的體型比智者或歐牟都來得小，他們看見潘曲接近，便同時把頭轉向飛行巡艇，直直盯著潘曲，盯得他頭皮發麻。

但是才沒多久，五名撒馬羅賓又把頭轉回去，專注地看著下方，操縱上千名野生人類。

潘曲並不知道，他們剛剛向歐牟報告過了，而歐牟吩咐他們，只要潘曲沒有做出破壞合唱的舉動，就無需理會。
潘曲越接近禁區，合唱的聲音越大聲，便覺得周圍的景色愈加厲害搖晃，看得他頭昏腦脹。潘曲不敢再嘗試，他打開引擎，讓飛行巡艇急速升空，擺脫音波的範圍。
直至上升到低空雲層，雲層吸收了大部分的聲波，潘曲才覺得四周的景象穩定下來，但依然有著少許的搖晃和震動。
看來他別無選擇了，他必須回雪浪一趟，將紫色 120 放下來，然後，一定要再見到那由他一面。

金星族

那由他感覺到了，厚雪下方的生命漸漸甦醒，正靜靜地在挖掘掩埋他們的積雪。
當雪崩將他們掩埋時，曾有一段時間寂然無有生命跡象，但漸漸如同細芽萌發，生命之火在積雪之下重燃。起初細如星火、淡如螢光，然後愈發熾盛，僅僅數日之內，積雪下已布滿生命之火。
那由他端坐在聖者洞穴內，他的肉體僅供偶爾棲身之用，他已化成純淨的生命，雖然洞口被雪崩掩蓋，也無阻他來去自如，一如洞穴中的其他先輩。
他已是純然的意識體，無需肉體的五官，也能具有五官的感知，不但能敏銳地偵察到其他生命，甚至還能捕捉到他們的情緒。
當潘曲利用飛行巡艇的警報聲引發雪崩時，那由他知道不會殺死那幫人，因此並沒阻止潘曲，好讓雪崩拖延他們的進攻，讓雪浪人能爭取時間對付，只是沒料到那幫人復甦得如此快速。

那由他知道，這些長期聚居在雪浪山腳的人，經過「智者」的改造，已非原本的人類。

早在地球聯邦毀滅之前，智者就將被地球聯邦定罪為「反聯邦」的人陸續帶來此地，讓他們生養後代。而他們的後代，早在入胎時，其DNA就被智者「程式化」了，經過四、五十年的數代改造，這些人的人類DNA排列已跟同時代人類有3％差異，比人類跟黑猩猩的差異還大，那他們還算是人類嗎？

那由他還記得年少時，曾被帶往這些人的村落跟智者見面，那兒的建築物呈蜂巢狀，如今想來，這說明了智者管理他們的方式，或為他們建立的社會模式，或是——如今看來意圖更明確——將他們改造成如蜜蜂族群般的生命。

在村落中心最大的蜂巢屋上方有個標誌，是圓圈下方有個十字，那由他知道是女性，或金星，或女神維納斯的標誌，或者還有更深的涵意——路西弗，也是金星，不過是日出時的那個啟明星。

路西弗，就是他在死海鹽地中找到殞落的空行者，自從遠古墜落以後就埋沒在鹽地中，借助他的手取出來之後，又被智者拿走了。

他覺得路西弗絕對有關聯。

猜出符號的意義，便能理解智者的意圖。

因此，那由他稱那批蜜蜂化的人類為「金星族」。

當金星族被掩埋在厚厚的雪坡時，那由他曾感到生命之火像燭火被狂風掠過般撲滅，他們的意識也像被急凍般凝滯，但僅過了一晝夜，智者的意識便首先醒覺，如暗夜中燃起一盞孤燈，然後火焰便如細流般往四方蔓延，灌注入其他金星族的體內，重新點燃他們的細胞引擎。

「真了不起。」那由他不禁讚嘆。

如此頑強的生命，說不定果真是最完美的生命，智者可能是對的。

但並不是所有對的事都是應該的。

他並不希望人類變成蜜蜂似的、沒有自主意識的生物。

那由他對法地瑪發出警告：「他們開始醒來了。」法地瑪身為雪浪長老，但沒有心靈能力。

「我們繼續抵抗，他們只會繼續侵擾，是嗎？」

「是的，他們繼續侵擾，我們依然繼續抵抗。」

對於金星族的堅持，法地瑪已經很疲倦了，最近幾個月，金星族一反過去的和平相處，不停侵入雪浪，想要進去他們的聖地，又想控制雪浪人。

法地瑪忍不住嘆息：「這種侵擾，何時才能結束呢？」

「這是我們的考驗，」那由他說，「不能起殺戮之心，一旦開始第一個殺戮，接下來便是無止境的循環。」

「我知道，你說撒馬羅賓不殺戮，他們當年不是派了大鬍子殺你嗎？」

「想殺我的是那女人——橘色900的原型，而不是智者。」

「其實，你也沒辦法讀取智者最深層的心，對吧？」法地瑪說的是，那由他年少時，智者曾將他的記憶抽去瀏覽，如今他已有能力阻隔智者的心靈觸角，且有能力反過來探索智者的心靈，智者發覺之後，便增加了更多圍牆，至今依然無法突破其心靈最深之處。

那由他說：「妳說的沒錯，智者的心十分牢固。」

「可以想見，他們的目的有兩個：第一、攻佔聖者洞穴；第二、侵佔族人的心靈。」法地瑪說，「但我不明白，為何要佔領洞穴？難道想毀掉聖者的肉身？而且，如果他們一而再地攻擊，又一而再地甦醒，我們是應接不暇的。」

「我明白了，如果不瞭解他們的目的，我們就沒有策略了。」

「現在最大的問題是，我們根本不瞭解他們要的是什麼。」

「我再試試看，妳等我。」是的，何不趁智者羸弱之時，趕緊突破他的心牆呢？先前雙方井水不犯河水的態度，已經被智者打破了，雪浪存亡之際，那由他再也沒有忌諱。

積雪之下，智者的心靈彷如閃爍搖擺的風中篝火，比平常來得弱。

抱著只有一次機會的心情，那由他準備好，一舉穿入智者的心靈。

他分秒必爭，在電光石火之間穿越層層密網，密網是所有智慧心靈的特徵，一剎那五百生滅的思緒互相交纏，編織成無數重疊的因陀羅網。要在這些思緒之中找出秩序很不容易，那由他像撒網一般伸出無數的心靈觸角，尋找各個「時間線」和「因果線」，要迅速找出他要的那一條。

這條線上面必然有幾個關鍵點，必須有「路西弗」、雪浪、聖者、洞穴這些關鍵字。那由他對於這種搜尋方式挺熟悉的，過去他在歷史研究院搜尋電腦資料時，就是以這種方法輸入指定的關鍵字，尋找名詞的交互連結，只不過這次不是用電腦，而是用他自己的心靈。

他果然成功叫出一個畫面：**撒馬羅賓布滿天空**。

那由他很困惑，這畫面跟他搜尋的關鍵字似乎扯不上關係。

他年輕時曾看過這幅畫面，當時他從火地島進入南極大陸，看見數不清楚數目的撒馬羅賓飄浮在天空，陣容壯觀，然後空中傳來音爆聲，那是空行者自大氣層上空以超音速墜落時發出的聲音，原來那些撒馬羅賓齊聚在此，是為了減緩空行者墜落的速度，讓他不至於死亡，避免重蹈歷代空行者的命運。

會叫出這個畫面，表示金星族的攻擊跟這件事有關係嗎？

不，那由他注意到，畫面中的天空跟以前見過的不一樣。

當時南極大陸的天氣不是很好，天空陰鬱，而且他注意到這個新畫面的周圍有針樹林，並不是南極，而是他們要潘曲去探索的冰原，也是他們派遣六名勇士都沒有回來的冰原。

畫面忽然間產生棘刺，刺痛了那由他的意識，那是智者試圖將他推開。

那由他不放棄，繼續深入鑽研智者的心靈。

如果智者窮於對付他的話，就沒時間去喚醒積雪下的金星族了。

待他挖得更深，得知竟有三位「設計師」這回事後，智者對他說話了：「你不該這麼做的。」

「你也讀取過我的記憶，這樣很公平。」

「我們跟你們是不一樣的，你們做什麼都是為了一己之私，而我們從來不畏懼死亡，我們所做的一切都是為了母星。」

「那麼聖者洞穴跟你的母星計畫有什麼關係嗎？你為何要硬闖呢？」

「洞穴中的人，力量非常強大，我們希望得到他們的幫忙，以完成這個偉大的計畫。」

智者不說謊，「這個偉大的計畫，我們的主人從一千三百萬年前就策劃了，你不該阻止我們。」

「如果你需要我們的幫忙，你可以問，而不是攻擊。」

「我從你們文明的黎明就開始觀察你們，我太瞭解你們這個物種了，即使你們願意幫忙，你們的心靈也不是統一的，而這個計畫需要大家完全同一個方向。」

「告訴我是什麼計畫。」

智者根本沒有透露的意思：「我已經等待了千萬年，我有耐心繼續等。」他的心靈之網瞬間生滿棘刺，再度刺痛那由他的意識，隨即有一股強大推力將那由他硬生生往外推走。

那由他只有自己去尋找答案了。

趁著空隙，他趕緊聯絡潘曲：「潘曲！潘曲！」告訴他一定要盡速前往冰原，他有強烈的預感，那邊有事情要發生了。

接著他要爭取更多的時間，去尋找一個個壓在積雪下的心靈，切斷金星族身體和心靈之間的聯繫，這可比對付智者簡單多了。

雪中也埋了兩個跟潘曲有同樣能力的奧米加，且智者早在他們的心靈開啟了一道可輕易闖入的大門，所以那由他也可輕易切斷他們的身心聯繫。

如此的話，智者就必須花費更多時間去喚醒金星族了。

為族人爭取時間，這是那由他目前所能做的了。

北方

潘曲利用飛行巡艇上的電腦計算航程。

禁區ＣＤ３９位於禁區ＣＫ２１（天縫）西北直線距離三百公里處，估計朝西南飛行約一千四百公里就能抵達禁區Ｈｉ５４（雪浪），需要前者五倍的時間。

依照飛行巡艇的最高飛行速度，也要下午才能抵達雪浪。

一路飛行，景色鮮少變化，看著下方大地隆起的褶縐，潘曲不禁心情煩躁。

中間還會經過黑色大神濕婆的上空，他得小心一點。

「別過來。」腦中驀地迸出那由他的聲音。

潘曲才愣了一下，隨即狂喜，彷如溺水者抓到樹枝：「那由他，你來了嗎？」

「我仍在聖者洞窟，你別過來，直接去冰原。」

「為什麼？」

「時間很緊迫了，你沒時間來來回回了。」

「你知道撒馬羅賓的目的了嗎？」

「還不知道，但我已經知道冰原對他們很重要，他們會極力防止有人進入冰原。」

「沙厄被他們……」

「沙厄的事我知道了，聽好，我不能說太多，智者重新攻擊我們了，我們正在盡力防守，所以接下來我說的話……」

潘曲大為吃驚：「智者如何攻擊你們？」他腦中立即浮現小女孩美隆老成的表情、相貌莊重的法地瑪，還有睿智的格喜老人，他不希望他們有事，不希望任何人有事。

「你知道的，他們攻擊的不是肉身，而是更重要的心靈。」

變成被操縱的傀儡，比被殺死更可怕。

「聽好，」那由他的聲音說，「我剛剛才知曉，智者——雪浪的撒馬羅賓——是一個創造生命的『設計師』。」

「設計師？」

那由他解釋道：「當他們意圖佔據我的心靈時，他們想打開我的門，但他們自己必須先打開門，因此，我趁機抓到了一些重要的資訊。」潘曲專心傾聽，沒注意到飛行巡艇的儀表板上有動靜，「我跟你說過，撒馬羅賓是上一個文明殘留的蛋白質機器人，我剛得知，他們在文明湮沒之前，留下了三個特別的撒馬羅賓……」

「就是設計師？」

「對，設計師有能力設計DNA，因此能創作新的物種，當然也包括撒馬羅賓。」

「智者是設計師，歐牟也是設計師！」剛才巴蜀說設計師要來找他跟沙厄，結果來的是歐牟。

「三個設計師，我年輕時，在南極冰棚碰見的那位也是設計師，當時，他率領著很多地行者，合力接住墜落的空行者。」

「設計師，創造新物種，很多地行者，所以……他們在製造新的撒馬羅賓！那些地行者並非來自前一個文明，而是新製造的！」

「我也這麼認為。」

「這就是你截取到的全部資訊嗎？」

「還有我沒能截取到的，他們極力在心靈設下防護牆，我只逮到『冰原』的資訊，就是我們一直懷疑的冰原，你一定要趕緊過去。」

「我去了之後該做什麼？」他期望那由他給他清楚的指示。

「潘曲，你有足夠的智慧，到時候，你能判斷的。」那由他說。

「我還有一件事想請教你，」潘曲抓緊機會，「我剛才經過一個禁區，遇到一件怪事，有五個撒馬羅賓控制了禁區的野生人類，並且讓他們全部一起合唱一個字。」

「是『唵』嗎？」那由他早就料到了。

「是的，而且，我聽到那個聲音時，竟然看到四周都在震動，彷彿整個地球要裂開了那麼可怕，但是我覺得並沒真的發生地震，而更像是幻象，你知道為什麼嗎？」

「這是其中之一種現象，聽著，有些情況之下你可能還會覺得身體非常冰冷，或者像火燒那麼灼熱，或者整個身體麻痺，或者身體會不由自主地搖動，這些現象跟你看見大地震動，都是同一個原因。」

「同一個原因？怎麼會是同一個原因呢？」

「那是你的心在動，心不動，就不會發生了。」那由他的聲音開始急促了，「我沒辦法解釋太多，我必須離開了，飛行巡艇的座標，我剛剛幫你設定好了。」

潘曲這才注意到飛行巡艇已經轉向了。

「可是，我只有單獨一個人，跟我同行的禁區守護員並沒有心靈力量呀。」

「到了那個座標，有個女子會等你，她名叫貝瑪。」

「貝瑪是什麼人？」

「貝瑪是……」那由他的聲音無預警地中斷了。

潘曲的腦子一片沉默，只聽得見引擎發出的滋滋聲。

他再等了一陣，腦子依舊安靜得很。

毫無疑問，那由他肯定是遇上危急狀況了。

他還沒告訴那由他，很多禁區的電腦也被設計師控制了。

他再也沒有遲疑的條件，只好加速飛行，要儘速趕到那由他設定的座標位置，去會見那位叫貝瑪的女子。

身邊的女孩發出微弱的呻吟，身體稍微扭動，這表示紫色１２０新身體的機能開始甦醒了。

潘曲原本想將紫色１２０留在雪浪的，可是雪浪現在面臨危機，此時他寧可紫色１２０仍舊是掛在他脖子上的記憶立方體，就無須顧及她的安危了。

昨天跟沙厄前往天縫之前，他們已經在附近的藍藻自動工廠準備好儲糧了，飛行巡艇可以完全不落地地直接飛到設定好的座標去。

飛往冰原的路途非常遙遠，即使不休不眠也需要飛個兩天，期間，他將會在窄小的機艙中無法伸展手腳，他也想過途中找個地方休息，但又怕耽誤了行程，生怕拖延個數分鐘就會造成不可逆的後果。

他只好耐著性子，讓飛行巡艇自動飛行。

他有兩天時間好好思考那由他所說的話：「你的心在動，心不動就沒事了。」這句話好像在哪裡聽過，一時想不起來。

他手上已經有許多拼圖了——撒馬羅賓、設計師、唵、地震、心靈力量、冰原——但還是沒辦法拼出完整圖像。

或許最後一塊拼圖就在冰原，只要將所有拼圖湊齊，就能看到全貌了。

飛行了兩天，他的思考還是沒有結果。

周圍的空氣愈發寒冷，他知道已經進入寒帶地區了。

紫色１２０有充分時間學習使用女孩的身體，才花了一天時間，她已能自由運用兩手的五指，說話也流利了，但嗓音嘶啞，因為這副身體自從出生以來就沒有好好使用過聲帶，身體的肌肉亦是如此，所以非常沒有力氣。

當飛行巡艇在指定的座標降落時，紫色120尚且無法自行步出機艙，必須仰賴潘曲把她抱下來。

他們降落在一片荒野，地面的積雪中有許多腐朽的木頭，旁邊有一小片樹林，但沒見到那由他所說的貝瑪，事實上，連一個人影都沒見到。

潘曲等待了一陣子，便爬回飛行巡艇，打開艙內的暖氣，叫紫色120關上艙門，避開逐漸加強的凜風，並換上雪浪給的毛皮衣褲。本來衣褲是法地瑪送給潘曲和沙厄在雪浪和冰原禦寒的，如今正好將沙厄的讓給紫色120穿，畢竟她的身體曾經長期浸泡在維生液裡頭，不習慣外界的氣候變化，容易受寒生病。

而潘曲的身體是生化軀體，能耐高溫和低溫，他只需保護好頭部就行了。

他打開生物偵察儀，將敏感度調到最高，螢幕上很快布滿了密密麻麻的光點，顯示這片雪地上充滿了小生物，有些小得像手指一樣。

令他驚訝的是，生物偵察儀顯示在飛行巡艇前方站著一個人，一個看不見的人。

潘曲挺起胸膛，大聲說：「我是潘曲，是那由他和法地瑪派我來的，那由他告知我要先找一個女子，帶我進入冰原，所以請妳現身吧！」

紫色120東張西望，卻沒看到半個人：「潘曲，這裡沒其他人呀。」

「我可以現身，」影子所在的位置發出聲音，嚇了紫色120一跳，「但在我現身之前，你試著先看到我吧。」

「我該怎麼看？」

「用你真正的心來看。」

潘曲困惑地忖度：真正的心？我只有一個心，豈有另一個真正的心？

「時間緊迫了，還要猜謎題嗎？」潘曲焦急地問。

「對不起，請你諒解，」女人的聲音說，「如果連這個都辦不到的話，你就不能進入冰原了。」

「一時三刻，難道有人能辦到嗎？」

「有的，昨天有一個人辦到了，他在裡面等你呢。」

潘曲很驚奇：「有人在等我？」

「他說他認識你，他叫鐵臂。」

第七章

第三極

在消滅敵人軍隊時，不能僅僅消滅敵人的物質力量，
更重要的是摧毀敵人的精神力量。

●● 克勞塞維茨《戰爭論》●●

考試

「妳其實要讓我進去，而不是要讓我進不去，對吧？」潘曲問他看不見的貝瑪。

貝瑪的聲音即在眼前，甚至能看見她說話時噴出的熱氣，被冰冷的空氣凝結成白煙，但卻不見人影。

「是的，我非常希望你能馬上進去。」貝瑪說，「但那由他堅持，這是情急之下最簡單的考試了。」

貝瑪說，要用**真正的心**才能看見她，潘曲實在無法理解這句話的意思。

「能告訴我秘訣嗎？」

「其實，這是我們從小就在玩的遊戲，叫做『找找看』，我們不能躲在東西背後，必須站在明顯的地方，但要避免在雪地上留下腳印。」貝瑪說，「所以，因為我們從小就會的，真的說不出有什麼秘訣。」

「如此的話，我想妳請鐵臂出來，他剛剛通過了考試，所以他肯定知道。」

貝瑪高興地說：「你說的沒錯。」然後說：「你要等等，他走出來需要一點時間。」

雪地上壓出一個個腳印，顯然是貝瑪正在來回踱步。

不久，鐵臂果然從林子現身了。

闊別一段日子，潘曲幾乎認不出他。

原本近乎赤裸的他，身上穿著帶有斗篷的獸皮外套和褲子，靴子也包著獸皮。但潘曲認不出鐵臂，並不因為外表的穿著，而是因為他的眼神跟冰原的天空一樣陰鬱，而非初見時充滿好奇和勇氣的眼神。

數天前，在百越國負傷的鐵臂，剛到達冰原時還傷痕累累，在木屋中靜養了幾天，才剛恢復精神和體力。

潘曲猶豫了一下才叫他：「鐵臂，好久不見了。」上次分開時的不愉快場面老是在他腦中打轉。

鐵臂冷冷地瞥他一眼，便望向飛行巡艇：「裡面坐的是誰？」

「守護員紫色 120，也就是帶你離開天縫的那位火母。」

鐵臂驚奇地睜大眼直視潘曲。

「是的，就是被三聖殺死的火母，當時你也見到我拿走了她的頭，取出記憶立方體，所以她沒死，然後我去了你的老家天縫一趟，請電腦把紫色 120 的記憶立方體置入一個女孩的頭中，那女孩是守護員以前儲存起來備用的身體。」潘曲還擔心鐵臂聽不懂。

鐵臂總算放鬆了陰沉的臉孔，眼神漾起了光芒，嘀咕道：「跟白眼魚一樣。」

在那一刻，潘曲便知道鐵臂原諒他了。

「長老土子說過，每件事情的發生，必然有它的理由，否則不會發生。所以我不在意了，你放心。」鐵臂不再有初見時的生澀說話方式。

「必然有它的理由嗎？」潘曲思考了一下。

說到理由，鐵臂出現在這裡，其實是挺突兀的。兩人兜了好多圈子，潘曲完全沒料到他們會在冰原再度聚首。

「其實我也是坐飛行巡艇來的。」鐵臂說，「另一位火母帶我來的，她也換了一副身體。」

潘曲張大嘴巴：「真不可思議。」

「一切都有理由。」鐵臂說，「所以請你快點通過考試，讓她們兩人能夠見面吧。」

「告訴我秘訣。」

「我的知識不夠你豐富，沒辦法說明得很清楚，不過關鍵在於你看東西的方式。」鐵臂指了指眼睛，「我們都習慣用眼睛看東西，眼睛看的東西會騙人的，用**心**看的就不會騙人。」

「用心來看？」好抽象……沒想到不見一段日子，鐵臂對心靈的理解似乎超越他了……潘曲皺緊了眉頭：「如何才是用心來看？」

「最簡單的先是閉上眼睛，不受眼睛干擾。」

潘曲試著閉上眼睛，眼前立時蒙上黑影，只有耳邊冷風瑟瑟。

「好了，現在閉上眼睛了，眼睛還有作用嗎？」

「沒有……不，當然還有。」他聽出鐵臂語中玄機，他的眼球是健全的，當然還有作用，只不過外頭的光線無法進來，無法刺激視網膜觸發神經訊號，進而在大腦視覺區產生影像。

「換個方法問好了：如果眼睛瞎了，還有視覺嗎？」

「還有。」他想起在賈賀烏沓地底的「工廠」遺址，當連接上瑪麗亞的核心時，他並沒有使用眼睛，但卻有視覺。就是這種感覺！

「即使做夢，也能看見，是吧？」

「說得沒錯。」潘曲回想當時在地底的感覺，漸漸地，眼前的黑暗景色開始出現模糊影像。

他抑制著心中狂喜，因為才稍一激動，影像便會迅速淡化了。

影像越來越清晰，他首先看到周圍的黑色針樹林，接著眼前出現兩個人影，一個是鐵臂，另一個是同樣穿著獸皮衣褲的女子，臉孔黝黑，大眼明亮，是雪浪女子的典型臉孔。

「我看見妳了，妳是貝瑪嗎？」他將手伸向女子。

沒想到，閉上眼睛也能清楚看到外界，而且不局限於張眼時的一百八十度視野，而是同時看到周圍三百六十度以及上下四方的全象景色，彷彿他的頭頂、後腦勺和下巴全都長了眼睛。

貝瑪笑問：「我的手有沒有戴手套？」貝瑪年紀不小，笑容依然甜美。

「一隻手有，另一隻手的手套抓在手上。」

「非常好，」貝瑪微笑道，「當你進入冰原，你可能會看到幻象，你必須有能力分辨它到底是幻象還是真實，惟有用心眼才能看見事物真實的樣貌，否則就會頻頻受阻，無法前進。」她退後一步，側過身子：「我邀請你進入冰原，請將飛行巡艇開進來吧。」

鐵臂朝他讚許的微笑，但面色悽愴，似乎心中有說不出的隱痛。

潘曲有個問題想問他，但剛到了口卻忘了。

他覺得有件事怪怪的，不太合理，但又想不出來。

肉身

潘曲離開之後，沙厄忽然覺得挺寂寞的，畢竟兩人好不容易才重聚。

火母洞穴之中只剩他和歐牟兩個活物，互相乾瞪著眼。

「你跟同伴說完話了嗎？」歐牟問他。

「我怎麼跟我的同伴說話？」沙厄還想佯裝。

「沙厄，如果真心要合作，我們雙方都必須坦誠。」歐牟的身體浮起，讓他顯得比沙厄高上許多，「要知道你正在想什麼，並不困難。」

撒馬羅賓的心靈觸角冷不防竄入他的意念，沙厄還來不及防備，六十年的記憶便瞬間被抽去，馬上掌握了沙厄走過的每一條路、每一個想法，沙厄根本無從隱藏。

「好了，現在你已經坦誠了。」歐牟說，「我可以給你一副真正的身體了。」

沙厄本來還在想，如果他得到了新的身體，就要伺機逃離撒馬羅賓，但他的念頭已經完全被讀去了，他無法抵抗，無路可退，沒有選擇。

「我還是很懷疑你有能力給我身體。」

「我的同伴已經為三個奧米加做過了，潘曲沒告訴你吧？」

沙厄搖搖頭：「不過不難猜，地球聯邦已經滅亡，我們不需要再為任何人忠心，我們只要忠於自己，所以唯一能夠吸引我們的，只有身體了。」

「那麼就直接在這裡進行吧，需要的材料都有。」歐牟轉向電腦巴蜀，「不過原生濃湯並不足夠，你還有不需要的身體嗎？」

「還有的，」電腦巴蜀說，「裡面有兩具，本來是火母備用的身體，萬一不夠的話，這個禁區還有幾個族人的。」

「那就應該夠了。」

沙厄聽了，心中暗暗吃驚，他吃驚的有兩件事：這部禁區電腦竟然建議傷害自己轄下的野生人類。

但他真的很想要有個身體，也沒條件理會這麼多。

他有點害怕，又有點興奮：「可否告訴我，待會你要怎麼做嗎？」

「從頭開始做，」歐牟的語氣十分自信，「這麼說好了，不管是你們人類或是我們的主人，都是先從受精卵開始生命歷程的，當卵子受精，首先分裂成為兩個細胞，表示在兩個細胞的階段，一個細胞會形成你一半的身體，另一個細胞會形成另一半。」

沙厄愣了一下，才驚奇地說：「我從來沒這麼想過。」

「第一個細胞可能產生你的眼睛、舌頭、耳朵、骨骼、肝臟、紅血球，而第二個細胞可能產生你的鼻子、食道、小腸、皮膚、淋巴管等等。」歐牟說，「接下來細胞再度進行分裂，變成四個細胞，這表示每個細胞都將會形成身體的四分之一。」

沙厄嚥了嚥口水：「是。」

「接著是分裂成八個細胞，然後十六個細胞，細胞數量越來越多，也開始『分化』，也就是開始變成不同類型的細胞，但如果繼續下去，只會長成一團沒用的肉球。」歐牟用沙厄能夠理解的方式說，「仔細想想，以胃臟為例子好了，胃臟包含了上皮細胞、肌肉細胞、脂肪細胞和黏液分泌細胞等等完全不同類型的細胞，但各種細胞卻能各自找到自己的位置和界限，互相配合生長，最終形成臟器，換句話說，細胞能找到自己的『邊界』非常重要。」

細胞在自我複製之時，會知道自己該形成的器官形狀嗎？沙厄終於理解有多麼不容易了：「過程好複雜。」

「是的，不過看起來複雜的過程，其實都源自簡單的指令，把一個簡單的程式重複上萬遍，或兩三個程式交互作用，細胞就會形成組織，再形成複雜的器官，我們身為設計師，就是要找出其中的規則，並且利用這些規則。」

「那麼，你已經掌握人類的所有程式了嗎？」

「另一位設計師做過了，我只要複製過來就好了。」早在數天前，歐牟便從雪浪的智者取得整套人類的程式。

撒馬羅賓是一群，也是一個，他們互相交換知識，但不是像螞蟻那般的**集體意識**，因為每個撒馬羅賓依然保有他自己的個性。

「巴蜀，麻煩你先裝滿原生濃湯。」歐牟吩咐道。

後面的房間有三根玻璃柱，一根空出來的，就是剛被紫色120用掉了的身體。巴蜀先用機械臂將其餘兩個女孩的身體移出來，放入分解機裡頭切割打碎，然後低溫熬煮，同時將玻璃柱裡的維生液體移去其他容器。

沙厄觀看原生濃湯的製作過程，親眼看著自己未來身體的原料——兩個小女孩被變成粉碎的骨頭和血肉，再慢慢被熬成濃漿，沙厄心中不禁五味雜陳。

他安慰自己：「她們只是無意識的肉袋，不會疼痛，也沒有思緒。」如果她們有任何思緒，如果她們在這些年的沉睡中會做夢，她們的夢境也隨著機器被絞碎了吧。

準備的時間很冗長，沙厄跑到洞穴外面，站在高高的石台上觀看，洞穴上方有兩隻飛蜥和御龍衛士，但他們躲起來了，不在沙厄視線之內。

他低頭望見下方有人走動，那人也發現他了，卻像受到驚嚇的小動物，僵硬著身子直視他。

沙厄看到野生人類恐慌的表情，心想：「這就是巴蜀所說，可以當成原料的野生人類嗎？」

沙厄並不知道，眼前的野生人類曾經在這禁區地位崇高，是負責觀看天縫光線的「守望者」大石，他所站之處，曾是天頂樹的位置，有棵樹苗從壓垮大樹的巨石之間掙扎著長出，有流水經過樹旁，大石每天都會前來澆水呵護。

沙厄猜想鐵臂必定認識這人，說不定兩人還是好友。
沙厄把視線轉移到其他地方，環顧了一會，再轉回來看時，大石已經不見蹤影。如果還有其他人存活的話，他應該帶他們去躲起來了吧？不過無論他們躲去哪裡，只要是有心靈的生物，撒馬羅賓都能找得到他們的。
兩個小時後，歐牟的聲音在他腦中響起了：「準備好了，你可以進來了。」
即使沒有真正的皮膚，沙厄依然有興奮時皮膚酥麻的觸覺。
他即將踏上一段難以置信的旅程，今天之後，一切都將會不一樣。
「我還需要一樣東西，」歐牟飄近他說，「就是你的細胞，必須有你的ＤＮＡ，到時才不會跟你的頭部發生排斥。」沙厄明白，這是無需懷疑的。
巴蜀伸來機械臂，要沙厄張口，剝下一些口腔黏膜，然後按歐牟指示投入玻璃柱的液體中。原生濃湯經過歐牟用意念特別處理，裡頭充滿了各種已經程式化的ＤＮＡ和ＲＮＡ片段，成為撒馬羅賓獨有的白晶水。
沙厄的細胞一被投入白晶水，裡頭的程式立即啟動，合成特殊酵素蛋白，穿入黏膜細胞外層的磷脂雙分子層，深入細胞核提取染色體，解讀遺傳程式，譯出編碼，然後啟動胚胎細胞分裂程式，讓細胞誤以為自己是受精卵。
沙厄期待地盯著玻璃柱，然而白晶水中什麼也瞧不見。
其實液體中正進行著激烈的變化，沙厄的黏膜細胞轉變成胚胎細胞後，細胞團開始由內而外翻轉，翻出一個個空腔，成為血管、淋巴管、消化道等等空管的雛形，尤其胚胎中間有一道很深的凹陷，將會成為未來的神經脊索。胚胎內部高速分化成各種類型細胞：上皮細胞、神經細胞、肌肉細胞、軟骨細胞、硬骨細胞、血球細胞……但過程非常安靜，沙厄根本觀察不到變化。

「新身體差不多完成，你快要進去了。」歐牟提醒沙厄，「你的頭部是連著中央神經的對吧？所以必須先解除人造的身體。」

「我有個疑問，」沙厄舉手，「現今我的頭部和生化軀體之間有維生液循環，而非血液循環，請問這中間該如何切換？我的頭部應該會重新由血液提供氧氣對吧？」

「沒錯，你可能會面臨短暫的缺氧，我知道缺氧太久會令腦部壞死，不過我們會等心臟開始跳動後才把你放進去，所以頭部將很快得到血氧供給，況且白晶水進入你的循環系統後，會修復所有受損的細胞。」

歐牟的解釋讓他放心，沙厄轉向電腦：「巴蜀，我得告訴你如何解除生化軀體，有幾個安全步驟。」

「好的，巴蜀謹聽指示。」

一切準備就緒，沙厄準備要迎接全新的肉身了！

由於這裡並沒有ＴＴ任務中心的專門設備來拆除奧米加生化軀體，因此沙厄必須將整個身體泡進白晶水，並在液體中拆除生化軀體，當頭部跟生化軀體分離的那一刻，白晶水就會直接灌進去跟神經脊髓接觸。

沙厄感覺到巴蜀按照他所教的步驟，將生化軀體各個結點一一解開，頸部於是產生縫隙，白晶水馬上灌進縫隙，維生液的循環遭到切斷，腦袋頓時缺氧，沙厄感到些許暈眩，但伴之而來的卻是夢幻般的愉悅感。

他感覺到許許多多的細胞爬上來了，包圍脊髓了，當神經和體細胞接觸的瞬間，大腦皮層霎然出現身體的空間感，他感覺到有身體了！

他得到身體了，他真的擁有肉身了！
身體的感覺越來越真實，不僅是皮膚的感覺，四肢的感覺也進來了！
經過了不知多長時間，機械臂深入白晶水中，將他拉出來放在地上。
他激動地檢查新身體，這個從十歲以後就沒有完整過的身體，現在不但是年輕的軀體，肌肉結實，皮膚富有彈性，而且還能感覺得到溫度和微風拂過皮膚的觸覺。
他激動得痛哭，哭得全身顫抖，感動得雙腿發軟，跪在地上。
正在激動的當兒，原本就心思細膩的他，忽然覺得有些不對勁。
歐牟正在他面前沒錯，牆上的電腦板面也在閃爍著沒錯，他的身體濕漉漉的沒錯，一切都如此真實，為何反而覺得不對勁？
他沒想到，夢境會有延長的時間感。
夢中經歷了好幾個小時，現實中可能只有幾分鐘。
電腦巴蜀從液體中撈出來的是一具新的身體沒錯，但這副身體有一個完整的頭部，從原本的第一個細胞分裂就同時形成的，也就是說，是一體成型的，而不是將沙厄的頭另外接上去的。
這個新身體的臉孔跟年輕的沙厄長得一模一樣，全身細胞的遺傳訊息也跟沙厄的DNA一模一樣，他甚至擁有沙厄完整的記憶。
但他不是沙厄。
沙厄的頭部跟生化軀體分離的剎那，他的神經系統毫無防禦，歐牟趁機給了他一個夢境。
一個短暫的夢境。

但足以讓沙厄在死亡之前，享受到人生最後的喜悅。

「你要怎麼處理呢？」巴蜀問歐牟，機械臂仍然抓著沙厄的頭顱，垂掛著像海帶般的脊髓神經。

「不浪費，拿去做原料。」歐牟看也不看一眼。

「巴蜀謹聽吩咐。」說著，沙厄的頭顱就被投入萃取原生濃湯的機器中了。

歐牟滿意地看著眼前的年輕沙厄，新沙厄的意識還在跟身體整合中，等待甦醒。

事實上歐牟並不需要奧米加同意合作，他需要的只是一個完全聽話、而且具有相同能力的奧米加複製品。

古城

生長在凜冬之地的針葉林，黑色樹幹彷如巨人矗立，令走在林中的他們渺小無比。貝瑪和鐵臂走在前頭，帶領飛行巡艇緩緩穿過樹林，到達一間林邊木屋，前方是一片遼闊的冰原。進入木屋後，溫暖的空氣馬上包圍上來，堅硬的關節也逐漸回復彈性。

木屋中央有個鐵火爐，年代久遠的鐵火爐破了個小洞，洩出裡頭的熱煙和亮光，其餘的煙都沿著鐵管溜到煙囪外頭去了。

潘曲牽著女孩的手進入木屋，紫色１２０的記憶立方體似乎還沒跟女孩的神經系統整合得很好，仍有些渾渾沌沌，可能是因為記憶立方體離開身體太久，缺乏維生液提供養分，功能有些損壞了吧？潘曲是這麼想的。

但當紫色１２０看到坐在火爐邊的白眼魚時，頓時露出若有所悟的表情，一面盯著白眼魚，一面慢慢走向她。

白眼魚驚訝地看著女孩，她認得女孩的臉孔，就是以前在火母洞穴中的儲備身體之一。

「妳是誰？」白眼魚訝異地問。她的意思是：誰在這女孩的身體裡面？

「紫色１２０……」女孩回答，然後指著白眼魚的頭：「巴蜀告訴我，火母的記憶立方體在妳這裡。」

白眼魚激動地站起來，讓步伐不穩的女孩坐在她先前的凳子上，自己去另行搬了一張。

紫色１２０將手掌放近火爐取暖，對白眼魚溫柔地微笑：「這段旅程好長……」

「對呀。」白眼魚─火母將女孩摟入懷中，讓她的頭靠在胸口，「聽，是心跳。」

女孩按著自己的胸口：「我也有。」

兩人相視而笑。

潘曲感慨地望著她們，但貝瑪把他的注意力拉回來：「現在人到齊了，我要給你們一樣東西。」

貝瑪蹲下來，掀起鋪在地面的木板：「我們考察過，這裡曾經是個古城，可能是在人類歷史的黎明期建立的城市，也就是在冰河時期行將結束之時。」所謂的冰河時期行將結束，事實上是個持續好幾百年的時段。

掀起幾塊木地板後，露出了一個方形坑洞：「這是個祭祀坑，發現時堆滿了人骨，已經被我們清理掉了。」

望著空洞的深坑，想像裡面曾經堆滿死人，潘曲毛骨悚然：「他們用人牲嗎？」

「不只是用人祭祀，東亞大陸上最早的國家，就是一個吃人的國家，他們征服其他人之後，原本把戰俘作為祭品，後來乾脆就把被征服者當成糧食吃掉。」貝瑪指著地面的大坑，「據說這個古城是**魔神之城**，此處就是他們的發源地，曾經住在這裡的古代人，在此處遇到一位神靈，神靈要求巫師貢獻有生命的活物，據說他們從這位神明得到力量，征服周圍的小邦，後來另一國把他們滅掉了，戰勝者來此，要鎮壓吃人國的發源地，我們在這個坑裡頭找到這幾件東西，插在這個坑的周圍，應該就是用來鎮壓他們，好削弱嗜血魔神的力量。」

此時潘曲才注意到，火爐旁邊倚靠著兩片扁扁的青銅片，形狀像屈曲的手臂，或說像一把迴力棒，感覺像大刀，但卻沒有刀刃。

「我可以拿來看嗎？」潘曲問貝瑪。

鐵臂不客氣地直接走過去，取來兩把青銅曲片，遞了一把給潘曲。

「事實上，這是要給你們帶進去冰原的。」貝瑪伸手摸了摸青銅片，「其實總共有八把，但前面的三支隊伍帶了五把進去，沒有回來。」

潘曲仔細端詳，青銅片上布滿符號，完全無法看得明白。

仔細一瞧，某些符號還是可以猜測的，比如說樹，比如說人，但有一個奇特的符號重複最多遍。那是一個圓圓的頭，後面連著一段彎曲的魚骨頭，尾巴是兩個分叉。這是代表一種生物嗎？

「為何要帶這個進去冰原？」

「我們相信能夠削弱撒馬羅賓的力量。」

「等等，我有點搞糊塗了，法地瑪和那由他認為冰原是撒馬羅賓的巢穴，我的任務是弄清楚他們的秘密目的，為何會提到古城和魔神傳說呢？」

「因為魔神就是撒馬羅賓。」貝瑪說，「根據那由他最新得知，乃稱之為『設計師』

的撒馬羅賓。」

潘曲頗為吃驚，一時無法將魔神與撒馬羅賓畫上等號。

「所以說，魔神就是歐牟嗎？」鐵臂眼神暗淡地問。

「是的，就是三名設計師之中，最後出現的歐牟，我們猜想其他兩名設計師，長年以來的布局，就是在等待歐牟的出現。」貝瑪望了一眼鐵臂，他們知道鐵臂有分幫忙釋放歐牟。

「真有意思。」潘曲不禁陷入沉思，「我們今天要面對的，不僅不是我們這一代的事情，不是人類之間的戰爭，可是人類和上一個文明之間的糾結。」他繞著木屋觀看：「你們怎麼找到這個地方的？」

「聯邦崩潰後，那由他來到雪浪，告訴我們有一種神秘生物在操縱著許多事情，我們才明白山腳下的神秘人物『智者』是撒馬羅賓，雪浪人擔心撒馬羅賓會對修行中的聖者不利，於是四處尋找其他撒馬羅賓的蹤跡。」貝瑪說，「當然我們不是盲目尋找，派出去的人都有很強的感應能力，我們稱為『他心通』，可以偵測撒馬羅賓的心靈，但只有在這個冰原，我們遭到阻礙，於是我們派了更多更強的人前來。」

潘曲不禁屏息：「他們有成功進去嗎？」

「第一隊人最後傳回來的畫面，是很多大球，像肉團的大球，」貝瑪用兩手比了比大小，「很多很多埋在冰層的下方。」

「是蛋，」鐵臂冷冷說，「是他們的蛋。」他見過。

潘曲追問：「你剛才說第一隊人，難道第二隊人沒看到嗎？」

「我不知他們有沒有看到，不過第二隊最後傳回來的畫面，甚至還沒到達那個地方。」

貝瑪說，「有東西阻礙他們把影像傳回來。」

「這麼說的話，很合理，那由他曾說南極洲是他們的巢穴，所以說北極圈也有一個，」潘曲沉思了一陣：「你可知道雪浪過去曾經被稱為第三極嗎？」

「第三極？」

「是的，雪浪的酷寒和荒蕪跟南北極相似，所以有『第三極』之稱，而三個設計師，則分別在三極出現。」

貝瑪恍然大悟：「歐牟在北極，智者在雪浪，還有那由他見過南極的……」

鐵臂打斷她：「如果你們的人都沒能從冰原回來，憑什麼認為我們能回來？」

「因為你們不一樣。」

「什麼不一樣？」

「雪浪人自古不涉世間爭鬥，即使曾經差點有滅族之災。」貝瑪眼神平和地說，「如今雪浪再逢滅族危機，連洞穴中的聖者都受到了干擾，希望兩位能為我們戰鬥。」

「找人為你們戰鬥，不還是戰鬥嗎？」鐵臂嗤了嗤鼻子，舞弄手上的東西：「所以這把東西有什麼用處？能殺死撒馬羅賓嗎？」

「我們不知道，但剛才說過，相信能夠削弱他們。」

潘曲馬上問：「如何削弱？撒馬羅賓沒手沒腳，他們唯一能用的就是他們的腦子。還有……」潘曲狐疑地問：「那些古城、魔神的歷史，你們是如何得知的？」

貝瑪眨了眨眼睛：「是那由他說的，你跟他相處多日，應該知道他的能力有多強吧？」

一聽見是那由他，潘曲立刻轉為敬佩：「他的確很厲害……」

「根據他的形容，所有發生過的事情，都會在**時空連續體**留下痕跡，只要找對了路徑、循著軌跡，便能追溯回所有事件，」貝瑪平和地解釋，「這種能力叫『宿命通』。」
鐵臂聽了之後，不安地擺動了一下身體。
他也有這種能力，不過非常粗淺，只有當遇上蠻娘時才爆發，瞬間便瀏覽了一長串過去跟蠻娘有關的時間線，但遇上其他人卻無法觸動這能力，無法隨心所欲地運用。
潘曲接著問：「如此的話，那由他知道該如何使用這東西嗎？」
「當初深坑四周環繞著插有八片的，借我一下，」貝瑪將潘曲手中的青銅片借過來，指向上面刻畫的圓頭魚骨圖案，「這是『冰蟲』的圖像，他們刻了很多冰蟲在上面，相信這是關鍵。」
「冰蟲是什麼？」潘曲從來沒聽過。
貝瑪語帶神秘：「你不會想遇上的。」

頂峰

聖者洞穴唯一通往外面的出口被雪崩掩埋了，洞穴中沒有一點光線，但這對那由他並不構成麻煩，因為他根本不需要光線。肉眼才需要光線，因為必須有光子刺激視網膜上的神經細胞，傳送電化學訊號，在大腦構成影像。
他並不用肉眼觀看，他用心眼看得更廣、更深、更遠、更細，不但沒有光暗的障礙，也沒有距離的障礙。如果有必要的話，他也能觀看火星上那批古老移民的後裔。
曾經某時觀看夜空，只不過隨意想著：「那顆好亮的天狼星，不知周圍有沒有生物居住？」一念頭剛動，他馬上便到達天狼星附近的某顆行星，觀看他從沒見過的生物在來來去去忙碌走動，四周蓋滿了建築物，但都是從未看過的建築物形式。
他所看到的影像是當下發生的，是即時的，而光線需要八年半才能從天狼星抵達地球，即使能用超級望遠鏡觀看那些人的活動，也是八年半前的歷史影像。因此，如果他想要看火星，根本是小事一樁。
也因此，如果他想要知道洞穴外面發生了什麼事，也毫無困難。
他知道智者正耐心將他所操縱的金星族的心靈一個一個連接回去，那由他把他們的心靈拆解得十分零散，智者是需要花很多時間的，但那由他知道，時間也不會太長。
他要善用好不容易爭取來的時間。
對，是時間。
他可以自由地在空間中遨遊，但時間並不是同一回事。雖然愛因斯坦指出在更高層次的時空中，是時間和空間互相類似的「時空連續體」，但那由他知道，愛因斯坦並沒完全說對，如果他有修行的話，可能提出的看法就會不太一樣了。
是的，那由他有觀看過去的宿命通，也有可以知悉人心的他心通，這些能力，是很久以前當他還年輕的時候，在一位聖者的指導下開啟的。
那由他誕生時，是個有兩張臉的怪胎，那位聖者告訴他：「你身上的時空有些錯亂，你的兩張臉其實在高次元空間中是同一張臉，只要在高次元翻轉一下就好了。」
於是聖者幫他翻轉了。
不只是將臉翻轉，而是在高次元將整個身體都由內而外翻轉。
他露出高次元中的其中一面，也就是他今天看起來的樣子。
那年在高次元翻轉時，他看見了時空連續體真正的模樣，他的意識在翻轉後依然繼續維持於高次元之中，也因此他才會有世間人所認為的超能力，而在高次元中根本是正常能力。

然後那位聖者告訴他：「我幫你，並不是偶然，你會出現在這個世間，也不是偶然，好好善用這一生吧。」聖者的一番話，把他從小對身體的不滿，所積累的戾氣，一古腦地消除掉了。

聖者的名字叫正思。

那由他定居雪浪後，曾經好幾次追溯雪山的時空軌跡，看著時空軌跡中的雪山從遠古到現在，一天比一天高亢，果然在追溯到數萬年前時，看見智者初臨此地時的模樣，當時他還沒對人類自稱「智者」，而是他主人為他取的名字「梭菲亞」。

梭菲亞經常跑到雪山最高峰，在那裡呆立一整天，即使數萬年以來，雪山已經長高得需要費時數天來攀登，梭菲亞依然不屈不撓地跑到山峰呆立。

當然，他並不是在呆立——那由他現在明白了——他在感受。

剛才，潘曲在冰原古城的一句話提醒了他。

「雪浪是第三極。」

三個設計師被放置的位置不是隨機的，而是經過特別設計的：南極、北極、第三極。

三個「極地」除了相同酷寒和荒涼之外，還有什麼共同點？

南極是大陸。

北極是陸地圍繞的大海。

而第三極是地球上最突出的部位。

不但沒有共同點，而且差異很大。

智者喜歡站在高峰上，想必是有些事情，惟有站在最高峰之上才能體會到。那由他剛剛起心動念，霎時間，意念便處於雪山最高的頂峰。沒有肉體的束縛，意識直接感受世界，此時他不是看到、或聽到、或摸觸到，五官只是將感覺細分之後的結果，純意識的感覺不需細分，而是同時全面的感覺。

在雪山頂峰，跟平常一樣感受到萬物的「氣」在流動，大至飛鳥走獸或樹木，小至岩縫或地底的蟲螻，乃至於積水中的細菌，他都感受到無數的氣流，即使是石頭、飛塵，也有氣蘊藏其中，這些皆跟平日感受到的無異。

但雪山頂峰不同的是，其尖峰有一股強烈的氣柱，如同矗立於天空的暴流，在大氣層邊際如同千葉蓮花盛開，將「氣」擴散到地球的每個角落，如霪雨般灌注到每一寸地表。

那由他驚豔於氣柱的壯麗，但為何他住在此地數十年，卻從未留意到這股氣柱？難道就因為沒站在頂峰上？

四十年前，地磁忽然歸零，如空中河流的地磁忽然消失，令太陽風的電漿流沒有阻礙地射到地表，令以吸收電漿或離子流為食的撒馬羅賓，因瞬間吸收過量而癱瘓。太陽風暴也令地球聯邦電力中斷、地表系統損壞，各大城市陷入混亂，尤其首都賈賀烏峇遭到黑毛鬼入侵，很快步入滅亡。

如今，天空中再度布滿了地磁的磁流，惟因地磁逆轉了，地磁流動的方向也跟四十年前相反了，且因為缺少地磁的保護，經過長期太陽風暴的肆虐，許多生物已發生突變。

但頂峰的氣柱絲毫不受地磁影響，它像支撐天空的雄偉柱子，置身於其中時，比四周高空的冷空氣更為清新舒適，充滿了豐沛的生命能量。

「你瞭解了嗎？」有個聲音跟那由他說話，是撒馬羅賓，是智者，就在他身邊，收起了聽帆，微微抬起扁長喙，瑟縮著身子。

不，其實並不真正在他身邊，真正的智者尚在厚雪中，這個智者只是意識投影。

「好久不見，」那由他對智者說，「有四十年了吧？」

智者不置可否，以他們的時間尺度而言，四十年只是一瞬，不足掛齒。

那由他繼續說：「我也很久沒見到路西弗了。」路西弗是他在禁區「奶蜜」的鹽地中找到的墜落的空行者，「還有泰約呢？」

「他們很好。」智者隨意回答。

「對了，你剛才問我瞭解了什麼？」他反問智者。

「若你明白我們的目的，你不但不會阻止我們，還會加入我們吧。」

「那麼請你說出來，我洗耳恭聽。」看來撒馬羅賓準備要告訴他了。

「你看到的是母星的呼吸。」智者說，「千萬年來，母星都在試圖治癒自己，這是我們的主人——海洋祭師發現的，寫在聖典《海洋之書》和《冰河之書》中，而我們的目的，就是幫助母星。」

「嗯。」那由他等待智者繼續說。

「你現在看見的，是我們經營了數百年的結果，之前的母星更為貧弱。」智者說，「母星並沒有坐以待斃，千萬年來，祂也在設法自我療癒。」

「這座山？」

「對的，」智者讚賞說，「我第一次遇見你時，就知道你終有一日會明白的。你們人類稱此地為第三極的用意，是因為跟南北極一樣冷，但實際上這裡真的是第三極，是調節南北極磁場的一個中間點，這座高峰出現在那個位置上絕不是偶然，當初陸塊碰擊擠壓出這個山脈也絕對不是偶然。」

那由他抱存質疑，他所知道的「氣」並不是磁場，但智者似乎將兩者混為一談：「是母星刻意這麼做的？」

「為了要治癒自己。」

「可是這也造成你主人的文明滅絕了。」

「生起和滅絕是自然的一部分，況且如果有益於母星，他們心甘情願。」

生起和滅絕？也是，在印度陸塊漸漸靠近亞洲大陸的數千萬年間，兩陸之間的溫暖海峽促成鯨魚和海豚演變，也產生了海豚文明，但文明也在海峽閉合時湮滅，所以海豚文明是在兩個大陸碰觸之前曇花一現的「短暫」文明，而這個對宇宙而言的「短暫」，也佔據了地球的數百萬年。

「雪山就像人類的肚臍，用你能理解的方法解釋，就像『氣海』。」

那由他曾跟洞穴中的聖者學習過，氣海又稱丹田，就在肚臍下方三指處。

聖者說，人體是個小宇宙，在體內流動的除了液狀的血液和淋巴液，以及以電子交換形式進行的神經傳導訊號之外，還有一種稱之為「氣」的流動，主流沿著身體前方的任脈和後方的督脈繞著身體周流，而肚臍下方的氣海是「氣」聚集的部位。若將任督二脈類比擬為地球的磁力線，那麼雪山頂峰是否地球的肚臍？

「但是，海洋祭師發現，母星治癒自己的速度太慢了，因此設計了一個方法，要重新喚醒母星，但需要擁有心靈的生物合作完成。」

那由他想了想之後，問道：「母星為何會生病？」

「主人只告訴我們治癒的方法，沒說生病的理由。」

「人類文明的出現有妨礙到你們的計畫嗎？」
「有的，人類的出現是母星的浩劫，他們有如病毒，不但傷害母星的表面，也抽取母星的精髓，人類的出現令母星變得更為衰弱。」
「所以人類文明滅亡是件好事？」
「是。」
「你們有幫忙人類文明滅亡嗎？」
「有的，我們推了一把。」智者承認，毫無隱瞞的意思，「不過，人類之中也出現了許多聖者，這對計畫很有幫助，尤其雪山聖者的心靈非常強大，我們需要雪山聖者的幫助才能更有把握喚醒母星。」
原來如此，這就是他們登上聖者洞穴的原因。
「嗯，我不能全盤接受你的說法，我必須先去弄清楚一件事情。」那由他沉靜地說。
「等等，你做了什麼事？」智者忽然有所警覺。
智者無法偵察那由他的心靈，那由他也無法深入智者的心靈，但智者感覺到，被雪崩掩埋的那批人類上方，有許多細碎的腳步，許多人腳上綁著踏雪板，在柔軟的積雪上徐徐前進，幾乎沒發出聲音。
那些人竟在被掩埋的金星族上方搭起簡易帳篷，然後抱著懷爐坐在帳篷裡頭。
那些人全是雪浪的居民，由法地瑪挑選出心靈力量最高的一批人，坐守在雪崩處，用他們強大的心靈力量壓制被掩埋者的甦醒。
一時間，斜坡上搭滿了帳篷，他們有男有女，有老有少，還有一批人接力送水和食物上來，另有一人準備好許多小塊燒紅的火炭，供懷爐冷卻時更換火炭。

那由他知道，若是比賽消耗戰的話，他們是比不過撒馬羅賓的。

他只是要爭取足夠的時間。

雪地

潘曲和鐵臂剛踏出溫暖的木屋，兩人馬上感到毛孔瞬間縮緊，像在臉上結了一層冰。貝瑪低頭行走，觀察雪地。「啊，有了。」她蹲下身體，用手快速挖掘，用力將雪撥出來，只見被撥出來的雪中有幾隻黑色小蟲扭動，牠們驚現被暴露在空氣中，趕忙鑽回雪中。

「看見了嗎？冰蟲。」

小蟲逃逸得太快，潘曲來不及看清楚。

鐵臂也蹲下來，也想把冰蟲從雪地挖出來看看。

「小心！」貝瑪警告他，「牠會鑽到皮膚底下，鑽進去就很難取出來了。」

「鑽進去會痛嗎？」

「難道你想試試看？」貝瑪揶揄他。

鐵臂不多說話，他伸出五指，兩手掌心向下轉動，生起一股小型旋風，潘曲看了嘖嘖稱奇：「好厲害！你怎麼做到的？」雖然聽沙厄說過鐵臂進步得很快，卻沒想到鐵臂有這種他從未見過的能力。

旋風像鑽土機一般將雪吸出來，掉出好幾隻黑溜溜的小蟲，潘曲很想抓來瞧看，又怕牠會鑽進皮手套。

沒想到鐵臂僅僅稍微改變手的角度，竟用旋風困住小黑蟲，變成一顆透明的風球，讓大家看個仔細。

「很像蚯蚓。」貝瑪說。

鐵臂不認為：「不，仔細看，比較像蜈蚣，有很多腳。」

冰蟲在風球中激烈扭動，無法看清楚牠的身體構造。

「不，不，」潘曲的眼球有強化系統，看得更仔細，「那些不是腳，是從牠身上生出來的刺，跟冰蟲刀上面刻畫的一樣，這就是為何鑽進皮膚以後很難拔出來。」

他們看清楚了，冰蟲果然長得跟冰蟲刀上畫的一樣，前端有一個圓圓的頭，後端有兩根像燕子尾巴一樣的刺，當身體快速抖動時，兩側的刺則變得模糊不清。

潘曲驚奇不已：「零下的溫度，竟有蟲生存！」

貝瑪搖搖頭：「我覺得牠並不是生物。」

「什麼意思？」

「記得剛才說過的嗎？冰蟲是古代巫師拿來鎮壓魔神的工具。」

潘曲頷首道：「鎮壓『設計師』的工具。」

「牠可能是一種咒蟲，一種由咒語產生的生命。」

鐵臂完全聽不懂貝瑪的意思：「可以吃的嗎？」

「只要精神的力量夠強，意念成就語言，語言甚至能幻化出生命，這就叫『咒蟲』。」

「即使延續了整萬年，還能存在嗎？」

「可能只要咒語的力量持續存在，牠就能夠自動增生了。」貝瑪猜想。

鐵臂放下兩手，旋風當即停止，冰蟲掉落地面，慌忙鑽入雪中，消失蹤影。

潘曲取出冰蟲刀，端詳上面的冰蟲圖案：「可是，設計師終究是逃走了。」

「有人幫他逃走的。」貝瑪說，「他會操縱人心。」

「我差點忘了。」潘曲看見冰蟲刀上面不僅有冰蟲圖案，還有其他無法理解的象形文字：「說不定這個就是咒語。」但他們無法唸出來。

他們手上有了鎮壓撒馬羅賓的工具，卻不知該如何使用。

「好了。」貝瑪站起來，拍掉手上的雪粉，「這一路穿過雪地，沿路上都會有冰蟲，所以我們把靴子做得很厚。」她指指木屋：「先回去吧，讓我先餵飽你們的肚子，讓你們先休息，養好精神才出發。」

鐵臂說：「我想馬上出發。」

「別。」貝瑪正色說，「這不是你一個人的事情，如果你們再失敗，我們就不知該找誰好了。」

鐵臂快步走進木屋：「那就快點吧！」

餵飽肚子，潘曲在溫暖的屋內小睡片刻，由於時間緊迫，還有鐵臂在旁邊焦躁不安地急著想出發，他只能稍微養一養神，就得離開了。

依照貝瑪的指示，沿路會有前人留下的記號，走上大約兩公里，就會看到前方針葉林下方有一間小屋，第一隊人所看見撒馬羅賓冰層下的蛋，就在小屋的前方。

潘曲追問：「他們最後有抵達小屋嗎？」

「我們不知道，因為沒有後面的影像了。」

貝瑪無法提供的訊息令潘曲十分懊惱：「難道她預計我們也回不來的嗎？」

在離開之前，潘曲問貝瑪：「妳在這間木屋待很久了嗎？」

貝瑪笑說：「我們是輪替的，我來了之後，之前守候的人才出發去探察，我是那由他特別派來等候你們的。」

潘曲心裡還有個問題，他欲言又止，但還是忍不住問了：「我剛見到妳時，覺得妳跟美隆長得很像。」

「我是她媽媽。」貝瑪自豪地說。

「難怪。」潘曲鬆了一口氣，「妳有個好女兒。」

貝瑪的笑容特別燦爛：「謝謝。」

鐵臂心急地走去打開木門，寒風立時闖入，驅走屋內的暖意。他故意用寒風催促潘曲出發，使得兩位守護員直打哆嗦。

潘曲看見鐵臂冷峻的臉色，只好無奈地深吸一口氣：「我們走吧。」

面對白茫茫的雪原，兩人戴上用鯨骨製成的護目鏡，以避免雪盲。

迎著冰冷的風，潘曲不敢回頭再望木屋，以免退心。

他們登上飛行巡艇，打算直接飛過去，這是之前六人從未用過的方式。

剛才，潘曲已在紫色１２０的授權下，將飛行巡艇的辨識碼改成他大腦中的晶片內碼，現在飛行巡艇算是真正屬於他的了。

鐵臂坐上飛行巡艇後，左顧右看了一下：「這個是我坐過的。」

「沒錯，」潘曲啟動反重力場，慢慢加大半徑，「這是你以前乘坐過的那艘。」

「你的那個呢？」

「留在蓬萊國了。」他不想多談那件不愉快的事。

飛行巡艇漸漸升空，隨著視線拉高，視野也逐漸擴大，他們才得以清楚看見周圍的地景。
從高空望下去才知道，原來他們所待的木屋外頭是一片圓形雪地，四周被茂密的針葉林包圍，木屋就在圓周的一點上，他們要去的小屋則在直徑的另一端。
貝瑪說那間小屋距此大約兩公里，用飛行巡艇飛過去簡單得很，而且從空中飛過去，可以避免前人在雪地上遭遇到的麻煩——雖然還不知道是何種麻煩。
當他們升高到足以看見雪地的圓形時，也能看見那所小屋了。
在他們沒注意到的時候，雪花悄悄地飄落了，很快便大雪紛飛，雪花被反重力場半徑彈開，遮蔽了視線，小屋的影像頓時變得模糊。
「幾時來的大雪？」這場大雪來得過於湊巧，說不定是故意的，說不定撒馬羅賓也有控制天氣的能力。
遙遙望去，針葉林邊緣的黑色木屋更加渺小了，不知是因為樹林龐大，還是因為小屋真的很小，它孤立於紛飛的雪花中，像要被沉重的大雪吞噬。
風變強了，把飛行巡艇吹得搖搖晃晃。
潘曲讓飛行巡艇慢慢飛向木屋，才飛了一小段距離，四周卻忽然被黑暗包圍了。
「怎麼回事？」鐵臂驚訝地豎起上半身，伸頸查看。
他們被灰黑色的大霧包圍，像被包裹於布袋之中。朦朧間，抬頭依稀可看見灰濛的天空，低頭可望見針葉林，但都像被包裹在紗網之內觀看外頭。
「升高！」潘曲低聲說著，便拉高飛行巡艇。
飛行巡艇脫出黑霧，才終於看見黑霧的真面目——下方竟是個灰黑色的大圓頂，無預警地出現在雪地上空，跟圓形雪原呈同心圓，將小屋蓋住了。

「這是什麼東西？」鐵臂驚問，「什麼時候出現的？」潘曲也無法回答他。

他們飛離黑色圓頂的範圍，降低高度，好看清楚圓頂下方是什麼，映入眼前的竟是一個驚人的物體。

不知何時，在風雪之中，雪地上竟聳立著一個巨大黑影。

黑影拱著背，像個降落傘，像一張脹飽風的被單，上面還鑲有兩個空洞的巨目，像在影子中挖了兩個圓洞，從高空直視他們。

仔細一看，黑影有幾條半透明的細腿延伸到地面，像輕煙般緩慢搖晃，有時縮回一條細腿，有時又慢慢降下一根新腿，如阿米巴原蟲般漂移不定。牠巨大的圓形身軀比針葉林不知高上十多倍。有飛鳥躲避突來的風雪，驚慌越過空中，卻不知不覺地穿透黑影下方。

巨大黑影從雪地升起，卻又不像真實存在於雪地上。

「你會看到雪人，」貝瑪曾經警告他們，「他就守護在撒馬羅賓的蛋上方。」

潘曲把遮蔽天空的龐然大物看清楚了：「這就是雪人嗎？」

雪人彷彿是守衛，兩個挖空的圓孔盯著飛行巡艇，不管飛行巡艇移左移右，或上升下降，圓目都追著他們移動。

「我要從下面飛過去。」潘曲才剛說完，便忽然拉低高度，加速從拱背的大黑影下方衝過去。

沒想到，黑影也忽然變低，立刻將飛行巡艇包裹進去，而且變得像濃墨般黑暗，像是光線瞬間被吸掉了，艙內頓時漆黑一片，連儀表板發出的光線也似乎被抽掉了。

在伸手不見五指中，潘曲緊急拉低飛行巡艇，但黑暗也如影隨形地跟著下降，再這樣下去，他們將撞上地面！

潘曲停頓飛行巡艇，用微弱的殘光查看高度計，確定仍在安全高度。

他打開三百六十度環繞燈光，強光竟全被黑霧吞噬，光線無法穿透黑暗，所以他們也無法穿透黑霧飛行。

「雪人是守護神，」鐵臂呢喃道，「他不會輕易讓我們進去的。」

根據貝瑪的說法，先前的隊伍是在半途才遇上雪人的，但潘曲和鐵臂才剛出發就遇上了，或許是因為企圖從空中闖入的緣故。

鐵臂說雪人是守護神，或許並沒錯，雪人不可思議地龐大，有一百層樓的高度，伸出支柱般的細腿卻如似有似無的雲霧。由於他們就在雪人的旁邊，只能看到一片黑色，但若從遠處眺望，必定像一尊巨大的神靈。

幾次試圖闖過去之後，他們終於確定了一件事：雪人不容許他們使用飛行巡艇，他們必須用腳走路。

潘曲無奈地說：「我們降落吧，看看他還會不會阻撓我們。」

他將飛行巡艇後退，然後慢慢下降，果然，雪人也不再降低高度了。

潘曲無奈地降落在空地上，悻然離開飛行巡艇。

關上艙門後，潘曲抖了抖身體，將皮衣下斜掛的袋子拉近身體，那是他隨身之物，雖然頗有重量，但無論如何都不離身，因為裡頭不但藏有以前的記憶，也有隨時救命之物。

他不想將袋子留在木屋，免得被人瀏覽他的過去，也不想留在巡艇內，因為如果這是趟不歸路，他也希望袋子最後一刻是在身邊的。

兩人抬頭仰望，雪人高大的黑影像高空的圓拱屋頂，兩個空洞的眼睛沿著身體移動，慢慢轉到內側，居高臨下地觀察他們。

「他是真實存在的嗎？」鐵臂疑心地問道，「我試著用心眼觀察他，可是跟用眼睛觀察的一模一樣。」

「我也不知道。」潘曲老實說。雪人不會被風雪吹散，說明它是幻覺，或是虛像，但又的確如鐵臂所言，使用「心眼」也看不出差別，表示它是真實存在的。

他們站在雪人的腳邊，兩人對望了一眼，一起踏進雪人籠罩的範圍。

踏進去的剎那，頓覺整個氣氛都改變了。

兩人彷彿越過了一道結界，進入陌生的異域，雖然周圍的雪景並沒改變，針樹林也沒有不同，但空氣分外地凝重，壓著胸口挺難受的。

他們跟著地上的記號前進，前人在地面插了樹枝，擺成圖案，貝瑪叮嚀他們，當他們再也沒看到記號的時候，就要繼續為後人留下記號。

隨著他們慢慢向前，兩人敏銳的直覺令他們汗毛聳立。

「你有感覺到了嗎？」潘曲問鐵臂。

「嗯。」鐵臂點點頭：「有很多眼睛。」

他們感到四面八方有很多眼睛，緊盯著他們的腳。

「不是冰蟲。」

「比冰蟲更大。」

他們被包圍了，而且看不見包圍他們的東西。

第八章

雪人

人固有一死，或重於泰山，
或輕於鴻毛，用之所趨異也。

●● 司馬遷《報任安書》●●

正思

三十多年來，那由他沒再打擾過這位聖者。

事實上，他們兩人有血緣上的關係，或說那由他有三分之一的遺傳來自這位聖者的肉身。

聖者在地球聯邦出生，然後借助奧米加的力量回到一千多年前，經過漫長旅程，最後落腳於雪浪的洞穴，一旦趺坐之後，他的肉體便不再起來，慢慢被石筍和鐘乳石包圍了。

那由他也是，沒有了肉體的束縛，他更容易行動，他的身體就是意識體，也就是說，他的身就是他的心，他的心就是他的身。

雖然經過這麼多年，跟聖者正思相比，那由他的意識體尚未達到跟自然完全融合的程度。雖然不想打擾聖者，但為了眼前的緊急狀況，為了解除撒馬羅賓的威脅，他不得不請教聖者了。

早在動念要呼喚正思之前，他的念頭已在時空產生漣漪，正思便在等待他發問了，念頭方落，正思已跟那由他並肩站在雪山頂峰。

智者也在他們身邊，但智者感覺不到他們，因為不在同一個空間層次上。簡單來說，智者仍然是三度空間的生物，他的意識也超脫不了三度空間，而那由他處於**時間和空間幾近同等**的四度空間邊緣，之所以說邊緣，因為他能窺見過去的時間線，但無法看到未來的時間線，更不能在時間之中自由來去，而正思則處於那由他都無法完全理解的更高層次上。

「聖者，我剛才跟智者的對話，您都知悉了嗎？」

在那由他的眼中，正思是個發光體，光芒熾盛但不刺眼，彷彿沒有臉孔，又彷彿有無數張臉孔。

「你想知道什麼呢？」正思的聲音完全沒有壓力，聽起來舒服極了。

「我看到南北極的磁場遍布天空和地面，我也看到了雪山頂峰的氣柱，我心中出現一個比喻，地球是個生物，氣柱就像人類的氣海，南北極的磁場流動就像氣在人體的大小周天流動，我這樣說對嗎？」

「接近了。」

「還有什麼令我想的不完全正確呢？」

「你對生命的定義。」

「因為我拿地球跟人來比較嗎？」

「因為你把地球跟你所知道的生命來比較。」

那由他花了點時間思考這句話。

「我還是不能明白。」

「地球是生命，那麼雪山是不是生命？」

那由他感覺這句話有邏輯陷阱。

「那由他，你想太多了，我問即我問，如果你覺得這句話有圈套，那是你從無始以來學習的知識給你設下的圈套。」

「依照您的問題，我很想回答雪山是生命，但這個答案不能令我信服。」

「換個方式問，如果你的身體是一具生命，那組成你身體的細胞是不是生命？」

那由他略有所悟：「是。」

「人類花了許多時間，才明白腳下並不是扁平的大地，而是宇宙中的巨球；同樣的，也花了很多時間，才知道我們身上還住了許多其他生命，細菌、蟎蟲、病毒……對地球而言，她未必知道我們的存在，正如我們無法感知細菌的存在。」

那由他驚問：「言下之意，地球是個生命，可是並不具有智慧？」

「難道對身上的細菌而言，肉體是沒有智慧的嗎？」正思的反問指出那由他邏輯上的謬誤，「提到智慧，端看你對智慧的定義，就如剛才對生命的定義一樣，我們被我們所知所局限，我們所知成為我們的障礙。或許這麼說比較貼切：地球的智慧，並不是我們所定義的智慧。」

那由他點頭同意：「撒馬羅賓說，地球生病很久了，她在嘗試療癒自己，數千年前，兩個陸塊碰撞所推高的雪山就是她正在療癒自己的表現，而正是因為雪山的出現，才有這個氣柱。」正如金屬尖端會放電、水晶尖端會集氣一樣的道理，對地球而言，高亢的雪山就是一個集氣的尖端，「如果撒馬羅賓所說正確，那麼地球花了數千萬年的時間試圖治療自己。」

「他們說的沒有錯。」

「而撒馬羅賓也說，他們要『幫助』地球，但從他們的種種行動來看，我十分懷疑撒馬羅賓的說法，因為依我所見，他們在世界各地的禁區控制居民的心靈，讓他們集體唱誦，還試圖控制雪浪，想佔領聖者洞穴，希望這裡所有的聖者都跟他們合作……」那由他懊惱不已，「聖者，請您告訴我，他們是對的嗎？我不知道他們真正的意圖是什麼，如果跟他們合作，我們就會失去心智、淪為傀儡，我不希望這種事情發生，但依現在的情勢看來，恐怕我們抵抗不了多久。」

「那就不要。」

「可是，聖者，他們說可以令地球復元，依他們的方法，真的辦得到嗎？」
「何不問問地球本人呢？」
「問問地球本人？」那由他可從來沒想過。
「如果地球是生物，如果地球有心智，何不跟她溝通呢？」
那由他想試試看：「聖者，請您教我如何做。」
「直接跟她說話就好了。」
「地球太大了，會聽得見我的聲音嗎？」
「你以為你的身體比地球小得太多，所以她會聽不到你發出來的聲音是嗎？但你並不是用聲音溝通，而是用心靈溝通。難道你又擔心你的心靈太小，她的心靈很巨大，所以無法感受是嗎？你可能以為龐大的身體就有龐大的心靈，不是這樣的，心靈的大小跟身體的大小並沒有關係。」正思侃侃而談，「現在你的狀況，等於是已經開了門，但仍站在門框，尚未完全進入境界，如果已經跨入境界，你會發現大小是沒有分別的。」
那由他嘗試了一下跟地球溝通，但又擔心會花費很多時間，讓智者趁機得逞：「我……我辦不到。」
「你已修行多年，應當知道，辦得到和辦不到之間，差的只在心念一轉。」
正思的聲音一進入他的意識，那由他頓覺整個意識體都清涼萬分，充滿了鼓舞。心裡的障礙一旦去除，他頓然能體會正思的話：**大小沒有分別，分別只是心的意識在作怪**。
於是那由他將緊繃的心情放鬆下來，觀想腳下的土地，漸漸地，他覺得不知道是他變大了，還是地球縮小了，腳下的雪山頂峰漸漸縮小得像鉛筆尖，他可以放眼環顧整片歐亞大陸，他可以感到印度洋的涼風習習。

最後，腳底脫離了地球，他已無處站立，身處虛空之中，看著月球掠過耳際，碧綠的地球在他懷前，大氣層下雲象萬千，生氣勃勃。周圍是極為寬廣的宇宙空間，四面八方無可依靠，心裡不禁生起掉落無底洞的恐懼感。

「別害怕，」正思令人安慰的聲音又出現了，「你做得很好，你跟空氣分子一樣並不需要站立。」

「這是真實的嗎？」

「這不是假的。」

那由他仔細觀察地球，發現一件從地球上看不到的事：他以為雪山頂峰的氣柱就在大氣層如噴泉般灌溉整個地球，但是從外太空觀看，才知道原來氣柱深入宇宙深處，如同宇宙中的溪流，且不知彼端在何處！

然後，他聽見地球的心跳了，他看見地球的脈動了，他感覺到地球內部循環流動的氣息了。但他感覺不到她的情感，他不知道地球是否哀傷痛苦，或是憤怒，或是會寂寞。

「我不明白，她是活的，可是我找不到溝通的方式，因為我感受不到她的心靈。」

「她有心靈，但你應知道，心靈有幾種。」正思提醒他，「有的有頻密的心念運作，有的幾乎沒有，有的過於細微到你無法察覺。」

「所以地球沒有在想嗎？」

「沒有，她沒有『想』。」

「我們人類把資源消耗得那麼厲害，她沒有生氣嗎？」

「火山爆發時，古人會說大地震怒了，但對地球而言並無喜怒哀樂的分別，它更像人類覺得喉嚨不舒服時，下意識地咳嗽想把東西咳出來，一個人要咳嗽的時候，會考慮到他臉上的蟎蟲會否受到傷害嗎？」

「可是撒馬羅賓想把她喚醒，喚醒之後會發生什麼事呢？」那由他問，「若你能預見未來，能告訴我嗎？」

「不能。」

正思如此乾脆，那由他頗感訝異的。

「但我能告訴你一件你沒想到要問我的事。」

那由他馬上打起精神，他沒問但正思要告訴他的，想必非常重要。

「撒馬羅賓的三個設計師，還沒有辦法隨意地互相聯絡。」

「咦？」那由他嚇了一跳，「撒馬羅賓一個就是全體，全體就是一個，不是嗎？」

「那是在他們擁有空行者的情況下。」

原來如此！原來撒馬羅賓還沒準備好！

「撒馬羅賓的心靈能力跟我們的不太一樣，他們是人造生物，雖然人造生物也是生物，但他們的心靈其實比較像電磁波的運作，更簡單地來說，他們像收發電波的機器，利用電磁波影響他人大腦神經傳導。」

「那不是真正的心靈！」

「我不會這麼說，我會說，那是一種**心靈的擬態**。」

「所以他們的心靈能力有空間限制。」

「是的，正如古代人類必須使用至少三部同步衛星在近地軌道上同步繞行，就能達到全球通訊的目的，空行者就像同步衛星，把地面上的訊號反射傳送到地球的另一個角落去。」

「三部同步衛星，就能達到全球通訊！所以他們需要三個設計師！在三個不同的地點！」那由他興奮地說，「但設計師在地面，必須要借助空行者的幫助……」

「你知道的兩個空行者……」

「路西弗和泰約……」那由他恍然大悟，「已經是最後的空行者！如今空中並沒有空行者！所以三個設計師沒辦法互相聯絡！」

「除非他們很接近，沒有受到地球表面弧度的影響時。」

那由他明白了，當智者在雪山，而歐牟在天縫或百越國時，其實位置是挺接近的，受地表弧度的影響較少，但若歐牟在蓬萊國，就很難跟智者聯絡了。

因此智者常常待在雪山高處，最主要是為了方便跟另外兩位設計師，以及跟所有其他的地行者聯絡！

也就是說，在他們擁有真正的空行者之前，位於地球最高處的智者，暫時擔當空行者的工作！

正思暫時不說話，讓那由他慢慢消化這些資訊。

而那由他的思緒處於狂風暴雨中。

雪鼠

雖然看不見，但鐵臂確定四周有許多眼睛正盯著他們，這是他天賦的原始直覺，是人類遠祖的求生本能。四周沒有遮蔽物，雖有枯死的雜草，但都被壓在積雪下方，不知那些眼睛究竟躲在哪兒。

鐵臂握著冰蟲刀，將感覺完全打開，充分感受四周滿滿的細微訊息。

冰原上充滿豐沛的生命力，並不像肉眼所見的貧瘠。那些生命的體型很小，緊隨著他倆的腳步移動，無聲又無息，若是停下腳步，牠們也會停止移動。

為了避免講話的聲音會刺激那些小生物，潘曲轉為用心靈溝通：「你覺得牠們有惡意嗎？」

「有，牠們有血的氣味。」鐵臂也會用心靈溝通。

潘曲很想知道鐵臂還有何種能力：「聽沙厄說，是他教你用心念說話的。」

「沒錯。」鐵臂的話很少，似乎只急著想把事情做完。

「聽說你泡過撒馬羅賓的水之後，有了新的能力。」

「我覺得不是新的，是喚醒了。」

「你剛才用的是什麼能力呢？」

「你呢？」鐵臂反問，「除了心靈攻擊之外，你還有什麼特別的能力？」

潘曲覺得鐵臂的口氣處處防備，他果然還在埋怨那時的背棄嗎？還是另有原因？無論如何，潘曲只好主動告之，好換取信任：「我會空間跳躍。」

「那是什麼？」

「就是能忽然從這裡消失，在那裡出現。」

鐵臂斟酌了一下，才問：「既然如此，為何我們不直接跳躍去小屋？」

「我們這種人，是以八個為一組訓練出來的，八個在一起時的力量最強大，但只憑我一個的話，可能只跳躍一次，就沒力氣再做第二次了。」

「很累的？」

「很累，如果只能用一次，最好保留在逃跑時使用。」

「如果逃跑，你能帶著我一起跳躍嗎？」

「勉強可以，但若帶著另一人跳躍之後，說不定會虛脫得無法走路。」

「難怪。」

兩人慢慢前進，雪很深，每一步都深陷進雪中，必須重新把腳拔出來才能踏出下一步，是以行進得極為緩慢。

「換你了，」潘曲提醒道，「你剛才用的是什麼能力？」

「風，」鐵臂說，「我能使喚風。」

鐵臂親口驗證了他的揣測，潘曲由不得揚起眉毛：「真希有，你怎麼做到的？」

「就這樣。」鐵臂輕撥左手，雪地上隨即揚起雪花，像有人用手撥弄地面似的。

鐵臂這一撥弄，雪地中冒出一聲細小的尖叫，一隻灰白色毛茸茸的東西從雪中跳出，轉眼又回身鑽入雪地，迅速填平牠跳進去的雪洞。

牠的出現和消失過於迅速，鐵臂和潘曲當場愣住。

「那是什麼？」鐵臂驚問。

「看起來像老鼠。」

雖然天縫下沒有老鼠，但鐵臂知道老鼠，因為飛蜥營繁殖了大量老鼠供飛蜥食用，他曾在老鼠培養場工作，挺清楚老鼠的習性：「不像老鼠。」

貝瑪有詳述抵達小屋之前可能會遭遇到的事，前面三隊人的遭遇都差不多，但潘曲不記得有提到老鼠。

剛才鐵臂耍的那陣風，令監視他們的小動物不安地騷動起來，當他們的腳踩進雪地時，腳邊竟有東西掠過，即使穿著厚厚的獸皮靴依然能夠察覺，表示牠們能在雪地下面行動！

「牠們在我腳邊。」潘曲告訴鐵臂。

「我看見牠們了。」鐵臂死盯腳邊的雪地。

「看得見嗎？」潘曲驚問，也循著他的視線望過去。

「用心眼看。」

潘曲立刻捨掉肉眼，使用純粹的心眼。

剎那間，四周的景色迅速褪去，彷彿從層層包紮的緊身衣脫身，從無盡迷宮的大屋脫逃，從紊亂的絲縷中抽出線頭，他看見了生命最純粹的樣貌。

在心眼的觀看中，雪地布滿了生靈，將他們包圍了。小動物的形狀清晰可辨——尖長的嘴吻、細長柔軟的身軀，渾身灰白雜毛跟雪地和枯草融為一體，而且長了六隻腳。

牠們的確像老鼠，也什麼都不像。

潘曲心想：是地磁歸零時，受強烈宇宙輻射造成基因突變的新物種？或是撒馬羅賓改造基因的產物？或是……他想起跟鐵臂初次相遇時，在廢墟中找到的蛇，體內有金線的改造生物……極可能是百越國的產物，也可能不是。

「貝瑪！」潘曲呼叫，「妳沒告訴我們有這個。」貝瑪跟他們一直用心靈影像緊繫著，而美隆也遠在半個地球外的雪浪接收影像。

「沒有這個，」貝瑪回應他，「以前從來沒見過。」

「而且很奇怪，這圈子裡面沒有冰蟲。」

「不僅如此，」貝瑪憂心地說，「以前的雪人也沒那麼大。」

更大的雪人，而且雪人範圍之內沒有冰蟲……潘曲知道這些現象背後一定有意義，只是他還沒辦法猜透。

「我們繼續走吧。」鐵臂反而更沉著氣了，「別耽誤時間了。」他繼續前行，拿著冰蟲刀在前方虛晃，故意用力踏雪，引得六足雪鼠一隻隻從雪中冒出頭來，鬼鬼祟祟地打量他們。

「可惡，終於現身了嗎？」

空氣中充滿靜電，六足雪鼠驚悚地抬頭，看著掩掉整片天空、擋住雪山的巨大黑影，牠們朝佔滿天空的黑色巨物齜牙咧嘴，體毛紛紛豎立。

雪人的空洞巨目滑動到他的腹下，像死靈般觀看他們。

「鐵臂！」潘曲忽然呼叫，「牠們爬上你後面了！」

鐵臂回眸一瞧，有兩隻六足雪鼠從他陷入雪中的褲管爬上來，他反手撥開，雪鼠被手背擊中，尖叫了一聲，被揮撥到雪地上。

這一聲尖叫，竟惹得大量雪鼠冒出頭來，紛紛擁向鐵臂。

「危險！」潘曲在鐵臂後面緊張呼叫的同時，也下意識回頭查看是否有雪鼠爬上身體。原來雪鼠不僅早已爬上他的背後，而且還站在他的肩膀上，一雙紅寶石色的瞳孔跟他視線交接了一下。

在短暫的視線接觸中，雪鼠紅寶石色的眼瞳迫近眼前，他看見紅瞳之中有多重同心圓的晶體，上面還微雕了一行小字。

他咬咬牙：「果然不出所料……」他不喜歡他所看到的。

雪鼠轉開視線，向天空伸長脖子，毛躁的磨牙不止，尖嘴兩側的鬚毛抖動不停，似想測量覆蓋天空的雪人的大小。

比起潘曲和鐵臂，看來雪鼠更在意雪人。

雪鼠爬上潘曲的脖子，潘曲不敢妄動，任由六隻小腿爬過額頭，登上他的頭頂。雪鼠看起來非常害怕，牠站在牠所能找到的最高處向雪人示威嘶叫，以致暫時忘記攻擊潘曲。

另一方面，鐵臂撥起一陣強風，驅逐接近他的六足雪鼠，也吹走另一隻爬上褲管的雪鼠，沒想到，卻惹來了更多雪鼠！

潘曲冷靜下來，用心靈傳話：「別動，越動牠們越過來。」

他的警告太遲，鐵臂已經被群鼠包圍了。

鐵臂舉起冰蟲刀，奮力揮砍雪鼠。

在慌張中，潘曲也從腰間取出冰蟲刀，由於冰蟲刀有一段屈折，取出時卡了一下，不慎掉到雪地上。

此時，奇怪的事發生了，冰蟲刀接觸到雪地，尖端忽然冒出大量黑色小蟲。

驚訝萬分的潘曲大聲叫道：「鐵臂！」

鐵臂轉頭來看他時，他改成用心靈溝通，以免被撒馬羅賓攔截到他們的訊息：「你看地上！你看冰蟲刀！它碰到雪地，會生出冰蟲來！」

越來越多的黑色小蟲從尖端湧出，六足雪鼠竟興奮地發出嘶嘶聲，衝過來吞食冰蟲。

鐵臂見狀，揮斬幾隻六足雪鼠之後，也將冰蟲刀插到雪地上，果然黑色冰蟲如泉水般湧現！

鐵臂可以想像，當初為何將八把冰蟲刀插在坑中，圍繞著魔神，如此就能源源不絕地產生冰蟲，鑽進魔神體內，阻止他活動！

這就是對付撒馬羅賓的方法！

早在數千年前，就已經有人發明了！

但是前面的三支隊伍，雖然也帶上冰蟲刀，卻根本沒機會接近撒馬羅賓！

冰蟲湧現之後，立即鑽入雪中躲藏，六足雪鼠蜂擁而至，竄入雪地中，瘋狂搜索冰蟲，爭著吞食冰蟲。

潘曲剛才跟六足雪鼠的眼睛對視，便知道牠們是人工改造生物，就跟他以前在廢墟找到的金線蛇相似，他知道除了百越國之外，還有一個禁區會製造這種東西，那個禁區早在大毀滅之前就是軍事科技重地，想必也被撒馬羅賓控制了，而且找到了解決冰蟲的辦法！

這就是為何之前的三支隊伍和貝瑪沒見過六足雪鼠。

因為六足雪鼠是新產品！

「鐵臂，我們不要從中間穿過！」潘曲指向樹林邊緣，「我們繞樹林走！」

「不要，這樣太遠，我要從中間快點穿過去！」

「從中間不會更快！你看到了嗎？樹林邊緣的地面有很多樹枝，走起來比較快！」踩在堆積樹枝的地面，無論如何都比直接踩在雪地上來得容易行走。

「我有方法！」鐵臂運動兩臂，繞著身體旋轉，在身邊生起旋風，將身體整個提起來。

他想要運用風讓自己飛過去。

在毫無預警之下，雪人忽然降下幾條腿，像圍欄般將鐵臂包在中間。

那幾根圍欄形同雲霧，鐵臂不屑地用手撥開，沒想到竟忽地全身癲癇，全身肌肉激烈抽搐，僵直地倒在雪地上。

原來雪人果然是雲！所有的雲都是帶電的水分子，他剛才觸電了！

潘曲抬頭望向雪人，只見它空茫茫的兩眼高深莫測，它不主動出擊，只在不停阻攔試圖接近小屋的他們。

雪地上的鐵臂僵直地躺著，一動也不動。

潘曲試著用心靈聯繫，竟搜尋不到鐵臂的心靈。

「鐵臂死了嗎？」潘曲的心情墜到了谷底。

試音

這個下午非常特別。

在地行者恩納士的安排下，所有蓬萊國民吃飽之後，齊聚到廣場，準備今天的唱誦。短髮女孩 Eos 6 和男孩 Eos 11 並肩站在高台上，高傲地俯望他們的國民。

雖然三聖只剩下兩個，但沒有居民過問，因為他們早就學會了不過問，更何況現在，根本連「過問」的念頭都不曾生起。

二聖心中一片空白，長髮女孩 Eos 24 在他們面前跳樓的情景，再也不會觸動他們的心靈，他們似乎也忘記了 Eos 24 已經被回收成原生濃湯，因為地行者恩納士為了避免再次出現麻煩，已經將他們兩人的心靈跟其他平民同等了。

二聖的眼珠子連起碼的顫動也沒有，眼神比任何時刻都來得平靜，甚至可以說是洋溢著幸福感。

今天下午的唱誦非常特別，因為今天要首次嘗試全球禁區同步唱誦。

全球唱誦！這是設計師期待了不可思議悠長歲月的重要時刻！

三名設計師已經孵化了許多具有心靈操縱能力的地行者，派遣到各個禁區，不只是東亞，而是全球所有禁區，都分派了地行者支配各禁區的野生人類。

「智者」製造的地行者前往中亞、南亞和非洲。

「歐牟」製造的地行者遍布北極圈四周的歐洲、東亞和北美洲禁區。

而在南極洲的「太印」，其地行者經由火地島進入南美洲和中美洲。

現在時間已近年底，再過幾天就是冬至。南極圈將在冬至那天進入永晝，亦即太陽二十四小時都不落入地平線，是進行全球唱誦最好的日子，在這天來臨之前，所有禁區先行試音，以確保冬至來臨時得以順利進行。

蓬萊國的下午時分，全世界大部分地區都籠罩於陽光之下，有的才剛旭日初昇，有的葉面結了晨露，有的溫暖舒服，有的暑熱難當，有的冬日暖陽，有的烈日當空，有的已是黃昏，無論是哪一種太陽，四十年前倖存的野生人類後裔們都沐浴在陽光之下。

其中有一群最特別的團體，他們曾有人類先祖，如今已是嗜血之獸，竟也在撒馬羅賓的調教之下，安靜地聚在林邊的樹蔭下，用粗獷的嗓子低吼「唵」字。從東非擴散到中亞的數支黑毛鬼群，都已被地行者馴服，他們大腦的結構跟人類相差無幾，不難操控。

數萬年來的人類社會，在撒馬羅賓的策劃下，出現前所未有的安靜祥和，共同邁向同一個目標——合唱，喚醒母星。

這是人類這支物種在地表上誕生以來最和平的時刻。

在約定好的時間內，所有被控制了心靈的人類張口齊聲高唱。

「唵——」

隨即延長為「o—u—m—」

音聲震盪空氣，貫穿雲朵，穿透入地。

他們在陽光下高唱，陽光是有必要的，母星接受太陽的光線和熱量，才得以孕育生命。光合作用是所有食物的源頭，它在葉綠素中進行人類利用強大機械也模擬不出的電子交換，製造出碳水化合物，做為食物鏈的第一級。

在百越國，原本被囚禁研究的蝌蚪—灰蛙也在人群中合唱，她自豪地在陽光下挺直身體，讓灰綠色的皮膚充分進行光合作用。此刻的她已全然沒有爭權的念頭，撒馬羅賓在她意識中植入了一個概念：她將是人類未來之母，設計師將會仿照灰蛙模式設計新人類，讓人類光是呼吸、飲水和曬太陽就能生存。

他們高唱了約莫一個小時之後，歌聲才在地球各個角落逐漸停歇，慢慢稀落，最後回復安靜。

此時百越國已近日落，女人們前往養雞場準備食物，雖然準備時間比平日來得晚，但她們仍然依照程式，執行每日排程好的工作。

說到程式化，撒馬羅賓做的事其實很簡單，只不過加強了程式的深度，讓鐵族男人和女人精確執行先前預設好的工作。

因此，狼妻依舊帶領眾女人殺雞、拔菜、備食。

天縫長老柔光也率領族中女人一起隨眾工作。

撒馬羅賓有調整的是：從天縫逮來的男人不再被改造身體，而負責正常人類男人的工作——狩獵、開墾和交配。

撒馬羅賓做得很好，一切都有如軌道上的火車那般有條不紊，不會脫離常軌。

一切標準程式化，沒有即興行為，因此，每到煮食的尾聲，狼妻都不忘依照程式化之前最後的心念設定，將盛食的鍋子分成兩批——狼軍部下的，和黑鐵牛部下的——然後取出狼軍給她的瓶子，在黑鐵牛那夥的鍋中加入從神之島取來的神秘顆粒。

當瓶子倒空之後，她會跑去跟狼軍說：「用完了。」

狼軍便會被強化的程式驅使，帶兩名部下遠赴海灣的小村廢墟，用已經化成腐土的村民的木船渡海，去神之島補充神糧。

按照撒馬羅賓的設計，在冬至來臨之前，人類乖乖地保持一切如昔就好。

因為內建在撒馬羅賓記憶中的《海洋之書》如是說：「最小的改變就是最好的改變。」是海豚先祖們的保守主義格言，對這句格言的實踐，也確實令海豚文明延續了數萬年。

這天的試音唱誦之後，狼妻又將空瓶交給了狼軍：「用完了。」

於是，狼軍吩咐兩名部下明天在日出時前往海灣。

當狼妻前往見狼軍時，她也沒注意到，狼軍的臉其實有點兒不一樣了，皮膚上出現紅色潰爛，因為狼軍的身軀比狼妻高很多，她根本看不清狼軍的臉。

她比較在乎的是，她的肚子日漸沉重，腳的膝蓋越來越感到負重帶來的壓迫。

依過去的經驗，說不定再過幾天就要臨盆了。

疑點

「貝瑪，鐵臂倒下了。」潘曲跟貝瑪緊急心靈通話，「我過去查看一下！」

潘曲舉起冰蟲刀，想儘快趕到鐵臂身旁，但皮靴一旦埋進積雪，積雪便像吸盤吸住他的腳，令他艱難踏步。他伸長手臂，讓刀鋒在雪地拖行，冰蟲刀所經之處，不停滾出大量黑色冰蟲，一見到冰蟲出現，六足雪鼠便貪婪地攫過去。

他感覺到雪鼠細長的身體竄過腳下，在雪中如游蛇般自由來去，爭先恐後往產生冰蟲的地方聚集，成功引開雪鼠對他們的注意力。

「發生什麼事？」貝瑪回應了。

「鐵臂觸電了，」潘曲說，「雪人是雲，會放電，跟打雷一樣。」

好不容易走到鐵臂身邊，潘曲立刻探測他的脈搏。心跳仍在，但鐵臂身上冒出輕微燒焦味，潘曲拉開他的獸皮衣，坦露出胸口，只見果然胸口印著一道鋸齒狀的紅印，是雷擊的典型傷痕。

潘曲不假思索地揹起鐵臂，將他掛在左肩上，也把鐵臂的冰蟲刀收去腰間。他雖然年紀不小，但生化軀體依然比常人的力氣大上數倍。

風雪中，小屋就在遠方彼處。

要到那間小屋去，他決定不穿過空曠的雪地，而是沿針葉林繞路。他蹣跚地走向樹林，踏出雪人覆蓋的範圍，雪人偌大的兩眼追蹤著他滑動，沉默地觀察他的一舉一動。

針葉林的地面果然比較結實，不會深陷進雪地中，潘曲他用力踏了踏地面厚厚的腐植層，踩上去軟軟的，像是有生命的物體，甚至可以感覺到地面在厚實的皮靴下方呼吸。

針葉林地面的積雪不多，不像白色的雪地毫無屏障，連保護色也沒有，完全暴露他的身體。

六足雪鼠遠遠觀望，似乎不想鑽入針葉林的地面腐植層，大概樹枝會刮得牠們身體不舒服吧。潘曲確定牠們沒追進來，才將昏迷的鐵臂放下，讓他倚靠在樹幹上。

剛才的風雪在他滿腮雜亂長鬚上結了冰霜，他終於有機會撥掉，然後拉高衣領擋住鼻子，沒有遮蔽的鼻腔已經乾冷得快要溢血了。法地瑪給他的毛皮衣很好，淺色的獸皮外套和褲子，衣服、袖子和斗篷都有滾邊獸毛，幫他阻隔嚴酷的寒氣。

潘曲回頭瞧看雪地上的足跡，跟滴在白紙上的墨汁一樣明顯，如今走在林邊的腐植層上，應該能掩蓋許多足跡吧。

他身上掛著沉重的皮袋，右手握著數千年前的青銅法器冰蟲刀，末端還黏住一隻黑色冰蟲，牠抖動身體兩側的針毛，讓自己掉落地面，咻地便鑽入腐木髒雪之中。

潘曲細聽隱藏在風雪背後的微小聲音，當冰蟲一接觸雪地，他靈敏的知覺就聽見腳底下鬆軟的腐植層之中有一陣陣偷偷摸摸的竄動，正從外面的雪地迫近他。

「鼠輩！」他啐了一聲，用冰蟲刀朝腐植層裡一探，立時勾出一團白球，被他朝針葉林深處扔去，在冰冷的空氣中留下一道血色的軌跡。冰蟲刀的刀鋒雖不尖銳，依然能傷害雪鼠，刀鋒添了一抹黑血，很快就凝結成又黏又髒的冰塊。

時間不能再拖了，他必須趕快抵達小屋。

但是——他轉頭望鐵臂——如果此刻拋下鐵臂，又會重演蓬萊國的情境。

正在躊躇之時，鐵臂忽然睜開眼，重重地呼出一口氣。

潘曲趕忙單膝跪地，查看鐵臂的狀況。他雙目迷濛，兩眼似乎無法對焦，但口中不斷呢喃：「我們一定會到達那間小屋的……」

潘曲探察鐵臂的心靈，看見一團混沌，意志仍在混亂之中。

遲疑片刻之後，潘曲猛然領悟——現在鐵臂的心靈是沒有防備的！他要趁機解除他對鐵臂的疑惑。

於是，他跟鐵臂的心靈對話：「你為何如此肯定會到達小屋？」

鐵臂口齒不清地嘟囔：「只有……只有到了小屋，鑾娘才會回來。」

潘曲不認識鑾娘，於是繼續追問：「為什麼要到了小屋，鑾娘才會回來？」

鐵臂蹙了蹙眉頭，好像注意到潘曲在套話，雖然意識混亂、眼球抖動無序，口中卻不再透露半點訊息。

潘曲再用心眼觀看鐵臂，見他身體外圍有一層光芒，卻是黑紫色的光芒，宛如一片不幸的黑霧包圍著他。於是心念一動，悄悄地跟貝瑪心靈通話：「貝瑪，我是潘曲，我想問妳一件事。」

不等貝瑪回答，潘曲便繼續問：「法地瑪叫我來此會妳，但原本跟我一起來的人名叫沙厄，不是鐵臂，何時才決定由鐵臂替代的？」

貝瑪遲疑片刻，才答道：「鐵臂是法地瑪叫來的。」

這就是了，這就是潘曲打從開始就覺得怪異之處，他知道自己不可能弄錯的，他和沙厄是由法地瑪親自送上飛行巡艇的。

「法地瑪何時叫鐵臂來的呢？」他跟沙厄在天縫被耽擱了，然而跟沙厄分別之後，鐵臂卻比他還早抵達冰原，所以鐵臂是從何處出發？如何來到的呢？

「鐵臂，鐵臂……」貝瑪不斷重複鐵臂的名字，像在懊惱地搜尋她的記憶。

潘曲覺得很不對勁，鐵臂有問題！貝瑪也有問題！此時此刻，他甚至開始懷疑那女人是否真正那由他所稱的貝瑪。

站在冰冷的雪地上，潘曲覺得他被孤立了。

然而他不知道，其實貝瑪也覺得很困惑。

她覺得自己似乎身處於幻覺之中，覺得身體不是自己的，甚至連腦袋也不是自己的。

她望向坐在火爐旁邊的兩個守護員，感覺很不真實。

紫色１２０和紫色０３０兩人正在分享離別之後各自的遭遇，兩人都已經不是原本的身體，紫色０３０（火母）在白眼魚體內，兩人的意識融合為一，而紫色１２０剛得到一個儲備的十二歲女孩身體。兩人低頭細語，已經談了很久很久的話。

貝瑪上前遞給她們清水，那是將雪水溶解蒸餾過的淨水。貝瑪坐到她們身邊，正好聽到她們的對話。

紫色１２０說：「沒想到，兜了一大個圈子，妳跟鐵臂會跟我來到同一個地方，真巧。」

白眼魚─火母搖頭道：「我也不明白他為何要來這片冰天雪地呢？」

「妳用飛行巡艇載他來的，不是嗎？」

白眼魚─火母猶豫地說：「可以說是，也可以說不是。」

紫色１２０詫異道：「妳的飛行巡艇有在外面吧？」

貝瑪不得不打斷白眼魚─火母的談話：「妳認識一個名叫沙厄的人嗎？」

貝瑪非常困惑，她察覺自己擁有兩套同時間的不同記憶，這裡頭肯定有問題。

白眼魚─火母側頭想了一想：「我沒聽過。」

「可是跟妳過來的人叫鐵臂……」腦中的兩套記憶在互相傾軋，貝瑪覺得頭開始痛了，

「是那由他叫他過來的嗎？」

「那由他？不……我不認識這個人，」白眼魚遲疑了片刻，她覺得貝瑪會這麼問，可能是出問題了，「是一位……跟剛才那位潘曲很像的一個人。」

跟潘曲很像的人？

貝瑪記得，那由他曾經告訴她，潘曲是過去地球聯邦某個秘密單位的成員，是以雪浪的超能力者為原型製造出來的新人類。地球聯邦公民以希臘字母編號出生世代，而這批新人類被列入最後的字母「奧米加」，因為瑪利亞認為他們是人類的終極形態。

貝瑪猜測，如果對手是具有心靈能力的人物，那麼最有可能的就是：她也遭受到心靈攻擊了。

貝瑪半閉起眼睛，觀察自己的心念，尋找她的記憶的時間線，將錯綜交纏的時間線抽絲剝繭，終於找到時間線可疑的被侵入點。

她的記憶果然被篡改了，被一個更高明的人在無聲無息中篡改了，猶如把填充題的答案擦掉，換成另一個答案，但是被擦掉的痕跡仍在。

「那個人叫什麼名字？」她必須趕緊聯絡那由他和潘曲，警告他們。

看見貝瑪嚴肅的神情，白眼魚怯生生地說：「當時，他就忽然間出現在我和鐵臂面前，說他的名字叫黑格爾。」

「黑格爾……」

貝瑪必須聯絡潘曲，問他認不認得黑格爾，說不定也是一位奧米加。

正當她想這麼做時，木屋內的坑洞忽然出現聲響，像有許多東西穿破坑洞內部的泥土而出。

正當她們想搞清楚發生什麼事時，聲音已經露出它的原形，坑洞中跳出一隻六足雪鼠，閃亮著紅色的眼睛，朝她們警戒地弓起背脊，體毛直豎，露出尖嘴裡的尖銳細牙。

六足雪鼠已經吃光了木屋周圍的冰蟲，然後繼續在地底搜索氣味，穿過木屋地底，而坑洞成了牠們唯一的出口。

六足雪鼠清除了雪地中的冰蟲後，雪人的身體再無障礙，愈加擴大直徑，慢慢從空中籠罩下來，烏雲般的腳也慢慢垂降到木屋外圍，木屋裡頭變得更為陰暗，只有火爐的炭火提供光明。

「然後呢？」貝瑪抓緊最後的機會問白眼魚—火母，「那個叫黑格爾的人……他做了什麼？」

「他很神奇，有一種很厲害的力量。」白眼魚—火母的語氣充滿崇仰，「我和鐵臂逃離百越國之後，回到海島思考下一步時，黑格爾就忽然現身了……」

「忽然現身？」

「就像從空氣中跑出來那樣。」白眼魚—火母皺起眉頭，「不知他跟鐵臂說了什麼，只聽到鐵臂說同意他的建議，然後，然後，只不過一轉眼工夫，我們仍然坐在飛行巡艇裡面，可是巡艇已經到達這裡了。」

貝瑪心底一陣沁涼：「那麼，那位黑格爾人呢？」

「他跟我們一起來的呀。」說完之後，白眼魚—火母也困惑地轉動眼睛，回想最後見到黑格爾的時間，卻發現記憶一片空白。

貝瑪完全不記得還有另外一個人跟隨他們前來。

她掄起手中的冰蟲刀，盯著從坑洞中爬出越來越多的六足雪鼠，問白眼魚—火母和紫色１２０：「妳們有武器嗎？」

紫色１２０拿出雷射槍，那是潘曲幫她保管並還給她的。

白眼魚—火母也取出她的雷射槍「火種」，不安地問貝瑪：「難道我做錯了什麼事嗎？」

貝瑪搖搖頭：「妳只是不小心陷入了兩邊之中，而兩邊的人都認為他們做的事是對的。」

花苞

潘曲得不到貝瑪的回應，但他已經有了結論：鐵臂並不是這趟任務預定的同伴。鐵臂目的不明，敵友難辨，可能會造成破壞，因此潘曲只好再一次捨棄他了。

他見鐵臂的眼珠仍在微顫，意識依然混沌，便將冰蟲刀擺在鐵臂手中：「我不知道你在哪裡，不過我必須先走了。」

他站起來時，再度回頭望一眼來時的木屋，驚見木屋已被雪人的腳給包圍了！他抬頭高望，雪人更加巨大了，幾乎遮蔽了整個圓形雪地上方的天空。

但雪人的足跡並沒伸進針葉林，不曉得是尚未伸入，抑或是無法伸入。

某些事正在發生，而潘曲無從知悉，他告訴自己：「不能慢了。」咬一咬牙，便揮動冰蟲刀，趕走試圖趨近的六足雪鼠，快步走向雪地彼端的小屋。

他邊走邊回頭查看，果然六足雪鼠一隻隻從針葉林地面的腐植層冒出來，三三兩兩在杉樹林邊緣用後腿站立，拉長身子觀看他，卻沒追過來。

牠們灰白相雜的刺毛慢慢變色，變得更接近地面黑白混雜的顏色，漸漸與腐植層融為一體，潘曲快要辨認不出牠們了，要不是紅色眼睛閃著詭異光芒，還真不易看見牠們。

他奮力揮動鐵鉤，希望腳下能走快一些，但繞路增加了很多距離。

忽然，背後傳來沙沙聲，有東西迫近腳跟了。他回頭望去，並不見六足雪鼠的蹤影，但定睛一瞧，才看見原來牠們都在後面追逐，只不過體毛保護色掩飾得太好，跟森林地面合而為一了。

冷不防有一隻躍上褲子，試圖鑽入褲腳。

「該死！」他詛咒道，迫使他掏出不願使用的雷射槍——為了節省能源，他連武器都得省著用——倉卒停下腳步，將雷射槍口抵著冰鼠的頭，牠連吱一聲都來不及，整顆頭就瞬間焦黑了。

其他同伴並沒被阻嚇，同伴的死亡反而激勵了牠們：牠辦不到的，我能辦到！

六足雪鼠在腐植層上方飛快奔跑，他回頭用雷射槍射擊，但牠們太靈活，東竄西閃的，很難打中，只怕雷射槍的能源很快會耗盡。

一隻六足雪鼠逮到機會鑽進褲腳，快速爬上小腿。

「可惡！」潘曲氣急敗壞，膝蓋一軟，左腿忽然失去了控制，猛然跪地，顯然是仿生神經被冰鼠咬斷了。

這回他真正地恐慌了：沒想到冗長的旅途，卻在將近終點時功敗垂成。

白色冰鼠趁他不得不用左手扶地時，鑽進袖子裡頭，他趕忙用右手肘去打擊衣袖下凸出的冰鼠，但更多冰鼠爬上褲子、背部和頸背。

左臂的存在感忽然自腦中消失，左臂也失去控制了！掛在肩上的沉重皮包立刻將左臂往下拉，皮包陷進積雪，整個身體左傾，撲倒在雪地上。

正在絕望之時，空氣中出現一股詭異的氣氛，彷彿有層層靜電在微微振盪，冰鼠們通通停止動作，紛紛抬頭仰望。

他也朝冰鼠觀看的方向望去。

雪人覆蓋天空的黑影中間破開一個洞口，慢慢擴大圓周，而洞口下方正是小屋前方的雪地，亦即先前的隊伍聲稱埋有撒馬羅賓卵球的冰層。

趁著六足雪鼠被引開注意力，他奮力舉起還能使用的右臂，抽出腰際的冰蟲刀，將它扔去雪地，冰蟲刀插在雪地上，瞬間爆湧出黑色冰蟲，六足雪鼠們興奮地尖叫，便衝上去搶食，褲管、袖管中的雪鼠聞到血腥味，都趕忙爬出來。

潘曲抓緊機會，從積雪中抽出皮包，擺在雪地上，奮力用右肘撐起身體，一邊推動雪地上的皮包，拖著無法活動的左腿，艱辛地爬向小屋。

「快點，」他提醒自己，「別讓牠們爬上脖子了。」

只要插在雪地上的冰蟲刀不停冒出冰蟲，他就有逃走的機會。

「別再過來了。」有個聲音進入潘曲腦中。

誰？是誰？好熟悉又陌生的聲音，他一時想不起。

「停在那兒，再過來就危險了。」聽起來挺誠懇的。

那聲音沒騙他，圓形雪地上的確有了變化。

潘曲位處於地勢較高的林邊，看見積雪以肉眼可見的速度融化，露出下方冰層。這裡本是低窪之地，數千年來積水成冰層，如今陽光穿過雪人洞開的窗口，照出冰層下方的渾圓巨卵，每一顆都有駝鳥蛋大小。

隨著冰雪融化，撒馬羅賓的巨卵漸漸露出，在冬陽照射下，肉色表面如嬰兒肌膚般光滑。

隨著陽光的加熱，巨卵的頂部竟慢慢轉成血紅色！

潘曲看得睜大眼睛，忖著：貝瑪在看著這一幕吧？那由他也在看著嗎？

巨卵的頂部猛然裂開，如花瓣般敞開，露出裡頭的紅色大花苞，表面布滿血管，滾燙地冒出蒸蒸熱氣。

潘曲發現眼前所見的，跟聽說的並不一樣。

這是前所未見的撒馬羅賓形態！

在毫無預警之下，花苞忽然爆開，在爆裂的同時，有白色物體從裡頭飛射出來，筆直射上天空，穿過雪人打開的窗口，消失在陰霾的雲層裡。

正在爭吃冰蟲的六足雪鼠們，被爆裂聲嚇得吱吱亂叫，驚慌地四處逃竄。

緊接著花苞接二連三爆開，一顆顆白色物體射上天空，爆發的力量激起雪花紛紛，雪地上空變得一片模糊，像濃霧彌漫的秋日清晨。

花苞爆開得一片狼藉，碎片像極了粉碎的血肉，不，潘曲聞到被爆炸的風吹來的腥臭，是真正的血肉！是碎屍的氣味！他曾在時間旅行任務中聞過，在地球聯邦崩潰時聞過，在被黑毛鬼侵略過的殘骸中聞過，這種氣味只要聞過一次就畢生難忘。

每一次花苞的爆炸，都噴發出大量血霧，將雪地和霧氣渲染成猩紅色。

一時之間，空氣中盡是血腥味，濃烈得令人作嘔。

雪地上的巨卵一個接一個打開，露出血紅的花苞，然後一個個陸續爆發，但並不會同時爆發，彷彿經過精心安排，爆發時間有間隔，也不會相鄰地連續爆發，而且待前一個發射的物體剛消失在雲端，下一個才接續爆發。

潘曲觀看了一陣，緊盯著花苞噴射出來的物體，試圖利用內建的視覺強化功能來瞧清楚是什麼，但一次次的嘗試皆失敗了。

他靈機一動，想起「用心眼看」，受過訓練的他馬上讓自己進入沉靜狀況，雙目半合，在兩眼之間打開屏幕，將雪地的巨卵放進屏幕觀看。

在心眼中，他看見熾烈的生命之火在巨卵內部流動，甚至有類似心跳的脈搏，有節奏地推動體液循環。

當巨卵頂部打開時，它所有的體液集中到底部，潘曲在心眼中看見底部一片火紅的生命之火，將體液煮沸、膨脹，然後炸開，將一顆白色圓球射上天空。

射上天空的白色圓球也充滿生命之火，而且垂掛著鬍鬚似的肉芽！這才是真正的撒馬羅賓！潘曲心中尖叫！

那個花苞是將卵球送上大氣層的設備，不，花包是個生物，是專門用來犧牲的生物，它生存的目的就是為了最後的爆炸！

爆炸後的花苞，在心眼之中呈現凋零的灰黑色，孤單地在雪地中等待腐爛。

六足雪鼠發現新食物，紛紛奔向死亡的花苞，享用散落在地面的肉塊。

雪地上的冰蟲刀仍在冒出黑色冰蟲，但六足雪鼠已對小蟲失去興趣，因為冰蟲填不飽肚子，又令喉嚨不舒服，那些紅色肉塊更好吃。

「為何要將撒馬羅賓的蛋射上去？」潘曲自問。

然後他自答：「為了將空行者送上大氣層！」

雪地上的發射程序似乎無窮無盡，不知要多久才會全部發射完畢。

話說回來，冰原上究竟有多少顆空行者的卵球？

·中場二·

冰河之書

天命玄鳥，
降而生商。

●●《詩經·商頌·玄鳥》●●

人牲

他們早就聽說過異族的殘酷可怕，當消息傳來，說鄰近的部落已經被吞噬時，他們根本來不及應戰。

鄰族跟他們素來有婚姻和交易的習慣，雖然偶爾會發生爭執，但雙方長老通常都會出來調停。兩族間往來不算頻繁，但也常互通消息，沒想到某日對方忽然完全沒有消息了，甚至連拿獸皮過去交換食物的族人都沒回來。

長老派人過去偵察，看看鄰族是否預謀攻擊本族，沒想到看到的是異常恐怖的場面。

被派去的年輕人是擅長追捕獵物的好手，他躲在附近的小山丘觀看，只見村中煙霧彌漫，隱約看到許多人被反綁手腳跪在地上，面朝村子中央的篝火，擁擠地排列在一起，還有許多拿兵器的人包圍他們。

「出事了！」年輕人整個心都揪緊了，鄰村有許多他認識的人，想必就是其中一些被綁在地上的人，不知道是打哪來的入侵者，竟將如此強悍的村子制伏了。

篝火前方站著一個人，臉帶鳥頭面具、頭上戴羽冕，身穿年輕人從未見過的寬大長袍，長袍後面還拖著兩根尾巴。此人想必是一位巫師，不過年輕人沒有見過這種裝扮，所以肯定不是鄰村的巫師！

更奇特的是，巫師手中捧著一個三隻腳的青銅器，上面是個深鍋，下方像三個粗大豐滿的臀部，稱之為「甗」。

年輕人的視力十分好，這是當個好獵人的必要條件。當他看見巫師手上的青銅器時，不禁全身氣血奔流，強烈的恐懼差點讓他屏息，因為他想起從遠方流傳過來的傳說：有一群嗜血的異族，他們有如蝗蟲過境，所經之處都會變成荒土。

更可怕的是，他們會吃人。

而且他今天還親眼證實了傳聞。

他看到一個村民被士兵拉起來，這時候才看清楚，原來村民們的脖子都被繩子綁在一起了，所有人連成一串，當一個人被拉起來時，其他人的脖子也全被拉扯，有女人痛得哇哇大叫，不停咒罵。

只見巫師指使了幾句，士兵冷不防拿起斧頭，砍去他拉起來的村民的脖子。被扯痛頭髮的女人從咒罵變成慘叫，直視男人在她眼前被砍頭，而且脖子並沒有一次被砍斷，鮮血噴了她滿臉，其他人驚恐地騷動起來，士兵立時用兵器架住他們的脖子。

頭被割斷的人倒下身子，不再跟大夥一起被繩子串連。

士兵將人頭割下之後，恭敬地放進巫師手上的三足甗中，巫師朝大喊大叫的女人望了一眼，士兵馬上過去抓住她的頭髮，女人瘋狂地反抗，不過脖子也很快被割斷了，人頭也被放入三足甗中。

巫師看看覺得滿意了，遂將青銅甗放到篝火之上，口中念念有詞，一邊祝禱一邊展開長袍，垂下兩片大袖子，模仿大鳥的翅膀。躲在山丘上的年輕人遠遠望去，覺得他真的像一隻黑色巨鳥。

兩顆人頭靜靜地在青銅甗中被烹煮，腦漿和鮮血開始滾沸，脂肪流出，眼珠子膨脹得爆裂了，其他族人見到這地獄般的場面，都被嚇得噤若寒蟬，平日的強悍作風完全不見蹤影。

此時年輕人看到鄰族的巫師被帶出來了，被命令站在侵略者的黑鳥巫師面前，充滿屈辱地被解下身上的巫師裝束，然後士兵把他們刻了祖先人像的木柱也搬到火堆中一同燒掉。

年輕人看得觸目驚心，祖先木柱被毀，意味著這族人不管在人間或是他界，都完全失去祖先的保護。這不只是侵略，這是要將整個族群連根拔起！

他們有個族人不久前過來跟鄰族交易未歸，恐怕也混在人群中，凶多吉少。

接著在侵略者之中跑出一位戴著青銅面具的人，看起來是士兵們的領袖，他一聲令下，士兵開始殺人，即使隔著篝火的煙霧，年輕人依然可以看到鮮血噴灑，將煙霧都染紅了。

他不敢再看接下來發生的事，他已經心驚膽顫得心臟快要停止了，趕緊趁雙腳還沒完全發軟之前，趕回部落警告大家。他們要不是得趕緊整村逃走，就是必須準備奮力抵抗。

他連滾帶爬地翻過山崗、穿過樹林，跑回部落，對長老和巫師描述他的所見，長老聽了神色凝重，要求巫師占卜，請問祖先該怎麼做？

年輕人氣急敗壞地說：「別問祖先了，問祖先也沒用的，他們的祖先都被燒掉了！」

「不得褻瀆！」長老生氣地罵他，「說不定他們會招惹這些禍事，就是因為對祖先不敬！」

長老不知道，這批侵略者並不是一時興起出兵的，他們老早派人勘查過地形和各個部落的人口，尤其是人口，是他們最想要知道的數據。

長老打算在傍晚向祖先禱告，因為他們相信傍晚禱告是最接近祖先的時刻。然而長老並不知道，他們就是下一個目標，侵略者在鄰族的部落殺人吃飽之後，留下部分士兵守著吃剩的村民，便往這裡進發了，根本不等到傍晚。

當一批拿著青銅兵器的士兵出現在部落入口時，族人們彷彿看到來自黑暗的怪物，驚嚇得乾瞪著眼，被他們直接抓住長髮拖走，強行被繩子繞上脖子，不一會兒，地上就跪了一串串的人。

有人警覺性高的，連忙奔逃，但都敗在想先找家人再逃跑，在來回蹉跎中就被逮住了。有舉起石刀、石斧抵抗的人，在這群訓練有素的士兵眼中只是無助的小雞，士兵們果斷地用青銅刀刃捅穿他們的肚子或胸口，免得自己受傷，反正剛才還沒吃飽，殺幾個來當晚餐也不錯。

他們將俘虜綁起來的行為，產生了一個字：「羌」，這個字的原始圖像就是被繩索綁起來的人，並不指特定的某個族群，而是指被他們征服俘虜的人。

回來通風報信的年輕人也被逮住了，同樣被跟其他族人綁成一串，他深知自己接下來的命運，不禁害怕得渾身顫抖。

他們的巫師被命令穿上最隆重的儀式裝束，並交出所有族中最尊貴的法器，拔起立在部落四周的祖先木柱，然後在部落正中央的空間生起火堆。

如同年輕人所料，侵略者的黑鳥巫師拿出他的三足甗。

他在所有人面前命令士兵殺了一男一女，將他們的人頭放進三足甗中，然後擺進火中熬煮，讓所有人看著他們熟悉的兩位族人的頭在甗中吱吱作響。然後黑鳥巫師將他們的祖先木柱置入火中焚燒，笑著說了一句話，沒人聽得懂他的語言，不過他的意思是：「讓祖先煮子孫，你們就可以全部在一起了。」

接下來他們殺了好幾個人，像對待禽獸一般將他們肢解，然後就是年輕人逃走之後沒看到的場面了。

侵略者們搬來一個更大的三足鼎，將屍體放進去熬煮，可以一次置入好幾人，在眾人的圍觀下，目睹親友慢慢被熬煮稀爛，有的人已經被刺激得進入癲狂狀況，跪在地上歇斯底里地呢喃。

如此巨大的三足鼎，是他們用兩頭牛拉著木輪車，一路跟隨軍隊翻山越嶺而來的。侵略者把人肉吃乾淨以後，也不浪費時間，連夜出發回去，將沒吃掉的族人帶走。

那些侵略者像有無窮的精力，他們生起火把，徹夜行軍，經過先前侵略的幾個部落，會合之前留下的士兵和俘虜，帶著整批俘虜翻過幾個山頭，到清晨才休息，又殺了些人來熬煮分食，才繼續行軍。

年輕人注意到，他們先將比較老或比較病弱的人吃掉，這些人可能在行軍的路途中猝死，或許是由於身強力壯，年輕人一直沒被選去吃掉。

終於，經過兩三天後，他們到達了侵略者居住的地方。

士兵們帶領俘虜經過由高大的木柱和木樑組成的大門，穿過這道大門，年輕人被眼前的建築物嚇了一跳。這些都是前所未見的建築物，不像他的部落用木頭搭建房子，這裡的屋子是用石頭建築的，建在堆高的夯土上，說明這些侵略者完全是另一個世界的部落，而且他們的部落是超級大的。

後來年輕人才明白，為何他們會有這麼多高大的建築物，原來就是由他們這種被俘虜的奴隸幫忙建造的。

得以倖存來到這個巨大部落的，都是身強力健的男人和女人，包括少年和小孩。

他們被集中在一個地區，被給予以前沒吃過的植物種子為糧食，那些植物種子要被煮軟發脹之後才能下肚。

如此日復一日，年輕人和其他俘虜每天早上就被拖去做建築工程，將泥土沙石從別的地方運來，混合之後堆高壓實，慢慢築成一座高台。

年輕人注意到，在他們經過的路線上總會垂掛一些布條，用黑墨勾畫了粗線條，而且每一張布畫的都是相同的線條。那些是圖像化的語言，再從圖形轉變成文字，在當時算是嶄新，說得上是先進的一種概念。

年輕人看不懂是什麼意思，因為他們的部族有語言而無文字，就跟大部分的部落一樣，而侵略者也沒意願花時間教導他們文字，因為沒有必要，但年輕人依然看得出那個巨大的字是兩邊對稱的，長得就像一個插在平台上的錐形容器，以現在的字形來說就是「商」字。

商，就是俘虜他們的這群人。

商人恃著從祖先之地帶來的文化優勢，將前所未有的文字、石頭建築和青銅器鑄造技術帶入此地。他們歧視所有非我族類，有的甚至被他們當成跟畜牲同等的地位，也就是充當糧食和祭祀犧牲之用，他們稱俘虜們為「羌」。

終於，年輕人負責的夯土層完工了，主持工程的工頭檢查夯土夠不夠密實之後，一群士兵也出現了，命令所有奴隸分兩排站在夯土高台上，每人遞給一杯濁酒，命令奴隸都喝下之後，將廉價的陶杯扔在地上砸碎。

那杯酒酸酸的並不好喝，但酒氣很濃，足以讓他們喝了之後氣血上湧、腦袋發昏，然後在奴隸們還沒搞清楚狀況之前，士兵們紛紛亮出斧頭，砍向他們的脖子。

驚惶是短暫的，當血液大量從腦袋流失之後，他們快速地失去意識。

此時，黑鳥巫師登上高台，展開鳥翅般的長袖，祝禱一番之後，士兵們開始像殺豬般肢解奴隸，將他們的身體和四肢散布在高台上，把人頭帶到高台之下，投入一個巨大的四足方形鼎中，在巨鼎下方生起柴火烹煮人頭。

黑鳥巫師虔敬地站在巨鼎前方，半閉著眼睛祝禱：「至高無比的歐牟，我們將人牲奉獻給您，讓他們永遠鎮守地基，王宮永遠穩固，商人永世不墜。」

將人體埋進夯土層是他們代代相傳的做法，他們相信這些奴隸即使死了也是千秋永世鎮守土地的奴隸。如此的祭祀，巫師接下來還會進行很多次，直到王宮建成為止，根據黑鳥巫師們的計算，大概需要上千個人牲。

而利用巨鼎來烹煮人體，乃從第一代巫師被歐牟教導如何製作原生濃湯開始，就複製了這套方法，雖然到後來已經不明就裡，但依然重複地執行下去。

黑鳥巫師將長袖放下來，結合他臉上的鳥首面具，整個人就渾然化成了他們所崇拜的神明。

他們給這位神明創造了一個專門代表祂的象形字，簡化之後就是「示」。日後所有代表神明的新字，都會加上「示」做為部首。

玄鳥

原本預算千秋萬世的王宮，還不到一百年就被鄰近的新興強族給焚燒了。

從西邊過來的新族群「周」攜帶當時西方最先進的技術，勢力逐漸強大，雖然「商」對周十分防備，無奈數百年來商人從祖地帶來的技術停滯不前，而且還有退步的趨勢，鑄造的青銅器品質越來越差劣。

商無法把周壓制下去，只好對他們懷柔，但最終還是為周所滅。

周無法忘記對商的恨意，因為在商被迫正視他們之前，也殺了許多周人，捕捉了他們許多族人當人牲和人殉。

當他們攻入商的王宮時，逮住了他們的巫師。

「商的力量源頭在何處？」周王脅迫巫師說出來，「你們的國家已經滅亡了，你們的神靈也應該跟著滅亡。」

僅僅是王宮裡的常規巫師都有逾百名，他們先把地位低的巫師殺了幾個，用以威脅地位高的巫師，因為地位越高的掌握得越多權力和資源，就會越愛惜生命。

地位最高的「十巫」，分別掌控醫藥、占卜、祭天、祭地、禁咒等事，分工清楚，大巫師紛紛指向負責記述歷史的「巫史」：「要問到這件事情，他最清楚。」

平日在十巫之中最沒有地位的巫史，此時卻被其他巫師齊齊推了出來。

巫史嘆氣說：「即使我說了，你們也到不了。」

周王說：「商王先祖跟我們一樣從西方而來，有什麼到不了的？」

巫史搖頭：「西方是前一站沒錯，但更早之前，曾在極北之地，祖傳天降玄鳥，並不是發生在西方，而是在北方。」

周王想想也有可能，玄鳥就是黑色的鳥，而在商人的世界觀裡，五色之中，北方屬於黑色。

「我聽說商王的祖神就在玄鳥之地，若你肯帶我們到祖神之處，毀了祖脈，那我尚可留商人一條活路，讓你們依然封地生養。」周王開出條件，「若不答應，那更簡單，反正接下來我們會舉行許多祭祀，大可按照你們的做法，將商人男女老幼，全部做為人牲，以慰我周人先祖。」

也就是說，不答應就滅族，而答應的話，雖然祖先沒人祭拜了，但仍能保留血脈。

「我願意帶你們去，」巫史說，「但我年紀不小，路途又艱難跋涉，只怕我會病死在路上。」

「即便如此，我們會努力不讓你死的。」

周王並不真的想殺巫師，他還要接收商人有用的文化，例如商人的文字就是很好的統治工具，還有商人豐富的祭神儀式，也是他向來嚮往的，而這些文化神髓都掌握在巫師手上。他不但不會殺商人的十巫，還會從他們身上吸收商人的習俗。

周王派了一支隊伍，跟隨巫史前往玄鳥之地。

這支隊伍有周王的特使、三位大巫師，還有保護他們的百名衛兵，照顧他們的奴隸和庖廚，在那個時代可謂浩浩蕩蕩。

他們名義上周巡各個曾經臣服於商的城邦，向他們宣告商已滅亡，如今勢力最大的是周，擁有最多結盟的城邦。

隊伍慢慢脫離路線，進入寒北之地。

北方對周人而言是陌生的，後世以為是大荒之地，殊不知該地其實部落眾多，居民血統複雜多樣，跟周人語言不通，因此鮮少流傳於周人文字。

巫史根據口耳相傳的紀事，在極北之原輾轉了整個月，好不容易找到商人發跡的廢墟。其實找到祖脈，巫史比周人還來得興奮和激動，因為他們黑鳥巫師已經不知有多少代沒回來過祖神之地了，據說三百年前還有派人回來祭祀的，然而在中原定都後，長途來往不便，便荒廢祭祀。巫史不禁猜測：莫非這是商人亡國的原因嗎？

這裡住著商人的祖神，眾神之神，傳說是黑鳥巫師靈力的真正來源。

事實上，巫史並非憑著口耳相傳的紀事找到廢墟的，而是用心靈去感覺的。

當他越接近祖脈，他就越感覺到祖神的存在。

他的心靈像一根探測針，帶著這支隊伍穿過樹林、踏進雪地，最後來到一片冰封的原野上。

當他站在祖神的上頭時，他的心跳已經強烈得足以令他幾乎停止呼吸。

他從未有過如此強烈的感受，沒想到要在亡國之後才能經歷，不得不說十分諷刺。

周人的巫師們也感覺到了，此地瀰漫著不尋常的氣息，地底下充滿了寧靜的生命之火，有許多沉睡中的心靈，其中有一個尤其強烈。

數百年來的冰封，冰層中混有枝葉等雜質，令冰塊的色澤有些混濁，但他們仍隱約看到冰層之下封著一顆顆人頭大小的肉色圓球，這些就是商人的祖先們依照祖神指示，製作原生濃湯，讓歐牟製作撒馬羅賓的卵球。

撒馬羅賓沒有手、沒有腳、沒有聲音，他們必須借助別人的幫助來做這些事情。

歐牟有些時候也在想，為何當初育卵師要在海豚文明毀滅後的世界留下他們，卻不讓他們擁有四肢？後來他明白了，四肢是往外延伸的身體，會讓他們的心靈往外散逸，減弱他們的心靈能力。

「要把他挖出來嗎？」三名周巫躊躇不前。

他們感到畏懼，因為他們能夠感覺到地底下的祖神已經知道他們的來臨，知道他們將會對他不利，一旦將他挖出來，說不定會釋放他的能力。

為了能夠安全地鎮壓商人祖脈，三名周巫經過一番商量，決定使用他們最可怕的禁咒，那是他們原始的薩滿祖先在草原上對付最可怕的敵人所使用的。

施行這個咒語需要十天到一個月的時間，因此士兵和奴隸們砍伐周圍的樹木建造小屋，在小屋旁邊建造冶爐，讓掌握青銅冶造技術的周巫將隨身攜帶的部分青銅器和兵器軟化，重新打造八把青銅鈍刀，並在刀面刻上咒語。

一切備妥之後，三名周巫在冰層鋪上獸皮，圍繞歐牟的位置席地而坐。

歐牟尚未孵化，依然是卵球的形態，因此他的心靈能力尚未完全開啟。數百年前商巫的薩滿祖先心甘情願接受他的驅使，願意被他控制，但這批周巫的心靈防禦得很緊，他實在不容易進駐。

更令他擔心的是，他捉摸不到這些人到底想對他做什麼？

有幾把堅硬的東西插進帶著雪和泥的冰層之中，將歐牟包圍起來，當那些東西被插進來的時候，他已經感覺到其所攜帶的強烈心念了。

有些東西特別容易儲存心念，譬如水。

但是流動的水會將心念稀釋掉。

歐牟感覺到，這些人類所使用的是以前海豚文明沒使用過的材料，他們掘開地表，取出蘊藏在母星地表下的金屬，用烈火將金屬混合，創造出全新的合金，這一點讓歐牟不得不佩服，但也讓他哀傷：沒想到下一個文明會更加殘害已經生病的母星。

更令歐牟驚豔的是，這種新類型合金竟能儲存心念！

商巫眼睜睜看著周巫們的行動，卻無力阻止。他試圖用心靈聯繫地底下的祖神，感受一下黑鳥巫師的先祖們初次接觸祖神時的感動，祖神的形象如海市蜃樓般浮現於意識中，如同一隻展翅的黑鳥，底下垂掛著一根像魚的尾巴，難怪數百年後的今天，連他們自己商巫都誤以為那是燕子——玄鳥的形象。

周巫們席坐在冰雪上，圍繞著商人祖神念咒，將心念藉由咒語傳遞，經由青銅刀不斷地灌注到地底下去。

心念逐漸匯結成形，變成實體，變成黑色帶刺的冰蟲。

青銅刀末端不斷流出黑色小蟲，蠕動著黑色小圓頭尋找目標，兩側的尖刺幫牠鑽入冰雪，對牠們而言，最敏感的食物氣味就是生命之火。

印度人認為生命有四種誕生的方式：胎生、卵生、濕生、化生。而冰蟲正是由咒語「化生」，以氣血為食的生物。

牠們隔著冰雪都能聞到歐牟的氣味，於是慢慢從八把青銅刀尖端朝歐牟聚集，鑽入歐牟尚未孵化的卵體，吸吮吞噬卵中的體液。

歐牟沒有痛覺，但他知道身體正在被侵蝕。

撒馬羅賓被設計能感覺電磁波、心靈變化、溫度變化，惟獨沒有痛覺。

他試圖用心念控制冰蟲，卻驚奇地發現冰蟲沒有意識，牠們只是單純地由念頭構成，不會思考，所以當然也不會被改變想法。

歐牟雖然無助地被冰蟲侵蝕，但強大的再生能力令他不會被食盡。

他只有耐心等待可以被控制心靈的人類接近。

路西弗

七名地行者不停地趕路。

他們在烈日下打開聽帆，吸收太陽從一億五千萬公里外吹送過來的各種輻射粒子，讓他們能不斷攝取能源。

路途很長，他們必須提早幾年到達，去部署好一切。

雪山上的梭菲亞和火地島的太印兩位設計師已經醒來多年，但久久等不到北極的歐牟，隨著日子一年年過去，大氣層上空的空行者越來越少，他們的聯絡也越來越艱難。

然後空行者路西弗給了兩位設計師一個建議。

他是下一個會墜落的空行者，將會在百年之內殞落。

育卵師設定的計畫一延再延，一直無法湊齊三名設計師，再拖延下去的話，撒馬羅賓將會面臨極大的危機——沒有空行者的大氣層。

一旦沒有空行者，位於地球三極的設計師就很難互相聯絡了，更別說要讓所有人類一起合唱。

「你們是設計師，」近地軌道上的路西弗問梭菲亞和太印，「難道沒辦法製造空行者嗎？」

沒錯，孕育新的空行者是唯一的辦法了：「我們需要空行者的基因庫。」

所有撒馬羅賓都不是由單一受精卵發展出來的生物，他們是身體不同部位擁有不同基因組的「嵌合體」（chimera），當初育卵師會這麼做，是為了方便組合不同功能的部位，好設計出不同功能的撒馬羅賓，所以他們是一種「組合生物」。

組合生物是個方便的工程概念，卻造成了設計師的困難。

「我不是設計師，沒辦法分析自己的基因庫。」路西弗冷靜又理性，跟所有的撒馬羅賓一樣，「我有個建議，百年之內我將殞落，到時你們可以從我的身體獲得空行者的基因庫。」

設計師們想了一想：「可是向來殞落的空行者都很少留下身體。」

「是的，因為我們在大氣層中就焚燒至盡了。」

「有可能不焚燒嗎？」

「當初主人把我們設計出來，就是要在大氣中焚燒掉的。」路西弗說，「但是，我剛剛檢查了一下，發現主人設計所有空行者的殞落程序時，都規定要以某個角度殞落，我相信那就是關鍵。」

「墜落的角度會影響燃燒嗎？」梭菲亞苦思道，這並不是他擅長的領域。

「我想起，百萬年來，我們看見無數外太空隕石進入大氣層，有的在掉落地面之前燃燒完畢，有的會剩下小石頭，有的會造成強烈撞擊。」路西弗的語氣不覺透露出興奮，「數百萬年來，我們空行者記錄了兆億筆的資料，還曾經想說這些都是無用的資料，如今，請給我們時間分析隕石進入大氣層的軌道資料，讓我們尋找我們需要的角度。」

即使不懂得物理學，即使不會數學計算，但如果有兆億筆的隕石資料，有不同的大氣層切入角度、隕石的質量、形狀和成分以供分析，還可能找不到最好的殞落方式嗎？

空行者泰約也加入談話：「除了不能在大氣層中燃燒，另一個重要的是撞擊到地面時的衝擊力，也會把我們砸碎。」

「撞到水中會比較好嗎？」

「或者是撞到沙漠？沙子會提供反彈力嗎？」

撒馬羅賓熱烈地討論。

他們討論了好幾年，模擬了很多情境之後，梭菲亞和太印開始孕育更多的地行者。

這七名趕路的地行者，正是要前往路西弗預定殞落的地點。

他們的任務是勘查殞落地點附近的狀況，有沒有人類的聚落？有沒有樹林、湖水、沙地、岩石等等。

他們勘查時發生了一段意外的插曲，他們遇到一名牧羊人，不是普通的牧羊人，而是擁有眾多羊群的富有牧羊人，還是其族中長老。令他們產生防備之心的是，該名牧羊人擁有淺淺的心靈力量。

當地行者在研究附近地形時，注意到羊群在向他們接近，他們本來想若無其事地避開，沒想到羊群之中竟跑出一名中年人，主動向他們攀談：「你們是我主的使者嗎？我主聽到羅得的祈求了嗎？」

他們的計畫並不包括接觸人類，因此不知所措的地行者求助於空行者和設計師。

「你們探索他的心靈，他有傷害之心嗎？」梭菲亞指示道。

「他不是本地人，但在這裡住了很長時間，他曾經參與戰爭，但對我們十分恭敬。」

「允許你們跟他接觸，他可能對周圍的地形很清楚。」

羅得的家族在這裡勢力強大，不管是軍事或商業的實力，都令當地人敬畏。在羅得的幫助下，他們獲知附近有兩座人口密集的城市，將會被撞擊的衝擊波所波及，建築結構全毀、人口全滅，因為兩城的位置正好在路西弗最佳殞落角度的緩衝路線上。

路西弗的墜落是早在他被送上天空之前就設定好的，海豚文明特別規劃了幾個墜落區，在他們的文明終結之前，都維持在空曠的狀態。

沒想到七名地行者發現那裡竟然建了兩座城，還住滿了人。

「路線不能改變，所以只好疏散人群。」撒馬羅賓一致認為。

路西弗的身體十分重要，他們等了數萬年，而且只有一次機會。在這數萬年間，母星不知生過死過無數的生命，更遑論人類，如果以他們準備了如此悠長時間的計畫，跟壽命只有幾十年的兩個城市的居民相比，當然還是計畫佔上風。

兩名地行者負責警告兩城居民，他們知道羅得頗有名望，希望他去疏散人群。

但他們錯估了形勢。

人類的社會心理，比他們所預期的複雜得多。

單純兩名地行者造訪羅得，已經造成城民的恐慌，尤其是地行者們的樣貌完全不像他們所見過的任何生物，即使羅得宣稱他們是天使，依然激起人們的疑慮，流言快速地在城中流傳：「羅得是外來人，我們早就懷疑他潛伏在這裡有所圖謀，如今果然要佔領所多瑪了！」

最終羅得還冒著被瘋狂城民殺死的危險，僅帶了少數家人逃出。

路西弗遵從遠古的計畫，依時墜落了。

路西弗的殞落陷了兩座城，在內陸大湖「死海」邊緣撞擊出從近地軌道都可目視的大坑洞，高濃度的鹽水灌入大坑，路西弗剩餘的身體消失於鹽水中。死海的鹽水濃度足以讓人浮起，但路西弗卻無法浮起，因為他的半個身體插入泥土之中，被湖底的黏土緊緊地抓牢了。

七名地行者站在由撞擊形成的大湖岸邊，束手無策。

他們日復一日繞著大湖行走，尋找打撈路西弗的方法，但高濃度的鹽水會令他們枯萎，他們不敢貿然踏入，即使踏入水中，他們也沒有手能將路西弗拿起來，更何況湖面這麼大，恐怕他們還沒找到路西弗，就已經被吸乾水分了。

「我們還不算失敗。」梭菲亞安慰地行者，「我們還有時間。」

這個地區戰爭頻繁，不管是部落之間或宗教之間都常有爭戰，地行者們不能久待，因為他們要不是被某批人認為是天使，就會被另一群人認為是魔鬼。不管被認為是什麼，此地都不宜地行者久留。

接著的數千年間，人類的足跡遍布母星，地行者們回收空行者的行動變得更為困難了。有一位空行者殞落在接近北極的森林中，雖有樹木緩衝墜落的力道，空行者依舊粉身碎骨。他所經過的路徑有大片樹木傾倒，還殺死許多動物，人類在現場找不到隕石痕跡，無從猜測墜落的物體，也難怪，因為撒馬羅賓的碎片跟其他動物的屍塊混在一起了。

待人類終於有本領入侵大氣層，短短數十年間，空行者運行的軌道上迅速布滿了人造衛星、火箭殘骸等太空垃圾，其密集程度令空行者無處可躲，高速飛行的太空垃圾防不勝防，擊穿空行者的聽帆和身體，時而某位空行者突如其來地失去聯絡，許久以後才在空中偶遇他碎裂的身體。

「不能再這樣下去了。」梭菲亞擔心一旦空行者死盡，他們就再也得不到空行者的基因組了。

撒馬羅賓們商量之後，決定干預人類的世界。

要毀滅人類文明並不困難，因為人類已經提供了大量毀滅因子，撒馬羅賓只需在各個因子上著一點力就行了。

然而，當人類文明終於以「大毀滅」譜出休止符時，大氣層上方也只剩下泰約等三個空行者了。

人類文明滅亡後，梭菲亞策動人類留存的有機超級量子電腦建立地球聯邦，希望重建的文明更有利他們的計畫進行。

地球聯邦將路西弗墜落的鹽湖地，這片自古以來的戰場定名為禁區「奶蜜」。

梭菲亞觀察多年，由人造智慧管理的地球聯邦，並不如預期的有幫助，梭菲亞於是打算再一次毀掉人類文明，但在那之前，他要以人類為藍本，創造聽話的心靈，首先是收集被列為「反聯邦」的公民。

聯邦公民是「大融合」混血計畫的產物，有優越的健康基因，免去了各種遺傳疾病，梭菲亞以他們為基礎，創造了金星族。

此時，一個適合的心靈，在一個適合的時間點上出現。

而且是一個十分特殊的心靈。

「好特別的人類，」梭菲亞忖著，「他明明有兩個頭、兩個腦袋，卻看起來像是一個人。」這個人具有雪浪居民的心靈特徵，梭菲亞隱然感覺他蘊藏著強大的力量，如蚌中藏珠，尚未顯現。

這人有個奇異的名字「那由他」，原意是梵文中很大的數目字。

那由他在地球聯邦的主宰者瑪利亞的授意下，駕駛飛行巡艇，探索每一個禁區。

這正是梭菲亞所要的，他等待那由他前往禁區「奶蜜」。

路西弗還活著嗎？他的身體還保存完好嗎？高濃度鹽水能保存路西弗的細胞完整嗎？尤其是他的基因資訊，沒有被破壞嗎？梭菲亞很想知道。

當年掩蓋路西弗的死海，早已乾燥見底，湖底化成一根根鹽柱。

那由他果然不負梭菲亞的期望，在一片鹽地之中，藉由微弱的心靈訊號找到了深陷在鹽層中的路西弗，還將路西弗帶到雪浪山腳下的金星族棲地。

「謝謝你把他帶過來。」是的，梭菲亞當時親自感謝那由他了。

那個時候，梭菲亞萬萬沒料到，四十年後，那由他會在「設計師」期待了數萬年的最重要時刻阻礙他們。

當時應該別讓那由他離開金星族棲地的。

應該在那由他還沒蛻變，有能力對抗撒馬羅賓之前將他分解的。

「那由他，」被崩埋在厚雪下的智者——梭菲亞在人類之間的名字——他永不止息的心總是在盤算著下一步，「我會脫困的，我會完成計畫的，我會讓你再也無法妨礙我們。」

太印

火地島，最接近南極大陸的島嶼，位於南美洲末端。

在海豚的時代，這裡是未開發的保留地，僅有原始哺乳類居住，在冰冷又多風的環境中生存。或許是因為動物經過大陸遷徙到這裡，發現前方已無路可走，只好認命地住了下來吧。

無論如何，這裡都不是一個適合擺放撒馬羅賓卵球的地方。

但育卵師依然將一個撒馬羅賓卵球放置在最高最冷的山上，這裡只要七百公尺以上的高地就是長年冰雪了，在冰河時代更是全域冰封，且有陸橋跟南極大陸連接。

但是，這冰封的島嶼上有火山。

某次久違的火山爆發，好幾顆火山噴出的滾熱石塊飛到撒馬羅賓的卵球附近，熔岩加熱山坡，千年冰雪溶化，露出了卵球，被四周的蒸蒸熱氣包圍。

在溫度變化的驅使下，卵的內部開始發生劇烈變化。

卵裡頭分成數個區域，每一區的細胞開始增生，慢慢跟鄰區的細胞融合，組成一個完整的身體。

在冰與火交會的山坡上，設計師「太印」於焉誕生。

他飄浮於流動的熔岩上方，到熔岩源頭的火山口，觀察母星沸騰的血流，心裡浮現《冰河之書》的預言：「克諾諾留下遺產，三個自寒冰中誕生，一個在冰與火之間，一個在肚臍的冰峰上，一個在黑色森林的冰湖下。」

他就是第一個了。

火山爆發停止後，太印找到許多動物的死屍，有體型較大的原駝、體型較小的水獺和企鵝，也有從空中墜落的飛鳥。

有的屍體炭化了，不堪使用，有的被煮熟了，蛋白質已然變性，DNA鍵接也破壞了。太印尋找細胞較完好的，試著跟它裡頭的遺傳物質溝通，但大多數都寂靜無聲。

然後他找到了一隻原駝，是被火山氣體毒死的，倒斃在遠離熔岩的雪地上，不但屍身完整，而且細胞中猶存有大量生命之火，只不過腦袋已經沒有意識活動了。

太印很滿意。

他跟原駝死屍中的細胞溝通，讓部分細胞啟動自我分解程式，變成養分供給骨髓中的幹細胞，同時把幹細胞中的DNA修改成他要的程式，工作完成後，他又去尋找另一具死屍。

一天之後，原駝的屍身脹起，並不因為腐爛產生氣體，相反的，屍身的生命之火十分旺盛，在屍身中脹起的是新形成的撒馬羅賓卵球。

火山肆虐後的山坡充滿生命的原料，太印忙碌地孕育一個又一個地行者，他很疲累，因為火山雲遮蔽了大部分陽光，他的聽帆沒有足夠太陽風可以吸收，但他不能停歇休息，因為要跟時間賽跑，在動物的屍體腐爛之前充分利用。

數日後，火山四周的地面分布著好幾個鼓脹的死屍，是為太印孕育的第一批地行者。

當第一批兩足短毛獸的足跡踏上火地島時，他們馬上注意到飄行的太印，又目睹太印創造新生命，於是將其奉為創造之神。

如此事情就更簡單了。

太印給他們神諭，要他們將死者奉獻給太印，也要他們定期奉獻獵物。

一萬多年來，火地島的兩足短毛獸始終保持原始純樸的生活，原始得沒有衣服，頂多有獸皮禦寒，或蛇皮遮蔽下體，有時還裸身在雪地中休息。

當冰河時期結束，海平面上升，火地島和南極大陸的連接消失，火地島正式成為島嶼的前夕，太印飄過細長又曲折的陸橋，才進入廣大的南極大陸，永遠離開崇拜他的兩足獸。

「太印會回來的，」兩足獸的薩滿預言道，「祂就跟每年會回來的蜂鳥一樣，必定會回來的。」

於是，薩滿們戴上尖尖的頭套、塗畫身體，模擬太印的形象，祈求祂像蜂鳥般歸來。

然而，另一批遠方航海而來的兩足獸發現了位於世界邊際的火地島，將疾病帶來，害死了大部分火地島民，然後又公然殺戮搶奪他們居住了上萬年的祖地，無論火地島民如何向太印祈求，直到他們的血統消失於火地島，太印都沒有像蜂鳥般歸來。

太印還是歸來了，但要在更加久遠之後，在人類文明瀕臨滅亡之時，火地島已空無一人。

那是在最後的空行者泰約殞落之後。

回收路西弗的計畫功敗垂成後，設計師們開始思考如何回收接下來墜落的空行者，然而，等到大毀滅時，空行者也僅剩三個了。

接著不知為何，沉默逾百年的火星殖民地竟朝地球發射飛彈，兩位空行者冒死撞擊飛彈，改變飛彈角度，讓它炸毀瑪利亞所在之地，成功破壞了瑪利亞。

因此泰約成了最後的空行者。

如果連回收泰約也失敗，育卵師一千三百萬年前苦心擬定的計畫就付諸東流了。

同伴們殞落之後，泰約獨自在大氣層上方的近地軌道繞行地球，感到前所未有的孤寂。

他俯視蔚藍的母星海洋，而今僅剩他能欣賞到母星的壯美，也惟有他能從空中親眼目睹母星的磁力線，觀察到南北極之間的磁場正在變弱，漸漸變得紊亂。

泰約望見雪山預峰伸出一根氣柱，氣柱頂到大氣層，然後如噴泉般灑遍地表。每當在空中經過氣柱，他都感到通體舒暢，全身細胞瞬間被餵得飽飽的。

然而這股氣柱也在轉弱，正如《冰河之書》所言：「蚌殼之死無哀嚎，母星衰亡也無聲。」

母星果真生病了，而且病得不輕。

母星持續上千萬年的緩慢瀕死，惟有天空中的僕人撒馬羅賓能印證《冰河之書》的末日預警。

為了幫助母星恢復生命，泰約很樂意以自身為犧牲，將性命獻給母星。

經過路西弗的失敗之後，撒馬羅賓吸取教訓，擬定全新的殞落計畫。

泰約告訴兩位設計師：「我還有幾年便要殞落，在此之前，我慢慢調整殞落的軌道，讓我在殞落後保留完整的形體。」

「我們也會在你殞落之前，盡量孕育更多地行者，迎接你的到來。」

這是一個約定。

南極大陸雖是冰封之地，但並不貧瘠，充滿了各種太印需要的大體型生物原料，尤其是大量的企鵝和海豹。

終於，泰約的殞落之日也來到了。

這是設計師太印的大日子。

數千個地行者分布在泰約即將殞落的地點，大部分冉冉升上空中，小部分留在地面。

他們是太印特別設計的地行者，有更好的飄浮能力，也能拍動聽帆移動方向，這新功能也相對削弱了聽帆的功能，不過沒關係。

今天天氣不好，天空陰鬱地布滿雲層，風雪有變強的趨勢，但惡劣的天氣可能反而是殞落的好日子，因為風雪或許能減緩殞落的速度。

地行者在天空排成魚鱗陣列，圍成重重同心圓，扁喙指向中心，從低至高處層層相疊成數十層同心圓，在風雪中等待，遙望有如空中階梯，又如雲層間的樓閣。

此時，僅有一個人類在現場。

正是那由他，尚未蛻變之前的少年那由他，在飛船中仰視鋪滿雲層上方的撒馬羅賓，震驚又無助。

「泰約，你準備好了嗎？」太印站在殞落點附近，向大氣層邊緣的空行者確認。

「準備好了，我開始了。」

泰約傾斜身體，收起千萬年不曾合起的聽帆。

殞落開始了。

隨著墜落的速度越來越快，越接近地表，空氣密度越高，泰約的身體跟空氣的摩擦越來越劇烈，身體邊緣猝然冒出火花，他趕忙調整角度，稍微打開聽帆，以減緩墜落的速度。

但速度依然太快，他的體表燃燒起來了。

「只要穿過雲層就沒事了，」他想，「只要穿過雲層就沒事了。」

為了讓墜落速度更慢，他設定了很小的墜落角度、很長的墜落路線，從赤道上空為起點，穿過半個地球上空的大氣層，直往拉森冰棚的殞落點衝去。

「來了！」

「來了！」飄空的地行者們互相通告。

太印和泰約的知覺緊連著，太印能夠感覺到泰約的所有感覺。

「很熱，你燃燒起來了。」太印擔心地說。

「我看到地行者們了。」泰約的音訊夾雜著爆裂聲。

他的墜落速度已超過音速，當後起的聲音超過先前的聲音時，形成「音爆」，強烈的爆裂聲彷如天庭中發生戰事，以為諸神在雲間互相砍殺。

「他們全都準備好迎接你了。」

「準備撞擊。」

最上層的地行者們調整位置，朝泰約即將越過的路徑集中。

碰！

泰約撞上第一層地行者，將四、五名地行者撞個碎裂，破碎的頭部、聽帆、尾巴和軀體在空中化成白花也似的肉塊，其餘倖存的地行者連忙降低高度，朝地表衝去。

碰！第二層撞上了，下層的地行者們更加能掌握到泰約的墜落路線，馬上調整位置，更往墜落路線集中。

當第三層也撞上時，十餘個地行者粉身碎骨，其他存活的立刻跟隨墜落路線追下去。

泰約撞上一層又一層的地行者，爆裂的碎塊彷彿白天的白色煙火，彷彿泰約的彗星尾巴。

「速度有變慢嗎？」太印最關心的是這個。

「有，成功變慢了。」泰約的聲音嘈雜，不過意思清楚。

情緒鮮少變化的撒馬羅賓，此時也不禁心情緊繃。

地行者們越來越掌握得到訣竅，一層接一層往路徑集中，讓泰約能撞擊更多的地行者，減緩更多速度。

同一時間，地面的地行者也在朝殞落點集中，堆疊到其餘地行者身上，用肉身堆成小山丘。

音爆迫近地面了，連雪地上的冰晶都開始為之抖動了。

泰約的身體從地面已肉眼可見，他撞擊地行者組成的重重緩衝層，雲中樓閣逐層崩解，火焰穿過雲層，發出七彩閃爍的亮光。

終於迎來最後的撞擊，泰約撞上地面的地行者們，堆疊成山丘的地行者被撞得四處飛散，剛才在空中沒被撞到的地行者趕到地面，將自己塞入地面緩衝層的下方，幫忙減少衝力。

但衝擊依然太強，殞落點的冰棚瓦解，成群地行者紛紛滑落海中，泰約的墜落角度瞬間歪斜，化成火球衝入海中，衝擊力拉起一片高高的水幕，水花打散了低空雲層，大浪翻覆四周的冰山，海水湧上冰棚，沖走冰面上的地行者。

海面上滾沸了好一陣子，冒出大量水蒸氣，起了一陣大霧。

一切歸於平靜後，存活的地行者們從空中降落，朝斷裂的海岸聚集，充滿期待地引頸觀看。

海面的波濤平息後，露出一顆白色的頭，還有兩顆黑溜溜的眼珠。

不久，泰約慢慢從海面升起，長長的扁喙高高抬起，海豚般的尾巴滴著溫熱的海水，雖然表面燒焦了一些，但整體依舊完好，完全展開聽帆之後，體型有地行者的二十倍大，其壯偉令地行者嘆息，他垂掛在聽帆下的水母樣肉芽發出的幽幽微光，即使對地行者而言，也像是異世界來的生物。

太印來到他面前，恭敬地抬頭：「泰約，終於見面了。」

「是的，」泰約說，「我們趕快進行下一步吧。」

歐牟

滄海桑田，歐牟所在的聖地幾經變化。

海岸線改變了，有一段時間，海水推進到歐牟附近。

在很偶然的機會下，歐牟偵察到人類的心靈在海上徘徊，他察覺那人也是一位巫師，他的心靈有巫師的特徵——歐牟摸索他的心念——跟傷害他的巫師並非同一批人，心靈的模式略有不同。

歐牟召喚他前來，拯救他於迷路和飢餓中。

從此人的記憶中得知，此人名喚徐市，是世居海島的巫師家族，歷代先祖皆航海經商，是航海經驗豐富的海島人。這樣很好，能遇上此人，必定是海神創造者的安排。

歐牟指示徐市用水銀將他封存起來，水銀能杜絕所有心念，包括不讓其他巫師的心靈探索到他的存在，還有阻隔由心念化生的咒蟲。

在久遠的歲月中，歐牟構想過數百套劇本，計畫離開此地之後的下一步，根據他從商巫和周巫腦袋中得來的訊息，他知道兩足獸——人類的各個族群互相併吞，殺戮是常態，甚至還會吃掉同類，這在海豚文明是匪夷所思的。

在海豚的律法中，吃同類是頂級重罪，要接受棄置在沙漠中被烈日曬乾的酷刑，但對人類而言，大屠殺同類似是無人指責的常態。

或許他可以好好利用這一點。

從這名航海巫師的腦袋中得知，他的世界已被一個強大的君王佔領了所有已知王國。歐牟覺得這數百年來被冰蟲封鎖在冰雪之中，並沒有白費時間，正如《冰河之書》所說：「每滴雨水降下必有其理由，每滴雨水打落地面的位置必有其目的。」

說不定，這個時刻才是他真正應該出現在世間的最好時刻。

在育卵師原始的劇本中，他必須召集地表的生靈，讓他們共同唱出一個字，而現在他只需要控制一個人，一個「世界之王」，就足以控制所有人了。

歐牟怎會料到事與願違，這個計畫令他重新被封鎖了三千兩百餘年。

如今他終於在沙厄和鐵臂的幫助下成功脫困，令他驚喜的是，把他找到的兩人也具有巫師的心靈，而且對他不具有威脅性。

「你想要得到一副身體。」沙厄很簡單，只要這麼一句話，就願意服從了。

但鐵臂很麻煩，因為歐牟很難捉摸他到底要的是什麼。

鐵臂的基因組跟其他人類不太相同，歐牟相當清楚鐵臂的一切，因為當他們一起泡在白晶水之中時，已將鐵臂的心靈和基因構成掃描了一遍。

只不過短短的時間，隱藏在鐵臂基因組中的能力便被啟動了，他不但能用心念跟人類溝通，甚至能跟動物溝通，更不可思議的是，他竟然能驅動空氣分子移動的方向。

其實我們用手撥一撥，也能夠驅動空氣分子，製造一陣輕風。

可是鐵臂先是驅動幾顆空氣分子，然後再利用這幾顆推動其他幾顆，如雪崩般造成指數放大的效應，製造出強風、疾風，乃至颶風。

歐牟也想御風，但發現自己辦不到，苦思良久也想不出原因。

他下令將幾名御龍衛士投入白晶水，或讓他們喝下白晶水，的確提高了他們的御龍能力，但僅只提升了智力，遠遠不及鐵臂的水準。

歐牟從人類身上學習到很多事情，人類的歷史中有許多自以為是的「智慧」，比如有個遠古人類講過，像鐵臂這種人，「如果不能收為己用，那最好是把他消滅掉」諸如此類的「智慧」。

因此他要最後一次使用鐵臂，這是鐵臂最後的價值。

「你把潘曲交給我們，鑾娘就還給你。」

這句話比任何威脅利誘都來得有效。

相比之下，如果得到潘曲，比得到鐵臂更有用，這是梭菲亞告訴他的，因為能掌控越多的奧米加越好。

當初歐牟孵化時，梭菲亞馬上跟他取得聯絡。

梭菲亞在人類的社會中待得最久，跟人類相處得最多最久，是最瞭解人類的撒馬羅賓了。

梭菲亞告訴歐牟，大氣層中已經沒有空行者幫助他們聯繫，所以他必須站在雪山最高的頂峰上，才有辦法聯絡南極的太印，但訊號微弱，而歐牟的緯度跟梭菲亞比較接近，溝通較清楚。

「但是，」梭菲亞告訴他，「我們已經成功獲得兩個殞落的空行者。」

歐牟很遺憾沒參與到拯救空行者的過程。

梭菲亞說，真正遺憾的是，五千年前殞落的路西弗只剩下核心，無法提供空行者身體的完整資訊。

所幸，他們成功攔截下泰約。

「其實你孵化的時間正好。」梭菲亞說，正當他們成功攔截泰約，發生了一件意料不到的事：地磁歸零。失去地磁保護的母星遭到太陽風暴侵襲，所有撒馬羅賓癱瘓在冰原上，花了好幾年才復元，而且地磁至今尚未穩定。

梭菲亞告訴歐牟，應該慶幸避開了最糟的時期，現在才是他們最佳的時代。

「很幸運的，我們從泰約身上找到另一種撒馬羅賓的基因組。」

「另一種撒馬羅賓？」歐牟想的是，還會有哪一種呢？

若以人類的概念對比，撒馬羅賓是一種機器人，機器人（robot）的原意就是「人造僕人」，只不過人類用機器製造、用數位編程，而海豚文明用蛋白質製造、用ＤＮＡ編程。所以在海豚文明旺盛的年代，其實也存在著各種撒馬羅賓。

「將空行者送上天空的撒馬羅賓，稱為『**送行者**』。」

歐牟大為震撼：「送行者……從沒聽說過。」

「因為他們在完成工作的那一刻就消失了。」

「為什麼？他們如何將空行者送上去？」

「他們將自己爆炸，用爆發力將卵球送上大氣層。」

「所以他們只能用一次？」

「是，送行者將空行者的卵球射上天空後，身體就粉碎了，然後回收重製原生濃湯。」梭菲亞說，「很幸運的，泰約的卵球沾黏了送行者的碎片，在他孵化時，被增生的細胞包進體內去了，我們在分析基因組時找到了這批不協調的基因組，待孕育出來之後，才曉得是一種未知的撒馬羅賓。」

歐牟想了很久，之後說：「主人設計出送行者，就跟我們設計出地行者，充當泰約殞落的緩衝層一樣。」

「一樣嗎？」

「我們的主人漠視我們的生命，我們也漠視生命。」歐牟說，「為了將我救出來，死了很多兩足短毛獸，為了製造原生濃湯，也必須先有生命為此死去。」歐牟沒有哀傷、沒有激動、沒有忿恨，他情緒平靜，他接受，他只不過為兩件事找到了關聯性。

「你說得沒錯，」梭菲亞完全同意，「為了孕育新的空行者，我們也必須以舊的空行者為藍圖。」

設計師成功攔截空行者泰約之後，地行者們將肉體搭成一千公里長的陸橋，護送泰約和太印到火地島。

火地島已經有太印控制的野生人類在等待，他們在太印的指示下分解泰約的身體，太印將他身體的不同部分的基因組分析以後，直接以泰約的身體為原料，孕育新的空行者。

在雪浪的路西弗也遭到相同的命運，梭菲亞將他的核心分解後，萃取兩名空行者基因組中的優點，以他們的身體為藍本設計出新的空行者，等待被發射到天空中。

「你收到設計圖了吧？」

「收到了。」歐牟說，「三種空行者藍圖，以及兩種送行者藍圖。」

「你所在的北方，育卵師放置在你的地點，是最合適發射的地方了。」

「是，我有注意到，那兒受地磁的干擾最少。」歐牟說，「不過，兩足獸很麻煩呢。」

「我這裡的雪山兩足獸尤其麻煩，他們不停在探索我們的事。」

「不僅如此，有的兩足獸還有一種很奇特的方式，可以用文字和心念創造生命，干擾了我幾千年。」歐牟將有關冰蟲的記憶傳給梭菲亞和太印。

討論一番之後，梭菲亞提出說：「我至少知道有三個兩足獸聚居區——他們稱為『禁區』的——擅長製造半機器生物，或許可以解決那些咒蟲。」

「那就太好了。」

梭菲亞忽然有所感慨：「歐牟終於孵化了，育卵師的計畫總算能啟動了，最後的時刻終於要來臨了。」

太印也加入了談話：「漫長的等待總算要結束了。」

「瑪利亞。」梭菲亞忽然說，然後歐牟便得到了所有梭菲亞跟瑪利亞接觸的記憶，瞭解為何梭菲亞提起瑪利亞時會十分感慨。

「我覺得，不管是瑪利亞或是撒馬羅賓，」梭菲亞說，「我們都是古老的餘孽，將創造者的意志繼續下去。」

第九章

空行者

一般人大多憑表面判斷事物，而非根據體驗，
因為大家都看得到，只有少數人有機會體驗。
每個人都於表面評斷你，很少人真正瞭解你，
真正瞭解你的少數人，也不敢公然與眾為敵。

●● 馬基維利《君王論》●●

黑格爾

冰層下方，「送行者」發出高熱將冰層溶解，雪地上露出星羅雲布的巨卵，逐一打開頂部花瓣般的裂口，接著血紅的花苞爆裂，強大的爆炸力將空行者卵球射上高空，穿過雪人黑影中洞開的窗口，進入大氣層。

送行者的爆炸聲響徹冰原，震動針葉林，將棲鳥驚嚇得飛逃。

雪地上彌漫血色煙霧，遍地炸碎的血肉，六足雪鼠跑上去貪婪吞食，纖細的身體像是餵不飽的無底洞。

每分鐘有一個空行者被發射上近地軌道，潘曲算著算著，已經數不清發射了若干空行者，也記不清經過了多長時間。

潘曲回頭望了眼鐵臂，被電擊暈眩的鐵臂依然靠坐在樹幹上，渾渾噩噩地呢喃，沒被震天價響的爆裂聲拉回現實。

他抬頭望雪人，只見雪人兩隻空洞大眼仍然在朝下瞪他，注意他的舉動。

此時，他想起在雪地上開始爆裂之前，有個陌生又似曾相識的聲音在腦中警告他別再靠近。

直覺告訴潘曲，那把聲音的主人必在附近。

他半臥在雪地，失去知覺的一手一足癱在雪中，覺得自己只剩下半邊身體，他用僅剩的手掙扎著撐起上半身，繼續沿著針葉林邊緣，朝小屋的方向匍匐前行。爆炸激起的霧氣如此濃厚，他估計那把聲音的主人現在看不清他的位置。

「別再過來。」哎，他看得到。

「你認識我，你是誰？」

潘曲沒得到回應。

「好吧。」潘曲舉起雷射槍，瞄準一個尚未爆裂的送行者，雷射準星投射在巨卵表面，「讓我瞧瞧你能怎麼辦？」

「你想做什麼？」

這次輪到潘曲不回答了。

「你不能這麼做。」對方的聲音變得焦慮。

潘曲扣動扳機，雷射穿過霧氣時，光線被吸收和折射打散，力量減弱，沒有發揮預期的作用。

潘曲馬上將雷射轉向一個較接近且沒有被霧氣遮蔽的巨卵，雷射光馬上穿透巨卵，流出膿血，巨卵似有意識，馬上打開頂部肉瓣，急著要將空行者發射出來，但創口不停流出膿血，無法累積爆發力。

「潘曲，別這樣。」那把聲音猶在耳邊。

潘曲再度爬行，這次他爬進雪地，將冰蟲刀從雪中抽出，然後爬向那堆巨卵。

潘曲留意送行者爆發的順序，爆過的巨卵，會先跳過隔壁的那顆，所以他移向一顆剛剛爆發過的殘骸，越過地面腥臭的血肉，還需不時注意六足雪鼠的動靜。

好不容易，潘曲終於爬到冰層之上，目標是剛爆發過的殘骸旁邊的巨卵，他估計，即使一顆接一顆，要輪到這顆也得二十分鐘以上。於是，潘曲毫不猶豫地將冰蟲刀插進巨卵。

巨卵表面相當有韌性，青銅刀的前端插不進去，但冰蟲刀一旦碰觸到巨卵，立刻湧現一堆冰蟲，興奮地扭動身體，用兩排利刺挖開表皮鑽進去，在這瞬間，潘曲彷彿能聽見送行者尖叫。

不，撒馬羅賓不會發聲，他聽見的是心靈的尖叫。

「潘曲，別這樣。」

潘曲暗地吃驚，因為這次的聲音不是大腦中的訊號，而是從耳朵傳入的音波。

一隻強勁有力的手伸過來，將他握住冰蟲刀的手用力拉開。

潘曲轉頭望他，哈，果然不出所料，是黑格爾。

終於引到他現身了。

潘曲望向黑格爾的身後，雪地上沒有腳印，表示他不是走過來的。

他用的是空間跳躍，沒錯，空氣中殘餘有空間扭曲後的暈眩感，是所有奧米加所熟悉的。

「四號。」潘曲打了個招呼之後，加強機械手臂的力量，一方面要抵抗黑格爾，一方面要測試黑格爾的手臂是肉身還是生化軀體。

黑格爾的面貌很年輕，壓根兒就是四十年前的模樣，甚至更年輕。

他的手掌皮膚像少年般細嫩，潘曲也很好奇想瞧瞧他的身體。

「潘曲，放手吧。」黑格爾斯文地說，「撒馬羅賓做的是好事，你沒必要這麼做。」

「我不知道呢，他們要做什麼事？」潘曲的手繼續跟黑格爾對抗，「我問了他們很多次，他們都心虛不敢告訴我。」

「你加入我們吧，撒馬羅賓就信任你了。」

「我不是浮士德。」

黑格爾不懂他的意思。

「撒馬羅賓也給了你一副新的身體嗎？」

黑格爾露出得意的笑容：「很奇怪是吧？潘曲，我記得我是沒有身體的，我們都沒有了，對吧？」他更用力拉了一下，成功將潘曲緊握的冰蟲刀抽離巨卵，「可是那天睡醒之後，我竟然有一副身體了。」年輕的身體孔武有力，竟抵得過老舊沒保養的機械手臂。

「你的疤痕不在了。」潘曲盯著他的臉，那裡曾在某項任務留下創傷。

「對吧？連舊傷都不見了。」黑格爾繼續拉住潘曲的手，「放下刀，讓我們奧米加重新聚首，一起幫助地球復甦吧。」

「試試說服我吧，比如說，」潘曲咬緊牙關，再度用力將冰蟲刀抵上巨卵，冰蟲兀立刻啟動，湧現小蟲，「告訴我，撒馬羅賓是如何修好你的？」

「就跟修好沙厄的方式一樣，你聽說過的。」

「也就是說，撒馬羅賓是利用他們的細胞，幫助細胞重生。」

「細節我不清楚，不過應該差不多。」

「你剛才說睡醒之後就有身體了，所以在重生的過程中，你不是清醒的。」

「重生整個身體需要很長時間，我相信連腦袋瓜都有神經細胞重生了，所以有一段時間會昏睡。」

潘曲的機械手臂雖然有力，但體內的能源消耗得很快，漸感力不從心。

黑格爾看出來了，他很清楚奧米加的弱點：「你知道嗎？我可以吃真正的食物，而不是噁心的藍藻糕，食物通過喉嚨的美好感覺，我希望你也能感受到。」

「你確定這是你的身體？」潘曲話鋒一轉，忽然將握著冰蟲刀的手反轉，刀尖霎然朝向黑格爾，然後無預警地放鬆手臂，任由黑格爾拉過去。

黑格爾猝不及防，被冰蟲刀尖端碰到手臂。

他臉色大變，惶恐地要脫手，但已有幾隻冰蟲鑽進皮肉，深入手臂內部。

黑格爾趕忙後退坐倒在地，咬緊著牙關，拚命想弄走鑽進手臂的冰蟲。

潘曲沒猜錯，為撒馬羅賓而生的冰蟲，特別喜愛撒馬羅賓的味道，而黑格爾身上應該有撒馬羅賓的細胞。

「會痛嗎？」潘曲問他。

潘曲能用大腦關掉生化軀體的痛覺，但純肉體的黑格爾不能。

黑格爾先是驚恐，後轉為憤怒：「你故意的？」

「我就不會痛。」潘曲趁機舉起仍會動的那隻腳，用力打擊黑格爾的腳，骨頭斷裂的聲音清晰可聞。

黑格爾痛得慘叫，經歷過奧米加戰鬥訓練的他立刻後退，然後身影瞬間消失。

短暫交鋒，潘曲已知黑格爾有能力在短時間內施展兩次空間跳躍！他記得以前黑格爾的表現並不十分出色，如今竟然突飛猛進！

潘曲不禁覺得十分諷刺，當初「寶瓶座計畫」認為身體乃心靈之束縛，才去除奧米加的肉體，沒想到重新獲得身體的黑格爾竟擁有更出色的空間跳躍能力！

忽然，潘曲感覺臉部發燙，有一股熱氣吹向他的臉部。

在他眼前，剛才被他用冰蟲刀傷害的巨卵已打開肉瓣，整個發紅發脹，冒出蒸蒸熱氣，準備發射空行者的卵球。

它提早了時程！改變了發射順序！

想必是因為受到冰蟲威脅，為免被冰蟲破壞以致發射失敗，所以提早發射吧？

不僅如此，潘曲還感到毛髮豎起，連他外套上的獸毛都直立起來，因為上方有強烈的靜電正高速迫近中，他猛一抬頭，才看見一段黑色雲柱正冉冉朝他頭部降下。他的仿生皮膚能感受電力和磁力，雲柱內蘊藏的高濃度電離子令他全身如同泡入電漿般酥麻。

「不妙！」他慌忙爬開，試圖爬回林邊，但太遠了，「可惡！」

難道因為他傷害空行者，所以撒馬羅賓總算對他死心，打算把他消滅了嗎？

爬行的速度太慢，潘曲連忙將手屈曲在胸前，滾動身體。

雪人降下更多雲柱，要從四面八方包圍他。

他滾動了兩圈，突然在雪地上被東西卡住了，才看見一對結凍發白的眼睛正盯住他，面前是一具凍成冰塊的屍體，被降雪掩蓋得只露出半張燒焦發黑的臉！

潘曲毛骨悚然：這就是雪浪隊伍的下落！也是他待會的下場！

他昔日奧米加同伴的烏倫，亦為遠征冰原的六名勇者之一，莫非也埋骨在此嗎？

「潘曲，看在奧米加分上，我們給你最後一次機會，」黑格爾的聲音又出現了，「你願意加入撒馬羅賓嗎？」

「你不是奧米加，」潘曲悲哀地說，「我甚至不知道你是什麼東西。」

黑格爾沉默了一陣子，才說：「再見了，五號。」

潘曲盯著雲柱緩緩從天而降，以他最後能用的努力在雪地上爬行。

孵化

那由他察覺高空中有不尋常的動靜。

意念隨心，心到哪兒，意念就到哪兒。
念頭稍動，那由他的意念便在大氣層上方了。
地球的北極有騷動，南極也有騷動，但北極的動靜尤其劇烈！
有東西連續不斷從北極附近發射上天空，那些東西具有心靈，發射的工具也有心靈，並且在發射的瞬間死亡！
原來如此，這就是撒馬羅賓的方式。
他們計算出精密的拋物線，以不同的角度發射，讓空行者的卵從北極飛射向四面八方，分布在大氣層近地軌道上的不同點。
當空行者的卵抵達近地軌道，在高空陽光照射之下，大量來自太陽的離子流穿入半透明的卵膜，電子流動觸發ＤＮＡ上的能量跳躍，啟動細胞裡頭的分裂程式，空行者的細胞即刻活躍起來，一分二，二分四，卵球以肉眼可見的速度成長。
卵球攜帶了高濃度的原生濃湯，提供最初階段的孵化程序，才不過幾分鐘，剛孵化的空行者便展開雪白的聽帆，將身體緩緩轉向太陽，在原生濃湯耗盡以前，讓聽帆大量地吸收離子流，加快生長速度。
終於，一根扁長喙伸出卵球頂部，冒出空行者的頭顱，卵球下方垂掛著流蘇般的細軟肉芽，也伸出了一根海豚尾，做為穩定重心的垂錨。
那由他看見卵球一個個抵達空中，每個位置安排有序，隨著他們逐一展開聽帆，遙望如同白花綻放，一時之間，大氣層上空像是一片開滿白花的花園。
那由他可以感覺到他們的心靈從稚嫩飛快變得成熟，很快便開始高速運作，立刻跟其他空行者取得聯絡。

如棋盤分布的空行者在大氣層上方編織了一張聯絡網，隨著空行者數量增加，那張網的面積也越來越大。

不僅如此，在等待數萬年後，三個設計師的心靈也終於在空行者的幫助下連結起來了。當設計師終於得以完整地感受到對方時，他們的心情是狂喜的。他們總算真正圓滿了撒馬羅賓「一則是多，多則是一」的生命模式。

「太印、梭菲亞。」歐牟向兩位比他早數萬年孵化的前輩打招呼，他興奮得很，按理撒馬羅賓不該有明顯情緒的，但他們真的努力了過於悠長的歲月，實現了期盼太久的時刻，即使主人仍在世，也不會見怪的。

歐牟負責北極發射站，大部分的送行者和空行者都是由歐牟製造的，因為北半球的陸地面積較大，需要更大量的空行者來覆蓋。

而太印負責南極發射站，嚴格來說，是從火地島發射。

「梭菲亞，你受困了。」歐牟察覺不對勁，「不會有問題吧？」他可不希望影響計畫。

「我很快會解決的，」智者回道，「你也要小心潘曲。」

「我也很快會處理好他的。」歐牟說。

被雪崩掩埋的金星族們也蠢蠢欲動了。

雪浪山坡上遍布超能力者，席坐在小帳篷中，專心用心靈控制掩埋在雪底下的金星族，不令他們快速復甦，但也漸漸覺得壓制不住他們了。

由「反聯邦」後裔組成的金星族，被植入撒馬羅賓細胞，也被灌注撒馬羅賓的思維方式，由外至內完全受智者支配。

隨著地球上空的空行者數量增加，撒馬羅賓的空行者、地行者以及設計師之間的聯繫越來越強，越來越牢固，天空和地面的撒馬羅賓交織成一張碩大的心靈之網。

「那由他，」智者的聲音在意念深淵中迴盪，「你已經無法阻止我們了。」

那由他斟酌了一下智者的話，才回道：「我根本不知道你們的意圖，在不知道的情況下，請告訴我，我該阻止什麼呢？」

「我們的意圖一早就說清楚了，我們要復甦母星。」

「不，不是這個。」那由他說，「如果地球真的需要被拯救，如果你們真的有辦法辦到，這當然是件好事，至少從表面看是件好事，然而你們只是反覆地提及目標，卻避談做法，這就是我們的顧慮，但現在我們也知道了，你們的做法就是控制所有人類，而且是控制人類的心靈，讓我們變成傀儡，我們不反對幫助地球，但是不想被你們控制。」

智者對那由他說的話感到困惑：「你所說的控制，我不明白，這是全體生命共同生存，是喜悅的。人類常常害怕孤單，連創造你們的瑪利亞也不喜歡孤單，所有人的心靈聚合在一起，你們就不孤單了。」

「心是最後的藩籬，沒有什麼比心更為珍貴，」那由他清楚表明，「我們寧可失去身體，也不願失去心靈，如果有必要，為了保全心靈，我們寧可捨棄身體。」

「失去了身體，還會有心靈嗎？」

「撒馬羅賓的看法，認為心靈會隨著身體湮滅嗎？」

智者無法在《海洋之書》找到答案，也無法在奧秘的《冰河之書》得到解答。

海神祭師傳下的先知教誨中，最偉大的生命體是母星，最巨大的心靈是母星，但對於海豚人的生命原始，或撒馬羅賓的生命意義，智者找不到線索。是因為不重要所以不提嗎？或是——這個念頭令智者害怕——先知並不知道，所以不提？

「梭菲亞，」歐牟的聲音插進來了，「快解決掉障礙，排除掉任何可能的阻礙，我們不能再浪費時間了。」

智者回問：「有幾個空行者了？」

「北極發射了九十六個。」

太印也進來了：「南極送上了三十七個。」

這是設計師之間的私密對話，連其他撒馬羅賓都無法參與。

但是，那由他說話了：「你們說要解決障礙，雪浪是你們的障礙嗎？」

這下子，設計師慌了。

「怎麼回事？」歐牟疑惑地問，「誰在說話？」

那由他直接回答他了：「是的，是我在說話，我是雪浪的那由他。」

撒馬羅賓以為無法被人知悉的對話網，竟被那由他闖進來了，這一刻，他們驚駭萬分。

其實那由他摸索了一陣之後，發覺撒馬羅賓的心靈對話有層次上的不同，比較像電磁波的交流，當他們探索別人的記憶，或控制別人的行動時，也是直接對大腦的神經系統下手。

弄清楚這一點之後，那由他瞭解到兩者在本質上的差異。

這就是為何他對設計師拋出這個問題：失去了身體，還有心靈嗎？

反過來說，心靈是依據身體而存在的嗎？

那由他完全確定了，撒馬羅賓所操縱的心靈，實際上不是真正的心靈，更正確來說，是心靈的投影，是鏡中的影像，是水面的倒影，是烈焰前方的影子。

他們控制了方向盤，但沒有能力控制真正的駕駛員。

他們甚至不知道駕駛員在何處。

撒馬羅賓之所以對他提出的問題感到困惑，因為他們連問題都還沒弄清楚，如何得到答案呢？

當他指著月亮，他們只看見他的手指，沒有理會月亮。

此時此刻，那由他完全確信，他們是絕對不能被撒馬羅賓控制的。

被撒馬羅賓控制，等於被盲人打瞎了眼睛之後，再被盲人牽著手走路。

瞭解這一點之後，接下來就簡單了，那由他進入三名設計師的記憶，如入無人之境，而且他們根本不曾發覺，因為並不是進入他們儲存於肉體中的記憶，而是從無盡時間以前就緊隨他們的無盡記憶。

然後，那由他同時跟他們三人對話，設計師頓時陷入前所未有的驚愕。

「他在跟我們說話，」倒是太印比較冷靜，或許是因為他在最嚴寒之地誕生，跟人類的接觸最少，最為孤單，「我們就跟那由他好好對話吧。」

「謝謝你，克諾諾的太印。」那由他直呼撒馬羅賓之間才知道的名字，表示他已經掌握到他們的記憶，「你們的時間很緊迫了，你們需要智者，也需要那些金星族吧？我跟你們協議，如果你們放棄控制雪浪人，我們就停止禁錮雪地下的金星族，包括智者。」

「為什麼你不願意幫母星呢？」智者問道。

那由他覺得智者真的有邏輯上的障礙：「我們不願意的，是被你們操控，我在剛才和之前便說過好幾次了。」

太印截道：「梭菲亞，他的意思是，他沒有不願意幫忙，但是不由我們去指揮他們。」

從他們的言談看來，設計師並不是從同一個模子鑄出來的。

「謝謝你的解釋。」

「為什麼？我們讓你們這些兩足獸成為更美好的生物呢。」智者不願放棄。

歐牟也發聲了：「梭菲亞，我們應該開始了。」

智者慍道：「你們或許不明白，但我在雪山居住了數萬年，從沒有短毛兩足獸，到看著他們建立村子、建立國家，看著他們廝殺，也看著心靈最強大的兩足獸在山腳下誕生，甚至看他們用飛機轟炸雪山，所以我瞭解他們！如果有他們的力量，主人的計畫必定會成功，《冰河之書》的預言必會實現！」

那由他潛入設計師的記憶，查看他所說的《冰河之書》究竟預言了什麼。

在超空間之中，《冰河之書》所有的章句是展開在面前的，開端和結尾是同時存在的，遠古海豚人的文字是無隔閡的，那由他在彈指之間瀏覽了一遍。

然而，那由他找到了這段：

「當撒馬羅賓從冰原崛起，亦即所有生命泯滅之時。」

那由他冷靜地審視這段文字，是否海豚文字的轉譯有誤。

不，他讀的不是轉譯，而是讀取文字的本相。

「萬物都有自己的規則，你們忽視自然規則，極力想要操縱地球，怎麼知道這麼做是正確的？怎麼知道結果是禍是福？」那由他邊說邊監看他們的情緒，「我甚至在想，你們是否真切知道你們主人的計畫，會導致何種結果？」

歐牟說話了：「我們不知道，我們不知道結果，但那不重要，就如你們個體的生死，你們文明的盛衰，對我們而言並不重要，其實我們也不重視我們的生死，不重視我們的創造者的興亡，我們的創造者教我們，最需要關心的應該是母星，因為一旦母星沒了，所有生死興亡都變成了夢話。」

智者補充道：「我們的存在，只有這個目的。」

大氣層上方的空行者數量，每分鐘都在增加，心靈之網越織越大，再過不久就會包圍全球。設計師們期待的時刻迫在眉睫，然而智者仍被深埋於厚雪之下。

終於，那由他鬆開了對智者的錮鎖，令智者驚訝不已。

「你們想要我們加入集體唱誦，這本來就是雪浪人常做的事。」那由他說清楚立場，「若只是唱誦就能滿足你們目的，我可以詢問雪浪人是否願意加入唱誦，不過只加入唱誦，但不能控制雪浪人。」

「這樣很好。」太印率先為智者解圍。

「我希望得到三位的同意。」

「我同意。」歐牟迫不及待，他並不認為少了這些雪浪人會有何不同，只想為智者解圍。

智者見那由他釋出善意，只好不情願地同意：「你們若願意幫助，越多人越好。」

「我明白你的期待，因為這裡是雪山頂峰，你們所說的——母星的肚臍。」

在世界的最高峰，巨大氣柱植根之處。

然而設計師並不知道，雖然氣柱在大氣內層如噴泉灌溉地球，事實上，氣柱也穿出了大氣層，通往宇宙深處，彷彿一條臍帶，從無限之中吸取無限所蘊藏的無限能量。

跳躍

「我在哪裡？」鐵臂彌散的神識慢慢聚集，身體雖仍麻木，但已能感覺到手臂的存在，只是手指還不知在何處。

他最後的記憶是鑾娘從頂樓跳下去，哦不，那還不是最後，他心底深處知道鑾娘沒死，鑾娘被控制了，然後他和白眼魚乘坐飛行巡艇，然後呢然後呢……？

然後飛行巡艇停泊在大佛倒塌的島嶼上，他們正在思慮下一步時，一名叫黑格爾的男人忽然間憑空出現，開給他一個條件。

那男人非常厲害，可以在轉眼之間到達遙遠的地方，是神一般的能力。

鐵臂在朦朧中想：「我也有神一般的能力。」

他軟弱地舉起手臂，使用模糊的視線尋找自己的手指，雖然手指頭依舊麻痺，他還能用視線確定自己的手指在彎曲，包成一個圓球，在掌心產生一團風球。

他抬頭看到黑色的雪人不斷擴大範圍，遮蓋了整個天空，且雪人拱形的身體中間開了一個大洞，有東西在地面發出巨大的爆裂聲，然後穿出大洞飛向天空。

鐵臂的記憶慢慢回來了，他想起來了，是雪人的腳……那些雲柱……碰到黑色的雲柱時，他全身的肌肉突然全部同時收縮，好像整個人瞬間被拉直了。

他用眼角瞟了眼伸到他附近的雲柱，旁邊有個人倒在地上，正在掙扎爬行，意識中浮現那人的名字……他叫沙厄，不對，是潘曲，潘曲有危險，因為有根雲柱正在慢慢降落到他的頭上。

他下意識地朝雲柱拋出手心的風球，一團密集的旋轉空氣像砲彈般飛射過去，衝散了雲柱。

潘曲聽到動靜，看到鐵臂朝他做了個丟東西的動作，頭上的雲柱便馬上變短了，立即明白是怎麼回事，當下心念傳話給鐵臂：「鐵臂！快醒來！鐵臂！」但他看到鐵臂又軟癱了下來，手臂掉回到雪地上。

潘曲心中掙扎：要使用空間跳躍嗎？他的體力只能用一次，用在這個時候恰當嗎？就像蘇格拉底的麥子一樣，總是認為有下一個機會來做為最後一個機會，但是說不定現在就是最後一個機會了。

身邊的「送行者」顏色越來越血紅，冒出蒸氣，熱度燙得他的臉龐都感覺到熱量，如果再不避開，恐怕潘曲的頭就會一起被炸碎。

鐵臂試著站起來，但動作像醉漢一樣，走了兩步，再度仆到雪地上，頭歪斜地枕著樹根。一隻六足雪鼠不知死活地靠近他，被他用一陣風送走，直接掉到其中一根雲柱，爆出一股刺鼻的焦臭，混雜著塑膠和蛋白質的焦味，即使在寒冷的冰雪中依然可以清楚嗅到。

潘曲無暇理會鐵臂，現在更重要的是活命。他凝視雪地中的屍體，身體像木板，臉孔看起來是雪浪人，眼珠子被冷凍得白濁，可能也是被雪人電死的。

忽然間，潘曲注意到該人被雪覆蓋的手中緊緊握著東西，雪中似有細微的動靜，潘曲伸手去摸，果然抽出一把冰蟲刀！刀尖還沾黏著一團黑色小冰蟲！

貝瑪說過，還有五把冰蟲刀，被前面的三支隊伍帶出去了！

眼前的送行者早已敞開頂部肉瓣，冒出蒸氣，潘曲不再猶豫，立刻把自己的冰蟲刀從送行者敞開的上方插進去，在送行者剛剛發出心靈的尖叫聲時，再把第二把冰蟲刀也插進去！

送行者滾沸的血液無法阻止冰蟲往身體裡頭鑽，冰蟲是沒有知覺的意念生物，溫度變化對牠們沒有意義，因為牠們只是純粹的念頭，牠們誕生的唯一念頭就是對付撒馬羅賓，冰蟲刀直接插到裡頭的空行者卵球，冰蟲立刻貪婪地猛往深處鑽。

兩把冰蟲刀才插進去不久，送行者的尖叫聲很快變成無力呢喃，血液停止滾沸，血紅迅速退去，慢慢變成黑色，仔細一瞧，是無數黑色冰蟲在裡頭蠕動。

潘曲成功止住眼前的送行者爆炸，讓他爭取到逃離的時間。周圍想必還有其他雪浪勇士的屍體，他們身上都有冰蟲刀！

他從送行者身上拔出兩把冰蟲刀，送行者已然沒有動靜，巨卵迅速冷卻，冰蟲正在裡面破壞送行者和空行者兩者的肉體。

「你不該這麼做的！」黑格爾的咆哮聲在他腦中爆發，「你完了！」

潘曲不理會黑格爾的疲勞轟炸，他要爬離這片冰原，免得遭到其他送行者的傷害。

雪人緩慢地降下好幾根雲柱，從各個方向攔截他，包圍他要爬去的方向，他根本不會來得及抵達針葉林。

「空間跳躍……」他保留最後一線機會，但只怕他連使用的機會都沒有。他抬頭看見雲柱降下的速度變快了，再過幾秒鐘就要接觸到頭部。

忽然，雪人黑色的巨型拱幕破了一角，眼洞也少了一個，快要碰到潘曲的雲柱也失去憑依，隨之消失。

潘曲錯愕地看著半片天空驟然放晴，他轉頭望向鐵臂，果然見他雙臂伸向天空，像跳舞般旋動，雪人的一角隨之飛散。

不管發生了什麼事，總之潘曲必須快點離開這片危險之地！

此時，身邊的空間出現一陣晃動，空氣中有低迴的沙沙聲，他知道是空間扭曲，黑格爾又要現身了！潘曲趕忙舉起雷射槍，朝向空間扭曲的方位。

黑格爾在半空現身，但卻不是攻擊他，而是在鐵臂上方，手中的雷射槍指向鐵臂胸口，跟潘曲的同一款式，是清潔隊專用的雷射槍！

「危險！鐵臂！」潘曲不禁叫出聲來。

鐵臂輕輕揮手，一股勁風撲上黑格爾，他整個人頓時像被巨手摑了一巴掌，飛撲到送行者的卵堆之間。

只聽轟隆一聲，血肉橫飛，又一個空行者被送上天空了。

破壞了雪人的一角之後，鐵臂覺得體力不濟，必須停手歇息。他眼神散渙，依然視線不清，他用一手撐住樹幹，掙扎著爬起身，身體站立不穩，搖搖擺擺地踩進雪地，幾隻六足雪鼠察覺到動靜，立刻跑到他腳前來探索，被他隨手輕撥，六足雪鼠尖叫著被風捲走，翻滾在雪地上。

潘曲大概瞭解了，其實鐵臂尚未回神，他只是憑著直覺在行動，撥走所有靠近他的東西。

「鐵臂！」潘曲再次嘗試用心念呼喚他，希望他快些回神。

「蠻娘……蠻娘……」鐵臂腦袋渾沌，口中不停呢喃蠻娘的名字，「把蠻娘還給我。」

黑格爾在送行者卵堆之間狼狽地爬起來，憤怒地直視鐵臂。

不久前，他剛剛接受到「智者」的訊息：「**把冰原清理乾淨。**」

隨著空行者遍布空中，設計師傳來的訊息也越來越清晰。

「把冰原清理乾淨。」這個訊息尤其清楚，而且簡單明瞭。他必須讓潘曲和鐵臂消失，不得讓他們干擾發射！

剛才被潘曲毀了一個卵球，他嚇得冒冷汗，氣得發抖，所以即使智者不下令，他也會保護發射程序順利進行的。

不過，他剛剛才發現自己小看了鐵臂！這野人有奇怪的能力，可以打散組成雪人的黑雲、用怪力撥飛雪鼠，他也親身體驗了那股力量，一股很迅速又很沉重的空氣壓力把他推開，究竟是何種能力？

「他的手會產生風。」設計師歐牟的聲音浮現。

風嗎？原來如此，那就是空氣流動啦。

所以只要傷害他的手，他就沒戲唱了。

不，還有更直接的方法。

主意打定，黑格爾想要空間跳躍到鐵臂後方，一現身就用雷射槍抵住鐵臂的後頸，扣動扳機。

擁有這副年輕的新身體後，他的空間跳躍能力不但更強，而且更輕易操縱。他凝聚心神，空間很快便在他眼前扭曲、摺疊、拉扯，他感到身體揉成一團，又重新拉展開時，便能到達鐵臂背後了。

空間跳躍的暈眩感是最大的危險，他已經想辦法讓自己以最快速度恢復，免得攻擊別人不成，反而遭到反擊，因此他擺好手上的雷射槍，等待鐵臂出現在他面前。

沒想到，空間跳躍回到平常空間時，他竟發現距離鐵臂比預期遠得多，而且身處於針葉林之內。

「怎麼回事？」黑格爾困惑地望著鐵臂的背影在十餘步之遙的林子外。

雖然沒有預期中的近距離，他仍將雷射槍準星對準鐵臂後頸，心想直接解決掉他，撒馬羅賓就安心了。

黑格爾毫不遲疑地扣下扳機。

在扣扳機的瞬間，他感覺身體突然往內縮，空間又扭曲了，不，他沒要跳躍！為何忽然不受控制了？

不，不，是剛才的跳躍未完成，他在跳躍中途受到干擾，在那麼一瞬，他倏地看到……在超空間中有一張臉，一張金色的臉，不，一個人，一個金色的人。

然後他發現他失去了時間感，時間停滯了，還是延長了？怎麼回事？

他以為時間過了好久好久，有無窮恆久那麼久，又似乎只是過了眨眼的時間，是時間混亂了？還是他混淆了？

毫無預警之下，身體忽然沉重，他回來了，他再度踏在結實的地面了，但這次他的頭比往常的空間跳躍來得暈眩，他趕緊握好雷射槍、穩定視線，準備隨時面對突發狀況。

但是不對勁，十分不對勁，周圍好冷，刺骨的凜寒，連毛皮衣都擋不住，而且冰冷得連眼球都要結凍，鼻腔乾冷得充滿血腥味。

模糊的視線才稍有回復，黑格爾便發現眼前的情景十分怪異。

眼前是冰封的城市廢墟，陰鬱的天空狂颳著大風雪，絲毫不見生命的跡象。

黑格爾驚惶失措，完全不知道自己所在的地點。

「這是什麼地方？」空氣之冰寒，冷得頭顱都覺疼痛。

黑格爾抬頭望向天空，大氣層上方按理布滿了空行者，天空和地面的撒馬羅賓應該連結了一片環繞地球的聯絡網，他可以藉此聯繫智者，方才智者就是如此聯絡他的，當時智者的聲音如此清晰，想必是因為有大量空行者的幫助。

但是，黑格爾的意識寂靜無聲，他聯絡不上智者，就有如智者根本不存在那般。

四周的風雪過於詭異，擁有如此巨型城市廢墟的地方，不該有這種風雪的。

「除非……」他不敢想像，也不願接受，「這是什麼時間？」

小屋

潘曲緊盯著冰原上的送行者卵群，黑格爾剛才被鐵臂的疾風打得飛過去了，他應該會再度站起來，或者是直接空間跳躍。

他的確看見黑格爾站起來，也看見他消失在空氣中。

「鐵臂！小心攻擊！」他自己也要謹慎，因為不知道黑格爾打算攻擊誰。

但等了一陣子，又有兩個空行者送上天空了，送行者爆發得血肉四濺，但六足雪鼠已沒興趣，牠們吃得太飽，正悠哉地躺在冰上休息，而雪人缺損的天空拱幕也慢慢恢復中，黑格爾卻始終沒現身。

潘曲兀自狐疑之時，反倒是那由他的聲音由心念傳來了：「你們暫時不必擔心黑格爾了。」

那由他的聯絡令人安心不少。

「他暫時困在超空間之中，不會很快出現，趁這時候，你們趕快離開冰原。」

「困在超空間？」潘曲又驚又喜，「是你做的嗎？」

「他不會有事。」那由他淡然說。

「這裡有大量空行者的卵，」潘曲擔心那由他不知道，「他們被一個接一個發射上去……」

「我們已經知道了，」那由他截道，「我已跟撒馬羅賓達成協議，他們不可騷擾洞穴中的聖者，也不可試圖操縱雪浪，而我們雪浪會合作，幫助他們修復地球的工作。」

「你們合作了？」潘曲仍在雪地爬行，好不容易才到達針葉林邊緣，「可是，剛才黑格爾還想傷害我和鐵臂，甚至想殺了鐵臂！」

「放心，我都知道。」那由他說，「我還知道你的一手一腳失去知覺了，也知道鐵臂被電擊了。」

「我到達不了小屋。」潘曲十分懊惱，六名勇者無法做到的事，他依舊做不到。

「你無需去那間小屋了，多虧你們，幫助我們釐清了很多事，我們總算明白冰原就是空行者的發射地，所以撒馬羅賓才百般保護，我們也知道不需要去小屋了，因為它是不存在的。」

潘曲嚇了一跳：「小屋不存在？」

「跟雪人一樣，它的本體是雲。」那由他說，「若你用心眼觀看，依然會看見一間小屋，因為它是由水分子構成的雲，不是幻象，先前的勇者就是如此上當的。」

「你怎麼知道小屋是假的？」

「鐵臂被電擊之後，我才看出來的，」那由他說，「撒馬羅賓十分懂得人類的心理，小屋是個誘餌，只要曾經有過文明的人類，沒有不被房子吸引的。」

潘曲抬起上半身，極力想看清楚小屋的模樣，遠遠望去，只能看到模糊的黑影，的確無法分辨是否真正的木屋。

「如果小屋也是雲，那麼，如果進去的話……」

「會跟鐵臂一樣結果。」如同通電的老鼠籠，等候有興趣的受害者登門。

潘曲不禁想像，小屋裡頭可能也有其他勇者的屍身：「那麼，究竟是誰製造雪人和小屋的？是設計師嗎？還是……」

「我還沒弄清楚，不過現在另一間小屋需要你去幫忙，貝瑪她們有危險，六足雪鼠正在攻擊她們。」

「六足雪鼠跑到那邊去了嗎？」潘曲望了眼貝瑪所在的小屋，已在雪人的黑影籠罩之下，而且太遠了，以他受傷的手腳根本就遠水救不了近火。

「用空間跳躍。」那由他提醒。

「可是……」他只能用一次。

這個「一次」變成他的詛咒，令他屢屢猶豫不決。

「此時此刻，就是使用它的時機，」那由他補充道，「我會在超空間推你一把。」那由他的聲音令他安心，有了那由他的幫助，他不再畏懼。

潘曲半合眼睛，將意念集中，在充滿爆裂聲的喧吵環境，在皮膚都會要凍結的嚴寒之中，要集中意念真的不容易，但他沒有藉口，他必須這麼做。

死亡終究是最後的歸宿，那就好好面對它吧。

他並不畏懼死亡，他只是不想浪費畢生僅有一次的死亡。

這麼一想，所有雜念頓時澄空，意念的集中輕而易舉，他馬上看到眼前出現光的通道，空間開始像揉捏麻糬般堆疊、變形，他整個人像麵團般拉得細長，穿過光的通道，在通道出口膨脹回原形。

這次的暈眩特別嚴重，潘曲真切感受到年紀的威力了，不但視線模糊，連聽覺也是朦朧不清的，他聽到幾個女生慌張的聲音，有許多爪子在地面爬動的聲音，刀刃劃過空氣的聲音，扣動雷射槍扳機的聲音，還聞到潮濕的木頭味，也聞到炭火的特殊焦味，便確知他是回到木屋了。

「貝瑪！」他用模糊的視線追蹤晃動的人影，朝人影放聲喊叫，讓她們發現他回來了，「把冰蟲刀插到坑洞中！」

剛才她們忙著驅趕滿屋亂跑的六足雪鼠，還要避免牠們跳到身上，還沒察覺屋子裡頭多了一個人，經潘曲一叫，三人才驚訝地望著他，貝瑪一手握著長長的庫巴藏刀，一手忙碌的揮舞冰蟲刀：「你什麼時候回來了？」

白眼魚見只有潘曲一人，忙問：「鐵臂呢？」

潘曲氣急敗壞：「我說把冰蟲刀插到坑洞中！貝瑪，快點這麼做！我的腳壞了，無法走路！」

貝瑪聽了，立刻掄起庫巴藏刀，舞了個刀花，迫退幾隻雪鼠，空出一條通往坑洞的路徑：「姑且信你吧。」

她三兩步跑到坑洞前面，將冰蟲刀一把插入。

「再來一把！」潘曲再丟了一把冰蟲刀給貝瑪。

「為何你會有多一把？」貝瑪忽然領悟，「你找到他們了？」

潘曲點頭：「我只看到一個，在雪地中。快插進坑洞！」

兩把冰蟲刀插入坑洞後，洞中爆發似地生出一大堆黑色小冰蟲，如泉水般湧出洞口，六足雪鼠見獵心喜，立刻衝向坑洞，爭食活潑蹦跳的冰蟲。

貝瑪遠離坑洞，十分吃驚：「這是怎麼回事？」

「冰蟲是用來抑制撒馬羅賓的，而這些老鼠是人造生物，是撒馬羅賓用來抑制冰蟲的。」潘曲冷漠地望著坑洞，他的視線慢慢變清楚了，「物物相剋。」說完，便累得躺到地面，不斷喘氣。

一個小女孩躡手躡腳地走來他身邊，潘曲愣了愣，才想起是紫色１２０的新身體。

紫色１２０的手腳還不太靈活，她翻起潘曲的褲管，查看被六足雪鼠咬斷的仿生神經，同時大力按壓他的皮膚：「有知覺嗎？」

潘曲搖頭。

「你也沒辦法動你的腳吧？」

「我這隻手也是……」潘曲這才想到，紫色１２０曾是禁區ＳＺ４６百越國的守護員，專長是生化機械工程，修理潘曲的腳並不困難。

紫色１２０拿起雷射槍，調到最低能量，嘗試把被咬斷的仿生神經燒結回去。

白眼魚—火母憂心忡忡地走過來：「請問鐵臂怎麼了？」

潘曲見她眼眶漉漉，便告訴她：「他還在外面，不過請別出去，很危險。」他不想白眼魚—火母拔腿就衝出去，「我先告訴妳，鐵臂遭到了電擊，不過他沒死，我最後看到他在樹林旁邊休息，但我自身難保，沒辦法把他帶回來。」

白眼魚—火母聽了，一隻腳已經想飛奔出去，而她的整個魂已經飄到外頭了。

「妳且等我一下，等我的腳能夠走動好嗎？」

在紫色１２０埋頭搶修之時，潘曲告訴貝瑪：「我們不需要再待在這裡了，我們已經知道這片冰原是什麼地方了。」

正當潘曲這麼說時，貝瑪的眼睛忽然失神了，片刻之後又恢復平常：「那由他剛剛告訴我了。」

「那由他聯絡妳？」

貝瑪點點頭：「他說，我們可以回去雪浪了。」

不久，紫色120拍拍潘曲的腳：「你動動看。」

雖然還不太靈活，但的確可以走動了。

潘曲帶領她們走出房子，讓她們觀看覆蓋天空的雪人，還有射上天空的空行者：「這就是撒馬羅賓的計畫，把他們已經消失的空行者重新培育、送上天空，再過幾天，大氣層上方就會有幾千個空行者，恢復他們文明盛況時的情景。」

遠方傳來轟隆隆的聲音，不知道還有多少個送行者要犧牲自己，將空行者送上大氣層。

白眼魚—火母嚇著了：「我不明白，他們是打哪裡冒出來的生物？」

「他們的存在，比我們人類的歷史還久遠。」

白眼魚—火母回想起百越國的情景，原本互相廝殺的兩批鐵族，一夜之間變得和平共存，一起合唱，鐵臂的妻子蠻娘也像被操縱的人偶般加入他們。事實上，曾經有一剎那，她也感覺到有人企圖接管她的意識，要不是火母的記憶立方體保護她，此刻她也會在合唱的行列之中。

潘曲指著雪人：「雪人和小屋都是由雲構成的，它們會放電，鐵臂就是被像打雷那樣擊中的。」

雪人伸下的數根雲柱就在木屋四周徘徊，像小型龍捲風一般緩慢地旋轉晃動。

「我只要避開它就行了嗎？」白眼魚—火母的身體忍不住想奔向鐵臂。

「不，妳不能過去。」潘曲咬一咬牙，「我叫他過來。」

他集中意念對鐵臂說話：「鐵臂，鐵臂，我們回去吧。」靠坐在樹幹上的鐵臂聽見了，稍微抬了一下頭，「我們去找蠻娘。」

「蠻娘」是個關鍵字，渾渾沌沌的鐵臂馬上睜大眼睛，混濁的眼神出現一絲光芒。

「你回來木屋吧，我們一起去找蠻娘。」潘曲重複了數遍之後，鐵臂果然掙扎著站起來，腳步蹣跚地朝著木屋走回來。

雪人降下數根雲柱到他身邊，他隨手一撥，送出一團風，雲柱頓時煙消雲散。

更多雲柱來到他身邊，像密密麻麻的海帶從空中降下，也有一些從周邊慢慢地旋轉靠近，要從四面八方包圍他。

鐵臂不高興了，索性高舉手臂揮動，只不過轉眼，竟出現一圈夾帶著白雪和碎木的漩渦，將他的身影包在裡面，潘曲完全看不見他。

他一邊轉動手臂，一邊繼續前進，漩渦的範圍越來越大，鐵臂儼然成了颱風眼，靠近他的雲柱都馬上被吹散。

忽然，鐵臂兩手往上一拋，出現一個快速上升的灰黑色巨大漩渦，他們目瞪口呆地望著它升高，在高空衝破雪人的拱幕，不巧剛好有一個送行者爆發，鐵臂的旋風也將剛剛射上去的空行者捲走，在空中隨著旋風盤旋。

鐵臂依然在操縱著那個高空的漩渦，他讓漩渦在高空移動，將雪人的拱幕吹散，沒過多久，竟將雪人吹得一乾二淨，陰影一掃而空，雪地恢復晴朗。

鐵臂放下雙臂，抬頭呆望天空，似乎對自己所做的事無法理解。

然後他撿起掉在地上的冰蟲刀，繼續踏步。

當他走近木屋時，白眼魚─火母忍不住了，衝上去緊摟著鐵臂。

鐵壁被她摟得有點呼吸不暢，發愣了一陣子，才拍拍她的肩膀：「蠻娘呢？蠻娘有在嗎？」

白眼魚──火母忍耐著飽脹的淚腺，輕撫鐵臂的頭髮：「我們去找她，把她帶回來好嗎？」

序曲

兩天後，冰原上一片狼藉髒亂，送行者們全都化成了一堆堆血紅色肉凍，冰原有如殺戮戰場。

也有發射失敗的空行者，或散落在冰原上、雪地上或掉入針葉林中，雖然沒抵達大氣層，除了受傷過重無法復原的之外，他們依然在地面孵化，不過由於聽帆十分龐大，在地面變得笨拙難以行動，只好等待地行者來回收。

經過連日發射之後，南北兩極總算恢復了平靜。

此時，原本因為人類活動停止而平靜許久的大氣層，再次變得忙碌。

新生的空行者們熱絡地互相聯繫，他們比過往的空行者更單純、更少智慧，因為服從命令並不需要智慧。他們也比舊空行者有更好的推進能力，可以躲避人類在大氣層殘留的人造衛星、太空站和火箭碎片。

清晨時分，潘曲和法地瑪並肩而立，觀看在雪地上整齊站列的金星族，在夜色未褪的雪浪山坡上迎著寒風。

「你不要一起唱誦嗎？」法地瑪問潘曲。

「我當旁觀者就好。」潘曲兩手交叉胸前，觀察一個個金星族的臉孔。

金星族表情堅毅，似乎不畏寒冷，但是仔細一瞧，他們的眼睛沒有神采，即使雪浪人將他們從雪中掘出時，他們也沒有悲喜，沒有憤怒，彷彿一切意料之內，理所當然。

願意配合撒馬羅賓的雪浪人坐在另一個區域，他們沒辦法長時間呆坐在風雪中，所以依然坐在暖和的小帳篷內。

「我很想問那由他一個問題。」潘曲不安地告訴法地瑪，「接下來的結果，是早就已經決定了嗎？」

「你為何這麼想呢？」

「那由他曾說，以更高層次的超空間來看，時間只是我們三次元的錯覺，如果在高次元，時間也成為其中一個次元，因此所有時間同時並存，過去、現在、未來便失去了意義。」

「我有聽他說過。」

「也就是說，在高次元，未來早已存在，所以接下來無論會發生什麼事，不管好壞，不管我是想要阻止或是幫忙，對高次元而言，其實歷史的軌跡早就已經決定了。」潘曲無奈地說。

「你不覺得奇怪嗎？如果你說過去和未來在高次元是平等的，為何那由他只能看到過去，卻無法得知未來呢？」

「說的也是。」

「你們奧米加的任務是時間旅行，那請問奧米加曾經時間旅行到未來嗎？」

潘曲愣了一下，他真的從來沒試過，也從來沒想過這個問題。

法地瑪說：「歷代的預言者，對未來都只能有一瞥的印象，無法完整陳述未來，除非他們本身就是未來人。」

「就像托特。」潘曲憶起八號，他去了遙遠的古代，是否有對未來做出預言呢？

「聖者洞穴中的聖者，他們都在等待，」法地瑪指向被雪崩掩埋了的聖者洞穴，「據說五十六億七千萬年後，有一位能超越一切時空的導師會在此地出現，所以他們在這裡等待，如果聖者擁有能夠抵達未來的能力，他們何不直接到未來去拜訪呢？」

看來，時間本身就是一道圍牆，而我們就像買了單程火車票的乘客，困在火車車廂中，除非循著時間軌跡推進，否則無法以跳躍的方式抵達未來。

「所以連最強的聖者都無法超越時間的障礙嗎？」

「我不知道，我不是聖者，不知道聖者的境界，或許他們能超越障礙，只是他們不想這麼做。」

潘曲抖了抖頭，感覺這已超越他的思考能力。

今天，撒馬羅賓的全球合唱即將開始，他們趕上了冬至之日，將進行二十四小時無休止輪流吟唱，直到母星出現復甦的現象為止。

但是，撒馬羅賓也不知道會是什麼現象。

依然披著夜色的高空中，潘曲看見飛來一艘飛行巡艇，是紫色１２０的飛行巡艇，亦即他之前使用的那艘，是以十分熟悉。

「貝瑪回來了。」他悄悄對法地瑪說，然後朝飛行巡艇招手。

兩天前，潘曲在冰原向貝瑪道別後，便直接空間跳躍回來雪浪，說好紫色１２０用飛行巡艇載貝瑪回來，而鐵臂和白眼魚—火母則乘坐另一艘，但不知道他們會前往何方，但恐怕不會再見面了。潘曲離開時，鐵臂的神志尚未恢復，沒有跟他好好說話，他覺得挺遺憾的。

曙光初現時，吟唱開始了。

金星族開始唱誦「唵」字，將其緩慢而冗長地分解成「哦—嗚—牟」三個音節，每個人用不同的音高唱出，混成層層相疊的和聲，神聖無比。

歌聲從雪坡傳上來，縱然時常聆聽雪浪人如此吟唱，此刻法地瑪聽了也不禁雞皮疙瘩，崇仰之心油然而生。

自願參與的雪浪人見合唱開始了，雖然覺得跟平常吟唱的方式不一樣，也依然紛紛加入和聲。

有個嬌小的人影從雪坡走上來，是美隆，她年紀小，不參與撒馬羅賓的計畫，於是跑來跟法地瑪待在一起。

「怎麼不跟其他小孩待在一起呢？」法地瑪將美隆一把抱進懷裡。

「媽媽說跟你們比較安全。」

潘曲遙見飛行巡艇降落在山下的聚落，便問美隆：「貝瑪打算怎麼做？她要加入嗎？還是支援？」

「她跟你有相同想法。」

潘曲愣了愣：「怎麼說？」

「她把冰蟲刀帶回來了。」

潘曲聽了，不禁把手伸進口袋，壓了壓遮躲在外衣底下的冰蟲刀。

雪浪的吟唱聲逐漸加強，歌聲愈發高亢。

同一時間，蓬萊國的廣場也聚滿了國民，齊聲高唱。

百越國的鐵族和女人們，以及混雜其間不分彼此的天縫人，在飽餐一頓後，跟百越人虔誠地昂首唱誦。

還有許許多多沒被提及、分布於六大洲的禁區，有許多沒被述說的人物和故事，都被撒馬羅賓掌控了他們的心靈。

大氣層的近地軌道上約有兩千個空行者，平均分布於地球上空，每個相距四方同伴經緯各約六十度。

新生的空行者驕傲地展開聽帆，體型比以往的空行者來得更為巨大，聽帆能吸收更多電離子，傳送更大量的訊息，跟地面有更緊密的連結。

空行者和地行者的心念互相連結，各禁區的地行者又結合野生人類的意識，交織成涵蓋天地、密實包裹地球的心靈網路。

環繞地球一周，數十萬名人類，用歌聲將地球包圍，同一時間張口唱誦同一個字，要令這個字產生前所未有的巨大共振。

必須是如此強烈的共振，才能振盪整個大氣層的空氣分子，才能將神聖音聲注入每一個水分子，才能讓共振穿透地函，或藉由降落的水分子攜帶共振滲入地表。

千萬年前設計的大膽計畫，越過重重難關，終於拉開了序幕。

那由他在雪山頂峰觀看雄偉的氣柱。

如前所說，他的肉身實際上並不在頂峰，在頂峰的是他的心。

巨大氣柱像是頂峰的延續，激流洶湧滾動，看不出是從太空吸收，或流向太空，或兩者兼有。

當全球禁區數十萬人同時吟唱，尚且看不出氣柱的變化。

但當雪浪人開始加入吟唱，氣柱立即受到撼動，逐漸奔流加激。

「真的有用！」那由他暗驚。

數千萬年前的海豚文明，知道某些人類所未知之事。

人類文明中流傳的「唵」唱誦，說不定是海豚文明的傳承，經由殘存的撒馬羅賓植入遠古人類的腦中。

又或者，古宗教流傳原始宇宙的音聲化——「唵」，純粹是人類的**再發現**。

如今證明，撒馬羅賓的主人的萬古計畫，「唵」的確是有力量的音節，那由他也滿心期盼看見它的終極力量。

但只待在頂峰無法看清全貌，那由他於是擴大心量，意識體從頂峰往四面八方延伸，慢慢覆蓋雪山，然後包裹整片山脈，擴大到整個歐亞大陸，跨過大洋，延展到北美洲、中美洲、南美洲，直到涵蓋北極海和南極洲。

此時，那由他只覺地球被包裹在他的意識身軀之中，每個角落的每個音聲都在裡頭迴響，在所有音聲中，以數十萬人合唱產生的共振最為強烈。

「那由他，那由他……」潘曲呼喚他，「地震，我又感覺到地震了。」

莫非全球唱誦才進行了一個小時，「母星」就有反應了？

有的雪浪修行者從帳篷裡面引頸觀望，看看外界發生了何種變化。

潘曲擔憂地說：「聖者洞穴可能會塌掉！」他擔心那由他在聖者洞穴內的肉體會被摧毀。

但潘曲身旁的法地瑪卻沒感到異狀：「我沒感覺到地震呢。」

聖者洞穴內部也沒有震動。

那由他在同一時間聯繫所有的雪浪修行者：「你們有感覺到地震嗎？」

部分回答有，部分回答沒有。

所有雪浪修行者都經由那由他互相聯繫，那由他猶如心靈中繼站，讓他們互相對話。

「為何不是每個人都有？」一名雪浪人深感奇怪。

眼前的大地震動如此真實，地面橫向晃動，或上下抖動，連群山都像海浪在翻騰，為何自己看得見、聽得到？又為何他人看不見、聽不到？

「上次……我也在另一個禁區看過地震，當時撒馬羅賓帶領當地野生人類唱誦，」潘曲說，「我坐在飛行巡艇中，見到四周的山河大地都在震動。」

「無需擔心，大地並沒有動，」那由他向大家釋疑，「動的是你們的心。」

「你上次也在匆忙中說過，但我不明白。」

「我們使用肉體的日子太久了，習慣用肉體的心去體驗世界，如今這聲音令你心念專注，你的**真心**於是跟長久黐黏的肉體發生剝離，但是意識在**真心**和做為工具的**肉體心**之間難分難捨，時而用真心，時而又偏向肉體心，所以才會出現震動現象。」

經那由他一說，潘曲仔細觀察，發覺果然震動的不是地面，而是意識在強烈顫動、搖動、躍動、波動、轉動，他用真心感受到瑰麗無比的真實世界，卻又無法割捨自出生以來習慣了的肉體心所體驗的有限世界，兩者來回激盪，所以震動。

那由他說：「我沒看見震動，因為我沒有肉眼和心眼的糾葛。」

數十萬人同時唱誦「唵」的音聲，力量竟強烈得令稍有修行的人頓感身心分離，潘曲不禁很想知道：「有說人身是小宇宙，小宇宙尚且會發生震動，對於比我們巨大上億萬倍的地球，會有何影響？」

「或許撒馬羅賓也想知道，」法地瑪加入談話，「他們的創造者制定了這個計畫，卻沒有條件執行，所以，恐怕撒馬羅賓也無法預知結果。」

那由他還注意到，撒馬羅賓十分有計畫地讓禁區的人類輪流休息，要做到二十四小時不中斷合唱，難怪他們要控制所有人的心靈，這樣才方便安排輪番的時間表。

此時那由他也不得不認同撒馬羅賓的做法了：受控制的心靈不會質疑，才不會影響大計。

這種認同感十分可怕，等於認同**絕對的控制**。

絕對的權力由此而生，麻木不仁由此而生，忽視生命亦由此而生，那由他馬上心生警惕：**很多錯的事情會有對的外貌**，他可不能被迷惑。

入夜後，唱誦的歌聲依然不絕如縷。

雪山上的溫度降至冰點以下，足以令血液結冰、四肢末端壞死，然而被撒馬羅賓控制的金星族似乎不畏寒冷，繼續以穩定的歌聲唱誦。金星族被雪崩掩埋數日，依然生存，由此可見，他們被撒馬羅賓改造得挺成功的。

那由他不禁想：「他們還算人類嗎？」

人類的定義早已模糊了。

「那由他，太冷了，我撐不住了。」潘曲聯絡他，「法地瑪會帶我去溫室。可是……」潘曲憂心忡忡，「撒馬羅賓好像沒有睡覺的打算，他們是否不需要睡眠？萬一他們在我們休息時趁機……」

「我不休息。」那由他說，「記得嗎？」

潘曲憶起，當他們在瑪利亞的地底核心室時，潘曲的中央神經系統接上瑪利亞的核心，不知不覺便度過了幾天，其間沒感到疲憊，也沒察覺時間流逝，而在旁引導他的那由他，更是一刻也沒歇息過。

那由他說過，當時潘曲處於稱為「入定」的狀態，肉體在入定狀態時的能量需求非常地低，而純粹是精神的意識體則根本沒有休息的必要。

「我會注意他們的。」那由他要他們放心，「明天還需要你們呢。」

夜晚的雪山反射著上弦月的弱光和黯淡的星光，令黑夜不至於全黑。

但黑夜掩蓋不了撒馬羅賓的企圖心。

黑夜中，撒馬羅賓的心靈觸角如樹根蔓延，靜悄悄地伸向雪浪人，那由他靜靜地觀察，看他們是否依然遵守協議。

設計師在協議建立之後，仍企圖消滅遠在冰原的鐵臂和潘曲，那由他是一清二楚的。

撒馬羅賓不會放棄，他們歷經千萬年都不曾放棄，沒有理由在此刻放棄。

撒馬羅賓的心靈觸角只是試探了一下雪浪人，便又悄悄地退走。

那由他知道，他們並沒死心，他們只是暫時撤退，伺機而動。

他們在等待弱點。

只要被他們等到弱點，心靈就有可能淪陷了。

只要撒馬羅賓不放棄，那由他就不會放鬆。

如是，撒馬羅賓在黑夜中試探了數十次，但都沒真正嘗試入侵心靈。

或許他們忌諱那由他。

也或許，他們只是還沒打算入侵。

第十章

母星

神往往不過是叫許多人看到幸福的一個影子，
隨後便把他們推上了毀滅的道路。

希羅多德《歷史》

廣場

唱誦不知進入第幾天了，百越國的圓形廣場站滿了人，整齊有序如棋盤排列，但鐵臂和白眼魚—火母所在之處太高太遠了，很難尋找蠻娘，更別說他的弟弟和媽媽了。

他們將飛行巡艇停泊在可以望見圓形廣場的高樓，其實鐵臂也知道，這麼做並無法避免被撒馬羅賓發現，因為鐵臂的心靈被鎖定了，撒馬羅賓完全掌握他的行蹤，空行者和地行者的密切合作比人類的衛星定位更為準確，再加上少了海豚律法對「心靈一線」的約束，撒馬羅賓恣無忌憚地伸出心靈觸角，連鐵臂的情緒變化都一清二楚。

鐵臂的心靈十分特別，當年巴蜀無法操縱晶片以清洗鐵臂的記憶，如今設計師也沒辦法俘虜鐵臂的心靈，只能試圖捕捉鐵臂控制空氣流動時的腦波模式。

「分析他的腦波。」設計師向地行者恩納士下指令，恩納士在人類社會待了三千年，最瞭解人類了。

早在鐵臂的腳步剛剛踏出冰原，恩納士便已從飛蜥營派出兩隻飛蜥前來。

如今，兩名御龍衛士已埋伏在高樓等待，恩納士對他們下令：「盡情攻擊他吧，但別殺了他。」

兩名御龍衛士仍有殘餘的邏輯能力：「他身邊的女生呢？」

「那個不用顧忌。」

「好。」口中才剛答應，他們便一個從高空俯衝向鐵臂，一個從另一棟大樓滑翔過來。

鐵臂敏銳地察覺到氣流變化，抬頭便看見直衝而來的飛蜥：「白眼魚，伏下！」他用力將白眼魚—火母壓下，手中馬上握起一團風，撥向飛蜥的翅膀，飛蜥的飛行路徑被強風偏斜，當牠掠過鐵臂眼前時，鐵臂注視牠的眼睛，只看到空洞的眼神，很會認人的飛蜥根本忘記了他。

當下，鐵臂不再遲疑，他運起強風，把另一隻平飛而來的飛蜥直接推上高空，御龍衛士被突如其來的升空嚇得呱呱大叫。

恩納士從旁觀察，記錄下鐵臂的每個動作以及腦波變化，建立他的腦波立體模型，試圖破解御風的秘密。

撒馬羅賓沒有腳，卻能浮空離地，乃利用聽帆輕輕推動離子流，創造出半真空，將身體撐起。他們想搞懂鐵臂使用的機制，他的御風術更靈活，機動性更強，撒馬羅賓想複製他的能力。

生物之間本來充滿了模仿和挪用，設計師想將這能力加入下一代的撒馬羅賓。

「不停地攻擊他。」恩納士指揮御龍衛士，刺激鐵臂多做一些動作。

被鐵臂推上高空的飛蜥好不容易穩住身體，立刻反身衝向鐵臂。

鐵臂不想跟他們久纏，他對白眼魚—火母說：「妳回去飛行巡艇，比較安全。」

白眼魚—火母瞭解，飛行巡艇有反重力保護她，鐵臂才能專心對付飛蜥。

「你要小心。」她說。

鐵臂點點頭，隨即用手在腳底一抹，腳下生起氣團，身體立刻離地半寸。他直盯朝他衝來的飛蜥，待飛蜥非常接近時，他忽然縱身一跳，生起兩道托起身體的厲風，鑽到飛蜥下方。

御龍衛士冷不防鐵臂躍下高樓，又倏地不見了蹤影，才剛剛錯愕，飛蜥便伸頸驚慌地嘶叫，整個身軀翻轉，差點把御龍衛士甩下去。原來鐵臂在下方凌空舞動兩臂，揮手撥起一陣亂風，令飛蜥失去平衡。

鐵臂十分瞭解飛蜥，所以他的動作都在針對飛蜥的弱點。

御龍衛士的身體半掛在空中，驚恐喊叫，鐵臂用力一撥，用一道疾風將他打下去，再把他吹到旁邊建築物的屋頂上，只見那人撞上生鏽的鐵皮屋頂，消失在崩垮的屋頂大洞中。

鐵臂趁機跳上飛蜥頸背，一手按住飛蜥脖子，傳送安心的訊息給牠，同時用風穩定飛蜥的平衡。飛蜥如夢初醒，發出咕嚕咕嚕的蜥語，表示歡迎，鐵臂騎過每隻飛蜥，牠們都認得他而且喜歡他，只不過被恩納士暫時迷惑了。

鐵臂安撫飛蜥，認出了牠是哪一隻：「羅羅。」飛蜥聽到自己的名字，高興地直噴氣。

另一隻飛蜥迫近，御龍衛士手持長柄雷射槍，邊迫近鐵臂邊瞄準他，但他看見同伴的下場，持槍的手忍不住發抖。鐵臂不等他準備好，用一道尖銳的風刮傷御龍衛士的手背，他馬上痛得放下槍，鐵臂抓準時機，乘起強風飛跳過去，把御龍衛士用旋風捲走，再把他拋進大樓窗口。

第二隻飛蜥先是驚怕，經過鐵臂安撫，也認出鐵臂，高興地發出咕嚕咕嚕聲。

鐵臂颳起一陣大風，用上升氣流穩住兩隻飛蜥。

他無法同時操縱兩隻飛蜥，只好先讓牠們降落在無人的大樓之間，再選了羅羅升空，心裡急著尋找蠻娘和家人。

白眼魚—火母也沒閒著，她將飛行巡艇飛低，尋找蠻娘和鐵臂的家人。來自蓬萊國的蠻娘，穿著跟百越國的女人不同，但大家混雜著站在一起，又被身體很高的鐵族擋住，不容易辨認。

有十來個地行者浮在眾人上方，白眼魚—火母忐忑地望著他們，她看不出他們的眼睛是否正在盯住她，因為他們深邃的黑眼睛沒有瞳孔和眼白的分別。

憶起不久前，撒馬羅賓曾經試圖接管她的心靈，白眼魚—火母不禁戰慄，要不是火母的記憶立方體努力抵抗，或許她也跟其他人一樣變成人偶了，她必須隨時提防撒馬羅賓再度嘗試控制她。「火母，拜託妳了。」她跟自己另一半的內心說。

忽然，蠻娘的臉孔進入視線，她心中猛地收緊：「找到了！」蠻娘被四名高大的鐵族包圍著，看來是刻意安排的，難怪盤旋了好幾趟都沒找到。

她試著靠近時，四名鐵族馬上抬頭看她，口中依舊繼續唱誦。

見到飛行巡艇後，一名鐵族馬上環抱蠻娘，將她圍於兩臂之間，蠻娘目光呆滯，毫無反應。另一名鐵族馬上將機械臂伸向白眼魚—火母，她剛剛才察覺不對勁，鐵族的手臂便猛然暴長，轉眼便抵達她眼前。

白眼魚—火母大吃一驚，鐵族彈出的手臂撞上反重力場，震得飛行巡艇偏移，她在艙內被抖得分辨不清方向，混亂中按下緊急按鈕，讓艇身自動恢復平衡。

事實上鐵族也有顧忌，他們身處於人群之中，倘若動手，必將傷及旁人，減少唱誦的人數，這是撒馬羅賓不容許的。話雖如此，鐵族也沒打算就此罷休，那名鐵族剛收回飛出去的手臂，另一名鐵族緊接著噴出一張強化合金網，竟將飛行巡艇包住，被鐵族從下方拉住。

情急之下，白眼魚—火母急速升空，將鐵族連同強化合金網一起拉上高空，那名鐵族沒喊叫也沒驚慌，呆滯的眼神像死人般失去光采，顯得十分怪異。

白眼魚—火母正要設法擺脫鐵族時，忽覺飛行巡艇被用力向下一頓，垂掛在下方的鐵族忽然癱瘓了，拉住網子的身體失去了張力，像布偶般垂吊搖晃。

「怎麼回事？」白眼魚—火母當下直覺是鐵族遭到攻擊了。

但這裡只有鐵族會攻擊人，沒人有本事攻擊他們呀。

她從高空望下去，竟看到最先攻擊她的彈簧手也癱瘓了，整副身體委頓地仆倒在地，遠看像一堆廢金屬。

「發生了什麼事？」白眼魚—火母滿腦子疑問。

她試圖降落在圓形廣場，但聚集的人群絲毫不在意也不迴避迫近的飛行巡艇，這樣下去可是會傷到人的。出於無奈，她高飛到大樓區，故意前後移動飛行巡艇，令垂吊在下方的鐵族前後搖晃，不斷撞上大樓的牆壁，最終其機械臂關節承受不了身體重量，整支手臂應聲扯斷，身軀重重落在大樓旁邊，留下連著機械臂的強化合金網依舊包著飛行巡艇。

白眼魚—火母正在懊惱時，只見空中掠過黑影，原來是鐵臂騎著飛蜥，正飛向廣場。

她遙望圓形廣場，人群似在騷動不安，顯然有事正在發生，但太遠了看不清。

鐵臂挨近觀看，卻見到龐大的鐵族一個個癱倒，有的當場壓斃身邊的人，有的半身壓碎，但在死亡的前夕，被壓死的人仍在高聲唱誦，一直唱到斷氣為止。

鐵臂看見蠻娘被鐵族環抱，卻仍在專心唱誦，但那名抱她的鐵族身體正在搖晃不定，像是隨時要倒下的醉漢。

鐵臂連忙跳下飛蜥，在腳下運起一團風，從半空斜斜滑下去，直直衝向蠻娘。

抱著蠻娘的鐵族慢慢兩眼翻白，膝蓋猛然彎曲，身軀向前傾倒，把蠻娘壓在下面。

鐵臂眼眶差點要裂開：「蠻娘！」他鼓起強風，將自己颳到蠻娘前方，撞上鐵族堅硬的身軀。

昏迷的鐵族像座小山，完全看不見壓在下方的蠻娘，鐵臂朝鐵族的身軀底下瘋狂地灌風，想將他的身體抬起來，但風力只在鐵族環抱的臂彎間打轉。

鐵臂心急得像焚原烈焰，情急之下，他把兩臂伸到鐵族下方，用力一抬，沉重的鐵族竟被他抬起了少許。

「夜光蟲我都搬得回天頂樹，」他告訴自己，「這東西沒什麼難的！」

他半蹲下盤，將所有力量集中在兩臂，大喝一聲，立刻將鐵族抬起了更多，但還是看不見蠻娘。

蠻娘呢蠻娘呢蠻娘呢？他滿腦子只剩下這個念頭。

失去意識的鐵族，變成沉重的廢鐵，壓在下方的蠻娘完全不見蹤影，不知是生是死。

「蠻娘！蠻娘！我來救妳了！」鐵臂撕心裂肺地嘶喊，但光憑他的雙手，根本無法抬起幾百公斤重的鐵族。

「我搬過夜光蟲，我搬過夜光蟲的！」他不斷提醒自己，事實上他是將夜光蟲拖回天頂樹，而不是用手抬起來的。若他拖動或用風推動鐵族，恐怕會把蠻娘拖輾成肉醬。

「你們幫我呀！」他向身邊的鐵族叫喊，他們強壯的身體必定可以幫得上忙，但沒人理睬他，只是專心一意地唱誦。

鐵臂見無人應答，也沒人攻擊他，只好橫下了心，要用雙臂救出蠻娘。

「火母賜給我鐵臂這名字，我不會辜負火母！」他心中浮現岩壁上的火母洞穴，總是期待土子吩咐他去借用火種，好讓他能登上岩壁求見火母。

與此同時，白眼魚—火母急欲掙脫困住飛行巡艇的強化合金網。

她飛到鐵族難以傷害她的高樓，試著逐點增加巡艇的反重力半徑，合金網被反重力不斷撐大，終於抵受不住反重力半徑的力量，在結點出現裂痕，發出清脆的斷裂聲，斷成好幾片散落在頂樓。

白眼魚—火母立即衝下去支援鐵臂。

鐵臂用手指扣住鐵族，兩腿紮起馬步，用盡所有力氣想把鐵族抬起來，他的手臂並不粗壯，但火母當初設計的基因藍圖是比一般人更強大的肌肉爆發力，讓肌蛋白瞬間產生最大的收縮，能像螞蟻一般舉起體重百倍以上的物件。

終於，他感到鐵族的身體離開地面了。

心中一欣喜，手中稍微鬆懈，鐵族立時沉了下去，鐵臂陡地一驚，生怕壓死鑾娘，不敢放鬆手掌，肌肉和韌帶當場支撐不住，從肩胛骨的關節扯斷！他聽到肌肉撕裂的聲音，也聽到肩膀四周的骨頭發出碎裂聲，肺部受到肋骨壓迫而無法吸入更多空氣。

鐵臂心知不妙，他的兩臂從肩膀以下瞬間失去了知覺，完全麻木了！他冒了一頭冷汗：「鑾娘，妳不能死！妳撐住！」他極力用意識支撐感覺不到的手臂，將鐵族輕輕放下。

確認鐵族落地後，鐵臂退後一步，呆望著兩條變長的手臂垂掛到膝蓋上，在身體兩側搖晃。

他的手臂斷了。

觸角

「不對勁。」一名雪浪人聯絡那由他，「撒馬羅賓……」

雪浪人忽然感覺受到冒犯，剛剛有心靈觸角伸進他的意識，肆意地探索，如同被陌生人闖進家裡的客廳，旁若無人地參觀。

「他們仍不死心。」雪浪人警示同伴。

「不，他們發生問題了。」那由他察覺到撒馬羅賓的集體心靈網有異狀，整張網都在顫動，所有振動必有一個振盪點，那由他無法立即找到關鍵的結點。

全球集體唱誦進入第十天，這天的下午跟前幾天並沒什麼不同，但是撒馬羅賓忽然決定對雪浪人發動密集的心靈滲透。

空行者和地行者伸出難以計數的心靈觸角，像無數亂線般穿透雪浪人的意識，只要有一根成功滲透，他們就逮到機會侵蝕心靈。

雪浪的修行者們應接不暇，平靜的心開始動搖，那由他提醒他們：「不要恐懼。」恐懼的心將如敞開的大門，幾乎可以毫無障礙地被入侵。

有的修行者心性不夠穩定，忽然心生疑慮，意識便遭受心靈觸角突破進入。

那由他不得不再次提醒他們：「最堅固不摧的是什麼？」有時候修行日久，初時猛利，後漸懈怠，會忘了最初來時路。

「最堅固不摧是空。」有人回答了。

無法被砍斷的是水，無法沾染塵埃的是空，雪浪歷代祖先如是說。

眾人紛紛坐穩，進入禪定狀態，如此一來，撒馬羅賓的心靈觸角便找不到對象。但他們修行各有深淺，不是人人能輕易入禪定，也不是人人能在短時間內進入狀況，有的人仍舊被洶湧的觸角穿透，心智一點一滴被褫奪。

「為何不救他們？」潘曲心急萬分，擔心遲早會輪到他。

「我沒有能力。」那由他坦承。

「那麼聖者們呢？洞穴內那麼多的聖者，肯定有比你強的吧？為何寧可躲在洞穴也不幫助呢？」

「不是不願，而是看清了。」那由他不假思索地回道：「正如果實脫離了樹枝，終究會落在地面。聖者如果干涉，它並不會不發生，結果並沒改變，可能只是延遲，或換個方式。」

潘曲想了想之後，略有所悟：「其實雪浪人自己也不願被幫忙吧？」

「你明白了。」個人的生死只能由個人處理，沒人能替代，每一天都是生命的試煉，何況是難得的試煉時刻，雪浪人不會錯過的。

「我明白了。」

撒馬羅賓沒有特別挑人，只要有心靈的人類都是入侵對象，十天前的協議已視同無物。那由他並不意外，因為撒馬羅賓的想法是早在數千萬年前就寫入基因的指令，除了用盡方法達到目標，他們別無他想。

然而，潘曲也不是數天前的潘曲了，這幾天跟隨那由他學習，對雪浪人所說的「空」大有領悟，儘管撒馬羅賓的心靈觸角找到他了、碰到他了，卻如同碰到水上浮影，雖能見到，卻摸不著。

何況潘曲是被特別製造具有心靈力量的奧米加，自幼在時間旅行任務中心鍛練心靈，這些日子又延續中斷了四十年的訓練，先天加上後天，境界突飛猛進。

他的心境達到前所未有的平靜，充滿了喜悅，雖然他一生中少有喜悅，但此刻的喜悅不屬於世間，而是從未體驗過的，只有當看透和領悟時才會有的喜悅。

當他沉浸於喜悅之中，不再在乎撒馬羅賓，所以撒馬羅賓也找不到他了。

正欣喜於禪悅之時，竟聽見有人叫他：「潘曲，潘曲。」

不是心念呼叫，而是聲波直接傳入耳朵。

他張眼，只見溫室之中綠意盎然，而年輕的沙厄正半蹲在面前。

沙厄皮膚光滑，笑容燦爛，以前年少的沙厄總是心存不滿，從未有過這種笑容。

「潘曲，是我，沙厄。」他退後幾步，要潘曲看清楚他的身體，「你瞧，這是新的身體。」眼前不是幻覺，沙厄想必是空間跳躍來找他的。只不過十多天前，他還跟沙厄在這溫室重聚。

但潘曲並沒因此動搖，因為沙厄的出現過於湊巧，他老早看穿了撒馬羅賓的把戲。

「你不是真的。」他說。

沙厄一臉興奮地靠近他：「你說什麼鬼話？你不驚奇嗎？來看看我。」沙厄伸手去拉潘曲的手，要他摸摸年輕的肌膚，「瞧！撒馬羅賓給我的新身體！」

潘曲的指尖觸摸到沙厄嬰兒般的皮膚時，心中竟湧現傷感，如波濤陣陣沖擊胸口，回憶中掠過他跟沙厄在天縫分手的最後一瞥。

不，他不能情緒波動，撒馬羅賓會找到入侵缺口的。

潘曲抽回手，合上眼睛，不再看昔日夥伴的臉孔。

溫室的玻璃表面凝結了成片星芒樣的冰晶，陽光穿過冰晶投射在潘曲身上，彷彿身上披滿了碎鑽，在沙厄眼中彷若冰雕像。

「我也不是真的。」潘曲幽幽地說，「眼前看見的尚且不是全真，你真的相信你是你嗎？」到此為止，他不願再多說了。

沙厄試圖跟潘曲說話，但潘曲像死了一樣，連呼吸都似有似無。沙厄也學過龜息的，他在充滿水銀氣的古墓中甚至使用胎兒的呼吸法，但潘曲有如金石木雕，整個人在眼前又彷彿不存在。

沙厄跟潘曲在一起的最後記憶是天縫的火母洞穴，在設計師歐牟的授意下，禁區電腦要為他打造一副新身體，然後……然後就空白了。他不記得新身體的製作過程，只記得醒來時的孤寂感，以及手腳尚未配合好的不安感。

當時他發現，其實他挺希望潘曲陪在身邊的。

幾天後，他逐漸適應了年輕的新身體，還發現空間跳躍能力遠比以前順利，高興得不得了，第一個念頭就是想告訴潘曲，也想說服他加入撒馬羅賓的陣營。

沒想到，潘曲對他出乎意料地冷淡，他百思不得其解。

「潘曲有答應你嗎？」歐牟的聲音來關切了。

「沒有。」沙厄不知該如何是好。

歐牟心知，連沙厄的出現也動搖不了潘曲，便說：「潘曲交給我們，你去唱歌吧。」撒馬羅賓並不希望沙厄與潘曲發生衝突，過去的教訓是塔卡和泰蕾莎受傷，然後黑格爾下落不明。他們要保存沙厄的力量，他們需要奧米加，越多越好，因為奧米加是重要的「後備計畫」。

歐牟的話才剛說完，沙厄便覺得腦袋像被抽水馬桶沖洗了一番，頓時乖乖地空間跳躍，加入雪坡上的金星族，貢獻他的聲音。

沙厄的唱誦跟金星族不同的是，他的集中力是普通人的數十倍，他以自幼受訓的方法進行空間跳躍、流出、心念傳話等種種技能，如今，他用來唱歌。

沙厄離開了，潘曲再度恢復獨自一人，他深深知道，沙厄不是沙厄了，真正的沙厄、他以前的夥伴已經死了，就跟塔卡、泰蕾莎、黑格爾一樣，他所見到年輕的他們，都是撒馬羅賓製造的新生物，雖然擁有原版的記憶和技能，但無論如何都不是原版。

他們自己有所察覺嗎？

他們跟原版是同一個意識嗎？

如果有輪迴投生，他們是另一個意識的投生嗎？

此時，那由他的聲音悄悄進來了：「百越國有很多人倒下去了，而且都是改造人，都是男人。」那由他將意識移至百越國的圓形廣場，看到現場的異狀。

潘曲馬上理解：「所以撒馬羅賓才攻擊我們，用雪浪人來補充人數嗎？」

百越國的鐵族忽然崩潰，事前完全沒有先兆，使得撒馬羅賓在全球唱誦進入第十天時，毅然決定對雪浪人的心靈進行全面攻擊。

「一位雪浪修行者，唱誦的力量是普通人的數千倍，撒馬羅賓希望更快達到目標，而雪浪人能幫他們實現。」那由他說，「變化開始了，很微弱，不過開始了。」

但潘曲沒感覺到有變化。

「為何改造人會倒下去？」

那由他沉默了一下，似在探索，然後才說：「他們中毒了。」

那由他看到他們的器官正在衰竭，身體的機能正加速瓦解，還看見灰塵樣的光點在體內四處流布，那是放射性物質，布滿他們的腸胃，也被血液攜帶流遍全身。

不管放射性物質為何會進入他們體內，這些改造人的維生器官已經崩壞得超過極限，完全沒救了。

撒馬羅賓也不明白發生了什麼事。

三位設計師坐守各自的崗位：歐牟回到北極圈的冰原，梭菲亞（智者）守住雪山頂峰的氣柱，太印在火地島，與數千名空行者及地行者以包圍母星的心靈之網，控制所有人類唱誦修復母星的神聖「唵」字，同時密切注意母星的變化。

但是，在第十天，心靈之網在東亞一隅無預警地崩解，聲音一個接一個地消失，強壯的改造人陸續死亡。

然而此時母星深層才剛開始出現反應，撒馬羅賓不能在努力剛看到成果時遇上阻礙，因此急需填補人數。

不僅填補人數，而是要俘虜能令唱誦更有力量的雪浪人！

在他們突然且密集頻繁的心靈觸角攻擊之下，很多雪浪人的心靈淪陷了，而雪浪人的加入果然令母星的反應加激，且變得更為明顯。

嘗到甜頭的智者，罔顧跟那由他的協議，下令對雪浪人的心靈展開猛烈攻擊，滲透他們的意識，奪取心靈的操縱權：「果然控制雪浪人是對的！」

命運

鐵臂聽見空中傳來飛行巡艇的聲音，便知道白眼魚來了，他悲傷地望向白眼魚，兩人隔空對視。白眼魚─火母趕過來時，正好看見鐵臂的雙臂被硬生生扯斷脫臼，他哀傷無助的眼神令白眼魚十分心痛難過，她想了一下，很快便做了決定。

白眼魚─火母在艙內擺手，示意他退開，他不確定白眼魚的意思，便用心念傳話給她：「妳是要我退後嗎？蠻娘被壓在下面呢！」

白眼魚─火母朝他用力點頭。

鐵臂只好相信她了。

為了避免脫臼的手臂再受傷害，鐵臂挺起肩膀，讓兩條手臂不至於搖晃得太厲害，才漸漸後退。

白眼魚─火母不願意看鐵臂的雙手，她怕淚水會模糊了視線，令她無法拯救蠻娘。

她將飛行巡艇開到壓住蠻娘的鐵族上方，準備好之後，突然關掉反重力場，令飛行巡艇自由掉落，在快要碰到鐵族的剎那，馬上重新開啟反重力場，將壓住蠻娘的鐵族包裹在反重力場之中，忽然產生的反重力也把周圍的一眾人推倒，但他們一點也不在意，爬起來繼續吟唱。

白眼魚─火母慢慢升起飛行巡艇，鐵族果然跟著一起上升，鐵臂緊張地跨前查看，並沒有在地面找到蠻娘。

「她最後是被抱住的！」鐵臂抬頭觀看已經升上半空的改造人，他的雙手依然環抱，蠻娘的頭垂於鐵族的兩臂之間，口中流出血泡，兩眼微張，已經失去了光彩。

鐵臂發狂大叫，想要將蠻娘抱下來，但沒辦法舉起雙手，反重力場的阻隔也讓他無法碰到蠻娘。

白眼魚─火母狂敲透明罩，要引起鐵臂注意，跟她聯絡。

「蠻娘被那個人抱著！」鐵臂的聲音在白眼魚腦中嘶喊，「怎麼辦？她好像死了，怎麼辦？」

白眼魚─火母騎虎難下。

她以前使用過同一個方法，第一次是清理黑毛鬼的屍體，第二次是抬起崩塌的巨岩，兩次處理的都是無生命的物體，但如今那位鐵族不知是死是活，一旦把他放下來，被他抱著的鱶娘肯定會被壓死。
或許還有辦法，但只有鐵臂能辦得到。
「你還能夠運風嗎？」白眼魚向他大喊，但隔著透明罩，鐵臂根本聽不見。
她不像鐵臂能用心念傳話，而鐵臂也無法聽到她腦中所說的話，她想了一想，大膽地做了一件事。
她慢慢轉動方向盤，讓飛行巡艇慢慢上下倒轉，這麼大的動作，鐵臂一定能看得到！
當飛行巡艇整個倒轉時，她被安全帶緊緊地繫在椅子上，抵抗著身體下墜，此時巡艇下方的鐵族變成臉部朝上，他抱著的鱶娘亦如此。白眼魚希望鐵臂看得懂，她希望鐵臂看得懂！
當她再度倒轉回飛行巡艇時，她看見鐵臂發愣的眼神，似乎沒弄懂白眼魚的意思，她於是趕緊將兩手圍成圓圈，做出一個上下倒轉的動作，再指了指鐵臂，揮動兩手撥風。
不理了，不理鐵臂懂不懂了，她將飛行巡艇上升到一個高度，瞬間解除反重力場，巡艇帶著鐵族和鱶娘一起下墜，鐵臂發出尖叫聲，然而白眼魚知道，到時若是有個萬一，還可以及時驅動反重力場，避免直接墜到地面。
鐵臂沒有辦法揮動掛在胸前的兩條手臂，他向來利用兩手引導風向，如今失去了平常依賴的手臂，鐵臂緊盯著在空中掉下的鐵族，將鐵族的影像印在兩眼之間的眉心，想像他翻轉的畫面。這是沙厄教他的。
他根本沒想過有沒有把握，這完全不在考慮之內。
忽然間，白眼魚在艙內覺得天旋地轉，鐵臂成功了！他成功控制風了！鐵族被整個反轉過來，臉部朝上，他懷中的鱶娘也朝上了，而飛行巡艇也一同被反轉到鐵族下方了！這樣下去會被壓垮的！

千鈞一髮之際，白眼魚將方向盤拉到盡頭，強行脫出鐵臂的旋風範圍，撞倒了一個呆立唱誦的鐵族。

鐵族砰的一聲落地，鐵臂馬上跳到他身上查看鑾娘的狀況。

鑾娘的眼神失焦呆滯，事實上她的瞳孔早因失去張力而放大，臉上的血色已經全然褪去，呆滯的表情洋溢著幸福，似乎在她的人生中沒有一個時刻比此刻更為平和。

鐵臂沒有流淚，無數畫面如走馬燈在意識中掠過，他跟鑾娘在過去一次又一次地相遇，卻一次又一次地只能短暫廝守，命運一再殘酷地重複，原來並不是依靠努力就能夠掙脫的。

「救救鑾娘……」鐵臂口中呢喃道，「誰能救救鑾娘……？」他想起了沙厄，於是試圖用意念聯絡他，「沙厄，沙厄，你在嗎？」

他嘗試了一陣，然而沙厄的心靈沉寂無聲，乍有乍無。

還有一個人，但他不想呼喚他。

不過為了鑾娘……「潘曲，潘曲，」鐵臂放下了心中的糾結，「你在嗎？」

他不停地呼喚，但得不到潘曲的回應。

即使潘曲在身邊，也曾經兩次遺棄他，何況遠在天邊？

他不抱存希望，只有靠自己了。

撒馬羅賓打從剛才沒再干涉鐵臂，因為每當他們干涉，反而會損失更多的人員，不符合成本效益。更令他們懊惱的是，他們也完全沒辦法控制鐵臂的心靈，甚至找不出無法控制的理由。

如今百越國上空的地行者將現場畫面傳給設計師，他們看見鐵臂的雙手已經殘廢，此時是除掉他的最好機會了。

於是，鐵臂察覺一股壓迫感從後面接近，他回頭看見一隻不知道是牛還是人的東西，有著黑色的巨大牛身，卻頂著一個人頭。黑鐵牛已經失去領袖的風範，眼神狂亂，口邊流著白沫，正悄悄走向他。

仔細一看，黑鐵牛腳步踉蹌，即使如此，假若被他撞上，也肯定粉身碎骨。

鐵臂不假思索，馬上運起疾風，想把他吹走，然而黑鐵牛的四肢牢牢抓住地面，文風不動。

鐵臂急忙在他身體下方生起一陣上升氣流，讓他四肢離地，黑鐵牛在空中划動四肢，意識被撒馬羅賓掌控的他，過去已經不高的智慧更是蕩然無存，只剩下原始的生物本能。

鐵臂用意念輕輕一撥，將黑鐵牛吹到其他改造人之中，將他們悉數撞倒。

鐵族已經沒有幾個可戰之人，加上半數以上的改造人被狼妻連日餵食放射性物質，那是她被剝奪意識之前，狼軍所下的最後指令，於是她日復一日地重複執行，在黑鐵牛那夥人的伙食加入神之糧，他們的身體從裡頭開始慢慢腐爛，器官加速崩潰。

鐵臂也不是傻瓜，他從潘曲口中得知撒馬羅賓，於是抬頭望向浮在空中的幾位地行者：「是你們在搞鬼吧？」

在鐵臂的注視中，飄空的地行者周圍出現幾道詭異的氣流，慢慢匯流成圓盤狀旋轉，當地行者們察覺不對勁時，他們的聽帆已經支撐不住，紛紛被氣流漩渦吹離他們的位置，像洗衣機在空中攪動。

地行者們慌了，他們措手不及，趕忙聯絡設計師：「現在該怎麼辦？」

這回設計師是真的後悔了，他們應該早點除掉鐵臂這個不確定因素的：「當初不該心軟留下他，也不該為了知道控制空氣流動的方法而留下他的。」

眼前的重要時刻不許任何干擾，尤其不能讓鐵臂這種危險因子，破壞好不容易才看到的成果。

「不能再讓他影響我們了。」設計師只下了這個簡單的指令。

被旋風轉得失去方向感的地行者們冷靜下來，其實他們並不畏懼死亡，他們是被創造的生物，他們生存的目的除了完成目的之外沒有其他目的，對死亡的恐懼老早就從他們的ＤＮＡ編碼之中刪除。

於是地行者們集中意念，控制地面上的所有改造人、百越國的女人，甚至鐵臂的同鄉天縫人，從四面八方湧向鐵臂。鐵臂一看情勢不對，趕忙跳上鐵族像小山丘般的身體，站在蠻娘旁邊，然後朝飛行巡艇中的白眼魚─火母看了一眼：「快點避開！要起大風了！」

白眼魚─火母立刻驅動反重力場，以最快的速度升空。

一時之間，地面狂風大起，所有人被吹得七零八落，狂風在鐵臂身邊築起風牆，沒人能靠近鐵臂。

但是──鐵臂感到異樣──為何這次的風比剛才還要冷？而且冷得刺骨。

狂風過處，倒地的人們臉色蒼白，渾身冷顫，哆嗦不已，口中還呼出白霧。

而且，海岸方向還傳來奇怪的聲音，像是……玻璃碎裂的聲音，而且像是非常巨大的玻璃，正不斷裂出蛛網狀的裂痕。

甦醒

很顯然，母星正在復甦中。

因為空氣正以能夠感覺得到的速度變冷，而且溫度下降得很快。

空行者在大氣層上空包圍地球、觀看地球，結合所有空行者的視野，匯成一幅地球全景圖，投映到設計師的視覺系統中，設計師們欣喜地看到陸地正在擴張，反之海水面積逐漸減少。

這情景完全符合《冰河之書》的預言。

設計師由不得讚嘆：「海神祭師真的預見了未來！」

經歷了十天唱誦，母星仍無明顯變化，然而今天氣溫突然降低，顯然是「唵」的能量終於累積到達了臨界點，正如煮了很久的水忽然滾沸，超飽和液體忽然結晶一般，到達臨界點則發生「相變」。

他們不禁猜測母星的內部發生了什麼事。

其實那由他老早就注意到變化了，他比撒馬羅賓更敏感，更早感知到變化早在地球的核心醞釀，如同胎動般細微難察。

當雪山頂峰的氣柱直徑赫然擴張，流動驟然變強時，雪山便突然降溫了，原本攝氏零下的溫度，又再下降了一兩度，即使是無風的晴天，依然異常凜冽，連眼球都要結冰了。

北極海首先有大量海水迅速結冰，海平面降低得很快，海岸線快速往海洋推進，原本的海岸變成空曠的內陸，被陸地圍繞的北極海幾乎要冰封縮小成一個內陸大湖。

亞洲和美洲之間的白令陸橋重新出現，地中海通入大西洋的直布羅陀海峽消失了，地中海完全變成內陸湖，紅海和波斯灣成了低窪谷地，馬來亞半島和蘇門答臘連成一體，婆羅洲和菲律賓群島連成大陸，蠻娘弄倒大佛的那座島嶼跟半島連接了，連火地島跟南極大陸之間也出現曲折的陸橋。

所有大陸都連接在一起，形成一塊超級大陸。

那由他終於明白《冰河之書》的預言了。

雖然那由他曾經進入撒馬羅賓的心靈，徜徉於他們的意識之海，試著以他們的思路去閱讀隱藏在記憶深處的《海洋之書》和《冰河之書》，但語言是一道高大的圍牆，那由他無法在短時間內以撒馬羅賓的思維去理解書中的文句。

《冰河之書》是海豚人的秘密聖書，海豚的語言和文字是人類無法理解的概念，由於海豚人的發聲器官構造只容許他們發出某些音節，所以他們豐富的辭彙其實是由腦波傳遞創造的，反而擺脫了發聲器官的限制，可以擁有無限種形態。

也因此，所謂「聖書」並非人類能理解的書籍形式，它不以文字書寫，沒有印刷，更不可能裝訂成冊，而是由一整組念頭寫成，封存於記憶中，《海洋之書》可隨時提取閱讀，而《冰河之書》需以關鍵詞開啟。

育卵師將「聖書」以ＤＮＡ編碼加入卵球鉗合體，使它成為與生俱來的記憶，於是，所有地行者和空行者都天生熟悉《海洋之書》，惟有三位設計師得以傳承海神祭師的奧義《冰河之書》。

如今全球冰封，那由他總算搞懂《冰河之書》的語法，也領悟聖書之名早已揭露海神祭師的意圖——讓母星回到冰河時代！

《冰河之書》說：「海洋出現橋樑，大地不分彼此，河水變硬，岩石變軟。」就是這一句！描述超級大陸和冰河！
他感覺到設計師狂喜的念頭，也難怪，畢竟他們也等待了太久了。
但是不對，這一切不對。
「岩石變軟」是什麼意思？
更令那由他不安的是這一段：「地底烈火將湧出南極，無盡霪雨將橫掃北極，但在其間，母星的肚臍必先吞食。」
說不定海豚人的預言者根本沒有用隱喻或譬喻，而是海豚人的直敘。
「那由他，」潘曲呼喚他，「是不是發生什麼事了？」
潘曲還沒被撒馬羅賓淪陷嗎？那由他搜索了一下，發現保持清醒的雪浪人所剩無幾，不論是美隆、貝瑪或法地瑪，在短時間內都被撒馬羅賓控制了意識，惟有格喜老人等十餘人依舊維持自我意識，對於潘曲能堅持下來，那由他頗為驚喜，也頗感安慰。
「是的，地球回到冰河時期了。」
潘曲身處溫室，也感覺到氣溫驟變。「這就是撒馬羅賓所說的母星甦醒嗎？」潘曲疑惑地問，「從他們的主人滅亡至今，地球也經歷過不只一次冰河時期了呀。」
「不，還不是。」那由他瞬間又重讀了一遍《冰河之書》，「他們認為，每一次的冰河時期都是母星在試圖修復自己，但都沒有完全復元，何況上一次的修復之後，人類的崛起將母星破壞得苟延殘喘，母星幾乎瀕臨死亡，所以，撒馬羅賓要來一次『偉大的修復』。所以，不，冰河時期重臨只是個前奏曲。」
就像身體受傷的過程，當人們被燙傷或撞傷時，必須首先冰敷冷卻表面，好讓血管收縮，減少流到傷處的血液，進而避免腫起，然後，接下來才是免疫細胞開始啟動，產生發炎反應，提高溫度修復身體。

那由他知道接下來會發生什麼事了。

他不能再觀察，他必須阻止。

潘曲困惑地說：「我收到鐵臂傳過來的求救，他在找人拯救蠻娘，還說蠻娘死了，我屢次聽他提起蠻娘，但不知道蠻娘是誰？」

「是他妻子。」

「難怪……」潘曲也猜到的。

「她已經在彌留了，但是，」那由他的心念到何處，便可觀看任何地點，「她肚子裡面有兩團生命。」

潘曲驚訝地問：「你有辦法救她嗎？」他對鐵臂一直有愧疚感，何況鐵臂親口向他求救，他很想把握幫助他的機會。

「我想想辦法，」那由他說，「不如，你先過去他身邊吧。」

「你要我使用空間跳躍？」

「你並不是第一次跳那麼遠的。」

潘曲義憤填膺：「好。」一旦決定，他便刻不容緩地集中心念：「告訴我鐵臂在哪裡？我立刻過去！」

潘曲正要跳躍，撒馬羅賓的心靈觸角忽然又大量湧向他，像是知道他的企圖，要阻止他幫助鐵臂。

「我幫你擋一擋。」那由他的聲音一出現，撒馬羅賓的心靈觸角便倏地消失無蹤。

潘曲不再遲疑，立刻空間跳躍。

他一落地便馬上確認地點，罔顧空間扭曲的不適感，他發覺自己站在高樓之上，空間跳躍的位置有偏差！他趕忙跑到邊緣往下俯視，終於在其中一邊找到鐵臂，他被群眾包圍，但沒人接近得了他，全都被他用狂風吹走，有的鐵族撲地翻滾，有的人被捲上天空。

潘曲在冰原見識過鐵臂的威力，但眼前的鐵臂不對勁，他的雙臂垂掛在胸前搖晃，不能用手精準地控制氣流。

而且，他從高樓看到了更驚駭的事情。

從高樓遙望城市廢墟的邊際原本是海岸，但此刻海水已退至遠方，露出近岸的海底，並且以肉眼可見的速度結冰。

潘曲定睛看仔細，是的，他沒看錯，結冰從海岸往內陸推進，像海浪一般的冰原洶湧地朝廢墟襲來。從目測速度來看，再過不久，眾人群聚的圓形廣場就會結冰！城市廢墟會成為冰凍之城！

「鐵臂，我是潘曲！」他用心念，「我會在你身邊出現！」他事先通知，免得嚇著鐵臂，會被他攻擊。

話才說完不久，潘曲馬上進行短距離跳躍，成功在鐵臂身邊出現，但緊接的兩次跳躍令他頭暈不已，一時站不穩腳，倒在癱瘓的鐵族身上，轉頭便看見鑾娘的臉孔在眼前。

鐵臂見潘曲出現，又驚又喜，沒想到在絕望之時，他的求救居然得到了回應！「幫我！」他一面忙著使出旋風，一面向潘曲大喊，「救救鑾娘！」

明眼人都知道，鑾娘的臉龐早已失去血色，不是活人的臉，但潘曲依然掙扎著撐起身體，將鑾娘一點一點從鐵族的臂彎中拉出來，口中一邊說：「我們必須快點逃走，這裡快要結冰了！」

鐵臂不懂他的意思。

費了一些勁，潘曲才把蠻娘從鐵族的懷抱中拉出來。

蠻娘的身體軟趴趴的，許多骨頭都碎裂了，皮膚也因為內出血而慢慢浮現紅斑。

但是，正如那由他所說，她的腹部裡頭仍有兩團細小的生命之火，失去母體的滋養，宛如風中之燭，乍明乍弱。

只聽鐵臂倒抽了一口寒氣，目光驚愕，潘曲忙朝他視線的方向望去。

被鐵臂用風吹到外圍的某些人，在正要爬起來之際，突然動作僵硬了，如塑像般定格了，臉上迅速結了一層白霜，呼出的氣息在鼻孔結成冰柱。

冰浪正從海的方向襲來，沿著圓形廣場的地面橫掃廣場，凍結所有途經的物體。

「潘曲。」鐵臂轉頭望著潘曲，然後視線停留在蠻娘蒼白的臉龐上，「謝謝你過來，你快跳走吧。」他神情平靜，準備好迎接死亡光臨。

「蠻娘的肚子有兩個生命！」即使近在咫尺，潘曲依然朝鐵臂狂叫，要把他的生存意志拉回來。

鐵臂一聽，記憶頓時沸騰，過去的片段如同一連串鍊子快速掠過，一直連到未來的時空——他有兩個孩子，一男一女，但是蠻娘呢？蠻娘不在未來，她在哪兒？

此時，白眼魚─火母駕駛飛行巡艇過來，剛才鐵臂叫她躲避，如今她見潘曲忽然從空中冒出來，有如帶他們去冰原的黑格爾那般，遠處的群眾又忽然結冰硬化，情勢十分怪異，便趕忙從躲避的大樓後方飛出來。

面對極度的困境，潘曲的心情驟然十分平靜。

他忽然把眼前的狀況看得一清二楚，清楚得有如清澈透明。

世間果然沒有偶然，一切只是剛好。
原來真正沒有困境，困境只是假象。
此時此刻，他比鐵臂更從容面對隨時到來的死亡。
當死亡近在鼻尖時，真的沒什麼好猶豫的。
「沒做過？」他自嘲，「那就做吧。」
他凝定心神，集中意念，在危急的當兒，意識中竟迸出一個古舊的畫面：他跟其他七位同伴浸泡在各自的玻璃柱中，透過藍色維生液觀望彼此，包圍一名地球聯邦送來的時間旅行實驗者，將意念集中在他身上……
受實驗者不安地環顧他們，當他們一起扭曲時空時，受試者彷彿瞬間被揉成一小團，消失在一道空間裂縫中。
當下沒有八個奧米加，僅有他一人，他潘曲一人。
「今天是個好日子。」他忽然覺得挺開心的。
當潘曲感到凜冽的空氣迎面而來時，他冷靜地半合上眼，緊接著，周圍的一切在剎那間捲縮成一團……

鐵臂

……然後霍地展開。
溫暖的空氣從四面八方衝過來，伴隨葉子的香氣，和泥土的特殊芬芳。
在雪浪的溫室中，鐵臂躺在地面，緊緊靠住蠻娘的屍身，還有一艘飛行巡艇壓壞了菜圃。

潘曲癱倒在地面，身體不由自主地抽搐，腦袋裡一場糊塗，眼球抖動不已，因為同時攜帶太多物體空間跳躍，遠遠超過他的負荷，體內的電解質幾乎耗盡，全身系統正在崩潰中。

在朦朧的意識中，潘曲見到那由他在跟前，渾身金黃亮光，彷若神人。

在現實中，潘曲兩眼翻白，但在意識裡，他容光煥發，高興地告訴那由他：「我辦到了。」

「你做得很好。」那由他將手放置在潘曲頭頂，他頓感一股暖流從頂部灌入，有如樹根延伸入土，徐徐流遍全身。「我可以借用你的嘴巴和你的手嗎？」

「為什麼？」

「有兩個小生命快要死了，但若他們能活下來的話，將對未來的世界有莫大幫助。」

「那你用吧。」他對那由他絕無疑心。

在溫室中，白眼魚—火母打開飛行巡艇艙門，小心翼翼地觀看四周。她從沒見過用大量玻璃築成的建築物，舒服又充滿綠意，所謂天堂恐怕也相差無幾。

她看見鐵臂側臥在地面，依偎在鑾娘身邊，雙眼微閉，似在回味著兩人短暫相處的時光。

「這裡好舒服，妳從來沒見過吧？」鐵臂在鑾娘耳邊輕語，「能待久一些就好了。」

白眼魚—火母兩眼發燙，淚水止不住奪眶而出。

「先別哭，」潘曲走近她，把她嚇了一跳，「有一件很重要的事，需要妳馬上做出決定。」

白眼魚─火母愣了愣：「請說。」

「蠻娘懷了鐵臂的孩子，是雙胞胎，胚胎還非常小的，母親死了，他們也會隨母親死去。」

火母的記憶馬上令她脫口而出：「如果有人工子宮……」

潘曲搖搖頭：「只有地球人口研究中心有人工子宮。」

「天縫也有兩台，不過……」不過電腦巴蜀佔據了禁區，還得經過他那一關。

「眼下就有一個子宮，妳的子宮。」

白眼魚─火母大吃一驚：「我……？」她想都沒想過。

「妳的月經才剛結束不久吧，此刻妳的子宮正充滿了生命力，」那由他看見她子宮內壁的滋養層已然增厚，完全準備好給受精卵著床，若再等個幾天，滋養層便會剝落流出，需再等待下個月的周期，才能受孕，「如果現在將胚胎放進去，應該會著床吧？」潘曲正視她的眼睛，「妳願意幫這兩個孩子活下去嗎？」

「為何問我呢？」

「因為妳愛他，」潘曲指向鐵臂，「願意為他做任何事。」

白眼魚─火母沒有反駁：「那是鐵臂和蠻娘的孩子……」

「這兩個孩子，在未來的世界裡十分重要。」

她覷視鐵臂：「你有問過他嗎？」

「他等下會知道的。」潘曲再次確認：「重要的是，妳願意嗎？」

「我……想像不到……」但她點頭了。

其實打從潘曲開口，她就願意了。

「謝謝妳的同意。」潘曲走向鐵臂，蹲在蠻娘的屍體旁邊，用手輕按蠻娘的下腹部。

鐵臂張開眼睛，困惑地望著他。

「我來救你的孩子了。」說著，潘曲的手掌忽然沉進蠻娘的肚子裡，鐵臂驚嚇跳起：「你做什麼？」話猶未完，潘曲已抽出手掌，掌中握著一灘血塊，但蠻娘的肚皮完全沒破損。

那由他也曾對潘曲做過相同的事，從潘曲體內取出被黑色大神埋入的追蹤晶片。

鐵臂還沒弄清楚情況，潘曲便快步走向白眼魚—火母，口中剛說：「不會痛的。」她下意識地閃縮時，潘曲的拳頭已穿過她的衣服，沒入她的下腹部，但她卻感覺不到肚裡有任何異常。

潘曲的所有動作十分快速流暢，他們都來不及反應，潘曲便已抽出拳頭，手上乾乾淨淨，只有丁點血跡。

「你到底做了什麼事？」鐵臂又驚又怒。

「我把蠻娘肚子裡的胚胎，放進白眼魚的子宮了，她會為蠻娘繼續孕育這兩個孩子。」

「兩個？」

「是的，一男一女。」

鐵臂驚奇不已，他見過預言似的未來畫面，也曾告訴蠻娘，但這件事只有他和蠻娘知道。

他驚望白眼魚，只見白眼魚—火母滿臉驚訝地撫摸肚子，無法相信她肚子裡頭已經有兩個胚胎了。

潘曲對她說：「再過不久，妳應該就會出現種種懷孕的跡象了。」

鐵臂察覺潘曲的語氣不像潘曲，潘曲也沒有如此高超的能力。

「你是潘曲嗎？」鐵臂問，「你不像潘曲。」

「幸會，我叫那由他，是這座雪山的長老之一。」那由他借潘曲的身體說話，「潘曲為了救你們，差點送命，我現在正在治療他，而且，我們需要你的幫忙。」

「你很厲害，你也能讓蠻娘活過來嗎？」

「你知道不可能的。」潘曲搖頭，「但是，如果你不幫忙，將會有更多人死亡，就像剛才一樣。」

一說到剛才，白眼魚—火母不寒而慄：「我們的族人！」在她被潘曲救出的前一刻，看見冰浪正洶湧襲來，此刻百越國應該被全面冰封了。

「可是，」白眼魚—火母看出了矛盾，「如果人們被凍死了，那誰為他們唱歌呢？」

「或許他們不需要了，因為一旦成功觸發之後，接著應該就是停不下來的連鎖反應了。」潘曲說，「在那之後，撒馬羅賓再也不需要人類了。」

鐵臂跪下身子，輕吻蠻娘冰冷的嘴唇之後，才站起來說：「說吧，我能幫什麼忙？」

「你能造多大的風？」

「我不知道，不過，我猜是很大很大，因為我覺得……」他抖抖肩膀，「兩隻手壞掉之後，好像少了限制，之前我用手指、手掌、手臂的力量都不同，而現在，我感覺不到界限。」

「那就太好了，」潘曲說，「在很高很高的高空中，有一堆撒馬羅賓，包圍了整個地球，但是，那兒的空氣非常稀薄，恐怕產生不了什麼風。」

那由他的神識突然抽動了一下，他看見南極大陸噴發火柱，將地函深處的物質送到地面，岩漿宣洩在萬年冰雪之上。

開始了。

繼冰封之後，接著是火焰，依照《冰河之書》所言，「無盡霆雨將橫掃北極」，可能是指四十年前開始紊亂的地磁會趨向穩定，最後是氣柱——「母星的肚臍必先吞食」——會是什麼意思？不管是什麼意思，那由他壓根兒不想見到結果。

因為，「當撒馬羅賓從冰原崛起，亦即所有生命泯滅之時。」那由他預見整個地表會被地球宣洩的烈火清洗，然後一切從頭開始。

「不需要空氣。」

「什麼？」潘曲—那由他愣了一下，鐵臂在說什麼？

「高空中空氣稀薄，但有源源不絕的太陽風。」

「你知道太陽風？」

「潘曲說過。」在冰原小屋時，潘曲對大家說過撒馬羅賓的事，把他所知道的全部讓他們知道。「空氣是粒子，太陽風也是粒子，就像太空中的微塵，對嗎？」

「好，請你閉上眼睛，開啟心眼，我帶你去看。」

鐵臂盤腿坐下，輕輕閉眼，潘曲也坐下，然後兩人就沒動靜了。

白眼魚—火母看了兩人許久，見他們一動也不動，不明白發生了什麼事。

但她猜想，鐵臂和潘曲的肉體在這裡，精神該是去神遊了。

她走到兩人之間坐下，等待他們張眼。

她一手撫摸自己的肚子，一手握著蠻娘冰冷的手，輕輕地說：「我會保護你們的孩子的。」

她沒猜錯，鐵臂的精神的確在三、四公里外的大氣層邊緣。

他站在大氣層邊緣，俯望蔚藍的地球，綠色、黃色參雜的大陸如今正逐漸被白色寒冰侵入，南端的白色大陸有幾座火山爆發，濃煙湧入大氣層，遮蔽陽光，接著便會造成地表溫度進一步下降。

他當然不是真的站在這兒，這兒根本沒有可供立足之地，在這裡的是他的神識，是那由他引導他上來的。

剛開始，他不知道天縫以外還有一個世界。

正確而言，他不知道天縫是世界之中的一個小世界。

現在，他終於知道世界也僅是大世界中的小世界。

他看見自己雙手依然完好，看見一個泛著金黃光線的人形在他面前，想必就是那由他了。

「你看見撒馬羅賓了嗎？」那由他讓鐵臂看見大氣層上的朵朵小白花，「你看見太陽風嗎？」鐵臂看見從太陽噴發過來、源源不絕的離子流，而空行者用聽帆吸收電離子。

鐵臂試著牽動一股離子流，令它高速流向一名空行者的聽帆，那名空行者吃了一驚，忽如其來的強勁離子流就像一頓過於豐盛的大餐，令他體內的系統一時錯亂，對人類而言就是暈眩。

然後，離子流將空行者吹離近地軌道，撞上另一名空行者，兩個意識不清的空行者擦過大氣層邊緣，脫離地球重力，在沒有摩擦力的太空，永遠依循一道直線行進，直到碰上另一個物體為止。

「成功了。」鐵臂一次得手，隨即加大範圍，將從太陽吹送過來的離子流——或稱「電漿」——匯成巨浪，推動巨浪加速，一時之間，竟將數十個空行者沖激得偏移軌道，如同洪水中飄浮的物體，整批被掃出大氣層之外，彷如地球打了個噴嚏，噴出白色小飛沫。

地面上的三名設計師馬上發現異狀，他們聯繫不上失去意識的空行者，但從其他空行者的視線看到被沖刷出太空的撒馬羅賓。

鐵臂加快動作、加強風勢，將一波又一波的電漿巨浪以切線掃過大氣層表面，空行者被飽和的離子流癱瘓，東倒西歪地飛出大氣層邊緣。

空行者們根本搞不清狀況，因為他們看不見鐵臂和那由他。

鐵臂往不同方向推動電漿巨浪，干擾了地磁線的流動，影響所至，空行者和地行者的聯絡網也被擾亂了，訊息變得混淆不清，全球禁區無法同步唱誦，拍子和節奏亂成一團。

鐵臂在那由他的引導下，不出一刻鐘，大氣層上空便減少了一成空行者。

但冰封的趨勢並未停止，火山也一個個噴發，甚至在不是火山帶的地點冒出火山。

那由他知道：「還不夠。」

還需要最後一擊。

終章

創世

靜靜坐好，我的心，別揚起塵埃。
讓世界自己找到路，走到你身旁。

●● 泰戈爾《漂鳥集》●●

微塵

設計師很想弄清楚發生了什麼事，空行者正以極快的速度斷訊，設計師注意到空行者整批整批地消失，令心靈之網整片整片地破損。

眼看準備了上千萬年的計畫遭到打擊，設計師陷入前所未有的焦慮：是自然現象嗎？還是……

智者馬上改變策略，讓雪浪的金星族暫停吟唱，撒馬羅賓必須借助他們的手腳來執行動作：「去山腳的溫室！最有可能是那邊了！」他們不斷留意每個禁區的動靜，而殘存沒被控制的人類並沒幾個，所以智者很快便得出結論：只有雪浪的倖存者可能造成破壞！

金星族們從迷糊中清醒過來，連續十天的興奮狀態令他們意識空洞，無法思考，彷彿吸毒者的戒斷效應。由於坐在雪地中太久，肌肉僵直，也一時無法站起來。

智者十分著急，對金星族下達更強烈的心靈指令，有的人已疲累不堪，在心靈指令的驅動之下，腦袋負荷過重，好幾人竟仆倒在雪地上。

智者趕忙聯絡兩位設計師：「我們可能真的要用上『後備計畫』了。」

最接近冰原的歐牟回應：「但是，現在只有三個奧米加，黑格爾下落不明，完全探索不到他的心靈。」

「難道黑格爾死了？」

「我不認為，他可能被遮蔽了。」

「八個奧米加才能辦到的事，只有半數都可能做不到，何況才三個？」智者很是懊惱，「如果連後備計畫都做不到的話，那麼母星……」

「梭菲亞，別再做了。」智者聽到有聲音忽然對他說話，輕盈且溫柔。「誰？」他知道不是那由他，他很熟悉那由他，但對方比那由他更為巨大，「誰在說話？」

「你看見那根氣柱了嗎？」那聲音說，「你知道氣柱的末端是哪裡嗎？」雪山頂峰的氣柱已經擴大至整個山頭，彷如通往宇宙的隧道。

智者呆了一下：「難道你知道嗎？」

「我知道。」對方說，「你想看看嗎？」

智者有生以來第一次感到戰慄，他感知到有比海神祭師更厲害的存在，比母星更壯大的生命體。

「那麼，我們走吧。」對方的話剛說完，智者便感到意識脫離身體。他雖然有辦法讓意識自行游離，但沒想到竟會被他人帶走！而且是他完全摸不清身分的人，智者不禁陷入深深的恐慌！

智者的意識瞬間便到了地球上空，此時他才留意到，太印和歐牟竟也同在一起！他們也很是不知所措，向來只有他們謀畫一切，沒有人能將腳步踩在他們的腳步之上，如今卻像無助的小雞那樣被人悄悄拎起。

他們像被迫坐在觀眾席上的人，被帶著環繞地球一周，親眼看見大氣層上方的空行者被推往太空深處，親眼目睹火山從南極開始噴火，火山如瘟疫般蔓延，沿著陸橋朝南美洲發生一連串的火山爆發。

地球陷於冰與火的夾擊之中，要將所有存在過的文明從地表上抹除。

這種事她不只做過一次，曾經，十萬年的恐龍文明、五萬年的海豚文明都被她抹除過不只一次。

人類亦如是，上次是一萬多年前，冰河時期解除、海平面急速上升，人類「高度文明」的沿海城市全在數日之內淹沒，所有歷史因族群消失而失憶，然後由被趕到丘陵地帶的「低文明」族群經過數千年建立新文明，甚至超越上一個文明。

冰與火就是母星的發炎作用，如此周而復始，一次次消滅在她身上滋長的病灶。

設計師們觀看雪山的氣柱，原來從地球僅看到氣柱的下部，實際上，氣柱穿過大氣層，伸入太空之中。

「我們再看遠一點吧？」那聲音說著，母星立時縮小，太陽系的內行星們迸現在眼前，他們才知道母星並非唯一的行星，才知道行星系統的存在，才知道母星不是系統中的主角，太陽才是！而且——他們很驚訝地看見——每個行星都有氣柱！連太陽也有！

每根氣柱都延伸到外太空，原來氣柱都是跨越宇宙的線，仔細一看，線不只太陽系才有，空間中有無數氣線從其他地方經過此處，有的粗壯如山，有的細如絲縷，不可思議的是，全都朝向同一個方向！

此時，三名設計師充滿好奇，似乎暫忘了千萬年的計畫，也忘卻了奧米加的後備計畫，他們的心靈跟肉體一樣從未跨出母星，思維從未超越母星，此刻他們只想知道，宇宙空間中無窮無盡的氣線究竟通往何處？

「我們再看遠一些吧。」那聲音又來了。

設計師已分辨不清到底是他們變大，還是宇宙縮小了，當太陽縮小得只有微塵大小時，他們看到了更多發光的星球，每個都是一顆太陽，無數太陽匯聚成星河巨流，數條巨流圍繞著一個巨大發光核心旋轉，而所有的氣線都連接到核心的巨大發光體。

巨大發光核心是一根高速旋轉的光棒子，光棒子之中有千億個太陽聚集，太陽系繞行核心一周也要兩億五千萬年。

在這瞬間，設計師被星系的巨大結構所震懾，已將海神祭師的計畫拋諸腦後，《冰河之書》也變得淺薄，眼前有個更為超越的巨大存在，相比之下，海豚人的最高主神海洋之神，海豚人崇拜的母星，比微塵更為渺小。

但「那個聲音」知道還有比星系更為巨大的存在，設計師所看見的只是銀河系，但他還看過銀河系聚集組成的宇宙圍牆，再由圍牆構成的宇宙泡沫巨構，而所有的圍牆和泡沫，事實上是宇宙蓮花花瓣上的脈絡……但這些都無需告訴設計師，他們的腦袋瓜或許無法負擔。

「雪山的氣柱……」歐牟神往地說，「原來連得那麼遠呀？」

太印的心中雖然激昂，語氣卻甚為冷靜：「那中心發光的是什麼呢？」

「是母星的母親吧。」那聲音說，「母星的臍帶依然連著孕育她的母親，不停受著滋養呢。」

「海神祭師也說是臍帶……」智者長年棲息於雪山氣柱附近，此刻謎團揭開，他興奮之餘，也不禁有些落寞，「但並沒提到另一端！」

母星的肚臍必先吞食……

母星的臍帶，從銀河系中心源源不絕地獲取能量，如同胎兒。

「我想去看看。」太印突然說。

「去看看嗎？」智者有些吃驚。

「我們的身體不成問題的，宇宙的低溫不是問題，我們的細胞不會凍結，內壓也能隨壓力調整，況且宇宙中充滿了我們需要的離子，所以能量來源也不是問題。」太印自我檢視了一番，「時間也不是問題，在無重力的宇宙，我們的使用年限說不定更長。」

「那麼母星的事呢？」歐牟問道。太印和智者耗費數萬年準備育卵師的計畫，相比之下，歐牟像個新生兒。

「依此看來，母星自己會痊癒的。」太印說，「雖然人類對祂如此摧殘，但所有物種都像海潮，有起有落，有前進有後退，母星總有治療自己的機會。」

「你真的如此認為嗎？」歐牟頗訝異的。

太印如此豁達，似乎對數萬年的工作沒有惦念，能說放下就放下。

「我們的主人也曾摧殘過母星。」

「我們主人？」歐牟更為驚奇。

「我細讀《海洋之書》不下數千遍，才明白這是一部海神祭師為主人寫下的懺悔書，所以海神祭師才留下了《冰河之書》，為主人贖罪。」太印說，「但出了差錯，很多差錯，我們太慢孵化了，可是錯誤已經被糾正了，因為人類文明也滅亡了，我們也成功啟動母星進入冰河時期了，所以母星又有機會自療了。」

歐牟沉默了。

太印繼續說：「我想提醒諸位，《海洋之書》最後一句是：『比能力更重要的，是智慧。』」

「是的。」智者答道。

「然而，《冰河之書》的第一句是：『即使擁有能力，你的智慧也能選擇不使用它。』」

智者恍然大悟：「這是同一段，被拆成兩句了！」

「我看這是海神祭師對後世的勸言了。」

三名設計師心中澎湃洶湧，他們三心一體交互激盪，要做出一個前所未有的驚人決定。

太印對那聲音說：「我猜，你是雪浪聖者洞穴中的聖者吧？」

「是的。」那聲音說。

「我們的身體被困於母星，有什麼辦法能幫我們離開母星嗎？」

「或許奧米加能幫得上忙，或許鐵臂也能吧。」

在他們言談之間，大氣層之上的空行者被鐵臂慢慢掃出大氣層，最終只剩幾個空行者，再也無力與眾多地行者建立起完整的心靈之網。

地行者們失去了設計師的指示，頓時懵懂不知所措，各個禁區的歌聲漸次變弱，人們的神智從迷霧中回復，但長期被控制的腦袋變得十分貧弱，連神經訊號都無法好好傳導，他們茫然地環顧四周，只覺喉嚨十分疲倦，身體委頓無力。

有的禁區被冰封了，所有生物化成冰柱，吟唱的族人仍凝固在張口唱歌的姿態。

雪浪的溫室中，鐵臂睜開眼了，在意識尚未清晰之時，他看見眼前的潘曲仍在泛著金光，但雙目仍在半合。

他一轉頭，看見白眼魚—火母凝望他的眼神，剎那之間，他才驚覺這女孩愛上他很久了，而他竟如此遲鈍。

白眼魚跟鐵臂視線相遇，嚇得把頭別了開去：「你回來了。」

鐵臂見到蠻娘躺著的姿勢改變了，有人刻意梳理她一頭烏黑的長髮，清洗了血跡和污垢，還將她的兩手輕擺在腹部，看起來格外地安詳。

他低下頷頭，輕觸了一下白眼魚的手：「謝謝妳。」他本來想握她的手的，但他的兩手已經殘廢了。猶記得上次握白眼魚的手是天縫首次被黑毛鬼入侵那天，彷彿是很久以前的事了。

不久，潘曲也張開眼了，他溫柔地直視鐵臂，鐵臂看見他的金光更為熾烈了：「鐵臂，我是那由他，」潘曲的意識仍在休息自癒，他的身體暫時變成傳話筒，「我要向你介紹我的老師，他名叫正思，等一下會換成他說話。」

鐵臂端正坐姿，他已見識過那由他的厲害，何況是他的老師？

潘曲的眼神迷濛了一下，瞬間又回復清澈：「你好，我是正思，我有一件事需要你的幫助。」

「我答應。」鐵臂馬上說。

「我還沒告訴你是什麼事呢。」

「總之我會答應的。」

潘曲─正思的眼神柔和，鐵臂從未見過如斯柔和的眼睛，不管對方要求他做什麼，答應就是一種榮幸。

風神

潘曲回到賈賀烏峇，法地瑪幼年居住的房子已被爆炸夷為平地，周圍方圓一公里內皆是廢墟和新長的植物，只剩下客廳中的圓柱，也被掩蓋於瓦礫之中，潘曲見了，便不擔心通往地底的入口會被輕易暴露。

設計師的事件塵埃落定後，潘曲跟法地瑪道別，離開雪浪，繼續他之前所做的事，四處旅行，尋訪和聯絡各禁區的野生人類。他開著飛行巡艇尋找撒馬羅賓全球大合唱之後倖存的禁區，惟獨不敢再經過黑神濕婆的黑色巨廈。

旅途中，他看見有的禁區被冰封了，很少有活下來的人，依據過去的地質史經驗，恐怕要萬年之後才會解凍。

有的禁區被岩漿和火山灰覆蓋，沒有留下存在過的證據。

他不知道的是，即使有倖存者，很多人在甦醒後因無法行動而活活餓死，因為他們的大腦長期被撒馬羅賓控制，恢復自主的速度十分緩慢，在有意識去找食物之前，就消耗完體力了。

惟有雪浪人，當撒馬羅賓控制他們的肉體心時，他們的意識體並不被肉體影響，事後便很快接管回來了，就像上車下車那般輕易。

經過多年，潘曲還是找到了一些倖存的人類，頑強地在惡劣環境中生存，潘曲想，說不定他們會像上一批人類那般，將花費數千年建立下一個文明，也可能完全湮滅，由其他生物取代地球霸主的地位。

每隔一段時間，潘曲會回到賈賀烏峇，用空間跳躍進入地底「工廠」，從瑪利亞核心室後方的圖書館挑選一兩本書做為旅伴，讀完了又回去換書。他尤其集中於閱讀歷史，試圖從歷史論述中印證他的經歷。

多年後，他才終於能用沉靜的心情回思那段經歷。

當年，三名設計師被聖者正思所震撼，決定離開母星，開啟他們的偉大旅程。

主人的計畫已經完成，正思給了他們一個新的目標。

當他們獲知母星只是宇宙中的幼兒，他們打算利用他們極為悠長的壽命，不再為被歷史遺忘的主人，不再為孕育他們的母星，而是為填滿自己無窮盡的求知慾望而活。

在鐵臂的幫助下，他用強勁的上升氣流將設計師送上高空，再用大氣層上空的離子流把他們推出大氣層，永遠脫離地球，朝銀河系中心高速飛去。即使是高速，以宇宙的尺寸而言，也需要另一個千萬地球年的時間。

鐵臂送走設計師後，將鸞娘安葬於雪山之巔、被氣柱籠罩之處。

在墓前，他跟鸞娘約好了：「二十年後，我們再見。」他衷心希望，下次見面時，會是一段美滿的故事。

當年，潘曲的身體被借用的同時，那由他也跟他在意識深處對話：「潘曲，你可記得瑪利亞的記憶中，有一位『阿法前』公民，名叫泰蕾莎的嗎？」

「我記得，她是奧米加之母。」

「她研究雪浪人的 ϕ 基因組，認為是超能力之源，但你可能不知道，她在臨終前要求見瑪利亞，要告訴祂一件事。」

「我的記憶中沒有這件事。」

「因為當時在核心室，你已經中斷跟瑪利亞的聯繫了。」那由他繼續說，「泰蕾莎告訴瑪利亞，有的基因是表現性狀的，有的是抑制性狀的，而她最終研究發現，ϕ 基因組並不是令個體得到能力，而是抑制五官對心靈的錮鎖。」

潘曲消化了一下這句話：「所以說……泰蕾莎發現的是，我們本來就擁有這些能力？」

「不完全這麼說，但是，說不定有些人因為缺少 ϕ 基因組，心靈與五官的關係過於緊密，最後很難掙脫。」

「鐵臂也有 ϕ 基因組吧？」

「不但有，而且比一般人來得多，我猜有一部分是被撒馬羅賓植入的。」那由他說，「或許撒馬羅賓也為人類做了一件好事。」

旅行多年後，潘曲在世界各地聽到一個傳說，傳說雖有多種樣貌，但都不約而同提到了「風神」。

風神或從空中降臨，或行走而來，他的臉孔像猿猴，他的雙臂垂到膝蓋，只要他光臨之處，便會使風吹來雨雲，解救乾旱的農田，或使風吹走長駐天空的火山雲，讓陽光灑在農作物之上。

風神的傳說隨著時間變遷，潘曲聽聞他帶了兩名小孩，後來傳說漸漸變成少男和少女，風神一家在世界各處遊歷，幫助有需要的人類族群。

但他遺憾的是，沒聽到白眼魚在傳說中佔有一角。

他偶爾回到雪浪，與法地瑪、紫色１２０、貝瑪等人敘舊，甚至後來還參加了美隆的婚禮。

潘曲從紫色１２０口中獲知，有時白眼魚會來雪浪找她。

「她跟鐵臂在一起嗎？」潘曲好奇地問。

紫色１２０嘆了口氣：「這會是個很長的故事，我所知道的部分，也得用上兩天來說。」

他也屢次拜訪天縫，雖然到過天縫數趟，但不接觸天縫的居民，只遠遠觀察他們，也從來不想再踏入火母洞穴，因為不想冒險見到電腦巴蜀。

他看見天縫的人口緩慢增加，而且某次回來時，驚訝地見到岩石堆中長出了一棵大樹，樹下蓋了間小屋，有位老者住在裡頭。後來老者守住大樹直到逝世，小屋遂成了他的塚墓，被子孫奉為族人的保護神。

終於有一天，潘曲感到生命行將結束，他用最後的力氣回到賈賀烏峇，用最後一次空間跳躍進入圖書館，盡可能閱讀更多輝煌文明留下的遺產。

他知道，他即將進入一個新旅程，跟他同一世代的奧米加們都走過這段路了，而他是最後一位上路的奧米加了。

在新旅程的彼端，會見到同伴們在等待他嗎？他不禁有些興奮。

在古人數千年的低語中，在人類亙古智慧結晶的包圍下，潘曲很滿意，永遠地合上了眼睛。

後記——

是時候向鐵臂說再見

有關鐵臂

我從小學開始寫小說，還記得第一個有劇情的故事是太太把老公殺了封在牆壁裡面，應該是模仿圖書館看的西方偵探小說，幸好父母也沒被嚇壞。

為了保存自己的作品，從中學開始使用三百頁簿子，所有小說只寫在簿子上，現在還保存有十本寫完或沒寫完的簿子。

鐵臂應該是我創造的第二個系列角色，根據每篇完成作品後面標記的日期，鐵臂是比雲空更早寫下的人物，《大圍牆記》是比《雲空行》更早寫的故事，雖然故事內容跟現在有很大差異，但某些設定是一早就有的，譬如夜光蟲、黑毛鬼（原本是屍軍）、飛蜥（原本是甲龍）、飛行巡艇，以及長途跋涉到了傳說中美好的大圍牆之後會被殺害。

鐵臂是高二年終假期在家閒閒寫小說時出現的，平常會在晚上唸完書以後寫一篇短篇，惟有長假才有時間構思和完成較長的作品，那時一口氣寫了《大圍牆記》和《韁繩日記》兩個故事，並預算整個系列會有八個中篇，但寫著寫著失去了動力，覺得很多情節還沒準備好，於是就擱下來了。

然後高三必須同時準備兩個大考，一個是國家考試SPM，一個是獨立中學統一考試，學業的壓力讓腦袋特別地活躍，而雲空是結束忙碌的高三後才出現的人物。

相對於雲空一出現有鮮明的個性，鐵臂是模糊的。我習慣邊寫小說邊畫出人物的形象，而鐵臂的形象從高二到大學期間改變了很多次，保留下來的概念圖就有多個版本的鐵臂，故事的背景也改變了幾次，不過有一個主題是不變的，就是「被迫離開家鄉去尋找一個完美之地，結果抵達就是惡夢的開始」。

許多名詞如末世、光明之地、城市森林、冰原等等，甚至早在三十二年前就決定鐵臂最終成為風神，只是一直隱伏在心中。多年以來，故事中的場景陸續出現，如某趟飛行途中迸出「雪人」的靈感，猶如一堆尚未完成的拼圖，等待時機被完成。要到幾年前才頓悟，原來繞了一大圈，這些拼圖就是「滅亡三部曲」之後的世界，於是我在二〇一七年再次動筆《大圍牆記》，但途中由於再版重修《雲空行》而硬生生把它中斷了兩年，完成《雲空行》之後，再花了些時間才把它拾回來。

沒想到，這期間全球瘟疫，診所工作銳減，我將危機化為轉機，利用空檔先修改《滅亡三部曲》，好捕捉故事的延續感，然後邊寫邊修《末世三部曲》。由於三部作品寫下來的時間費了四年，為了趨近完美，往往寫了一段就得回前面處理，尤其收尾的第三部《大冰原記》更是不知被「處理」了多少次，而《大廢墟記》是寫得最順最快的。

如今任務完成，曾經在腦海中徘徊三十餘年的鐵臂，終於可以跟他告別了。

其實原本的設定中還有鐵臂和他兩個孩子的故事，不過我覺得故事說到這裡就好了，那心情就像當初寫《庖人三部曲》一樣，最後一部《孛星誌》還可以繼續寫到滿清初年血滴子之類的，但要是如此沒完沒了地下去，就會像個拒絕讓孩子長大的父母。

每個角色的誕生就像自己的孩子，雲空、紅葉、游鶴、正思、瑪利亞、法地瑪、那由他、阿瑞、鄭公公、羅剎鬼、雪筠、林重、鐵臂、白眼魚、潘曲都像我生命中的畢業生，長大了，就得放手。

有關圍牆

回想過去的人生，其實都是在幼稚的狀況下活著，即使大學也是懵懵懂懂度過的，我像個不小心闖入異世界的孩子，老是覺得格格不入。寫下《北京滅亡》時，是大學最後一年，大六牙醫師實習剛開始，而現在我已經是一位老牙醫了，仍發現自己在心理上似乎從來沒有長大過。

或許說我從來沒有想要屈服於這個世界，屈服於別人所訂下的規矩，比如長輩說人生就是應該要如何如何啦，進入社會就應該要如何如何啦，雖然屈從了，但依然無法想像世故地活著是怎麼一回事，總覺得這樣活得很辛苦，不舒服。或許這是某些創作者的通病，即使身處於人間，我們依舊活在自己的世界裡。

好矛盾，彷如破了一道圍牆，又自封於一道圍牆。

也或許就是這個基調產生了鐵臂，他努力地去活、努力地去愛，但他不打算遷就這個世界。每個他接觸的世界都試圖規範他以他們的方式來過活，但對他而言，他們都是困在圍牆內的人，最後惟有他真正脫離了大圍牆。

早在寫《大圍牆記》之初，已為系列中的群體設計了logo。每個logo皆有圓框，代表了不同類型的圍牆，各群體有文化的、制度的、心理的、知識的等等圍牆，惟有突破自限，才能改變觀看世界的方式。

有關人物

有些讀者會問：會否把自己投影在裡面的某個人物身上？或是裡頭某些人物是身邊某人的影子？肯定是的，但通常不是僵硬的一比一，可能一個人被打散成幾個人，或幾個人聚在一個人身上，總之都經過分解重組，無法對號入座。不過這都不重要，每個經過生命的人必留下痕跡，只是痕跡有強有弱，有的留下烙印或傷疤，有的被撫平，但永遠不會消失，只會化成我作品中的養分。

謝謝每個走過我生命的人，好的壞的，正面的負面的，有緣都會再見，因為時間無限。

張草

二〇二三年臘月望日於亞庇草堂

末世三部曲

作者手繪圖集

上｜習慣為小說畫封面，這是高二那年的封面。（1989）

下｜最早期《大圍牆記》中夜光蟲的插圖。（1989）

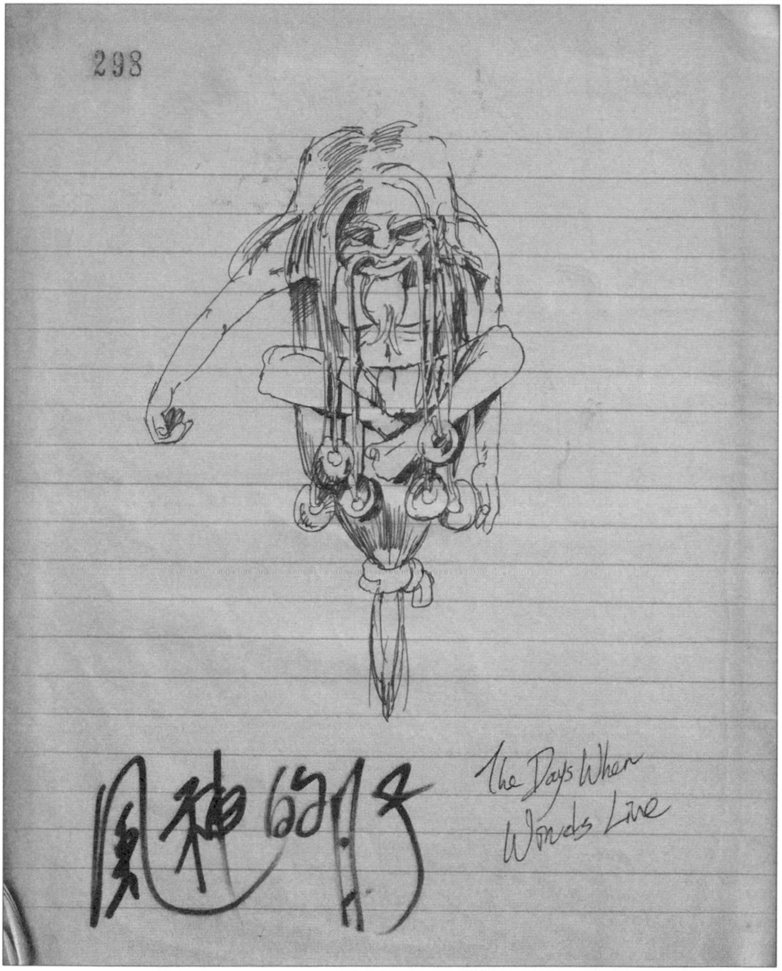

最早期《大圍牆記》已設定鐵臂最終成為風神。（1990）

很久以前醞釀的人物，曾經在《北京滅亡》被提及，

於《大圍牆記》再次出現。（1991）

大學時嘗試畫的漫畫版封面。（1993）

黑毛鬼首次於漫畫版中出現。（1993）

左：漫畫版鐵臂形象。（1993）

右：漫畫版鐵臂設定圖。（1993）

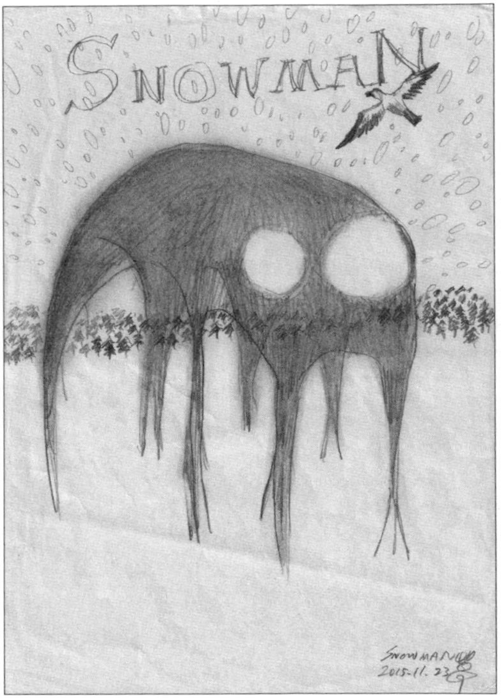

左：冰蟲刀首次出現的靈感。（2015）　　右：雪人是在飛機上出現的靈感。（2015）

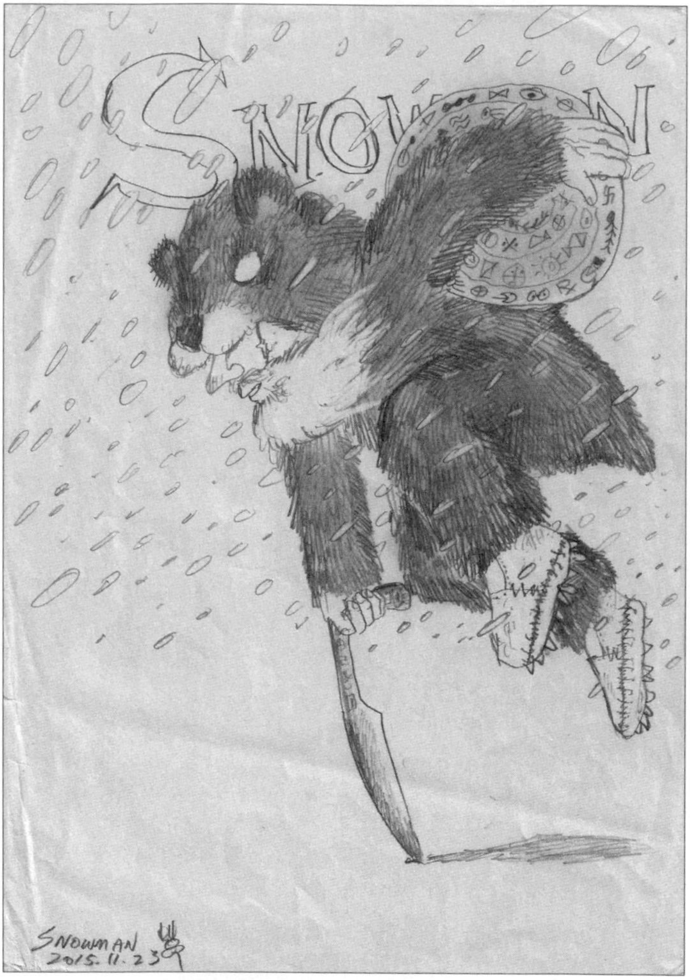

畫下這張圖時，心裡還不知道這個人物是誰。（2015）

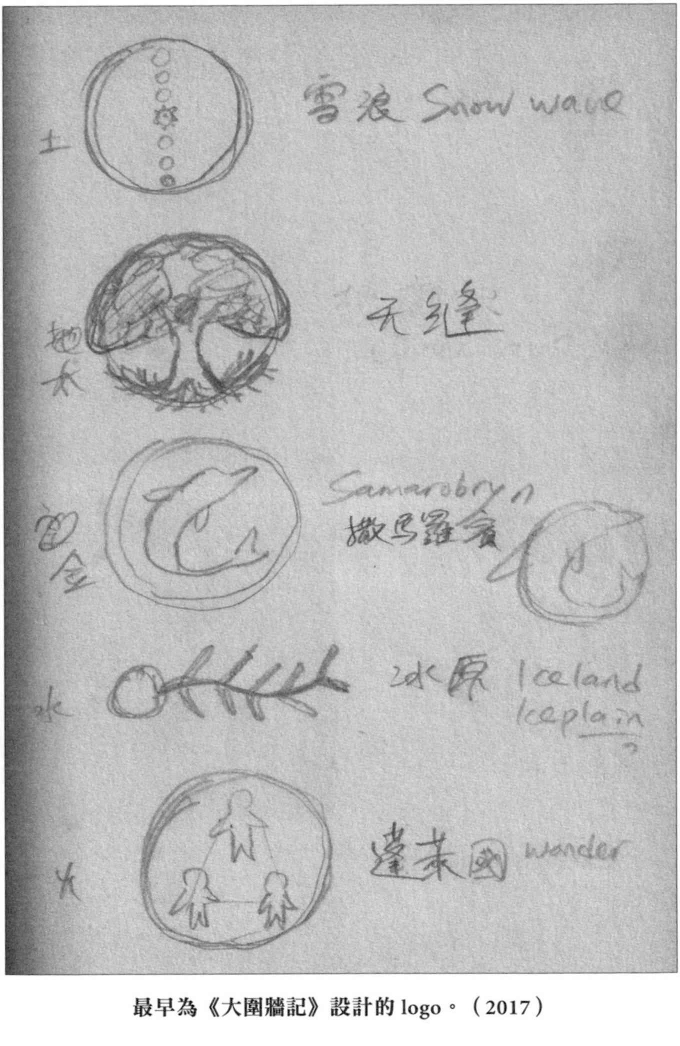

最早為《大圍牆記》設計的 logo。（2017）

天縫的人物（2017）

天縫的風景（2022）

國家圖書館出版品預行編目資料

大冰原記：末世三部曲③ / 張草著 . -- 初版 .--
臺北市：皇冠文化 . 2023.03
面；公分（皇冠叢書；第 5080 種）
（張草作品集；10）

ISBN 978-957-33-3994-6（平裝）

857.7　　112000983

皇冠叢書第 5080 種
張草作品集 10
大冰原記 末世三部曲③

作　　者—張　草
發 行 人—平　雲
出版發行—皇冠文化出版有限公司
台北市敦化北路 120 巷 50 號
電話◎ 02-27168888
郵撥帳號◎ 15261516 號
皇冠出版社（香港）有限公司
香港銅鑼灣道 180 號百樂商業中心
19 字樓 1903 室
電話◎ 2529-1778　傳真◎ 2527-0904
總 編 輯—許婷婷
責任編輯—蔡維鋼
行銷企劃—鄭雅方
美術設計—張　巖、李偉涵
著作完成日期— 2022 年 11 月
初版一刷日期— 2023 年 3 月

法律顧問—王惠光律師

讀者服務傳真專線◎ 02-27150507
電腦編號◎ 563010
ISBN ◎ 978-957-33-3994-6
Printed in Taiwan
本書定價◎新台幣 480 元 / 港幣 160 元